SANDRA BROWN THE ALIBI

不在犯罪现场

〔美〕桑德拉·布朗 著

祁阿红 闫卫平 吴晓妹 译　　庆　云 译校

人民文学出版社
PEOPLE'S LITERATURE PUBLISHING HOUSE

著作权合同登记号　　图字 01-2017-5628

Sandra Brown
The Alibi

Copyright © 1999 BY SANDRA BROWN MANAGEMENT, LTD
This edition arranged with MARIA CARVAINIS AGENCY, INC.
Through BIG APPLE AGENCY, INC., LABUAN, MALAYSIA.
Simplified Chinese edition copyright © 2018 by Shanghai 99
Readers' Culture Co., Ltd.
All rights reserved.

图书在版编目(CIP)数据

不在犯罪现场/(美)桑德拉·布朗著；祁阿红，闫卫平，吴晓妹译；庆云译校. —北京：人民文学出版社，2017
（二十世纪流行经典丛书）
ISBN 978-7-02-013517-2

Ⅰ.①不… Ⅱ.①桑… ②祁… ③闫… ④吴… ⑤庆… Ⅲ.①长篇小说-美国-现代 Ⅳ.①I712.45

中国版本图书馆 CIP 数据核字(2017)第 271363 号

| 责任编辑 | 甘　慧　邱小群　刘佳俊 |
| 封面设计 | 汪佳诗 |

出版发行	人民文学出版社
社　　址	北京市朝内大街 166 号
邮政编码	100705
网　　址	http://www.rw-cn.com
印　　制	山东德州新华印务有限责任公司
经　　销	全国新华书店等
开　　本	890 毫米×1240 毫米　1/32
印　　张	16
字　　数	396 千字
版　　次	2018 年 3 月北京第 1 版
印　　次	2018 年 3 月第 1 次印刷
书　　号	978-7-02-013517-2
定　　价	65.00 元

如有印装质量问题，请与本社图书销售中心调换。电话：010-65233595

目录

星期六	1
星期天	79
星期一	149
星期二	239
星期三	291
星期四	359
星期五	459

星期六

序　言

　　一声凄厉的叫声划破了饭店空调走廊的寂静。

　　几秒钟前走进那个套间的女服务员跌跌撞撞地跑出来，抽泣着大声呼救，继而漫无目的地拍打其他客房的门。她这种歇斯底里式的反应，后来受到领班的惩罚，可当时她的确像疯了似的。

　　遗憾的是，那天下午没有多少客人留在房间。大多数人都到迷人的查尔斯顿古城区观光去了。最后，她终于唤出一个来自密执安的客人。此人之所以关在房里睡午觉，是因为他不适应这个大热天。

　　这人被突如其来的喊声惊醒，尽管睡眼惺忪，但却立即意识到，只有发生重大灾难，才会引起女服务员如此恐慌。他还没有明白她嘴里叽里呱啦说的是什么，就先给总服务台打了个电话，告诉饭店里的人，顶楼出现了紧急情况。

　　两名查尔斯顿的警察迅速对呼叫做出了反应。他们的巡逻范围包括这个新近开业的查尔斯顿广场饭店。一名惊慌失措的保安把他们领到饭店顶楼那个套房。那女服务员原本是去整理房间的，结果发现已经没有必要了，因为住在里面的人趴在客厅的地上，死了。

　　一名警官在尸体旁边跪下。"天哪……好像是——"

　　"是他，没错。"他同事的声音中也流露出不安，"这会不会引起混乱？"

1

她一走进大凉棚,他就注意到了。尽管夏天女士们大多穿得很少,她却显然与众不同。奇怪的是,她是只身一人。

她停下脚步辨认方向,将目光投向乐队正在演奏的高台,稍后转向舞池,接着落在舞池四周随意摆放的桌椅那边。她看见一张空桌子,便走过去坐下来。

那大凉棚呈圆形,直径大约三十码,上面有个圆锥状顶棚,下面挂着一串串五光十色的圣诞彩灯。虽然四面没有遮拦,锥形顶棚却将声音罩在里面,产生了震耳欲聋的音响效果。

乐队在演奏方面的不足,被巨大的响声所弥补。他们显然认为,高分贝数可以掩盖他们的蹩脚演奏。不过他们的演奏确实充满激情,一心要引起观众的兴趣。那些声音仿佛是钢琴手和吉他手在乐器上用很大力气弹出来的。打击乐器师的头每晃动一下,他那编结在一起的胡须就要摆动一次。小提琴手在拉弓的时候劲头十足左右晃动,不时地露出黄颜色的牛仔靴。

小鼓手似乎只要掌握住节拍就行，可他也是满腔热情地投入。

对这种不和谐的声音，聚集在那里的人们似乎并不在意。对此，哈蒙德·克罗斯也不在意。具有讽刺意味的是，游艺会上热闹的喧嚣声反倒入耳些。那喧闹声全飘进了他的耳朵——突然冒出来的尖叫声、调皮的男孩子们到了转轮顶部时的嘘叫声、感到乏味的幼小儿童的哭闹声以及只有狂欢节上才能听到的铃铛声、口哨声、喇叭声、呼喊声和欢笑声。

他今天的日程上并没有逛游艺会的安排。当地报纸和电视台也许事先对此有过宣传，可是他没有注意到。

他是在离查尔斯顿还有半英里的路上偶尔闯到这个游艺会上的。为何在此停留，他自己也说不清楚。他不是个热衷于逛游艺会的人。他的父母肯定从来没有带他去过。对这类吸引公众的娱乐活动，他们尽量敬而远之。物以类聚，人以群分。那些人跟他们不是一类的。

在一般情况下，也许哈蒙德是会避开的。这并非因为他自恃清高，而是他工作时间太长，难得有个休闲时间，所以从事什么活动要有所选择。打一局高尔夫球，钓个把钟头鱼，看一场电影，到一家上好的餐厅安静地吃一顿饭。至于逛县城游艺会？这不会成为他首选的乐事。

他觉得今天下午那鼎沸的人声和喧闹的嘈杂声听起来特别顺耳。要是一个人待着，他只会去冥思苦想自己的麻烦事。一想到那些事情，他就心灰意懒。像这样的夏季周末，今年已经没有几次了，谁愿意去想那些呢？

在公路上，他被困在小汽车、小货车和越野车的车流中，像爬行似的进入一个临时停车场——实际上是个有经营头脑的农民的牧场。

有个嘴里嚼着烟草的小青年在替那个农民收停车费。哈蒙德付给他两美元,很幸运地把车停在一个有树荫的地方。他脱掉上衣,取下领带,卷起衬衣袖子,走出汽车。他小心翼翼地绕过地上的牛粪,心想要是穿牛仔裤和靴子,不穿这休闲服和轻便鞋就好了。不过他觉得自己的兴头上来了。这儿谁也不认识他。只要他不想开口,就无需与任何人寒暄。他没有非做不可的事,没有什么会要开,也不必回什么电话。在这儿,他不是什么专业人员,也不是谁的同事,或者儿子。紧张、气恼、工作压力开始消解。他感到一身轻松。

游乐场四周圈着塑料绳,绳子上拴着的五颜六色三角旗被晒得有气无力地耷拉着。空气中弥漫着烘烤食品的诱人香气——便宜小吃。从远处听,那音乐也不难听。对于能在此停留,哈蒙德突然感到一阵欣喜。他需要这样的……孤独。

尽管通过旋转栅入口处进来的人源源不断,但从实际意义上来说,他还是孤独的。他离开查尔斯顿的时候,原本打算到自己的小别墅里独自待一个晚上,此刻他突然觉得,融入喧闹的人群比独自待着要好得多。

打那位红棕色头发的女子进入大凉棚,在他对面的一张桌子上坐下之后,乐队已经演奏了两支曲子。他继续注视着她,心想她很可能在等什么人,也许是她的丈夫和孩子们。她看来年纪没他大,约莫三十出头。大概出生于合伙轮流用车的那个年代。很像幼年童子军儿童的家长,抑或是家长教师协会的工作人员。抑或是个家庭主妇,关心的是白百破(白喉-百日咳-破伤风)三联疫苗促效药、畸齿矫正术以及如何把白色衣物洗得更白、有色衣物洗得更鲜亮这类事情。他对这类女人的了解全都来自电视广告,她似乎符合这个一般特色。

不过,她似乎有点儿太……太……紧张。

她不像一个由于孩子们被父亲带去玩旋转木马、自己可以清闲几分钟的年轻母亲。她也不像他熟人的太太们那么从容、那么有能耐,因为那些人都是女青年会或者其他社交俱乐部的成员，经常参加色拉午餐，操办孩子生日聚会，宴请丈夫生意场上的朋友，除了参加有氧健身学习班、圣经学习班之类的活动，每星期还要在各自的乡村俱乐部打上一两场高尔夫。

她也不像生过两三个孩子的母亲，因为她的身体不像她们那样软绵绵的已经定了型。她的形体优美，像个运动员。她穿着短裙和低跟凉鞋，露出好看——不，应该说是漂亮、光滑、健美、被晒黑了的大腿。她上身穿一件无袖浅口圆领衫，就像件紧身上衣。她解开与之配套的开襟羊毛衫领口的结，把它脱下。她这身行头很漂亮，也很入时，比那些穿着短裤和球鞋的人们时髦多了。

她那只放在桌上的手袋足够放钥匙环、纸巾，也许还有唇膏。但那手袋没有年轻母亲们使用的那么大，里面也没有灌满水的瓶子、百洁布、天然快餐食品以及遇上紧急情况可以生存几天的应急物品。

哈蒙德颇具分析头脑，善于进行推理演绎。他得出的结论是：这个女子还没有做母亲。他觉得自己的分析相当准确。

这并不意味着她还没有结婚，或者没有这方面的关系，或者不是在等人——不管那个人是谁或者与她的关系如何。她可能是个有事业心的职业女性、企业界的实干家或有影响的人物。抑或是成功的推销员、精明的企业家、股票经纪人或者贷款处的官员。

哈蒙德呷了一口因天热已经变温的啤酒，依然兴致勃勃地看着她。

突然，他意识到自己的目光受到了回敬。

他们的目光相遇之后，他觉得一阵心跳，大概是被对方觉察后的尴尬所致。尽管他们的视线不时被跳舞的人群所隔断，他并没有把目光移开。他们相互对视了好几秒钟时间。

接着，她迅速将目光转开，仿佛也因为在众多的人里偏偏看着他而感到窘迫。对相互凝视这样的小事竟然做出像青少年那样的反应，哈蒙德觉得很懊恼。他起身离开，把桌子让给在附近转悠了半天、等着有空位子的两对夫妇。他迂回穿插走过人群，来到专门为跳舞跳渴了的人设置的临时吧台前面。

这是个热闹的地方。从附近各军事基地来的人把吧台围了个水泄不通。尽管他们没有穿军装，可是从他们剃的短头发就能看得出来。他们一面喝着，一面打量着那些姑娘，赌着自己的运气，想胜人一筹，看谁会愿意，谁不会愿意。

吧台服务员递送啤酒的动作很快，但仍应接不暇。哈蒙德向其中一个人打了几次手势，那人也没看见。于是他只好作罢，决定等人少些的时候再要。

他感到自己的心情已不像刚才独自坐在桌旁时看上去那样沮丧。他将目光越过舞池，朝她坐的地方看去。他的心一下就凉了。有三个男子坐在她那张桌子旁的三把空椅子上。她被其中一个人宽宽的肩膀挡住了一半。他们虽没穿军装，可从所留的发型和那股傲气来看，他觉得他们是海军陆战队的。

不过，他并没有感到惊讶。失望，但是并不惊讶。

在这样一个星期六的晚上，像她这么漂亮的女人是不会只身一人的。她只不过是在耗时间，在等与她约会的人。

即使她是一个人来的，不用多久就会有人来约她。这是一个单身汉成堆的地方。一个获准外出度周末的单身军人，不仅会有这种直觉，而且会像鲨鱼似的追逐所看中的目标。他的头脑里只有一个想法，那就是找个女性伴侣度过这个夜晚。就算是送上门来的，这个女人也很诱人。

哈蒙德心想，倒不是他想把她弄到手。这已经不是他这种年龄的人干的事了。他不会倒退到大学生联谊会时代的心态，不会因此上去闹腾一番。再说，这样做也不合适，对吧？他没有确定要干什么，可是他也没有确定不干什么。

突然，她站起来，抓起毛衣，把手袋往肩上一挎，转身就走。就在这时候，与她同桌的三个男子也立即站起来，把她围在当中。其中有一个似乎喝醉了，把手臂搭在她肩上，低下头来朝她的脸凑过去。哈蒙德看见那人的嘴唇在动。他对她说了点什么，惹得他伙伴们哈哈大笑。

她并不觉得那有什么好笑，随即把头转向一侧。哈蒙德看出，她是想摆脱这种困境，但又不想把事情闹大。她把那人搂在她脖子上的手臂推开，强作笑容对他说了句什么，再次转身准备离开。

那人遭到拒绝仍不甘心，加上两个伙伴起哄，于是就跟在她的身后。他再次伸手抓住她的手臂，把她拉过去的时候，哈蒙德按捺不住了。

哈蒙德后来已经记不得自己是怎么穿过舞池的了，不过他肯定是从当时正在跳慢节奏舞的一对对舞伴中硬挤过去的，因为几秒钟之内他就来到两个肌肉发达、身强力壮的海军陆战队员中间，把那个胡搅蛮缠的家伙推到一边，而后说道："对不起，亲爱的，我刚才遇到诺姆·布兰查德。你知道那小子一说起来就没完。我运气不错，他们正在演奏我们的曲子。"

他用手搂着她的腰，把她领进了舞池。

"你明白我的指令了吗？"

"是的，先生，探长。不准进，也不准出。我们已经封锁了所有出口。"

"任何人都不准。没有例外。"

"是的,先生。"

罗里·斯米洛做了这番强调之后,朝那个没穿制服的警官点了点头,而后从大门进入查尔斯顿广场饭店。饭店的楼梯被多家设计杂志说成是建筑上的经典。它现在成了这座新大楼的标志性特征。象征南方人热情好客的两道宽宽的楼梯从大厅向上延伸,似乎是去拥抱那盏气派非凡的水晶吊灯。在大厅上方四十英尺处,两道楼梯会合,形成了二楼的走廊。

在这两层大厅里,都有警察混杂在住店的客人和工作人员中。现在他们都听说在五楼发生了一起看似谋杀的凶案。

在对现场进行评估时,斯米洛心里在想,看不出任何造成这种谋杀气氛的迹象嘛。

皮肤晒得黝黑、浑身冒着汗、带着照相机的旅游者在四周围观,向有关负责人提出各种问题或者相互议论着,猜测死者的身份以及引发这起谋杀的原因。

斯米洛的衣着十分引人注目:一套做工考究的西装,配的是法式袖口的衬衣。虽然外面很闷热,他的衣服却平整干爽,一点儿也不湿。一个部下觉得不可思议,曾经小声问别人斯米洛究竟出不出汗。"不出。"一名警官回答说,"大家都知道那个怪物没有汗腺。"

斯米洛步履坚定地朝电梯方向走去,站在电梯旁的警官已经礼貌地替他把门打开。肯定是大门口刚才跟他说话的那个警官把他到场的消息传过来了。斯米洛对此未作任何表示,径直走进电梯。

"擦个鞋吧,斯米洛先生?"

斯米洛转过身:"哦,是的,斯米迪,谢谢。"

这个人大家都只知其名不知其姓。他在饭店大厅对面凹进去的小屋里放了三张擦鞋的椅子。这一行他在城里另一家饭店曾经干了几十年。最近,广场饭店把他招引过来,他的老顾客也都跟了过来。即使外来顾客给他的小费也不少，因为对于该干什么、去什么地方以及在查尔斯顿上哪儿才能找到乐子，他比饭店接待员知道的还多。

罗里·斯米洛也是他的老顾客。在一般情况下，他会停下来跟他寒暄几句，可是他现在有急务在身，实在不想因此而滞留。他很客气地说："以后再找你，斯米迪。"电梯门随即关上了。

他和那个穿制服的警官一起上到顶层，其间谁也没说话。斯米洛跟同事从不称兄道弟，即使对与他级别相当的人也是如此，跟比他级别低的当然就更不会这样。他从不主动跟人搭话，除非话题跟他调查的某个案子有关。局里有些胆子大的想跟他聊天，很快就发现自己是徒劳。他的举止使人不敢跟他套近乎。要说与他接近，他那整洁的外表就像一道铁丝网，足以使人望而却步。

电梯上到五楼之后，门一打开，斯米洛就感觉出一种令人惊骇的气氛。他到过无数谋杀现场，有的平淡无奇，有的让人毛骨悚然。有的是常规作案套路，看过之后留不下多少印象。有些现场看了之后却让人永远也忘不了，其原因无外乎是作案者富有想象的手段、发现尸体的特殊地点、杀人者的离奇怪招、凶器的独有特点或者受害者的年龄及其所处的环境。

每当初到一个犯罪现场，他都会感到肾上腺在涌动，对此，他并不感到惭愧。这是他天生的本能。他很喜欢自己的工作。

他走出电梯之后，走廊上身穿便衣的警官们的谈话声立即停下来。他们或出于尊敬或出于畏惧，纷纷给他让道。他朝今天里面死了个人、此刻敞着门的套房走去。

他看了看房间号码，然后朝里面扫视了一圈。使他感到高兴的是，犯罪现场调查小组的七名警官都已到场，正在各司其职。

对他们毫无遗漏的工作，他感到满意。他转身面对由刑侦科派来的三名警探。一个正在吸烟的赶紧把烟掐灭在烟灰缸里。斯米洛用冷峻的目光狠狠地瞪了他一眼："但愿那里面不要留下重要的证据，柯林斯。"

那警探把双手插进衣兜里，就像个便后不洗手而受批评的三年级小学生。

"听着。"他对这个小组的人说。他说话从来不提高嗓门，而且从来没这个必要。"对任何错误我都不能宽容。如果犯罪现场受到任何污染，如果操作规程受到任何破坏，如果有人粗心大意漏掉任何细微的证据，都将受到严厉的惩处。由我亲自惩处。"

他一一看着他们，然后说："好吧，我们进去。"他们戴上塑料手套，先后进入房间。他们按照各自的任务分别行动，而且轻手轻脚，不该碰的一概不碰。

斯米洛走到最先赶到现场的两名警官面前。他没有任何客套，直截了当地问道："你们碰过他没有？"

"没有，先生。"

"碰过什么东西？"

"没有，先生。"

"门把呢？"

"我们赶到的时候，门是开着的。是发现他的那个清洁女工没把门关上。饭店那个保安可能碰过。我们问了他，他说没有，可是……"他耸了耸肩。

"电话呢？"斯米洛问。

"没有，先生。我用的是我的手机。也许保安在我们到来之前用过。"

"到目前为止，你们跟谁交谈过？"

"只有那个保安，因为是他打电话给我们的。"

"他怎么说的？"

"他说一个清洁女工发现了一具尸体。"他指了指那尸体,"就像现在这个样子,脸朝下,左锁骨下面中了两枪,从背后打的。"

"你们询问过那个女工没有?"

"问过,不过她受刺激太大,我们没问出什么。再说,她又是个外国人。不知道是什么地方的人。"听着那警察的回答,斯米洛扬起了眉毛。"从口音上听不出来。她老是重复说'死人',接着就不断用手帕擦鼻涕眼泪。把她吓得不轻。"

"你摸过脉搏没有?"

那警察看了他同伴一眼,那人才第一次开口说话:"我摸了。看他是不是真死了。"

"这么说你动过他了?"

"呃,是的,只有那一次。"

"我想你是没有摸到。"

"脉搏?"那警察摇摇头,"没有。他死了,毫无疑问。"

问到这里,斯米洛就不再问有关尸体的情况了。他朝它走过去:"验尸官来了没有?"

"已经在路上。"

斯米洛在听他回答的同时,眼睛却盯着死人。要不是亲眼所见,他根本不会相信所报的这起谋杀案的受害者竟会是卢特·佩蒂约翰。此人在当地算个人物,大名鼎鼎。他最重要的头衔是开发公司的总经理。这个壮观的、新落成的广场饭店就是该公司在原先破旧的棉花仓库基础上改建的。

他还曾经是罗里·斯米洛的姐夫。

2

"谢谢你。"她说道。

"不必客气。"哈蒙德回答说。

"当时情况很不妙。"

"我的办法起了作用,这使我很高兴。如果不成功,我就得对付三个,那倒是很荣幸的事情。"

"我赞赏你的勇敢。"

"也许是愚蠢。他们可能会把我打个半死。"

她听见这话笑了笑。这一下哈蒙德更加得意,觉得自己傻乎乎地凭一时之勇救了她一把。他对她可谓一见钟情。不过隔着舞池跟近在咫尺的感觉是截然不同的。她的眼睛避开了他炽热的目光,越过他的肩膀,看着他身后某个地方。在压力之下,她显得很冷静。这是毫无疑问的。

"你的朋友呢?"她问道。

"我的朋友?"

"布兰查德先生。诺姆,是叫这个吗?"

"哦,从来没听说过嘛。"他说着轻声笑起来。

"是你编的？"

"是啊，我也不知道这名字是哪儿来的。就这么冒出来了。"

"脑子真快。"

"我得说得合情合理。让人听了觉得我们是一起的。很熟悉。至少得说一些能把你带进舞池的话。"

"你当时完全可以邀请我跳个舞什么的。"

"是啊，不过那就没意思了。而且那样还可能被你拒绝。"

"啊，再次向你表示感谢。"

"再说一声不必客气。"他引着她绕过另一对舞伴，"你是这附近的人吗？"

"原本不是。"

"南方口音。"

"我是在田纳西州长大的。"她说道，"离纳什维尔不远。"

"好地方。"

"是的。"

"很漂亮。"

"唔唔。"

"音乐也很优美。"

他心想：很善于辞令，克罗斯，颇具才气。

对于最后那句不着边际的话，她没有做出任何反应，不过他并没有责怪她。如果他再这样，她不等曲子结束就会离开的。他领着她绕过一对正在做复杂旋转动作的舞伴，接着他毫无表情地问了一个蹩脚得不能再蹩脚的问题："你常到这儿来吗？"

听他话中有话，她只是笑了笑。如果他不注意她说的话，真会成为大傻瓜的。"实际上，十多岁之后我就再也没去过这样的游艺会。"

"我也是。我记得跟小伙伴们去过。当时我们十五岁左右。是找地方买啤酒的。"

"买着了吗？"

"没有。"

"那是你最后一次去？"

"不是。还和女朋友去过。我带她进入'恐怖屋'，目的是为了和她亲热。"

"是不是很成功？"

"结果跟想买啤酒那次一样。天知道，我尽了力。可是我似乎总是跟那个姑娘……"他的声音越来越小，因为他发现她显得紧张不安。

"他们是不想善罢甘休，对吧？"

一点儿不错，那三个当兵的就站在舞池边上，一面喝啤酒，一面用眼睛瞅着他们。

"这个嘛，如果他们这么快就投降，我们的国家安全就成问题了。"他的手紧搂着她的腰，以优雅的华尔兹舞步从他们身边闪过，并得意地朝他们微微一笑。

"你没有必要来保护我。"她说道，"我自己就可以应付。"

"我相信你可以。打发自己不喜欢的男人，是每个漂亮女人都必须具备的本事。可是你是个不愿意让别人看笑话的女子。"

她抬头看着他的眼睛："很有眼力。"

"所以，既然如此，我们不妨跳个痛快，好不好？"

"我想也是。"

虽然她同意继续跳舞，但是她的紧张心情丝毫未减。尽管她没有急于回过头去看什么，可是哈蒙德觉得她想回头看。

这就使他琢磨开了：跳完舞之后，她想干什么呢？他想她可能会溜开。也许是很客气地离开，但毕竟是离开。幸好此刻乐队正在演奏一首忧伤、甜美的民谣。歌手的嗓音很细，像是没经过什么训练，不过对每一段歌词却很熟悉。哈蒙德觉得，这个舞跳得时间越长越好。

他的舞伴跟他很相配。她的头正好到他的下巴。尽管他很想把她搂得紧一些，可是从把她搂过来到现在，他还没有打破她心中设立的界限。

此刻他感觉良好。他的小臂搂着她的细腰，她的手——没有戴结婚戒指——搭在他的肩头，而他们的脚步则随着慢节奏的舞曲在缓缓挪动。

偶尔几次，由于双方大腿有轻微的摩擦，引起他些许冲动，但他仍可以自控。他可以居高临下地看她那低领口下的胸脯，不过他很像个正人君子，没有朝下看。他的想象就像闷热天气里的马蝇，四处乱飞，还不时撞在墙上。

"他们走了。"

她的声音使哈蒙德从恍惚中醒来。他意识到她说的是什么，便朝四周看了看，发现那几个陆战队员都已离开。音乐已经结束，乐手们纷纷放下手中的乐器，乐队指挥则叫大家"待在原地"，并说他们稍事休息之后接着演奏。跳舞的人们纷纷朝桌子或者吧台方向走去。

她把手臂放下。这时哈蒙德意识到自己的手臂还搂在她腰上，于是只好松开了她。他的手放下后，她朝后退了退，离开了一段距离："呃，可别让人说骑士风度已经不见了。"

他笑了笑："算了吧，如果还要来一次拔刀相助呢？"

她微笑着伸出手："我谢谢你的侠义之举！"

"不用客气。谢谢你跟我跳舞。"他握了握她的手。她转身准备离开。"呃……"哈蒙德穿过人群跟在她后面。

他们走到大凉棚边上时，他先跨下去，然后把她搀下去。这纯粹是不必要的礼貌姿态，因为向下跨一步顶多也就一英尺半。他跟她的脚步一致起来："我能请你喝啤酒吗？"

"不用了，谢谢。"

"爆米花的味道很香。"

她笑着摇摇头。

"玩玩费里斯大转轮？"

她没有放慢脚步，但却痛苦地看了他一眼："不是'恐怖屋'吧？"

"不想拿运气冒险。"他说着笑了笑，觉得她态度有所缓和。不过他高兴得太早了。

"谢谢，可是我真得走了。"

"你才来不久嘛。"

她猛然站住，转过身，微微仰起头，用眼睛盯着他。

落日的余晖照着她淡绿色的眼睛。她把眼睛微微眯起，用比她头发还黑的睫毛挡住阳光。他心下思忖：这双眼睛真漂亮，直率、坦诚、很迷人，这会儿又充满了好奇，似乎想知道他怎么知道她是什么时候来的。

"你一进凉棚我就注意到了。"他承认道。

她端详着他的眼睛，接着便难为情地低下头。人们从他们身旁绕过去。一群小男孩跑过来，差点儿撞在他们身上。他们俩很快就被孩子们脚下扬起的呛人尘土裹了起来。一个刚会走路的小女孩哇哇哭起来，因为她没有抓牢，气球从她的小手上飞脱，朝树梢飘去。两个文身的少女从他们身边走过，装腔作势地点燃香烟，嘴里还叽里呱啦地说个不停。

对这些，他们全然没有反应。喧闹的游艺会似乎没有渗透到他俩静悄悄的世界之中。

"我想你也注意到我了。"

在一片喧嚣声中，她竟然奇迹般地听见了哈蒙德低声说出的这句话。她没有用眼睛看他,但是他看见她微微一笑,而且听见她因窘迫而发出的轻微笑声。

"你看见了?注意到我了?"

她微微耸了耸一只肩膀,表示承认。

"呃,好吧。"他出了口大气,这足以说明他觉得轻松多了,"既然这样,我看就没有必要把我们参加游艺会的活动局限在跳舞上了吧。倒不是刚才跳舞不好。好得很。我有很久没有刚才那种美好的感觉了。"

她抬起头,无奈地看了他一眼。

"唔,我是自作多情了,对吧?"

"彻头彻尾。"

他咧开嘴笑了,因为她太迷人,而且对他的调情满不在乎。他已二十年来没有像这样调情了:"怎么样?我今天晚上闲着没事。像这样没有安排的……"

"这是暗示吗?"

"足够了。"

"分文不值。"

"我是说如果你晚上没有饭局……?"

她摇摇头,表示晚上没有安排。

"那我们干吗不一起玩个痛快?"

罗里·斯米洛看着卢特·佩蒂约翰没有闭上着的眼睛,自言自语地问道:"谁杀的呢?"

身材瘦小的验尸官约翰·麦迪逊面部透着机敏,说话轻声慢语,考虑问题十分周密,斯米洛对他非常尊敬——这是很难得的。

麦迪逊博士是个南方黑人,在一个地道的南方城市中确立了自己的权威和地位。对在逆境中取得业绩的人,斯米洛历来尊敬有加。

麦迪逊没有去碰趴在地上的尸体，而是对它进行了仔细的研究。他首先画出轮廓线，然后从不同角度拍照。接着，他检查了死者的手和手指，特别注意看了指甲缝。他还试了试两只手腕的僵硬程度。他用镊子从死者上衣袖子上镊下一个不明微粒，把它小心地放进一只物证袋内。

直到他完成了初步检查，让助手把死者翻过身来，他们才第一次有了惊人的发现——佩蒂约翰发线附近的太阳穴上有个很严重的创伤。

"你觉得罪犯打了他？"斯米洛边问边蹲下来仔细查看，"还是先开的枪，他倒下后才受了这处伤？"

麦迪逊用手推了推眼镜，然后有些不安地说："如果你觉得现在谈这个不方便，我们可以以后再详细谈。"

"你的意思是说，因为我是他大舅子？"验尸官微微点了点头。斯米洛接着说："我从来不让我的个人私事跟我职业上的事情搅和在一起，反过来也是一样。把你的想法跟我说说看，约翰。任何可疑的细节都不要遗漏。"

"当然，我得先把伤口更仔细地查验一下。"麦迪逊没有再提死者和探长的关系，"但是，我初步猜测，他头部受伤是在死亡之前，而不是死亡之后。伤势很重，可能造成多种脑部损伤。任何一种都可能致命。"

"可是你并不这么认为。"

"这倒是真的，罗里。我不这么认为。看上去造成的损伤并不厉害。肿在外面，这往往说明内部没有受伤或者伤得不重。不过，有的时候我会感到非常惊讶。"

验尸官在进行尸体解剖之前有些犹豫，不愿说得太肯定，这是斯米洛可以理解的："眼下可以说他是中弹而死的吗？"

麦迪逊点点头："不过这只是初步猜测。我看他好像是临死之前先摔倒了，被人推了一下或者打了一下。"

"死前多久呢？"

"具体时间很难确定。"

"唔。"

斯米洛很快向四周扫视了一圈。地毯、沙发、安乐椅，都是软包面的。只有咖啡桌面是玻璃的。他慢慢走到那张桌子前，侧过头慢慢向下，直到眼睛和桌面齐平。桌上原先有从小吧台上取下的一只杯子和一个瓶子。不过已经被犯罪现场调查科的人放进物证袋里了。

从这个角度，斯米洛可以看见几个潮湿的圆环，还没有干透。这是佩蒂约翰曾经放过杯子的地方，杯子下面没有放垫子。他的目光慢慢地、一点一点地从玻璃表面扫过。指纹技师在桌子边沿处发现了一个看似手印的痕迹。

斯米洛直起身，脑子里在思索可能会发生的情况。他退到离桌子比较远的地方，然后又朝桌子走过来。"假定卢特是要过来拿饮料，一头栽倒了。"他大声说出自己的推测。

"是意外？"有个警探问道。刑侦科的人都有点怕斯米洛，而且也不喜欢他，可是对他再现犯罪现场的才能，谁也不会提出异议。房间里的人都停下来，认真地听他说。

"也未必。"斯米洛仔细想了想之后说，"可能是有人从背后推了他一把，使他失去了平衡，于是他就摔倒了。"

他做了一个演示动作，但是十分小心，不碰任何东西，尤其注意不碰尸体。"为避免摔倒，他企图抓住桌子边沿，也许他的头重重地摔在地板上，摔晕了。"他扬起眉毛，以询问的目光看着麦迪逊。

"有可能。"验尸官回答说。

"他至少是晕晕乎乎的，这么说不过分吧？他可能就倒在这儿。"他伸开双手比划着地上的轮廓线，也就是尸体被发现的地方。

"推他的那个人接着就对着他的背后开了两枪。"有个警探说道。

"他肯定是脸朝下趴着的时候被人从背后打死的。"斯米洛说完之后，看了看麦迪逊，希望能得到认可。

"看来似乎是这样。"验尸官说道。

迈克·柯林斯警探轻轻地吹了声口哨："真残忍哪，伙计。人已经倒在地上了，还从背后朝人家开枪。那家伙一定是被惹火了。"

"把别人惹火是卢特的拿手好戏，他这方面是出了名的。"斯米洛说道，"我们要做的是把范围缩小到一个人。"

"是他认识的人。"

斯米洛看了看说话的那个警探，示意他继续说下去。那警探说道："没有破门而入的痕迹。门上的锁也没有被撬的痕迹。所以罪犯可能有钥匙，要么就是佩蒂约翰给他开的门。"

"佩蒂约翰的钥匙在自己口袋里。"另一名警探报告说，"动机不是抢劫，除非这个动机未能得逞。他的钱包在上衣口袋里，被压在身子下面，而且似乎没有被动过。什么也没有少。"

"好了。这么说我们就有事干了。"斯米洛说道，"不过离破案还差得远呢。我们还没有找到凶器和疑犯。这幢大楼里到处是人。除了工作人员，还有住店的客人，有人可能看见了什么。我们开始进行调查询问吧，把他们集中起来。"

他慢慢朝门口走去，这时一个警探嘟哝道："已经快到吃晚饭的时候了，他们是不喜欢这样的。"

斯米洛立即反驳说："这我可不管。"与他共过事的人谁也不会怀疑这一点。"安全监控摄像机呢？"他问道。广场饭店所有的设备都是一流的。"录像带在什么地方？"

"这个现在还有点儿乱。"

斯米洛转身看着派到饭店来查验保安系统的警探："怎么个乱法？"

"这你也知道。乱嘛，一团糟。录像带现在还说不清。"

"找不到了？"

"他们还不愿意这么说。"

斯米洛低声诅咒了一句。

"负责录像带的那个人保证说很快就能拿到带子。可是你知道……"他耸起肩膀，仿佛想无可奈何地说，真拿他们没办法。

"说嘛。我要尽快见到带子。"他是冲着他们几个人说的，"这是一起非常明显的谋杀。除了我之外，谁都不准接触媒体。嘴巴要紧，明白了吗？罪犯的作案痕迹会逐渐消失的，所以要立即行动。"

警探们先后走出房间去盘查饭店的客人和工作人员。对于这种询问，人们自然会反感，因为这是很丢面子的事情。这样的任务令人不快，让人讨厌。可是他们从以往的经验中知道，斯米洛是个铁面无私的人，他布置的任务是不能讨价还价的。

斯米洛转身对着麦迪逊博士："你能很快把这个做完吗？"

"要一两天。"

"星期一行吗？"

"这就是说，我的周末要泡汤了。"

"我也一样嘛。"斯米洛的话中没有丝毫的歉意，"我要毒物检查结果，什么都要。"

"你每次都这样。"麦迪逊善意地笑了笑，"我尽力而为吧。"

"你也每次都这样嘛。"

尸体被抬走之后，斯米洛问犯罪现场调查组的一名技师："怎么样？"

"饭店是新开业的，对我们有利。指纹不是那么多。所以说，大多数指纹可能就是佩蒂约翰的。"

"或者是罪犯的。"

"这我就不指望了。"技师说着皱起了眉头，"我还从来没有见过这么干净的现场呢。"

其他人离开房间之后，斯米洛独自在里面走了一圈。他亲自查验了所有的东西，包括所有的抽屉、壁橱、嵌入式保险柜、床垫下面、床底下、浴室里的小药品柜、抽水马桶的水箱。他检查了佩蒂约翰可能留下的任何东西，因为那上面可能留下罪犯的蛛丝马迹。

斯米洛总共只发现一本基甸国际的《圣经》[1]和一本查尔斯顿市的电话号码簿。他没有发现佩蒂约翰的记事本、收据、票据、便条、食品包装纸或者其他个人物品。什么也没有。

他发现小吧台上少了两瓶苏格兰威士忌，可是现场只有一个瓶子，或许是凶手很聪明，临走把自己喝的那瓶带走了。现场还有三只干净的高脚酒杯。可是后来斯米洛找客房管理部门核对时才知道，每个套房里高脚酒杯的标准配置数量是四只。

就犯罪现场而言，除了客厅地毯上的血迹之外，这个现场仿佛空无一物。

"探长？"

此刻正看着浸透血污的地毯而若有所思的斯米洛抬起头。

站在门口的警官用大拇指冲着走廊指了指说："她非要进来。"

"她？"

"是我。"一个女子用手肘把那个巡警推向一边，好像根本就没有把他放在眼里。她把挡在犯罪现场门口的绳子拨到一边，然后走进房间。她的黑眼睛扫视着房间。当她看见地上的血迹后，失望和反感地呼出了一口气："麦迪逊已经把尸体抬走了？见鬼！"

斯米洛抬起手臂看了看手表："祝贺你，斯蒂菲[2]。你打破了自己的速度纪录。"

---

[1] 基甸国际是信奉基督教的工商业者和自由职业者的组织，它的活动就是在旅馆客房、医院病房、拘押处所和学校放置《圣经》。——译注

[2] 即后文中的斯蒂芬尼·芒戴尔。

3

"我还以为你在等丈夫和孩子呢。"

"什么时候?"

"你走进凉棚的时候。"

"哦。"

她没有接过哈蒙德的话头,而是继续舔她的冰淇淋。等小木棍上的东西舔完之后,她才说:"你就是用这种方式来查问我是不是结过婚?"

他扮了个苦相说:"我还以为我说得很巧妙呢。"

"谢谢你的巧克力冰淇淋。"

"你就是用这种方式来回避我的问题?"

他们说笑着来到一个不很平整的木头阶梯。码头平台比水面高出三英尺,约莫十平方码大小。河水正轻轻拍击着饱经风浪的木板下面的支柱。平台四周是一些木椅靠背形成的安全栏杆。哈蒙德把他俩的冰淇淋木棍和包装纸一起扔进废物箱,然后示意她坐到一张长椅上。

平台的四角都有灯柱,可是上面的灯却显得昏暗无光。灯柱之间悬挂着跟那个大凉棚天花板下面一样明亮的圣诞彩灯。这些彩灯使得这个普通的、毫不起眼的码头平台变得非常温馨，极具浪漫色彩。

风儿轻轻地吹着，不过还是给人们一些拍打蚊子的机会。河两岸低矮浓密的灌木丛中不时传出阵阵蛙声。婆娑的橡树那低垂而长着青苔的树枝上，传来声声蝉鸣。

"外面真不错。"哈蒙德说道。

"唔。我感到奇怪的是，这地方别人怎么没发现呢。"

"我预订了，所以这里就全归我们了。"

她笑了起来。在刚才的两个钟头里，他们随意地从一个摊点转到另一个摊点，不断询问小贩们那些高热量食品的价格，时而发出阵阵笑声。对家庭生产的桃子和豇豆罐头，他们赞不绝口，并明白了是使用什么最新设备生产的。他们还在高科技拖拉机的坐垫上坐了坐。在扔棒球的时候，他为她赢得了一个小玩具熊。虽然小贩很会兜售，她还是拒绝试戴假发。

他们还坐了一次转轮。他们的座椅转到顶上之后停了停，还令人心惊肉跳地甩了几下，哈蒙德真觉得头有些晕乎乎的。在他记忆中，像这样无忧无虑的时刻还是什么时候……

他记不得什么时候这么开心过。

那些牢牢束缚他的绳索——那些人、那些工作和责任——似乎都被斩断了。在短短的几分钟里，他自由自在地在半空飘荡。他自由地品味着高高地悬吊在游乐场上空那惊心动魄的时刻，自由地品味着他早已失去的无忧无虑的心境。自由自在地和一位相识还不到两个钟头的女子待在一起。

他不由自主地转身对着她问："你结婚了没有？"

她边摇头边笑，笑得腰都弯了下来："问得不那么巧妙了嘛。"

"因为巧妙没能达到我的目的。"

"我还没有结婚。你呢?"

"没有。"他说道,"哦嗬!我真高兴,这个问题终于搞清楚了。"

她抬头看着他,笑着说:"我也有同感。"

这时他们脸上的笑容消失了。他们凝视着对方。这凝视持续了几秒钟,而且在延长,在继续。他们久久地、静静地相互凝视着,虽然外表不动声色,内心却充满激情。

对哈蒙德来说,这是个千载难逢的时刻。这种时刻就连最有才华的导演和演员在电影中也很难加以表现。这是诗人和词作家在作品中千方百计想着力表现却又难以捉摸的微妙时刻。在此之前,哈蒙德还错误地以为他们已经情投意合。现在他才明白可惜还没到火候。

这百感交集的时刻谁能形容呢?当一个人明白了自己的生活似乎才刚刚开始,相比之下,以前所发生过的一切已不值得一提,而今后也不会有什么能与此相提并论的时候,他的心情又有谁能够形容呢?对这些问题的各种无从捉摸的答案,在他看来已经无关紧要,因为他意识到他唯一有必要知道的就是眼前,是现在,是此时此刻的现实。

他有生以来还不曾有过这种感觉。

谁都不曾有过这样的感觉。

处于转轮顶端的椅子还在摇晃,他真不想下来。

就在他说"你会和我再跳一次舞吗?"的时候,她说道:"我真的要走了。"

"走?""跳舞?"

他们的话又是同时说出,不过哈蒙德把话抢了过去:"再跟我跳个舞吧。刚才我发挥得不好,有那几个海军陆战队员在一边看着我的舞步。"

她转过头,朝游乐场那边的停车场方向看了看。

他不想逼她。任何胁迫都可能让她拔腿就走。他不能让她走。还不到时候："求你了。"

她一副不置可否的表情，用眼睛看着他，然后微微一笑："好吧，再跳一次。"

他们站起身。她准备朝台阶走去，可是他抓着她的手，使她转过身来："就在这儿跳有什么不好？"

她吸了口气，然后慢慢呼出来，用颤抖的声音说："我想没什么不好。"

上次跳舞的时候，他只是把手轻轻搭在她肩上，引导她从舞池中的人缝中穿过而已。上下转轮的时候，他只是用手搀了搀她。坐在转轮上的时候，他们手肘挨着手肘，大腿贴着大腿。除了这有限的几次，他还没有碰过她。他一直在克制自己想抚摸她的念头，因为他不想把她吓跑，也不想让她觉得他讨厌或者是在侮辱她。

他轻轻地、但却坚定地把她拉向自己，直到两人脚尖对脚尖地站在一起。他用手臂钩住她的腰肢，把她搂过来。搂得比上次紧，紧贴着自己。她有些犹豫，但却没有避让，而是把手臂伸向他的脖子。他感觉到她的手触到了他的后背。

乐队晚场的演奏已经结束。现在的乐曲是由主持人播放的，从克里登斯·可里尔沃特到斯特赖桑德的歌都有。夜色渐渐深沉，跳舞的人们更加陶醉，所以主持人播放了一些节奏较慢的歌曲。

哈蒙德听过这首曲子，可却说不出凉棚里播的歌是谁唱的，也不知道歌名是什么。这倒没什么关系。这首歌的节奏舒缓，抒情而且浪漫。小时候母亲劝他学交际舞，他很不情愿地学会了。现在他尽量使自己跟上舞步节奏，可是他越是搂着她跳，越是无法把注意力从她身上移开。

尽管她只同意再跳一个舞，可是由于歌曲在接二连三地唱，他们一刻也没有歇脚。实际上他们都没有意识到歌曲的更换。他们的眼里和心里都只有对方。

他把两双紧紧攥在一起的手抬至他的胸前，把她的手掌放在他的胸脯上，然后把自己的手放在她手上。她头部前倾，把前额搁在他的锁骨上。他用脸颊轻轻地蹭着她的秀发。他虽然没有听见，但却感觉到她嗓子里蠕动着的微微欲望。他自己的欲望也做出了回应。

他们的脚步随着歌曲的节奏越来越慢，最后几乎停了下来。他们完全静止了，只有她那被微风吹动的几缕秀发在抚弄着他的脸。从他们身体接触的部位所产生的热量似乎已把他们融化在一起。他慢慢低下头，打算开始他以为不可避免会发生的亲吻。

"我得走了。"她挣脱开去，急切地转过身子朝放着她的手袋和毛衣的长椅走去。

一时之下，他惊得不知所措。她拿起自己的东西，从他身边匆匆走过，随口说了句："谢谢这一切。非常好，真的。"

"等等。"

她躲开了他伸出的手，很快走上台阶，匆忙中差点被绊倒："我必须走了。"

"为什么呢？"

"我……我不能这样。"

她回过头，只匆匆说了这句话就朝停车场走去。她没有从中间的路上走，而是避开了大凉棚以及那些准备收摊的摊点，顺着挂三角旗的绳子径直走过去。有些游乐活动已经结束。搞展销的人正在收摊，把那些工艺美术品打包放起来。人们带着所买的纪念品和赢得的奖品朝自己家的车走去。嘈杂声已经不像先前那么欢快、那么喧嚣。凉棚里的歌声也不像先前那么浪漫，似乎是添了几分凄凉。

哈蒙德很平静地对她说："我不明白。"

"有什么不明白的？我跟你说过我必须走了，就是这样嘛。"

"我不相信。"他伸手去抓她的手臂，一心想留住她。她站下来，深深地吸了几口气，转身对着他，但是没有正眼看他。

"我玩得很开心。"她语调平淡，仿佛是在背台词，"现在，晚上的活动已经结束，所以我得走了。"

"可是……"

"我没有必要向你做解释。我也不欠你什么。"她看了他一眼，接着很快把目光调转开去，"现在我求求你，不要再阻拦我了。"

哈蒙德放开她的手臂，向后退了一步，仿佛表示屈服似的举起双手。

"再见。"她说着转过身，穿过高低不平的场地朝停车场走去。

斯蒂芬尼·芒戴尔把她的阿库拉车的钥匙扔给斯米洛："你来开车，我要换衣服。"他们的车停放在东湾大街的入口处，在人行道上快步向前走去。每逢星期六晚上，街上的人都比较多，现在由于沿街停着救护车和警车，众多的猎奇者都被吸引到这座新落成的大楼前。

他们从围观的人群中挤出来，但是没有引起人们的注意，因为他俩的衣着都不像"官员"。斯米洛的西装依然那么笔挺，露出的法式衣袖依然那么洁白。尽管佩蒂约翰谋杀案引起了不小的轰动，他却一点儿汗也没出。

谁也不会想到斯蒂芬尼·芒戴尔是县里的助理律师。她身上穿的运动短裤和半截紧身运动胸衣都汗湿了，大饭店里的空调也没有使它们变干。她那凸起的乳头和肌肉发达的细腿吸引了几个过路男子的注意，可是她却没有意识到他们赞赏的目光，因为她在忙着给斯米洛引路。她的车违规停放在了不准停车的拖车区。

他按下没有锁的驾驶座一侧的门钮,没有绕到另一侧去给她开门。即使他走过去,她也会制止他的。她钻进后座,斯米洛坐到驾驶位置上。他把车发动起来,准备进入车流之中,这时她问道:"那是真的吗?我们出来的时候你对那几个警察所说的话?"

"哪些话?"

"啊,这么说有些是胡乱说说的?"

"我们还没发现明显的作案目的和作案凶器,也没有怀疑对象,这些可不是胡说。"他当时是叫他们不要回答记者的提问。他已经确定在十一点钟召开新闻发布会。他之所以定这个时间,是为了让地方电视台在晚间新闻中现场直播,这样他就能在电视上最大限度地露面。

路上的车流一眼望不到头,而且慢得像爬。斯米洛失去了耐心,把斯蒂芬尼的车开进一条狭窄的小街,结果引得对面来的一辆车直按喇叭。

斯蒂芬尼跟开车的斯米洛一样不耐烦。她把半截紧身胸衣一下从头顶脱下。"好了,斯米洛,现在谁也听不见你说什么了。说吧。我就这样。"

"我看见了。"他从后视镜里看了她一眼。

她满不在乎地从健身包里取出一块毛巾,擦起胳肢窝来。"父母亲,九个孩子,只有一个卫生间。在我们家,如果胆小或者害羞,那你身上就别想干净,或者就等着便秘吧。"

对瞧不起她的蓝领家庭背景的人,她经常提这些事,通常也是为自己粗俗的举止找理由。

"唔,快穿上。还有几分钟就到了。其实你本来也没有必要去。我一个人就行了。"斯米洛说道。

"我就是想去。"

"好吧，不过我可不想在路上被人抓走，你还是往下缩一点儿，别让人看见你这副模样。"

"啊呀，罗里，你也太拘谨了。"她说着做了个轻佻动作。

"你太厉害了。怎么这么快就嗅出有人被杀了？"

"我当时正在跑步。经过饭店的时候看见这么多警车，就停下来问一个警察出了什么事。"

"执行命令，无可奉告。"

"我自有我的办法让他开口。再说，他也认识我，就告诉我了。我简直不相信自己的耳朵。"

"我也是。"

斯蒂芬尼戴上一个普通胸罩，然后脱下短裤，伸手到包里拿出一条长裤："不要改变话题，你知道些什么情况？"

"很久以来我大概还没见过这么干净的犯罪现场，也许是我见过的最干净的。"

"真的吗？"她的语气中似乎流露出失望。

"杀他的人是个行家。"

"是脸朝下趴在地上，被人从背后射杀的。"

"正是。"

"唔……"

他再次朝她看了一眼。她正在扣一件无袖连衣裙，不过她的注意力却没有放在衣服上，因为她的眼睛正看着远处。他实际上能看出她那个聪明的脑袋里在想什么。

斯蒂芬尼到县法律事务官办公室工作已经两年多。在这期间，她给人的印象很深——但并非总是好印象。有些人认为她很泼辣，这一点她也确实做得出来。她伶牙俐齿，而且从不饶人。发生争论的时候，她从不让步，这就使她成了一名出色的审判律师和难缠的辩护律师，可是这并没有赢得同事的青睐。

不过，在县警察局和县司法机关里，至少有一半的男人，也许还有一些女人，都对她有过非分之想。人们在茶余饭后，常常传一些与她有关的风言风语，当然这是不能让她听见的，因为谁也不想被她狗血喷头地臭骂一顿。

如果她意识到有人对他垂涎三尺，她会假装不知道。这倒不是因为她听见男人们议论她的下流话会感到讨厌或不安。她只是认为这种事太幼稚、太傻气、太无聊，不值得花这么多时间和精力。

这时罗里从镜子里看见她把扎在腰上的细皮带扣上，然后用手把头发梳理了几下。他对她的身体并不感兴趣。看见她刚才的举动，他并没有产生任何冲动或邪念。他所赞赏的是她的睿智和鞭策她的抱负。她的这些素质使他想到了他自己。

"这一声'唔……'意味深长啊，斯蒂菲。你在想什么呢？"

"罪犯一定很厉害。"

"我手下一个警探也这么说，这是一起残忍的谋杀。验尸官认为卢特也许是在昏迷状态下被用枪打死的。不管怎么说，当时他已经不构成任何威胁了。凶手就是想要他的命。"

"如果你列一份名单，看哪些人巴不得卢特死掉……"

"我们可没有那么多的纸和墨水。"

她从镜子里看见了他的目光，笑了笑："是的。那么，有什么猜测？"

"现在不是时候。"

"还是你不想说？"

"斯蒂菲，你知道，如果没有把握，我是不会把任何东西拿到你的办公室去的。"

"你答应我……"

"答应不了。"

"保证其他人不打第一枪。"

"不要用双关语。"

"你知道我是什么意思。"她有些不高兴地说。

"案子都要由梅森来分配。"他指的是查尔斯顿县的法律事务官门罗·梅森,"拿不拿得到,全靠你自己。"

他从镜子里看见她那双闪烁的眼睛,知道她肯定会把这个当成头等大事。他把车开到路边停下:"我们到了。"

他们在卢特·佩蒂约翰住的楼前下了车。这楼的外观很气派,跟它所在的闻名遐迩的地址南炮台很相称,是多种建筑艺术的结晶。独立战争之后,这座乔治王时期的建筑上增添了不少北方联邦的风格。南北战争中,它的正面又增加了一些希腊式立柱。对这座已然非常壮观的建筑,后来又进行了一些华而不实的维多利亚式的装修。这些建筑艺术的杂烩在这一历史地区非常典型,而具有讽刺意味的是,这些建筑反倒使查尔斯顿变得更加优雅别致。

这幢三层楼有大进深的双层阳台,正面是庄重的立柱和优美的拱形结构。三角墙上方是一个穹顶。两百年来,它经历了两次战争、多次经济萧条和龙卷风的劫难,最近又经历了一次磨难——来自卢特·佩蒂约翰。

由于佩蒂约翰要求这座建筑完全照原样恢复,所以整个工程用了好几年时间。负责该项目的第一个建筑师被弄得神经衰弱,不得不打了退堂鼓。第二个发了心脏病,被心脏科的医生强迫退出了工程。第三个虽然负责将工程搞完,可是他的婚姻也因此泡了汤。

从门前那道带灯柱的漂亮大铁门的复建,到后门铰链的重新打造,无一不是根据史料记载进行的。卢特这样不遗余力,为的是使他这幢房子成为查尔斯顿人们谈论的中心。

这一点他确实做到了。虽然这样的复建未必是人们最欣赏的，但却肯定是人们谈论最多的。

为了把那个破旧库房改造成现在的查尔斯顿广场饭店，他跟查尔斯顿的文物保护协会、历史文物基金会、建筑审查理事会展开了较量。他的计划最初都被这些旨在全力保护查尔斯顿特色、控制建设规划、限制商业性建筑的组织否决了。他们最后同意了他的计划，是因为他保证不对该建筑的砖石外表做大规模改动或损伤，保证不对它外表那些来之不易的伤痕进行伪装，保证不在它前面修建门罩或者能说明其作用的现代标牌。

对于他住宅的改造，文物保护协会也提出了类似的要求，不过那幢建筑已经年久失修，现在有人能把它买下来，而且能按照原样进行修复，他们还是很乐意的。

佩蒂约翰是严格按照规定办的，因为他别无选择。人们一般总觉得，一个人如果只有钞票而没有品味，就会变得非常俗气，觉得他对这幢房屋的修复，特别是他进行的内部装修，就是一个很好的例子。但是，他们一致认为，它的花园在这个城里是无与伦比的。

斯米洛注意到门前花草繁茂、修剪整齐的花园。他按了按大门上的对讲门铃按钮。

斯蒂菲看着他问道："你准备跟她怎么说？"

他在等候里面回应的同时，若有所思地答道："祝贺。"

4

　　罗里·斯米洛并不是冷酷无情、玩世不恭的人。

　　达维·佩蒂约翰把目光从带弧形的楼梯投向门厅，看见斯米洛背着手站在那里，既不是在看自己那双擦得锃亮的皮鞋，也不是在看他脚下进口的意大利地砖。不过他的目光似乎完全集中在他脚下那一块。

　　达维上次见到她丈夫先前的大舅子，是在当地为警察局举行的庆功会上。那天晚上给斯米洛颁了奖。庆功会之后，卢特找到他，向他表示祝贺。斯米洛和他握了握手，因为那是他一再要求的。他对他们一直很客气，不过达维心想，斯米洛探长是不会愿意握手的，他恨不得用牙把卢特的脖子咬断才好。

　　今天晚上罗里·斯米洛那副不苟言笑的样子跟上次的别无二致。他的举止和仪表俨然一副军人神态。他头顶上的头发已经开始脱落，她之所以能注意到，是因为她处于可以鸟瞰的位置。

　　达维不认识跟他一道来的那个女人。达维惯于打量她所接触的女人，所以如果她见过斯米洛的这个同伴，她会记得的。

虽然斯米洛一直没有抬头，可是那个女的似乎特别好奇，不住地朝四下里看，把进门处的家具全都看了个遍。她没有放过一件欧洲进口家具。她的目光敏捷而且锐利。达维看她第一眼就觉得不顺心。

不出什么大事，斯米洛是不会到卢特家里来的，可是达维尽量不愿意往这方面想。她把高脚酒杯里掺了冰和汽水的伏特加一口喝尽，而且注意不使冰块发出声响，然后把杯子放在一张靠墙的小桌上。接着她才正式露了面。

"你们都想见我？"

他们听见她的声音后同时转过身，看见她站在上面的楼廊上。等他们的目光在她身上落定之后，她才开始下楼。她光着脚，头发有些散乱。她下楼的时候，一只手扶着护栏，就像个穿着长裙参加舞会的公主，在接受众多普通臣民的仰慕和崇拜。她出生在查尔斯顿一个上流社会的家庭，父母亲都出身名门。她从来没有忘记这一点，而且也决不会让其他人忘记。

"你好，佩蒂约翰太太。"

"我们就不要客套了吧，罗里？"她走到离他很近的地方，歪着脑袋朝他微微一笑，"我们毕竟还是亲戚嘛。"

她把手伸给他。他的手干爽而温暖。她的手有点潮，而且很凉。她心想，不知他会不会想到这是因为她刚才端着一杯伏特加的缘故。

他松开她的手，指着跟他一道来的女子说："这位是斯蒂芬尼·芒戴尔。"

"斯蒂菲。"那女子说着，肆无忌惮地把手伸到达维面前。

她身材娇小，黑头发，黑眼睛。热情的眼睛。渴望的眼睛。她虽然穿着高跟浅口鞋，但却没有穿长筒袜。在达维看来，这比她打赤脚还要没有规矩。

"你好!"达维轻轻握了握斯蒂菲·芒戴尔的手,很快就把它放下了,"你们是来推销警察局舞会的舞票,还是有其他公干?"

"找个可以说话的地方好吗?"

达维掩饰着不安的心情,笑容灿烂地说:"那当然。"说着,她领他们走进正规的客厅。刚才没有事先通报就把他们让进来的女管家已经到客厅里把灯打开了。"谢谢你,萨拉。"这个管家块头很大,皮肤黝黑得像红木大橱。她听了达维的话之后,就从一个边门走出去了:"给二位来点什么喝的?"

"谢谢,不必了。"斯米洛回答道。

斯蒂菲·芒戴尔表示不要之后,还接着说了一句:"这个房间真漂亮。色彩棒极了。"

"你这么认为吗?"达维四下看了看,仿佛是第一次对它进行评估,"其实这幢房子里,我最不喜欢的就是这一间。不过,从这里可以清楚地看见炮台,就这一点好。我丈夫一定要把墙刷成这种颜色。这叫赤褐色,是为了使他能想起意大利的河畔别墅。可是它却使我联想到橄榄球运动衫。"她看着斯蒂菲,露出甜甜的微笑:"我妈妈经常说,橙色是平民百姓、普通粗人的颜色。"

斯蒂菲气得面颊通红:"佩蒂约翰太太,今天下午你在什么地方?"

"这关你哪门子事?"达维不假思索地冲着她来了一句。

"女士们。"斯米洛狠狠地瞪了斯蒂菲一眼,言下之意是让她闭嘴。

"怎么回事嘛,罗里?"达维问道,"你们来到底有何公干?"

他平和而冷静,同时又非常客气地说:"我提议大家都坐下。"

达维盯着他的眼睛看了几秒钟,又鄙弃地看了斯蒂菲一眼,然后以唐突的手势指了指他们附近的沙发。她自己在一张扶手椅上坐下来。

他首先告诉她,这不是平常的造访:"对不起,我带来了不好的消息。"

她看着他,等他把话说完。

"今天下午晚些时候,有人发现卢特死了。死在查尔斯顿广场饭店顶楼的一个套房里。看来是被人谋杀的。"

达维保持着受过良好教育的人所有的那种姿态。

在公众场合一定不要表露太多的情感。

那样是无济于事的。

感情不外露的本领是自然习得的,尤其是当这一家的父亲拈花惹草、母亲借酒浇愁的时候——谁都知道她酗酒的原因,可是谁都装得若无其事。她们家不会有问题的。

马克辛和克莱夫·伯顿夫妇是一对好夫妻。他们两个人都出身于查尔斯顿的名门望族。两个人都是相貌出众。两个人都毕业于上流社会学校。他们的婚礼被其他人奉为楷模,至今依然如此。他们是天生的一对。

他们的三个漂亮千金都取了男孩的名字,其原因无外乎是马克辛每次临产时都喝得酩酊大醉,抑或是她太迷糊,搞不清生的是男是女,抑或是她想气气固执的丈夫,因为克莱夫一心想要男孩,总怪她只生女孩,从来不考虑自己缺少 Y 染色体。

所以在克兰西、杰里和达维小时候,严重的家庭问题全被扫到珍贵的波斯地毯下面去了。三个女孩很小就知道,无论出现什么令人不快的情况,都不要感情外露。这样比较安全。家里的气氛极不稳定,而且难以捉摸,父母性情暴躁,动辄发脾气,往往是拳脚相加,从而打破表面的平静与安宁。

结果,姐妹三人的感情都带着伤痕。

克兰西三十出头就因宫颈癌去世，她的伤痕也因此永远愈合了。有些恶毒的闲言碎语说，她的癌症是性病多次发作引起的。

杰里走的是另一个极端。上大学一年级的时候，她就成了基督教原教旨主义一个组织的成员。她决心投身的是一种崇尚艰苦、不求享乐、禁酒禁欲的生活。她在南达科他州印第安人保留地上种植根类蔬菜，宣传基督福音。

达维是最小的一个，也是顶着各种流言和绯闻，唯一留在查尔斯顿的。克莱夫因心肌梗死倒在他最后一个情妇的床上，时间是在上午的董事会之后和下午的高尔夫球之间。在此之前，马克辛因患"老年痴呆症"被送进了养老院，其实人们都知道她是因为喝伏特加把大脑喝坏了。

达维表面上像太妃糖一样柔软而有韧性，实际上却像钉子一样坚硬。坚硬得经常戳出来。她什么都经受得住。她已经证实了这一点。

"呃，"她说着站起身，"虽然你们都不想喝点儿什么，我想我还是来一点儿。"

在小酒台前面，她朝晶莹的玻璃杯里放了几块冰，再倒进伏特加。她先喝掉将近一半，把杯子加满后才走回来："她是谁？"

"你说什么？"

"得了，罗里。我不会精神失常的。如果卢特在那家他自鸣得意的新饭店里遭枪击而死，他肯定是在那里会女人了。我想杀他的不是那个女的就是她那个吃醋的男人。"

"谁说他是遭枪击而死的？"斯蒂菲问道。

"什么？"

"斯米洛并没有说你丈夫被人用枪打死的。他说他被人谋杀了。"

达维又喝了一口酒："我想他是被用枪打死的。难道这种猜测不可靠吗？"

"这是猜测吗？"

达维把手猛地一挥，把一些酒洒到了地毯上："你到底是谁，啊？"

斯蒂菲站起来："我代表地方法律事务官办公室。也就是南达科他州尽人皆知的法务官办公室。"

"我知道这在南达科他州叫什么。"达维讥讽地说。

"我将就你丈夫的谋杀案提出起诉，所以我才要跟斯米洛一起来。"

"啊，我明白了。来看看我对这个消息的反应。"

"说得很对。我看你听到之后似乎并不感到惊讶，我们还是回到我原来的问题上来：你今天下午在什么地方？不要再说这不关我的事情，因为你知道，这跟我关系很大，佩蒂约翰太太。"

达维按捺住心中的怒气，平静地把杯子送到嘴边，慢条斯理地回答说："你想知道我能不能找到人，证明我不在现场，对吧？"

"我们不是来审问你的，达维。"斯米洛说道。

"这没什么，罗里。我没什么要隐瞒的。我只是觉得她缺少点儿灵气。"她瞟了斯蒂菲一眼，"你们到我家来，刚把我丈夫被谋杀的消息告诉我，她就旁敲侧击地问一些带侮辱性的问题。"

"这是我的工作，佩蒂约翰太太，不管你喜不喜欢。"

"唔，我不喜欢。"接着她就根本不理睬她，转身对着斯米洛，"我很乐意回答你的问题。你想知道些什么呢？"

"今天下午五点到六点你在什么地方？"

"在这儿。"

"独自一人？"

"是的。"

"有人能作证吗？"

她走到一个小茶几前，在电话上按了一个键。喇叭里传来管家的声音："有事吗，达维小姐？"

"萨拉，请你进来一下好吗？谢谢。"

三个人在静静地等候。达维很冷静，鄙弃地瞟了斯蒂菲一眼，然后用手摆弄着脖子上那串珍珠大小十分匀称的项链。这是她初进社交场合时，她父亲送她的礼物，但她对父亲却是爱恨交加。她的治疗医生说，这串项链表明她不信任别人，其原因是她父亲对妻子和女儿们不忠。达维不知道这是不是真的，也不知道她是不是真心喜欢这串项链。不过，她穿什么衣服都要戴这串项链，不论是穿短裤还是像今晚这样穿这件肥大的白棉布衬衣。

达维的管家萨拉原来是替她母亲干活的。在克兰西出生之前，萨拉就到了她们家，目睹了主人家的所有变故。她走进房间的时候，以怀有敌意的目光看着斯米洛和斯蒂菲。

达维正式作了介绍："萨拉·伯奇女士，这位是斯米洛探长，那位是县法务官办公室的。他们是来通知我，说今天下午发现佩蒂约翰先生被人谋杀了。"

萨拉的表情跟达维一样深藏不露。

达维继续说道："我对他们说，下午五点钟到六点钟的时候我就在这幢房子里，还说你可以为我作证。你说是不是这样？"

斯蒂菲·芒戴尔叫起来："你不能……"

"斯蒂菲。"

"她是在串供。"她冲着斯米洛嚷起来。

达维看着他表白说："我想你刚才说了我不是在被审问，罗里。"

他的目光非常冷峻，不过他转过身客气地对管家说："伯奇女士，就你所知，佩蒂约翰太太当时在家吗？"

"是的，先生。她几乎这一整天都在自己的房间里休息。"

"哦，讨厌。"斯蒂菲低声嘟哝道。

斯米洛没有理会她，而是对管家表示感谢。萨拉·伯奇转向达维，双手抱着女主人的手说："我很难过。"

"谢谢你，萨拉。"

"你不要紧吧，孩子？"

"不要紧。"

"你要点儿什么？"

"现在不要。"

"你什么时候要，只管吩咐。"

达维抬起头，对萨拉笑了笑。萨拉深情地在达维散乱的金发上摸了摸，然后转身离开了房间。达维把杯中酒喝完之后，从眼镜框上面得意地看了斯蒂菲一眼，接着眼睛向下说了一句："满意了吧？"

斯蒂菲心里正感到窝火，没有答理她。

达维再次走到小酒台前面："他在什么地方……他被弄到什么地方去了？"

"验尸官准备进行尸体解剖。"

"所以葬礼的安排就要等……"

"等解剖完毕。"斯米洛替她把话说完。

她又给自己倒了一杯酒。走回来之后，她问道："他是怎么死的？"

"背后中弹，两发。我们认为他是当场死亡。朝他开枪的时候，他可能已经昏迷。"

"是在床上吗？"

当然，她父亲死的情景斯米洛是知道的。这件丑闻的细节在查尔斯顿是无人不知、无人不晓。她注意到斯米洛在回答时显得有些痛苦和窘迫："发现他的时候，他躺在客厅的地上，穿着衣裳。床没有用过。没有任何幽会的迹象。"

"唔,这至少是个大变化。"她把酒一饮而尽。

"你最后见到卢特是什么时候?"

"是昨天晚上,还是今天上午,我已经记不清楚了。我觉得是今天上午。"达维没有理会斯蒂菲·芒戴尔表示不相信的哼声,眼睛一直看着斯米洛,"我们有时候一连几天都不照面。"

"你们不同床了?"斯蒂菲问道。

达维转过身:"你是北边什么地方人?"

"怎么了?"

"因为你缺乏教养,没有礼貌。"

斯米洛再度进行了干预:"斯蒂菲,如果没有必要,我们还是不要涉及佩蒂约翰的私生活。在这个时候,还没有这个必要。"他接着问达维,"你不知道卢特今天的日程安排?"

"别说今天,哪一天的都不知道。"

"他没有暗示过准备见什么人?"

"没有。"她把空酒杯放在茶几上,直了直身子,挺了挺肩膀,"对我有怀疑吗?"

"眼下查尔斯顿的人都值得怀疑。"

达维正视着他的目光:"许多人都有理由杀卢特。"斯米洛被她看得把目光转移开了。

斯蒂菲·芒戴尔走上前来,仿佛是要告诉达维她还没有走呢,仿佛她是个重要人物,不可小看:"对不起,佩蒂约翰太太,我有些失礼了。"

斯蒂菲顿了顿,可是达维无动于衷。她不打算原谅斯蒂菲多次违反一些不成文的礼貌规范的行为。

"你丈夫是知名人士。"斯蒂菲继续说道,"他兴办的事业每年给这个城市、这个县以及这个州带来了大量收入。他对公益事业的参与……"

"拐弯抹角说这些干什么呢？"

斯蒂菲不喜欢达维来打断她，便继续说道："这次谋杀的影响会超出整个社区。我们办公室将不遗余力，直到把凶犯缉拿归案，审判定罪。我向你保证，一定尽快使案情水落石出。"

达维不以为然地笑了笑："芒戴尔女士，在我看来，你个人的保证一文不值。我要告诉你的事情，你是不会高兴的。我丈夫被害一案的诉讼用不着你。我从来不要二流货色。"她毫不掩饰地用厌恶的目光看了看斯蒂菲身上的衣服。

接着，这个曾经经历过社交界活动的女人转身对着斯米洛，说出了她对事情的安排："我要让最好的人来干。罗里，请务必做到这一点。否则，作为卢特·佩蒂约翰妻子的我，就将亲自来安排。"

5

"赌一百赢一千，机会难得！"那人拍着脏兮兮的绿毡垫，满嘴酒气，笑容可憎，博比觉得一阵恶心，不禁打了个寒战。

博比从裤子后边的口袋里掏出钱包，从中抽出两张五十元的大钞递给那个愚蠢的家伙，也许还是个穷鬼。"好买卖。"他的话很简短。

那人把钱放进口袋里，接着迫不及待地搓起手来："还想再下吗？"

"现在先不忙。"

"害怕了？来吧，别害怕。"那人诱惑地说。

"我不怕。"博比声音有些打颤，"也许等一会儿。"

"加倍还是不变？"

"等会儿。"他眨了眨眼，真想朝那人鼓鼓的肚子上开一枪，然后把他的酒拿过来，不慌不忙地走开。

实际上，他是想把输掉的钱赢回来。可遗憾的是，他已经囊空如洗。之前的几轮赌博，他全都输了，一下输掉好几百块。如果他的现金问题不解决，他就无法再赌。

当然，他也就无法享受生活中那些美妙的东西。刚才输掉的那一百块钱，本来还能用很长一段时间，可以免除他许多烦恼。不是什么非分之想。只是几包可卡因，或者是一两颗鸦片丸。哦，不过嘛……

好在那张伪造的信用卡还带在身上。他可以用它来支付生活费用，如果要得到其他东西，就需要现金了。现金可不是那么容易弄到的，倒也不是不可能，但那要付出更多的劳动。

博比想的就是少干点儿活，多轻松轻松。"不用多久了。"他露出微笑，对着酒杯自言自语地说道。等他的投资得到回报，他就有希望轻松好几年。

可是他的笑容很快就消失了。他幻想中阳光灿烂的未来蒙上了一层不确定的疑云。遗憾的是，他挣钱的计划有赖于他的合作伙伴，而他已开始怀疑她是否可靠。实际上，他的疑虑就像今天晚上喝的劣质威士忌一样，烧得他心里难受。想到这里，他就恨不得甩掉她，再也不信任她了。

他坐在吧台一端的高圆凳上，又要了一杯酒。这个酱紫色人造革凳面上原先有一些仿皮革的花纹，由于多年来老酒鬼们的光顾，花纹已经磨平了。要不是为了避免别人注意，他才不会光顾这样的低级小酒店呢。他当年也曾在这种小地方转悠过，但那是很久以前的事了。他是从那时候开始一步一步上来的。向上。不断向上。这就是他博比·特林布尔。

后来，博比为自己塑造了一个新的形象，直到现在还不打算放弃。一个人的家庭出身不是自己能够选择的，但是，如果他不喜欢那个环境，如果他知道自己要做的事注定会越来越大，他肯定要抛弃一种形象而塑造另一种形象。他就是这样做的。

正是由于他学会了一套文雅举止，所以才在迈阿密找到了一份舒适的工作。一家夜总会的老板需要一个有博比这样本事的人当节目主持人。他看上去不错，他的信口胡诌招徕了许多女士。他就像鸭子下了水一样，渐渐爱上了这一行。那夜总会的生意火爆起来。迈阿密的夜生活以自我表现的节目著称，所以雄鸡和公牛夜总会很快就成了一个最热闹的地方。每晚都是女客盈门，因为她们知道如何过得快活。在博比的精心营造下，这家夜总会的粗俗名声响了，与其他女士娱乐夜总会旗鼓相当。

雄鸡和公牛夜总会公然搞一些下流表演，它所吸引的不是女士而是女人，是那些真正想轻松一把的女人。大多数夜晚，跳舞的人都脱得一丝不挂。虽然博比始终穿着晚礼服，可是他说出的煽情语言足以使那些女人癫狂得春心荡漾。他的口头诱惑比那些舞者扭动的臀部还要有效。她们喜欢他那些淫词秽语。

有一天晚上，有个特别狂热的女人和另外一名舞者爬到台上，跪下来对他做下流动作。底下的女人们都疯了似的，个个欣喜若狂。

可是混在人群中的反淫乱小组的人非常恼火。

他们暗中叫来了助手。还没有等人们意识到是怎么回事，一下子就来了许多警察。博比设法从后门溜之大吉——不过在离开之前，他顺手牵羊，把办公室保险柜里的现金一扫而光。

由于他喜欢赌赛马，而偏偏最近运气不佳，结果欠了一大笔高利贷款。那个放债的家伙不明白，那家夜总会的关闭只意味着他收入的暂时中止，局面很快就会扭转过来。可是，"很快"这个词在高利贷者的词典上是没有的。

由于夜总会老板、警察和高利贷者都在找他，他只好把将近一万美金的现款藏在身上，逃离了阳光州。他把自己那辆梅塞德斯车漆成了另一种颜色，而且把车牌也换了。有一段时间，他带着偷来的钱，悠闲自得地沿海岸线旅行，日子过得挺舒坦。

可是好景不长。他必须去重操旧业，再说他也别无长技。他以住店客人的身份出入豪华宾馆，在游泳池边闲逛，用自己的魅力去勾引单身女客。他把从她们身上偷钱看成是公平交易，因为他给她们提供了床上的快乐。

有一天晚上，博比正呷着香槟，甜言蜜语地骗得一个离婚的女人拿出了房间钥匙，突然他看见餐厅对面有个来自迈阿密的熟人，于是赶紧借故上洗手间溜回下榻的饭店，匆匆收拾好行李，装上梅塞德斯车，一溜烟地离开了那座小镇。

他蛰伏了好几个星期，热闹的场所一概不去。他手头的现金在不断减少。尽管他看似感情丰富，举止优雅，可是当他照镜子的时候，却发现自己还是几年前的样子——一个性情暴躁、无足轻重、玩些小花招的骗子。现在他像遭到了报应似的，囊中羞涩。他的自我怀疑也从来没有像现在这样强烈。有一天晚上，他觉得有些绝望，也有些害怕，在一个小酒吧里喝得醉醺醺的，结果跟一个顾客打了起来。

他在酒吧里打架又成了他时来运转的机会。这一架正好被一个人看在眼里。他也因此走上了现在这条路。他的成功就在眼前了。如果事情能如愿以偿，他就能大发一把，就能有一笔跟现在的博比·特林布尔身份相称的财富。他就不会再度沦落到以前那个失败者的境地。

然而——这是个特大的"然而"——他的成功取决于他的合作者。因为他早就认定，女人毕竟是女人，不能过分信赖。

他饮干杯中酒之后，对酒吧男招待举起手："再来一杯。"

那个招待正全神贯注地看电视。博比从自己坐的地方望去，尽管屏幕上有很多雪花，还是能看见屏幕上有个人正指着他，对着麦克风在讲话。这个人博比不认识。是个脸上没有笑容的家伙，这是肯定的。一本正经，就像个社会福利工作者。博比小时候，这种人经常转到他家里来，问他一些有关他本人以及他家里的情况，对他私人的事很感兴趣。

电视上的那个人家伙虽然被十几个记者缠着，但还是非常冷静。他说："尸体是今天晚上六点钟过后不久发现的。死者的身份已经认定。"

"你有没有……"

"有凶器没有？"

"有疑犯吗？"

"斯米洛先生，你能不能告诉我们……"

博比听了觉得没有兴趣，大声嚷嚷说："这儿有人要啤酒。"

"我听见了。"那个招待不高兴地说。

"你们的服务要改……"

博比到了嘴边的话突然消失，因为电视屏幕上那个冷面的家伙已经被切换成一张他非常熟悉的面孔。是卢特·佩蒂约翰。他竖起耳朵仔细听着。

"没有强行进入佩蒂约翰先生套房的痕迹。抢劫的动机已经被排除。此时此刻我们还没有任何疑犯。"电视现场报道结束了，画面又回到十一点新闻的播音室。

博比充满自信地咧开嘴笑了。他举起刚斟上的酒，对他的合作者默默致敬。在他看来显然她已经安然无恙。

"现在我只能向各位提供这些情况。"

斯米洛转身离开那只麦克风，结果发现有更多的麦克风举了过来。"对不起了。"他说着从那群记者中穿过。

对跟在他身后提问的人，他没有理睬，继续从记者群中向外走。眼看已问不出什么名堂，那些记者也随即散去。

斯米洛表面上假装不喜欢媒体的关注，可是实际上很喜欢像这样现场转播的新闻发布会。这倒不是因为他喜欢在闪光灯和照相机面前露面，他知道他在照片上的样子很可怕。也不是因为这样可以引起别人的注意，可以因此扬名。他有一份很稳定的工作，而且不需要有公众的认可才能保住。

他所喜欢的是一种权威感，因为有人把镜头对着他拍摄，还引用他所说的话。

他走到聚集在饭店大厅服务台附近的警探们身边嘟囔着说："总算结束了，我很高兴。你们探听到什么没有？"

"一无所获。"

其他几个点点头，同意迈克·柯林斯说的。

斯米洛事先已经计算过从佩蒂约翰家里出来，回到广场饭店正好能赶上晚间十一点新闻。果然不出他所料，当地所有电视台，甚至离他们很远的萨凡纳和夏洛特等地的一些电视台，也都从饭店的大厅进行了现场报道。他在大厅里对那些记者以及在家收看电视的观众介绍了一些基本情况。他没有添加任何细节，主要是因为他自己也只了解一些基本情况。他没有向他们提供更多的情况，但这一次他没有含糊其辞。

他急于得到信息的心情不亚于那些记者。所以柯林斯警探对询问结果所做的简短回答使他吃了一惊："你说'一无所获'是什么意思？"

"就这个意思。"迈克·柯林斯是个老手了。跟其他人相比，他在斯米洛面前不怎么胆怯，所以大家都默认他为代言人，"到目前为止，我们一无所获。我们……"

"这不可能，警探。"

柯林斯深陷的眼窝四周黑了一圈，这足以说明他熬了很多夜。他

51

转向刚才想打断他的斯蒂菲·芒戴尔，像要把她掐死似的看着她，然后全然没有理她，继续向斯米洛报告。

"我刚才说了，我们对这些人都进行了盘问。"住店客人和饭店工作人员现在还被扣在饭店的大舞厅里。"刚开始，他们还觉得挺有趣，你知道吧。场面令人兴奋，就像看电影。可是这种新鲜感几个小时之前就没有了。问了他们几次，得到的回答都一样。现在他们情绪很坏。从他们那里已经问不出什么了，他们一个劲地抱怨说为什么不让他们走。"

"我觉得很难相信……"

"谁让你说话了，啊？"柯林斯抢白了又想插嘴的斯蒂菲。

她的嗓门比他还高："这么多人当中，肯定会有人看见了什么。"

斯米洛举起一只手，意在平息他手下这个情绪低落的警探和那个性格直率的助理律师之间可能爆发的一场激烈争吵："好了，你们两个。我们都很疲劳了。斯蒂菲，我看你已经没有必要再待在这里。等有了新情况，我再通知你。"

"想得美。"她双臂交叉放在胸前，满不在乎地瞪着斯米洛，"我就不走。"

斯米洛勉强同意让住店的客人回到各自的房间。接着他把手下的警探们召集到夹层楼面的一个会议室里，让人送来一些比萨饼。大家在吃比萨饼的时候，斯米洛检查了一下他们经过数小时盘问所得到的少得可怜的情况。

"佩蒂约翰在温泉池里接受了按摩？"他看着记录问道。

"是的。"一位警探赶紧咽下嘴里的一大口比萨饼，然后说，"是他刚到的时候。"

"你询问过按摩师没有？"

那人点点头："说佩蒂约翰要求做一次豪华式按摩，整整用了九十分钟。佩蒂约翰还在更衣室冲了个澡,所以套间浴室的地上才是干的。"

"那个家伙可疑吗?"

"我看不像。"那警探说着又咬了一口比萨饼,"是从加利福尼亚一个温泉池请来的。初来乍到,今天是第一次和佩蒂约翰接触。"

斯米洛看了看匆匆写就的住店客人名单。没有一个像是疑犯。没有一个人说与他有过接触,不过有些人说知道这个名字,因为几个月前媒体对广场饭店开业进行过大量报道。

大多数人都是带着家人来度假的平民百姓。有三对前来度蜜月的夫妇。还有几对谎称是来度蜜月的,其实显然是趁周末溜到这个浪漫小城来进行不正当幽会的情人。这些人在回答警探问题的时候有点儿紧张,这倒不是因为他们害怕与谋杀有牵连,而是对自己的私通行为感到愧疚。

四楼有三个房间住的是来自佛罗里达的几个中学女教师。有两个套房住的是一支男孩子的篮球队。他们今年春季中学毕业,这是最后一次聚会,以后就要各奔东西去上大学了。他们的唯一罪过就是未成年就喝酒。其中还有一个男孩把一小袋大麻交给了盘问他的警探,这使得他的同伴们大吃一惊。

他们一致的看法是:如果卢特·佩蒂约翰那天下午没有被人谋杀,这一天将是一个很普通的星期六。

"又长、又热、又黏乎。"一个警探张开大嘴打着呵欠说。

"你说的是天气,还是我的那个?"有个警探打趣地问。

"随你说吧。"

"保安录像带呢?"斯米洛的问题打住了他们的粗俗玩笑。警探们一阵窃笑,显然只有他们才明白有什么可笑的。"怎么了?"斯米洛问道。

"你想看？"柯林斯问道。

"有什么值得看的吗？"

在大家又一阵窃笑之后，柯林斯建议斯米洛亲自看一看，他甚至请斯蒂菲也一起看一看。"你也许能学点儿东西。"他对斯蒂菲说道。

斯米洛和斯蒂菲跟着警探们穿过夹层的大厅，走进一个小会议室。那里面有一台已经准备就绪的录像机，随时可以在一台彩色监视器上播放。

柯林斯在介绍录像带的时候有点儿故弄玄虚："昨天下午，负责安全监视摄像机的那个人对我说，那一层楼面摄像机所录的带子不知放到什么地方去了。"

斯米洛凭自己的经验知道，安全监视摄像机通常和定时录像机相连，那台录像机会根据使用者的指令，每隔五到十秒钟录一幅图象。这也就是为什么在回放的时候画面呈不连贯的跳跃式。通常这台录像机能持续工作好几天，然后又自动倒带，从头开始录起。

"录像带从机器里取出后放到哪儿了？在没有必要专门审看的时候，带子不都是放在机器里反复使用的吗？"

"这是我要提供的第一个情况，也就是说他在撒谎。"柯林斯说道，"所以我一直在跟他要。最后他拿出了这盘带子。开始放吧？"

他见斯米洛点了点头，就按下录像机上的播放键。虽然显示器上没有出现画面，音轨上留下的显然是三级影片上的声音。那呻吟和喘息是淫秽电影中两个人床戏的背景声。

"这个场面大约有十五分钟。"柯林斯解释说，"等这一段完了，又是两个女人在浴缸里相互满足的镜头。接下来就是你占主导地位的场面……"

"我知道了。"斯米洛不耐烦地说道，"关掉吧。"他根本不理睬其他人发出的不满的嘘声："对不起了，斯蒂菲。"

"用不着了。柯林斯警探拿我来开心,这只能证明我的看法是正确的:'成年男子'是个构词上自相矛盾的说法。"

其他人都笑起来,只有柯林斯被奚落得干咳了一声。他尴尬地对他们说:"有意思的是,佩蒂约翰的一流保安设施不过是吹牛而已。在客房楼层上的监视摄像机全都是聋子的耳朵,装装样子的。"

"什么?"斯蒂菲叫起来。

"整个大楼里唯一工作的监视摄像机在会计部。佩蒂约翰不想让任何人偷到他的钱,至于住店的客人是否会遭到抢劫或者被人杀害,我想他是不会在乎的。最后玩笑开到他自己头上去了。"

"那个小青年为什么要说谎?"斯米洛问道。

"是别人让他那么说的。是那个老奸巨猾的佩蒂约翰亲自关照的。我们现在所谈的这个人不是研制火箭的科学家,因此,即便我们告诉他,佩蒂约翰已经死了,而且,他真正感到害怕的应该是对我们说谎,他还是不肯说。最后他吐露了实情。我们进行了检查,发现那些监视摄像机全是假的。"

"这件事有多少人知道?"

"我想不会太多。"

"查一查。从管理部门的人开始。"

"行。"

斯米洛接着对大家说:"我们要做的第一件事,就是从佩蒂约翰的宿敌查起。我们要列一个表……"

"也许我们可以免去这个麻烦,就用电话号码簿吧。"有个警探说了句俏皮话,"我所认识的人都会因为这个混蛋的死感到高兴。"

斯米洛狠狠地瞪了他一眼。

"哦,对不起。"他嘟哝着,脸上的笑容随之消失,"我忘了你们俩是亲戚。"

"我们不是亲戚。他跟我妹妹结过婚,时间不长,仅此而已。跟其他人相比,也许我更不喜欢他。"

斯蒂菲倾身向前问道:"你没有朝他开枪吧,斯米洛?"

大家都笑了,可是斯米洛的回答也很干脆:"我没有。"他似乎是在严肃地回答她的提问,这一来倒使刚才一阵哄笑突然停了下来。

"容我打断一下,斯米洛!"

斯米迪站在打开的门旁边。斯米洛看了看手表。已经过了午夜。他对擦鞋匠说道:"我还以为你要急着回家呢。"

"他们刚刚才告诉我们,说可以回家了,斯米洛先生。"

"哦,是的。"虽然把人扣下来是他下的命令,他却没有想到为了进行盘查,像斯米迪这样长期在饭店工作的人会被扣这么长时间,"真对不起。"

"没关系,斯米洛先生。有个问题我想问一下:有没有人跟你说起过昨天那些人被送进医院的事?"

"医院?"

6

　　汽车仪表板上的红色字母 E 在闪烁。
　　她无可奈何地叹了口气。她最不愿意干的事就是停车加油，可是经验告诉她，如果这辆车的油耗表显示油快用完，那就是到了危险点，而且是不会有错的。
　　这是条乡村公路，沿途服务站很少。警示灯闪烁后，她才开了几英里，就看见一个加油站。她把车开进去，有气无力地下了车。
　　通常她自己加油的时候，使用的都是信用卡。可是先进的技术还没有延伸到这个偏僻的地方。她不喜欢预先付款，这是她的一条原则。于是她先从油泵上取下加油嘴，扳下控制杆，再把汽车油箱盖拧下放在车顶上，把加油嘴伸进油箱，然后朝小屋子里的人挥了挥手，让他把油泵打开。
　　那个人正在一台黑白电视机上看摔跤比赛。透过啤酒霓虹灯广告和窗玻璃上贴的那些过时的招贴和寻找宠物的启事，她几乎看不见他。也许是他没有看见她，也许他的原则是，顾客不预先付款，他就不开油泵，尤其是天黑之后。

"见鬼。"她平心静气地走到那人的办公室，把一张钞票放进窗户下面的一只盘子里。那盘子就够脏的了，可是那扇窗户显得更脏。

"加二十块钱的？还要别的吗？"他问话的时候，两眼依然盯着电视机的屏幕。

"不要了，谢谢。"

加油的速度很慢，不过油泵最后终于关上了。她把加油嘴取出来，放回油泵上。就在她伸手去拿油箱盖的时候，从公路上开来的另一辆车进了加油站。车子的前大灯照着她，使她在灯光中眯起了眼睛。

那辆车开到她的车后面，在离后保险杠很近的地方停下来。驾车的人关掉车灯，但没有熄火就打开车门，走了出来。

她一下子惊得目瞪口呆。不过她没有动，也没有说话。她没有因为他跟着她而训斥他，没有质问他为什么要跟着她，也没有让他走开、不要来纠缠她。她什么也没做，只是看着他。

由于不是在阳光下，他的头发看上去已不像白天那样棕黄，而是黑了些。尽管光线较暗，看不清他的眼睛，但她知道它们是蓝中带灰的。他的一道眉毛比另外一道要高一些，也要弯一些。这种不对称的扭曲倒也挺有意思。他的下巴上有一道浅浅的垂直裂痕。由于个子高，他身后的影子也比较长。他的体重绝对不会成为一个问题，因为他的骨架决定了他身上不会长很多赘肉。

他们隔着他的车头相互凝视着对方。接着他绕过打开的车门。她看着他一步步地朝她走过来。他刚毅的下巴表明了他的决心，也足以说明他的个性。要想使他泄气，没那么容易。为了得到他所追求的，他毫不畏惧。

他走到她的面前站定，用双手托起她的面颊，然后低下头去吻她。

她心里在想，哦，天哪！

他的嘴唇热情奔放，表达了不言而喻的情感。他的吻是那样的冲动、甜蜜而且真诚。他的力度恰到好处，使她深信自己正被人热吻着，但又不使她产生被征服或被胁迫的感觉。正是这样完美的吻使她自然地张开双唇。他的舌刚碰上她的舌，她的心就怦怦直跳，并不由自主地搂紧了他的腰。

他的手慢慢放下，一只手臂搂住她肩膀，另一只伸到她的腰背部，把她紧紧地搂向自己。他的头向下低了低，而她的头则向上抬起。他的舌头开始探索，说明吻的程度在加深。两人越吻越热烈。

接着他突然脱离接触，大口大口地喘起气来。他的手又恢复了原先的位置，捧起了她的面颊："这正是我想知道的。原来不只是我。"

尽管脸被他捧着，她还是摇了摇头。"是的。"她对自己嘶哑的嗓音感到奇怪，"不只是你。"

"跟我来好吗？"

她想表示异议，可是欲言又止。

"我有个小屋离这儿不远。两三英里吧。"

"我……"

"不要说不。"他压低的嗓门有点儿刺耳，但却充满激情。他的双手加大了力度，"不要说不。"

她的目光直逼他的双眼。然后微微点点头。他立即松开手，转身朝自己的车走去。她匆匆把油箱盖放上去，将它拧紧，接着绕到另一侧，上了自己的车。她把车发动起来。他把车移动到和她并排的位置。

他看着她，仿佛想看看她是否跟他一样坚定，看她会不会逮着机会就逃之夭夭。

她知道这是自己应该做的。但她也知道自己不愿意这样做。至少现在还不是时候。

直到她的车和他的车并排停下,哈蒙德才松了一口气。他走过去,替她打开车门。"脚下留神。太黑了。"他搀着她的手,领着她走上通向小别墅的碎贝壳铺的小道。门廊上一盏小灯的亮光使他能看清开门。钥匙是他从查尔斯顿带来的。

他把门推开,把她让进屋里。当地有个清洁女工,在必要的时候就来打扫一下卫生。今天早些时候,他已经让她来清扫整理过了。这个小别墅不像经常空关、没有人住的样子,里面空气清新,没有霉味,就像刚刚洗过的衣物一样。空调也按照哈蒙德的吩咐开着,里面凉爽宜人。

他掩上前门,把门廊上的灯光关在门外,使他俩处于一片黑暗之中。他很想做一个好东道主,表现出君子风度,带她在屋子里看一看,让她先喝点什么,向她多做一些自我介绍,让她适应单独跟他在一起的情况,因为他们毕竟几个钟头之前才相识。可是他却迫不及待地去拉她。

她顺势投入他的怀抱,似乎也像他一样特别想要亲吻。她的嘴对他伸出的舌头做出了热烈的反应。他的舌头在探索、检验和品尝她,直到不得不喘口气的时候,才停下来。他慢慢低下头,把脸贴在她的脖子上,而她的双手则捧着他的头,不住地用手指梳理他的头发。

他从脖子渐渐地亲到她的耳朵:"这简直太妙了。"

"妙极了。"

"你怕吗?"

"是的。"

"怕我?"

"不是。"

"你应当怕。"

"我知道,可是我不怕。"

他用唇轻轻碰了碰她的唇,还没有开始吻:"害怕这个情景?"

"非常怕。"说着,她渐渐张开了嘴。

一次深吻之后,他说道:"这太轻率,太操之过急,也太……"

"太不负责任。"

"可是我无法控制。"

"我也是。"

"我太想……"

"我愿意。"他把手慢慢向下挪,然后捂在她胸脯上。

他们再度接吻。一个长长的、深深的、激起情欲的吻。

接着,他抓住她的手,拉着她,摸索着穿过客厅,走进了卧室。这个小别墅从哪个角度看都不算豪华,但他却没有忽视生活上的舒适。他的那个房间虽小,可是里面却挤进了一张很大的床。

他们顺势倒在这张床上,挪到床的中间,紧紧地搂抱着,如胶似漆。

她侧身躺着,背对着他。

哈蒙德想说点比较恰当的话,可是在没有想好之前,他决定还是不说为好。他所想到的话不是太虚假,就是太乏味,或是太陈腐,或是几者兼而有之。他甚至想到要跟她说实话。

天哪,太不可思议了。

你太美了。

这是我有生以来从未有过的感觉。

我真不想让这样的夜晚结束。

但是他知道这些话她都不会相信,所以他什么也没有说。长长的、紧张的沉默变得更长、更紧张。最后他侧过身打开了床头灯。她对此做出的反应是把双膝蜷缩到胸前,变得更加羞怯、更难以触摸。

他失去勇气,坐了起来。他的衬衣扣子已经解开,而且起了皱,他的长裤拉链已经拉开,可是这两样他都还穿在身上。他站起来,脱得只剩下一条运动短裤。他朝床上一看,见她已经平躺在那里,睁大眼睛看着他,眼睛里露出恐惧。

"这是个很难堪的时刻。这么说并不过分,是吧?"

哈蒙德小心翼翼地坐到床上:"不过分。"

她润了润嘴唇,向内抿了抿,避开他的目光,点点头说道:"你现在是不是要找一个体面的办法把我赶走?"

"什么?"他轻声说道,"不,不。"他伸手想去抚摸着她的秀发,可是伸到一半又放下了:"我是在想一个办法把你留下来过夜,但又不想让自己下不了台。"

他知道这话她爱听。她再次看着他,羞怯地微微一笑。由于刚才热烈的亲吻,她的嘴唇还鼓鼓的,非常诱人。她的秀发散乱地披在脸上。她的衣服比他的还要乱。她身上散发出迷人的诱惑力。他再次冲动起来。

"我太狼狈了。"她羞羞答答地把裙子捋到大腿以下。"我能用你的卫生间吗?"

"就在那个门里面。"他起身离开,给她一点隐私权,"我去拿点喝的。你饿不饿?"

"在游艺会上吃了那么多杂七杂八的东西还饿?"

他冲她微微一笑:"来点儿水?橘子汁?茶?软饮料?啤酒?"

"水就行了。"

他用下巴朝浴室门那边点了点:"如果需要什么,只管说。"

"谢谢。"

他见她似乎不大愿意下床,好像是因为他还在房里的缘故,于是朝她笑了笑,随即就离开了。真要谢谢那个清洁女工,因为她已经在冰箱里放了瓶装饮料和瓶装水。既然来了,他就查点了一下里面的东西:半打鸡蛋、一磅咸肉、英式小松糕、咖啡。奶油?没有。他希望她喝黑咖啡。橘子汁?有。冷冻室内有一罐六盎司的浓缩橘子汁。

如果上午不开会,他很少吃早餐。可是到乡下度周末,上午显得很长,人也懒散一些,所以他就喜欢美美地吃一顿晚早餐。他的烹饪技术还凑合,特别是对付咸肉和鸡蛋这些东西更不在话下。也许早餐他们可以一起来做,分分工,在做的过程中也许还会挤挤碰碰的。笑一笑,接个吻。他们还可以把早餐拿到门廊上去吃。想到明天早晨可能发生的事,他美滋滋地笑了。

"是今天早晨。"他自我更正说。因为他看了看钟,意识到此时已经过了午夜。

昨天一天真讨厌透了。他离开查尔斯顿的时候,心里又烦躁又生气,有好些不顺心的事。好像什么事都不对劲。可是他万万没有想到这一天结束的时候,会跟一个几个钟头前还素不相识的女子上床。他真想不到会有这样的艳遇。

他还在因命运的神奇而胡思乱想的时候,突然听见浴室内的水被关上了。他强迫自己再多等两分钟,因为他不想过早地或者在不适当的时间出现。接着他抓起两瓶水,向卧室走去。

"我说,"他用没有穿鞋的脚把门弄开,"我想我们应该正规地自我介绍……"

他突然怔住了。站在梳妆台前的她迅速转过身来,手里还拿着电话。她立即挂断电话,含含糊糊地说:"但愿你不要介意。"

实际上,他是不大高兴的。他非常介意。这倒不是因为她没有得到他的允许就使用电话,而是因为还有一个人在她的生活中占有重要位置,以致深更半夜、在马上就要和他上床的情况下,还要给那个人打电话。他的这种反应连他自己也感到惊讶。

他刚才还傻乎乎地待在厨房里,想入非非地要与她共进早餐,出于礼貌的考虑,还在那儿多待了一会儿。此刻他站在这里,脸上毫无表情。他做了这一切,没想到她却在给某个人打电话。他把两瓶水放在床头柜上。

哈蒙德·克罗斯觉得自己像个傻瓜,感到很荒唐,像被人耍了似的。他通常是很有自信心的,而且善于驾驭各种局面,可是现在却觉得自己活像头蠢驴,这种感觉使他十分不快。

"你是不是想独自再待一会儿?"他表情木然地说。

"不,没关系的。"她把电话放回去,"我没有打通。"

"真遗憾。"

"不是什么要紧事儿。"她双臂交叠放在腰际,然后又紧张地垂向身体两侧。

不是什么要紧事,为什么深更半夜还要打这个电话?他想问,可是没有问。

"我穿这个行吗?"

"什么?"他故意打岔地问。

她的手顺着身上那件旧得掉色的T恤衫的正面从上向下摸着。他认出来了。那是他上大学的时候在大学生联谊会的晚会上穿过的。它一直盖到她的大腿。"哦,当然。蛮好的。"

"是我从浴室的衣柜里找出来的。我不是在乱翻。我只是……"

"没有关系的。"他的简短回答已经说明问题了。

她那双下垂的手捏成了拳头,接着甩了甩将它们松开:"我说,也许我还是现在离开比较好。我们俩都有点儿稀里糊涂了。也许是坐转轮坐的。"她的幽默没有起任何作用,"不管怎么说,这是……"她看着床,说话的声音越来越小。

也许她本来没有想让目光在床上滞留那么长时间。那一堆纷乱的衣服使她对他们之间的一段浪漫经历产生痛苦的回忆。他们曾经是多么投入,又是多么满足啊。两人之间的窃窃私语似乎又在他们头脑里回响。

在浴室的时候,她洗了个澡。哈蒙德能闻到她身上的香皂和水的气味。可是他还没有洗。他身上一股男人气味。他身上跟她一样有一股气味。

她急匆匆地说:"我还是换上自己的衣服离开的好。"说着她从他身边走过。他迅速伸出双臂抱住了她的腰。

她一下站住了,但是没有转身。她的眼睛看着前方:"不管你把我想成了什么人,我想让你知道……这种事我不是随意干或者经常干的。"

"没有关系的。"他的声音非常温和。

她转过头,用眼睛看着他:"这对我有关系。这对我有关系,这你是知道的。"

他非常谨慎地朝前挪了挪,然后把两只手放在她的肩头,帮她转过身对着他:"你真的认为是坐转轮使我们走到这一步的吗?"

她似乎想让下唇不要颤抖,就用牙咬住它,然后慢慢放开,同时摇了摇头。

他用手臂搂住她,把她搂过来,紧紧地拥着。就这样拥着。过了很长时间。他把面颊贴在她的头上,脚尖对着她的脚尖,身体的热量在交流。她赤着脚,穿着 T 恤衫,显得比以前小巧玲珑,比以前漂亮。他像这样拥着他,觉得自己充满男子气概,能保护她。实际上,自从见到她之后,他一直觉得自己像他妈的柯南。①

想到这里,他不禁哑然失笑。她把头从他胸口抬起来,看着他说:"怎么了?"

"没什么。你使我产生的感觉太好了。"他脸上没了微笑,随后又皱起了眉头,"你呢?你没事吧?"

她歪着头,有些不解地说:"没有。"

"我是说……那个……你知道……"

"哦。"她的目光落在他的喉结上,"是啊,谢谢你所做的非常负责的事情。"

他用手托住她的下巴,使她的头朝后仰着。他喉咙里发出轻轻的呻吟,又亲起她来。他的欲望再次迸发出火花,点燃,燃烧。比先前更加炽热。

轻声耳语使他们更为密切起来。

"你喜欢这样。"

"是的。"

"你不会介意的吧,如果我……"

"不会的。"

"呃,我是说……你……"

"不要说。"

---

① 柯南是传说中瑟赛蒂兹式的英雄,勇敢到甚至鲁莽的地步。瑟赛蒂兹则是荷马史诗《伊利亚特》中一名非常丑陋、很会骂人的士兵,因在特洛伊战争中嘲笑阿喀琉斯而被杀死。——译注

7

斯蒂菲开着车,和斯米洛一起以最快的速度来到罗珀医院。

"他们说有多少人?"她问道。他们三步并作两步地穿过急诊室的停车场,朝大楼走去。她在离开饭店会议室去取车的时候,有些细节没有听到。她是在广场饭店的大门口把斯米洛接上车的。

"十六个。七个大人,九个孩子。他们是佐治亚州梅肯县教堂巡回唱诗班的成员,在饭店餐厅吃了午餐,就进城逛街去了。由于孩子们开始感觉不舒服,他们一两个小时后就返回了。"

"腹痛?呕吐?腹泻?"

"这些症状全有。"

"要是你有过食物中毒的体会,你是不会忘记的。我就有过。是吃了一家有名熟食店的奶油蘑菇汤。"

"他们调查了,原因是孩子们吃了比萨饼上的番茄大蒜肉汁调味酱。通心粉里面也放了。"

他们几乎小跑着进入医院的急诊室。由于是星期六晚上，候诊室里相对安静得多，但还是有几个病人。一个穿制服的警察守候在一个戴着手铐的人身边。那人头上缠着一条像头巾似的往外渗血的毛巾，眼睛闭着，还在不断呻吟。他的老婆在一旁简短地回答护士记载病历的提问。一对年轻父母怎么哄，他们的婴儿还是在哭。一个老年人独自坐着，莫名其妙地边抽泣边擦眼泪。一个女人弯腰坐着，脸几乎贴到了大腿，似乎正在睡觉。

时间还有点儿早，真正的一个接一个的急诊现在还没有开始呢。

斯米洛和斯蒂菲都没有注意候诊室里的人。他们径直走到住院接待室。斯米洛向护士做了自我介绍，出示警徽之后，便问她从广场饭店来的人是在急诊室，还是已经住院。

"他们还在这里。"护士告诉他。

"我现在就要见他们。"

"这个嘛，我……我来呼叫一下医生。请坐。"

他们都没有坐，斯蒂菲来回走动着："我不明白的是，少了人，你手下的人怎么没看出来。难道他们不应当核对一下登记住店的人数和实际盘查的人数是否相符？"

"允许他们有些疏忽吧，斯蒂菲。在长达几个小时里，人们零零星星回到饭店，有的离开饭店有好几个钟头了。我们要向上百名登记住店的客人和饭店工作人员了解情况。想把人数清点准确了，谈何容易。"

"我知道，我知道。"斯蒂菲不耐烦地说，"可是午夜过后呢？在人们几乎都睡下之后呢？我希望他们之中有个人能想到把人数再点一点。他们是不是太醉心于看电影了？"

"他们已经忙得不可开交了。"斯米洛毫不相让地说。

"是啊，无所事事。"

如果刑侦科的人做了蠢事，头一个要训斥他们的就会是斯米洛。

不过，如果这样的批评来自外面的人，那就是另外一码事了。他的嘴唇气得紧绷着。

"听我说，对不起，我本来并不想说这些的。"斯蒂菲的语调比刚才缓和多了。

"不，你是本来就想说的。不过，还是让我先想办法搞到证据，好不好？"

斯蒂菲知道什么时候该退让一步。与斯米洛发生矛盾是不明智的。尽管死者的遗孀发了话，斯蒂菲还是想直接找县法务官门罗·梅森，请他把这个案子交给她。如果让她来处理，她还需要县警察局，特别是斯米洛的支持。

她让他先冷静几分钟，然后才开口说："恐怕那些食物中毒的人也不会知道什么证据。他们被送进医院的时间在我们估计的佩蒂约翰被谋杀的时间之前。"

"他们当中有些人是过后才出现食物中毒症状的。"他提出自己的看法，"饭店经理承认，今天晚上八点过后才偷偷把他们送来的。"

"他起先为什么瞒着你？"

"怕造成不良影响。他所担心的似乎不是在顶楼套间发现了佩蒂约翰的尸体，而是食物中毒的事被张扬出去，说他闪亮的新厨房有问题。"

"你想见我？"

他俩都转过身去。医生很年轻，脸上还长着粉刺，可是金丝眼镜后面的那双眼睛却很老气，而且因缺少睡眠而显得疲惫。他那几根短胡须和起皱的白色大褂上全是汗。他那个带照片的胸牌上写着罗德尼·C.阿诺德。

斯米洛向他出示了证件："我想向广场饭店送来的食物中毒者了解一些情况。"

"向他们了解什么情况?"

"今天下午,饭店发生了一起谋杀,他们可能是有些情况的人证。"

"那个新饭店?你是在开玩笑吧?"

"我不是开玩笑。"

"今天下午?跟昨天一样?"

"在验尸官给出确定的时间之前,我们估计是下午四点到六点之间。"

那个住院医生暗自发笑:"侦探先生,昨天晚上那段时间,这些人不是严重腹泻就是拼命呕吐,或者是上吐下泻。他们唯一看见的东西就是便盆的底。这还要看他们能不能赶到那里。听说有些人就没有来得及。"

"我知道他们当时病得很厉害……"

"不是当时,是现在。"

斯蒂菲走上前说明了自己的身份:"阿诺德医生,我想你还不知道我们的询问有多重要。他们有些人住在五楼的客房里。谋杀案就发生在那一层。也许某个人了解一些非常重要的情况,可是他本人却还没有意识到。唯一的办法就是问问他们。"

"好吧。"那医生耸了耸肩,"明天上午到住院处登记一下。我想他们有些人肯定还会在这儿。不过到那时候,他们就要入病房了。"他转身想走。

"等一下。"斯蒂菲说道,"我们要现在就见。"

"现在?"阿诺德医生用怀疑的目光来回看着他们,"对不起。任何人都不行。他们有些人到现在肠胃还很糟糕。极——其——糟——糕。"为了强调,他的重复是一个字一个字迸出来的。

"我们正在给他们进行静脉注射。那些有幸脱离危险的人,眼下正在休息。他们的肠胃受了很大的痛苦,现在需要休息。明天再来吧,最好下午来,晚上来更好。不过,到那时候……"

"那就来不及了。"

"只能这样了。"那医生说道,"因为今天晚上任何人都不能跟他们谈话。对不起,失陪了。还有病人在等着我。"他说着转过身,从诊察室通向大厅的门走了出去。

"见鬼。"斯蒂菲诅咒道,"你就这样让他走掉?"

"你是要让我在急诊室里发一通脾气,然后对病人……啊?注意公开场合的影响嘛。"他回到住院接待室找到那个护士,请她把他的名片转交给阿诺德医生,"如果哪个病人感觉好一些了,请他通知我。什么时间都行。"

"对医生是否愿意帮忙,我是没有信心的。"等斯米洛走到她跟前的时候,斯蒂菲说道。

"我也没有。他似乎对自己在这一方小天地里的权力非常得意。"

斯蒂菲看着他,诡秘地笑了笑:"这你也能容忍。"

"你就不能?"他反问道,"你以为我不知道你为什么急于想接这个案子?"

斯米洛是个出色的侦探,这与他的直觉有很大关系。有时候这种直觉使他处境很尴尬:"我们是不是休息一下?我要喝点咖啡。"她走到一个自动售货机前,向里面投了几个硬币,"给你来杯口乐?"

"不用了,谢谢。"

她把一罐软饮料的上盖封口撕去:"呃,这么说吧。如果这些梅肯县的人病得很厉害,你大概也问不出什么有用的或者可靠的情况来。他们昨天下午食物中毒了,怎么可能还有那么好的观察力?明天来找他们谈也不要紧,可是我觉得这可能会是一条死胡同。"

"也许是吧。"他坐在一张空椅子上,把胳膊肘搁在膝盖上,用两个细长的食指轻轻地敲击着自己的嘴唇。斯蒂菲在他旁边的椅子上坐下。她想让他喝一口饮料,被他挥手谢绝了:"刑侦中有一条规律,那就是,有人看见了某些情况。"

"你觉得有些人是知道情况不说?"

"不。他们只是不知道自己看到的情况非常重要。"

两人一阵沉默,各想各的心事。最后,斯蒂菲问:"你认为顶楼套房里发生了什么?"

"我不想臆测。至少现在为时过早。如果这样做,会给侦查带来框框。那样我就会找一些线索支持自己的猜测,反而忽略了可能导致实际结论的线索。"

"我还以为所有的警察都靠直觉呢。"

"直觉,是的。可是直觉是以线索为基础的。直觉会随着案情的进展而增强或者减弱,这就要看你得到的线索了,是增强你的直觉,还是削弱它。"他向后靠在椅背上,深深叹了口气,不经意地露出一些疲劳的神态:"现在我真正感到,他的死是许多人所求之不得的。"

"也包括你?"

他的目光变得十分冷峻:"我要是说不,那是说谎。我恨这个混蛋,这我也不想隐瞒。而你……"

"我?"

"佩蒂约翰对本地的政治有很大的影响。县法务官办公室也不例外。现在梅森快要退休……"

"这件事现在外界还不知道。"

"不过很快就会知道的。他不想为连任而参加竞选,他的副手又得了前列腺癌……"

"沃利斯大概还能活六个星期。"

"所以,到十一月份,办公室就要争位子了。佩蒂约翰在那些一心想往上爬、很容易被收买的人面前已经下了诱饵，这已经是尽人皆知的了。在这个混蛋看来，能找一个像你这样可爱的年轻女人当法务官，岂不妙哉？"

"我并不可爱。也不年轻，已经离四十不远了。"

"奇怪的是，你只提这两点，而对想往上爬和容易被收买却避而不谈。"

"我承认前者而否认后者。再说，如果佩蒂约翰是我进入法务官办公室的红地毯，我为什么还要杀他？"

"问得好。"他眯起一只眼睛看着她。

"你完全是胡说八道，斯米洛。"她摇摇头笑起来，"不过我明白你要说什么了。如果要考虑佩蒂约翰的幕后活动，疑犯的名单可就长了。"

"这就增加了我的工作难度。"

"也许你太费劲了。"她若有所思地喝了一口饮料，"谋杀的两个最通常的动机是什么？"

他知道答案。这个答案跟一个人有关："佩蒂约翰太太？"

"都对得上号，是不是？"她竖起食指，"她对她男人明目张胆的欺骗已经忍无可忍。就算她不爱他，他那样玩弄女人也使她的脸没处搁。"

"她父亲就是这样对待她母亲的。"

"这就可以解释为什么第一枪也许已经把他打死了，还要再打他一枪。"她说着又伸出一个手指，"如果佩蒂约翰死了，她就能得到一大笔财产。只要有一个这样的动机就够了。两个加起来……"她耸起肩膀，仿佛她的结论已经不言自明。

他想了想，然后皱起眉头："几乎是太明显了，是不是？可是，有人能证明她不在现场。"

73

斯蒂菲冷笑了一声:"是她家那个忠实的女仆?是的,郝思嘉小姐。不,郝思嘉小姐①。你干吗不再抽我一下,郝思嘉小姐?"

"讽刺不能使你感到满足,斯蒂菲。"

"我并没有故意讽刺什么。他们的关系是一种陈旧观念的反映。"

"对佩蒂约翰太太来说并非如此。我相信对萨拉·伯奇也不是。他们是相依为命的。"

"只要达维小姐是主人,就不可能。"

他摇摇头:"你只有在这个地方长大成人才能理解。"

"幸亏我不是。在中西部……"

"那里的人比较开明,所有的人都生来平等?"

"这可是你说的,斯米洛,不是我。"

"这不仅是讽刺,而且是屈尊俯就,是自以为是。如果你对我们这么咬牙切齿,觉得你所看到的是我们的陈旧观念,那你还到这儿来干什么?"

"因为这儿有机会。"

"有机会来纠正我们所有的错误?来开化我们这些生活贫穷、观念陈旧的南方人?"

她恶狠狠地看了他一眼。

"要么就是你羡慕我们这里的生活方式?"为了进一步套她的话,他又来了一句,"你肯定不是在忌妒佩蒂约翰太太,对吧?"

她的嘴动了动。斯米洛,你是个混蛋。

她把饮料喝完,站起身来,把空罐扔进一个金属垃圾筒。那咔嗒声引起候诊室里每个人的注意,只有那个睡觉的女人无动于衷。

斯蒂菲说道:"我就不能容忍像达维·佩蒂约翰那样的女人。她

---

① 斯蒂菲在模仿《飘》里郝思嘉女仆的口气。——译注

那种明显南方人的故作高雅的样子，我一看就恶心。"

他示意她朝门口走。他们走进温暖、潮湿的空气中。东方的天空已经露出淡淡的粉色，预示着黎明的到来。他想到刚才的话，说了一句："我跟你说吧，佩蒂约翰太太在这方面已经到了炉火纯青的地步。"

"我所想的是，她很有心计，想借此逃脱杀人的罪责。"

"你有一颗冷酷的心，斯蒂菲。"

"你很会说话。如果你是个印第安人，你的名字会是'血中之冰'。"

"说得好。"斯米洛一点儿也不生气，"可是我还没有把你看透。"

她走到驾驶座一侧的车门边，但是没有马上进去。她站在那里，越过车顶看着他说："我怎么啦？"

"谁也没有对你的抱负产生过怀疑，斯蒂菲。可是我听说，现在使你热血沸腾的不是工作。"

"你听到什么了？"

"谣言。"他说道。

"什么样的谣言？"

他冷漠地笑了笑："不过是谣言而已。"

洛雷塔·布思抬起头来，刚才那副困倦样儿已全然消失。她看着罗里·斯米洛和斯蒂菲·芒戴尔走到停车场上，在一辆车边上停下来说了一会儿话，然后钻进车里把车开走了。

他们走进急诊室的时候是一副精力充沛、志在必得的样子。她知道这两个人的确如此。空气中的氧气似乎都被他们吸走了。这两个人她一个都不喜欢，不过原因不同罢了。

她对罗里·斯米洛的耿耿于怀要追溯到几年前的一件事。至于斯蒂菲·芒戴尔，她的了解只限于道听途说。人们普遍认为这个助理检察官是个恬不知耻的坏女人。

洛雷塔也说不清自己为什么不跟他们打招呼或者让他们知道她在候诊室。她刚才低着头,把脸伏在腿上假装睡觉也是迫不得已。那倒不是因为他们会以这样那样的方式数落她。斯米洛也许会鄙视地看着她。斯蒂菲·芒戴尔也许还不认识她;即便认识,也不会记得她的名字。他们很可能说两句场面上过得去的话,然后就不理她了。

那她为什么不说点儿什么呢?也许不被他们看见或者发现反而对她有利。她先是听见了他们跟医生的对话,后来又听见了他们两个人之间的谈话。

傍晚的时候,她感到有些不舒服,就开车来看急诊。她从电视上看到了卢特·佩蒂约翰被谋杀的消息,看到了斯米洛的新闻发布会。他在新闻发布会上镇定自若,讲话简明扼要。斯蒂菲·芒戴尔早就涉足了一些无需她出面的场合,越出了自己的活动范围,而据说这是她极为擅长的。

洛雷塔暗暗觉得可笑。看到他们心急火燎地要找线索,而且在追踪一些可能徒劳无功的线索,她觉得很高兴。如果他们唯一有用的线索就是这些食物中毒的人,那他们的调查就不会顺利。不过,斯米洛肯定还没有找到疑犯,否则他不会追到急诊室来找病人了解情况。

她看了看墙上的钟。她已经等了两个小时,而且觉得越来越难受。她真希望马上有人来给她诊断一下。

为了打发时间并且不去想自己的病痛,她透过平板玻璃的窗户看着刚才那个地方。他们刚才停车的地方,现在已经空了。罗里·斯米洛和斯蒂菲·芒戴尔。天哪。这是一对危险的搭档。如果他们真抓住那个倒霉的凶手,那只有让上帝保佑他了。

"你在这儿干什么?"

听见女儿贝弗的声音后,洛雷塔回过头去。贝弗的拳头叉在胯骨上,弯着腰用审视的目光看着她,一脸的不高兴。洛雷塔想笑,可是当她露出牙齿的时候,她觉得两片嘴唇干得像要裂开似的:"嗨,贝弗,他们刚才告诉你我在这儿了吗?"

"没有。我一直在忙,到这会儿才得空。"

贝弗是危重病人护理中心的护士。洛雷塔心想,如果她真想来,完全可以找个人替她五分钟。显然,她是不想这样。

她小心翼翼地用舌头舔了舔发干的嘴唇:"我原来想过来看看……也许我们可以在一起吃早饭的。"

"我七点钟下班,有十二个钟头的休息。我准备回家睡上一觉。"

"哦。"这不是洛雷塔所希望的。不过,她原本也没抱更多的希望。她用手摆弄着脏乎乎的罩衫上的扣子。

"你不是来跟我一起吃早饭的,对吧?"贝弗傲慢的语气引起住院登记室那个护士的注意。洛雷塔看见她投来好奇的目光,"你是没钱买酒才来这儿求我的吧?"

洛雷塔低下头,不敢去看女儿那双因生气而变得冷酷无情的眼睛:"我好几天没喝了,贝弗。我发誓真的没喝。"

"我闻到你身上的气味了。"

"我病了。真的。我……"

"哦,得了吧。"贝弗打开钱包,取出一张十块钱的票子。可是她没有递给她,而是让她伸手来接,这使她感到更加羞愧:"以后上班的时候不要来找我的麻烦。如果还要来,我就让医院的保安把你护送出去。明白了吗?"

洛雷塔忍气吞声地点点头。贝弗转身的时候,橡胶鞋底在瓷砖上发出吱嘎一声。洛雷塔听见电梯门打开的声音,便抬起头可怜巴巴地喊道:"贝弗,不要……"

她的话还没有说完,那门就关上了。不过她看见贝弗把目光掉转过去,似乎不忍心看见自己母亲的这副样子。

星期天

8

真是无法解释。

完全出乎预料，就像是凭空掉下来的。你与一个人邂逅，就像是无缘无故地得到一份礼物。那吸引力产生于瞬间，异常强烈，相互作用。双方都有如鱼得水的感觉。一起欢笑，一起跳舞，一起吃爆米花、冰淇淋。在一起做爱，得到一种全新的感受，然后相互搂着共入梦乡。那感觉是如此甜蜜，终生难忘。

可是一觉醒来，你发现只剩下了自己。

她走了，没有依依话别，没有说一声"再见"，更没有用西班牙文说"再见，宝贝"。什么都没有说。

哈蒙德用手在汽车方向盘上狠狠地拍了一下，既生她的气，更生自己的气。她既然不辞而别，他又何必在乎呢？是的，他度过了一个非常美妙的周末。跟一个漂亮的陌生女子过了个销魂夜，使他感觉更妙的是，她居然销声匿迹，不见了踪影。是梦中的情人，对吧？没有比这个更妙的了。随便问哪个男人他最大的幻想是什么，大概也莫过于此了吧。

所以还是接受现实吧，你这个傻瓜。他责备着自己。不要想得太多了。不要让记忆中留下比实际更美妙的东西。

可是他并没有把它想得比实际更美妙。这件事的确妙不可言，而且他的记忆中留下的也是如此。

他诅咒着绕到一辆车的前面，因为那辆车开得很慢，像是故意在考验他的耐心。今天什么都在惹他生气。从早晨醒来，他就莫名其妙地产生一种失落和挫败感。他从床上跳起来，朝客厅跑的时候，大脚趾头踢在柜子上。他本来希望能看见她在厨房里趿里踏拉地走动，寻找泡麦片的碗，或者是在客厅里翻阅一本杂志，或者坐在门廊的摇椅上欣赏缓缓流淌的小河，边喝咖啡边等候他的醒来。

他的幻想带有电视广告上用虚化手法制作出的问候卡的味道。

而这一切正是如此——恍若梦境。

厨房和客厅都没有人。她的车也不见了。门廊摇椅上的唯一占用者是一只蜘蛛，此刻正忙于编织架设在两只扶手之间的一张网。

他把那只蜘蛛用手掸掉，也顾不得自己还没穿裤子，就光着屁股坐在摇椅上，十个手指不停地把头发向后拢——这是一个绝望的人即将失去自我控制的动作。

她什么时候走的？现在几点了？她走了多久了？

也许她还会回来。也许他这是无端的烦恼。

在半个钟头的时间里，他一直在哄自己，让自己相信她是去买炸面圈，或者丹麦酥皮饼，或者为自己的咖啡买奶油，或者去买星期日的报纸了。

可是她没有回来。

最后，他还是把摇椅让给了蜘蛛，自己走进屋里。在准备煮咖啡的时候，他把咖啡豆洒到了桌面上。一气之下他把玻璃壶给砸裂了，最后索性把整个煮咖啡的机器摔在地上，使灌在里面的水洒了一地。

他在屋里到处寻找，希望她会留下点什么，像名片……或者，如果更好一点，一张纸条之类的东西。可是他什么也没找到。浴室里水池下面的废纸篓里他也看了，里面除了一支可以扔掉的塑料眉笔，其他什么也没有。他出来之后，脑袋碰在打开的小柜门上。他气急败坏地把它猛地一关，结果又夹了自己的手指。

虽然一看到床就不是滋味——因为它使他想起了她，可是他还是走到床边，一头倒在上面，把小臂横在眼睛上，尽量让自己冷静下来。

他这究竟是怎么的了？他问自己。今天早晨恐怕就连那些了解他的人也未必能认出他：赤条条地到处乱窜，脸也不刮，而且毫不在乎，一举一动就像个野蛮人，像个危险的、失去理智的疯子。哈蒙德·克罗斯，像个上当的笨蛋。像个失恋的小傻瓜。我们的哈蒙德·克罗斯？你一定是在闹着玩吧？

等等。你说的是失恋？

他慢慢把手臂放下，转脸看着她睡过的枕头。他用手摸了摸枕头上她枕出来的凹陷。他渐渐侧过身，把枕头拉到自己的胸前，把脸紧贴在上面，深深地嗅着她留下的气息。

他被一种强烈的欲望所吞噬，但这不是性欲。

好吧，就算是，但也不全是。

这不是一般的情欲。那样的东西他经历得多了，那是他能够识别的。这一次不同，更深，更投入。他受到一股……强烈的感情的支配。

"妈的！"他低声说道。你听见自己说什么了吗？强烈的感情？

他又翻过身来仰面躺着，久久凝望着天花板，无可奈何地承认自己并不明白所感受的是什么，他对此非常陌生。他以前从来没有这样的体会，所以他怎么可能找个适当的词语来说明它是什么呢？他只知道它就像铺天盖地一般，无法抵挡。虽然他和许多美貌、诱人、性感的女人上过床，可是他却从来不曾有过这样的感觉。

想到这里，他的思路又从自己的两性关系经历转向了她。这时候，他想到了她所打的那个电话。他皱起眉头，看了看房间那边桌子上的电话。在他发现她打电话之后，她的脸上露出了惊讶和愧疚的神色。她会给谁打电话呢？

他突然从床上跳起来。他的心怦怦直跳。他走到电话机旁弯下腰，手指在电话面板上寻找着。他甚至不知道这部电话上有没有他要寻找的功能键。哦，有！那儿就是。

自动重新拨号功能。

他稍事犹豫之后，按下了那个键。电话上发出一串嘟嘟嘟的拨号声，自动完成拨号的同时，那个号码也出现在发光二极管显示板上。他抓起一支铅笔和手边唯一的纸——一本上个赛季的《体育画刊》泳装版，把那个号码草草记在封面女郎的肚皮上。

"拉德医生。"

他也不知道会出现什么情况，可是在铃声响了两下之后，电话里传来一个很干脆的职业女性的声音，这倒使他感到措手不及了。

"什么？"

"您是不是找拉德医生？"

"呃……我……我大概是打错了。"他把记录下来的号码重复了一遍。

"是的。这是回话服务。您是不是想找医生？"

他不知所措，说了一声："唔，是啊。"

"请说一下您的号码，我们好给您回电话。"

"这个嘛，我想我还是等上班时间再打吧。"

他匆匆将电话挂上，在床边坐了许久，心里在嘀咕着：那个拉德医生究竟是个什么人，为什么她要在半夜三更给他打电话。

他的头脑里迅速闪现出一系列的人名和面孔。他跟不少医生有交往。他是两个乡村俱乐部的成员，而在那里面就有很多各种各样的专科医生。可是他的记忆中没有一个姓拉德的医生。

不过，他是不是见过拉德医生的夫人呢？他是不是跟拉德医生的夫人很熟悉呢？

想到这可怕但又实际的可能性，他感到心烦意乱，于是强迫自己下床去冲个澡。冲个热水澡未必表明什么，未必说明他感到愧疚，需要洗刷一下。如果她结过婚，可是又说了谎，那就不怪他了。是不是？是的。

穿上衣服之后，他步履沉重地走进厨房，喝了两杯去除了咖啡因的冻干咖啡。他甚至很不情愿地吃下了一块英式松糕，一面吃一面在想，她告诉他说还没有结婚，可是，见鬼，他怎么能相信一个连名字也没有告诉他的女人呢？

他连她的名字都不知道，真是见鬼！

她跟他说了许多事情，比如说她一般不轻易跟刚刚认识的男人上床。不那么随意或者经常。这是她的原话吗？可是他怎么知道这是真的呢？

他怎么知道她不是一个谎言张口就来的放荡女人呢？也许她正好嫁给了一个有医学学位的笨蛋呢？她抑或是个非常任性的妻子，经常欺骗拉德医生，所以半夜三更有电话来，医生也就不以为怪了。

哈蒙德越想越觉得苦闷。

他把厨房收拾好之后，看了看墙上的钟，惊讶地发现早已是下午了。他怎么会睡到这个时候？很简单。他们一直不停地做爱……快到早上六点的时候，他们才迷迷糊糊地睡着。

他原本不想在天黑之前回查尔斯顿的。他打算悠闲自在地过个星期天，钓钓鱼，或是坐在门口看看风景，不做什么需要动太多脑子的事情。

可是待在小别墅里没多少意思。再多想什么也没有意思。所以他就把门一锁，提前返回。在驱车跨越纪念大桥进入市区的时候，他心里在想，不知她是不是查尔斯顿人，是不是也走这条道。

如果某天晚上他们在某个鸡尾酒会上撞见了怎么办？他们会提到在一起度过的美好夜晚吗？抑或会像彬彬有礼的陌生人那样相互问候，假装以前从来不认识？

那要看当时是不是有其他人在场。如果他被介绍给看上去很幸福的拉德夫妇，需要正眼看着她的丈夫，跟他握握手，随便聊上几句，装成不曾跟他旁边的那个女人有染，他又该有何感受呢？

他有很多理由希望自己不要面对那样的尴尬，但是如果真的遇到这种情况，他也会比较沉着镇定地做出反应。他希望到时候自己不要像个傻瓜。他希望自己能不去理她，转身就走。

他能不能那样还不敢说。这是他最担心的。

在面对道德方面的难题时，哈蒙德选择的往往是正确的做法。除了小时候像其他孩子一样有点恶作剧，上中学的时候有点调皮，上大学的时候有些放荡，他的行为基本上是无可指责的。不管别人是不是骂他缺德或者胆小鬼，他一向还是遵纪守法的。

这么做有时候也不大容易。实际上，他在与朋友、同事，甚至与父母亲发生矛盾冲突时，大多数情况下都有不可动摇的是非观念。特别是在跟父亲发生冲突的时候。他们父子俩所奉行的行为准则各不相同。父亲普雷斯顿·克罗斯会认为，为一个女人感到左右为难太可笑。

在拐进自己所住的公寓大楼时，哈蒙德问自己：如果昨天晚上他再早一点进入房间，听见她对着电话说"亲爱的，天太晚了，我决定在朋友家（用一个女性的名字）暂时住一个晚上，也就是说，如果你不介意的话。我觉得这么晚开车回来太不安全。那好吧，明天早上见。我也爱你"之类的话，那又会怎么样呢？

自动门打开之后，哈蒙德把车开进自己的小车库。他把汽车发动机关掉，又目光呆滞地在车上愣坐了一阵儿，心想不知他能不能通过自己特定的道德测试。

最后，他觉得自己这种无端猜想很可恼，于是走下车，从车库里一扇与厨房相通的门进入他在市区的这套房子。出于习惯，他朝电话走去，想听听有没有电话留言。可是转念一想，他又决定不听了。肯定会有他父亲的留言。他情绪不好，不想重复昨天的事情，也没有心思跟任何人说话。

也许他应当抓紧时间驾帆船出去玩玩。还有几个钟头天才会黑。他那艘十六英尺长的小帆船是他通过律师考试后父母亲送给他的礼物，就泊在马路对面的玛丽娜城小船坞。正因为如此，他才在这幢楼里买了一套住房。从这里到船坞只有一点点路。

今天天气好，很适宜驾船出去。再说那样也可以清醒清醒头脑。

他加快步子，穿过厨房和门厅，进入客厅，正打算上楼梯，突然听见有人把钥匙伸进前门锁孔的声音。还没等他转过身来，斯蒂菲·芒戴尔就进来了，手上的移动电话还贴在耳朵边上。

她嘴里在说："我简直不相信他们对这件事情这么蛮不讲理。"她的手上拿着钥匙、电话、公文包、手袋，手指头朝他晃了晃，表示打招呼，"我是说，食物中毒又不是骨癌……那好，告诉我……我知道我不必在那儿，可是我想去。我的手机号码你有的，是吧……好吧，再见。"她关掉手机，看着哈蒙德，没好气地问："你究竟到什么地方去了嘛？"

"怎么连一句问好的话也没有？"

他的这个同事从来就没有停止过工作。她随身带着的超大公文包就像个微型办公桌。自从到查尔斯顿法务官办公室工作以来,她就在自己的车里装了一台警用雷达扫描器。她对它的注意程度就像其他驾车的人听音乐或者听广播谈话一样。在其他检察官和警官中间流传着一个笑话,说在这个办公室斯蒂菲就像个跟踪救护车的辩护律师。

她把手上那些累赘的东西放在一张椅子上,蹬掉脚上的高跟鞋,然后把衬衣的下摆从裙子里拽出来,用衬衣扇着自己的肚子:"天哪,外面闷热得很。我都冒烟了。你为什么不接电话?"

"我跟你说了我要去我的小屋。"

"我也给那里打了电话。大概有上百万次了。"

"我把振铃关掉了。"

"究竟是为什么呢?"

因为我当时正跟一个女人干那个事,不想受到打扰。他心里是这么想的,可是嘴上却说:"你一定有蝙蝠的雷达。我刚从后面进来。你怎么知道我在这儿的?"

"我不知道。你这个地方离县警察局比我那边近。我在这里等消息,我想你是不会介意的。"

"什么消息?你刚才跟谁通话?什么事情这么急?"

"急?哈蒙德?"她转过身,手叉腰对着他,开始还有点神秘兮兮的。接着她的表情显得极为惊讶,"哦,我的天哪,你还不知道哇?"

"确实是不知道嘛。"他对斯蒂菲戏剧化的表演似乎无动于衷,因为她总是喜欢这样。

驾船出去的事就算了吧。他不想邀请她一起去,而且她也不好请,特别是当她的情绪像现在这么激动的时候。他突然感到疲惫不堪:"我想弄点儿东西喝喝。给你来点儿什么?"

他走到厨房,打开冰箱:"水还是啤酒?"

她跟在他后面："我真不敢相信。你真的不知道？你没听到？你的小屋在什么地方？在外蒙古？你那儿没有电视？"

"好了，啤酒吧。"他从冰箱里拿出两瓶啤酒，把第一瓶打开后递给她。她接过来，可是依然用眼睛看着他，好像他被打得鼻青脸肿似的。他打开第二瓶啤酒，把它送到嘴边，歪过来准备喝："这个悬念能把人急死。你怎么这么会吊人胃口？"

"昨天下午卢特·佩蒂约翰被人谋杀，死在他的广场饭店顶楼的一个套间里。"

哈蒙德手中的啤酒瓶还没有送到嘴边，就慢慢把它放了下来。他觉得这难以置信，便用眼睛直直地盯着她。过了一会儿，他嗓音嘶哑地说："这不可能。"

"这是真的。"

"不可能。"

"我说这个谎干什么？"

起初，他惊得呆若木鸡，后来才慢慢回过神来。他用手摸了摸脖子背后，觉得那里已绷得紧紧的。他仿佛是个自动操作的机器人，把啤酒放在小酒桌上，从下面抽出一张椅子，然后坐上去。斯蒂菲坐在他对面，他眨了半天眼才看清："你刚才说的是谋杀吗？"

"是谋杀。"

"怎么？"他的声音还是干巴巴的，"他是怎么死的？"

"你没事儿吧？"

他看着她发愣，似乎听不懂她的话。接着，他心不在焉地点点头："啊，我没事儿。我只是……"他摊开双手。

"说不出来了。"

"太吃惊了。"他清了清嗓子，"他是怎么死的？"

"枪打的。背上中了两枪。"

他的目光移到酒桌的大理石桌面上，可是他并不是在看啤酒瓶上凝结的小水珠，而是在琢磨这条惊人的消息："什么时候？具体时间？"

"是饭店打扫客房的人六点刚过不久发现的。"

"昨天晚上。"

"哈蒙德，我又不是结巴。不错，是昨天。"

"对不起。"

他听她描述了那个清洁女工发现的情况："头上的伤不是一般的肿块。不过约翰·麦迪逊认为是两颗子弹要了他的命。但是，不做完尸体解剖，他就不能正式排除某些死亡原因。具体细节到那时候才会清楚。"

"你跟验尸官谈了吗？"

"没有亲自谈。是斯米洛告诉我的。"

"这么说，是他插手了？"

"你在开玩笑吧？"

"当然是他。"哈蒙德低声说道，"他认为是怎么回事？"

在随后的五分钟里，她把这个案子的已知细节一五一十地说给哈蒙德听："我原来认为办公室一开始就应当关注这个案子，所以我跟斯米洛在一起待了一个晚上——只是动动嘴。"她调皮的微笑似乎很不合时宜。哈蒙德只是点头，并且不耐烦地用手势示意她继续往下说，"我还跟着他追踪了一些线索，非常难得的几条线索。"

"饭店保安方面的？"

"佩蒂约翰死得无声无息。没有强行进入的痕迹。没有搏斗的痕迹。安全监视摄像机的事我们就不说它了。从录像带上得到的，是一些单调的声音或淫乱的画面。"

"唔？"

听她到说安全监视摄像机只是摆设，他惊得直摇头："妈的，那套系统花了很多钱，他却大捞了一把。厚颜无耻的家伙。"

哈蒙德非常熟悉卢特·佩蒂约翰人格上的丑陋特征和生意上的无懈可击。他按检察长的吩咐，已经对他暗中进行了六个月的调查。他对佩蒂约翰的情况了解得越多，对他就越发鄙视、越发憎恨："有人证吗？"

"到目前为止还没有。饭店里唯一跟他真正有接触的是温泉池的按摩师。可是从他身上已经问不出什么了。"接着她把许多人食物中毒的事情告诉了他，"不算小孩子，有七个大人是斯米洛想询问的。对询问会有什么结果，我们并不乐观。不过他答应，只要医生给他开绿灯，他就打电话给我。我想去那儿。"

"你正在亲自介入，对吧？"

"这是一桩大案。"

这个案子就像他们都想争夺的一条跑道。这种竞争他们谁也没有明说，但是它却一直存在着。哈蒙德谦虚地承认，他的优势通常比她的多，这并非因为他比她聪明。他上法学院的时候，在班上名列第二，而她在她班上则是名列第一。他们各自具有鲜明的人格。他的人格为他自己赢得了好名声，而她却没有。对斯蒂菲的直截了当和咄咄逼人的方式，人们不敢恭维。

他承认，他的明显优势来自门罗·梅森对他的特别器重。斯蒂菲到办公室后不久，一个位置就空缺出来。他俩都够条件，也都是考虑的人选。可是他们之间并没有为了谁会受到提拔而真正出现过任何较量。现在哈蒙德是特别助理律师。

斯蒂菲显然很失望，但她能冷静地对待。她不是那种妒忌心很强的失败者，也没有耿耿于怀。在工作上，他们依然是合作伙伴而不是竞争对手。

即便如此,像现在这样,有时候仍然有一些无声的挑战。不过暂时他们谁也没有挑明。

哈蒙德换了个话题:"达维·佩蒂约翰怎么样?"

"从哪方面说呢?你把达维·佩蒂约翰看成疑犯还是死者遗孀?"

"疑犯?"哈蒙德惊讶地重复着,"有人认为她杀了卢特?"

"我认为。"斯蒂菲说了她跟斯米洛到佩蒂约翰住所的情况,还说了她为什么觉得那个寡妇像疑犯。

哈蒙德听她说完之后,对她的看法表示了异议:"首先一条,达维并不需要卢特的钱。她从来就不需要。她家……"

"我进行了调查。伯顿家的钱是从屁股里拉出来的,不干不净。"

她讥讽的语调没有逃过他的耳朵:"什么东西使你这么恼火?"

"没什么。"她顶了一句,接着深深吸了口气,而后又慢慢呼出来,"好吧,也许我是很恼火。我恼火的是,那些男人,那些成年的职业男子,很聪明,可是一旦到了像她那样的女人身边,就成了一堆颤颤悠悠的果冻。"

"像她那样的女人?"

"好了,哈蒙德。"她的火气更大了,"她表面上是温顺的小猫,骨子里是只黑豹。你知道我说的是什么样的人。"

"你只跟达维打了一次交道,就把她归了类?"

"你看看,替她辩护了不是?"

"我没有替任何人辩护。"

"先前斯米洛也糊里糊涂地说了她一通好话,不知道你信不信。现在你也这样。"

"我不是糊里糊涂。我只是不明白,你描绘达维的整个人格形象,怎么能只凭……"

"好吧。这我不管。"她不耐烦地说,"我不想谈卢特·佩蒂约翰,还有那个谋杀和动机。在过去二十四小时里,我脑子想的几乎都是这个。我要打开一个缺口。"

她离开座位,双拳顶在后背,伸了个大懒腰,接着走到桌子一侧,坐在哈蒙德的大腿上,用手臂钩住他的脖子,亲了他一下。

9

连续几个快吻之后,斯蒂菲坐正身子,抚弄着他的头发:"我忘记问了。你离开的这个晚上过得愉快吗?"

"好极了。"哈蒙德如实回答说。

"有什么特别活动?"

特别?非常特别。就连他们傻里傻气的对话都很特别。

"你知道吧,我在全国橄榄球联盟打球。"

"是吗?"

"是啊,可是在赢得第二个超级杯后,我就到中情局工作了。"

"危险的工作?"

"常规的谍报那一套。"

"哇!"

"实际上很讨厌。于是我报名参加了和平队。"

"太有意思了。"

"没什么。只是有一点。我由于向非洲和亚洲的饥饿儿童提供食品而获得了诺贝尔奖,不过在这以后我又开始找新的事情干。"

"更有挑战意味的事情?"

"对。我把选择范围缩小到竞选总统,为我的国家服务,或者攻克癌症难关。"

"你的中间名一定叫自我牺牲。"

"不对,叫格里尔。"

"我喜欢这个名字。"

"你知道,我是在瞎说呢。"

"你的中间名不叫格里尔?"

"这一点是真的,其余都是假的。"

"别这样!"

"我想让你印象深一些。"

"你猜怎么着?"

"怎么了?"

"我印象很深。"

哈蒙德回想起抚摸着她的手和随即产生的冲动……

"唔……"斯蒂菲高兴地哼起来,"跟我想到的一样,你想念我了。"

他是产生了冲动,但不是因为坐在他大腿上、隔着他的裤子在抚弄他的这个女人。他把她的手拨开:"斯蒂菲……"

她把身体向前倾,然后又拼命地吻起他来。

"我不喜欢匆匆忙忙的。"她吻得气都快透不上来了,"不过如果斯米洛打电话来,我就得赶快走。所以恐怕这一回我们得快一点儿。"

哈蒙德抓住她两只正在忙活的手,把它们攥在他手里:"斯蒂菲,我们需要……"

"到楼上去？好哇。不过，哈蒙德，我们不能太磨蹭。"

她敏捷地从他身上蹦下来，迫不及待地朝门口走去，边走边解上衣的扣子。

"斯蒂菲。"

她转过脸不解地看着他，见他已站起来，正把裤子拉链拉上。她很开心地笑起来："我什么都想试一试，可是如果你不脱裤子，就有点儿难办了。"

他走到房间的另一侧，把手臂撑在大理石的柜面上，朝厨房非常干净的水池里看了看，然后转过身对着她。

"这对我来说已经不起作用了，斯蒂菲。"

这话说出来之后，他感到如释重负。他昨天下午离开查尔斯顿是有好几个原因的。其中一个——也是最不重要的——原因就是在与斯蒂菲的关系上举棋不定。他不知道是不是应当中止这种关系。他们在处理两人关系的问题上很宽松，谁也不向对方提任何无理要求。他们有许多共同的兴趣爱好，在性关系上也很和谐。

然而，他们却从来没有提出同居的问题。哈蒙德为此而感到高兴。一旦提出这个问题，哈蒙德就会提出一系列适当的借口，说明为什么住在一起不是个好主意。其实真正的理由是，斯蒂菲的热情很快就会消退。显然，她也不愿意让他总待在身边。他们悄悄地保持着这种关系。只要两个人愿意，他们就定期凑到一起来。在将近一年的时间里，这样的安排还挺不错。

可是最近他开始感到这样做并不理想。他喜欢光明正大，不喜欢偷偷摸摸，尤其是在个人关系上，他抱定一种老的信念，认为诚实应该成为这种关系的必要组成部分。

他对他俩的亲密程度并不满意，更确切地说，他俩之间并没有什么亲密关系。不是真正意义上的。尽管斯蒂菲是个很奔放而且有能力的情人,可是他们在情感上的密切程度并没有超过她第一次请他吃饭的时候,当时他们吃完饭就在她客厅的沙发上耕云播雨了一番。

几个星期以来,他一直在权衡得失利弊,认真思考他们的关系。最后他认为,他对这种关系已经有了新的要求。对晚上和她在一起,他不是翘首以待,而是感到厌倦。对她打电话来约,他并不立即做出反应,而是总要拖延一点儿时间。他发现,就是与她上了床,他还在想其他事情,动作是做了,但却是一种应付,只有身体的投入,没有感情的投入。所以还是在冷漠没有变成不满之前结束这种关系比较好。

至于他期望从这种关系中得到什么,他自己也不清楚。但他知道,不管想得到的是什么,反正从斯蒂菲身上是得不到的。昨天晚上他几乎快要找到了,而且还是来自一个他至今不知姓名的女子身上。这对于他与斯蒂菲的关系无异于下了一个可悲的结论,说明他们的关系该结束了。

做出这样的决定只不过是问题的一半,现在他面临着如何去做的问题。他希望能以最体面的方式结束,最好不要结下百年战争那样的怨仇。他所希望的最佳结局就是像他们开始的时候一样,不要有太多的火花。

这种可能性几乎不存在,一场争吵实际已不可避免。他最怕出现这样的情况,可是发现它即将来临。

没过多久,他的话被理解了。只见斯蒂菲咽了口唾沫,把双臂交叉放在衣襟敞开的胸前,接着又愤愤地把双臂垂到身体两侧:"我想,你说的'这'意思是……"

"我们。"

"哦?"她把头一歪,眉毛一扬。这个动作他太熟悉了。她生气或者发火的时候就是这样,而她发脾气的对象往往是被羁押的人,是向她做案情简介时准备不足的办事员,是报告中遗漏重要事实的警察,或者是在她要做什么的时候敢于妨碍她的人:"在你看来,是从什么时候开始'不起作用'的?"

"有一段时间了,我觉得我们的方向不同。"

她笑了笑,耸耸肩:"最近我们都有些分心,不过这个问题不难解决。我们有很多共同点,可以挽……"

他摇摇头:"不只是不同,斯蒂菲,是完全相反。"

"你能说得具体一点儿吗?"

"那好吧。"他说得心平气和。不过他讨厌她那副腔调,因为它暗示了他不如她聪明,"我最后总是要结婚、生孩子的。你不止一次地告诉我,说你不喜欢建立家庭。"

"你喜欢。这真让人感到吃惊。"

他苦笑了一下:"实际上我自己也感到吃惊。"

"你说过,你不喜欢像你父亲对你一样对待一个毋庸置疑属于自己的孩子。"

"我不会的。"他斩钉截铁地说。

"是你最近的心态变化?"

"是最近的,也是逐渐的。我们的关系一度非常好,可是后来……"

"是新鲜感渐渐没了?"

"不是。"

"那是什么?不那么有趣了?跟县法务办性感的女人睡觉睡腻了?当斯蒂菲·芒戴尔的秘密情人已经没有意思了?"

他摇了摇低着的头:"请你别这样,斯蒂菲。"

"我并没有怎么样。"她回敬了一句,而且嗓门也高了,"这样的话题是你引起的。"她的黑眼睛眯了起来,"你知道有多少男人想跟我睡觉?"

"知道。"他毫不相让,气得拉大了嗓门,"有关你的风言风语我听到过。"

"他们打赌,猜测跟我上床的神秘男人是什么人,你曾经感到很刺激,因为一直都是你。我们都高兴得哈哈大笑。"

"我想现在已经没有什么可笑的了。"

她顿时语塞,站在那里气得无话可说。

他的语气比刚才平和了些:"不管怎么说吧,我这个周末出去了,重新评估了我们的关系……"

"那你事先也不说一声?你根本就没想到要让我跟你一起去,一起来重新评估?"

"我觉得没有必要。"

"这么说,到你那个可爱的林中别墅去重新评估,是你早就想好了的。"她怒气冲冲地说。

"不,斯蒂菲,我那个时候还没有想好。我去了之后,从各个角度进行考虑,所得出的结论都一样。"

"把我给踹了。"

"不是……"

"不是踹,那你用什么词呢?"

"这种吵吵闹闹正是我想避免的。"他冲着她喊起来,"我知道你会吵。我知道你会像在法庭上向陪审团提出要求那样。为了进行较量,我说的任何东西,你都会加以反驳,寸步不让。因为在你看来,任何事情上都有较量。可是,这不是较量,斯蒂菲,这也不是审案。这是我们的生活。"

"哦,天哪,别跟我演戏了。"

他从鼻子里发出一声冷笑:"说得好,我就是要演点儿戏。我们的关系正缺少一点儿戏剧性。有戏剧性是人之常情，是……"

"哈蒙德，你究竟在说什么？"

"在生活中，不是所有的事情都能归纳成案情摘要，也不是所有的答案都能从法律条文上找到的。"他因自己无法把事情说清楚而恼火，暗暗诅咒了一声，接着又开始出击，"你很聪明，而且从不停歇。争论、打拼，没完没了，永无止境，就没有停歇下来的时候。"

"话中不要带刺。不过我还不知道跟我在一起会使你这么难受。"

"听我说。"他毫不客气地说，"只要你不假装受害者的样子，我就少一点戏剧性。你是生气了，但是并不难受。"

"你少来评论我怎么样不怎么样，好不好？你根本不知道我的心情。"

"我知道那与爱无关。你并不爱我，对吧？现在如果有两个选择，你是要事业，还是要我？"

"什么？"她大声嚷起来，"我简直不敢相信，你会给我下这种荒唐幼稚的最后通牒。'如果有两个选择'？这是什么大男子主义的胡言乱语？我为什么要做出选择？为什么不可以既选择你，又选择我的事业？"

"你可以。可是为了维系这种关系，双方都要做出一些牺牲。两个相亲相爱的人应当为这种关系、为对方的幸福做出自己的贡献。我们在一起做了些什么呢？"他说着指了指楼上的卧室，"那并不是爱情，那是娱乐。"

"可是，我们能很好地使对方得到快乐。"

"这我不否认，可是这一切仅仅是为了娱乐而已。要认为那里面还有什么其他的，那就毫无意义了。"他停下来喘了口气。她依然怒气冲冲地看着他。

他走到桌子旁边，拿起啤酒喝了一大口。接着，他把目光投向她:"你不要假装不同意,我知道你没有异议。"

"我们相处得相当不错。"

"曾经一度是不错,我们有过一些美好的时光。这一点上谁都不会怪谁。没有什么对和不对的。这只是个追求不同未来的问题。"

听了这话,她想了想之后说:"我对自己追求什么从不隐瞒,哈蒙德。如果我追求的是小家庭和安乐窝,我就会待在自己的家乡,服从父亲的意旨,中学毕业后就结婚——也许还在此之前——像我的姐姐妹妹一样,开始生儿育女。我也不会招来她们的嘲笑和父亲的说教。我就不会努力奋斗到现在这个样子。为了达到我理想中的目的,我还有很长的路要走。你从一开始就知道我的重点目标是什么。"

"我对你的目标钦佩不已。"

"更正一下,是我现在的重点目标。"

"但愿你超越为自己设立的目标,我是真心实意的。问题是,你的个人目标已容不得其他任何东西。它们和我期望从自己的生活伴侣中所得到的东西毫不相容。"

"你当真要一个忠诚的家庭主妇?"

"上帝呀,不是。"他笑着摇了摇头,看着前面有点出神,"我也不知道自己想要什么。"

"可是你知道你不想要我了。"

他再次意识到她是生气而不是难受。话说回来了,哪个女人也不希望被人拒绝。他还是尊重她的,所以给她留了点儿面子:"这不怪你,斯蒂菲。是我,我希望跟一个至少愿意在某些事情上做出妥协的人在一起。"

"我从来不妥协。"

他语气缓和地说:"你说漏嘴了,为我的案子提供了证据。"

"不,那是我给你的。"

101

"谢谢，我要了。"

他们相视而笑。除了肉体上的相互吸引，他们都很钦佩对方的精明。她说道："你很聪明，哈蒙德。我喜欢而且赞赏聪明和才智。你的脑子很快。在需要厉害的时候，你可以非常厉害。在需要卑鄙的时候，你又可以非常卑鄙。卑鄙得真的使我生气。你的英俊是毋庸置疑的。"

"求求你，我脸发烧了。"

"别害羞。你知道你能让人的心怦然跳动，让人的荷尔蒙激增。"

"过奖了。"

"在床上，你非常慷慨，非常体贴，从来不索取超过自己付出的回报。简而言之，我希望从一个男人身上所得到的，你都有。"

他把手放到自己的胸口："你身上值得我钦佩的特点，我要用更多的时间才能列举。"

"我不想听别人的恭维。我要把女人的这种诡秘心态留给达维·佩蒂约翰她们。"

他暗自笑起来。

"我想说明的是……"她深深地吸了一口气，"我认为你是不想让我们的关系持续下去，就像……"

他坚定地摇摇头，接过她的话说："那样对你我都没有什么好处，而且也不公平。"

"就没有第二种选择？"

"我想彻底分手为好，你说呢？"

她愠怒地笑笑："哈蒙德，现在征求我的意见有些晚了。当然，我认为如果你有这种感觉，我也不希望你出于怜悯来跟我睡觉。"

他听了之后哈哈大笑："你怎么也不会是别人怜悯的对象。"

她平静下来："你会想我的，我知道。"

"非常。"

她把舌尖伸出来放在上唇中央,敞开衬衣。她的乳头因激动紧缩变黑,但他对此并不感到惊讶。最能刺激她情绪的就是争论,最能使她情绪激动的莫过于看谁吵得凶。在出现这样那样的冲突之后再粗暴地做爱时,尤其如此。他意识到,她决心确保使自己在任何争论中都立于不败之地。他的高潮一直都是她的胜利。至少这一点可以证明他的感觉是正确的。

她带些恶意地冲他笑笑说:"最后再来一次?看在过去的情分上?要么,你太清高,太讲原则了,不想跟刚被你踹掉的女人搞了?"

"这可不大像浪漫的开场了,斯蒂菲。"

"这么说你是既要演戏又要浪漫了?你在想什么呢,哈蒙德?"

他真想接受她的建议,倒不是因为他对她还有什么旧情难舍,而是因为跟她睡觉也许有助于淡化对昨晚的甜蜜而痛苦的记忆。跟另一个女人在一起,也许能缓解那沉重的失落感。

他还在思忖着,这时电话铃响了。

斯蒂菲合上衣襟,扣起扣子,没好气地笑笑说:"你这个幸运的混蛋。命运还是在向你微笑,哈蒙德。这个电话救了你一把。"她转身走进客厅去拿自己的东西。

哈蒙德走到电话机旁:"喂?"

"我是门罗。"

县法务官门罗倒是无需自报家门。他的声音洪亮,任何时候都这样。他的声带上似乎自带了一只扩音器。哈蒙德赶紧调节电话机上的音量控制开关。

"嘿,门罗,你好吗?我离开查尔斯顿到外面过了一夜,现在天下大乱了。"

"这么说你都知道了?"

"斯蒂菲告诉我的。"

"据我所知，她已经深深地介入了。"

哈蒙德朝客厅那边看了看，见斯蒂菲正在穿鞋，接着把衬衣塞进裤子。他转身背对着门，压低嗓门说："她好像觉得这案子已经归她了。"

"你想让她接吗？"

哈蒙德意识到自己的衬衣此刻已粘在身上。他是什么时候开始出汗的？他摸了摸额头，发现额头也是湿的。他突然这样出汗不是没有原因的：他昨天下午到广场饭店那个套房里见过卢特·佩蒂约翰。

应当让门罗·梅森知道这个情况。现在是向他说明的时候了。

可是为什么要把这个当成问题呢？

这跟佩蒂约翰的谋杀案不沾嘛。他们见面的时间很短。而且是在估计死亡时间之前。在此前不久，但不管怎么说……

他觉得没有理由要把这件事告诉梅森。斯蒂菲进来之后把这个令人震惊的消息告诉他的时候，他也觉得没有告诉她的必要。把这种偶然巧合的事情告诉他们是有弊无利的。

他用袖口擦了擦额头说："我想接这个案子。"

他的上司轻声笑起来："好嘛，给你了，孩子。"

"谢谢。"

"不要谢我。在你开口之前它就归你了。"

"我谢谢这个信任投票。"

"不要拍马屁了，哈蒙德。这个决定不是我一个人做出的。从昨天晚上大约十点钟开始，佩蒂约翰的遗孀每过一个钟头就给我打一个电话，提出这个要求。"

"为什么？"

"她提出请求，或者说是要求吧，让你把杀害她丈夫的凶手送上法庭。"

"我谢谢她……"

"少来这一套,哈蒙德。我在老远的地方就嗅出气味来了。见鬼,我真他妈的老了,我想这话是我瞎说的。我说到哪儿了?"

"那个遗孀。"

"哦,对了。卢特是死了,可是在以势压人这方面,达维似乎要继承他的衣钵了。在这个县里她还是有影响的。所以,为了不使我们办公室遭到非难,为了不让报界说坏话,我同意派你接手这个案子。"

这个案子对他的事业会产生其他任何案子都不可能产生的影响。受害人是个很有影响的人物,媒体会全力报道。这个案子所包括的方方面面都会使一个想有一番作为的检察官垂涎欲滴。当然,如果在没有达维干预的情况下梅森就把这个案子交给他,他的感觉会更好些,不过他不会在这样的细小环节上斤斤计较。不管事情的前因后果如何,反正这个案子现在已经交给他了。

他想得到它,需要得到它,而且无疑是最合适的人选。他曾经接过五个谋杀案,成功地将其中四个案子的被告定罪判刑,只有一个案子的被告愿意承认轻罪以减刑。自从他成为一名诉讼律师以来,他一直在积累经验,准备接手这样的大案。他有这样的愿望,也有使这种案子胜诉的本领。佩蒂约翰谋杀案的审判将把他的职业生涯推向他所希望的……县法务官的宝座。

既然这个案子已经归他,既然他得到上司的信赖和死者遗孀的支持,他就重新考虑了要不要把他与佩蒂约翰见面的事说一说。他不想在接手这样的大案时带着任何最微小的不利因素。像这样可以忽略、但一时可能难以说清的情况,如果等到后来被抖搂出来,就可能造成非常严重的后果。

"门罗?"

105

"不用谢我，孩子。你所得到的将是许多不眠之夜。"

"我喜欢这样的挑战。但是有桩事情，我……"

"什么事？"

他略微犹豫了一下，接着说："没什么，没什么，门罗。我恨不得马上就开始。"

"好，好啊。"门罗说着又进入第二个话题，"你将和罗里·斯米洛合作。这不会有什么问题吧？"

"不会。"

"你没说实话。"

"我们又不是要接吻。我只要求一条，那就是他和我们办公室合作。"

"他先下手为强了。"

"这是什么意思啊？"

"今天下午我接到克兰局长的电话。斯米洛进行游说，让斯蒂菲·芒戴尔担任原告律师。不过我把死者遗孀的要求告诉了克兰。"

"结果呢？"

门罗·梅森低声笑起来。他在官场上的应付能力比他在法律方面的要强。哈蒙德讨厌工作中那些毫无必要的官场应对，但这方面门罗却特别热衷："达维早就给我们的警察局长打过招呼了。她跟局长说，她要让斯米洛把凶手缉拿归案，要让你把凶手送进监狱。所以我们就商量出这么一个结果。"

哈蒙德微微感到畏惧，就像牙医给他打麻药前告诉他可能会有微微刺痛一样。

"在这个案子结束之前，你和斯米洛要捐弃前嫌。明白了吗？"

"我们都是职业型的。"他并没有在有关斯米洛的问题上做出任何承诺，不过达成暂时停火的协议是不难做出的让步。接着梅森附加了

第二个条件。

"我还要让斯蒂菲参与进来当裁判。"

"什么?"他力图控制自己的火气,不使自己的嗓门提高,"这可是个让人不舒服交易,门罗。我不需要有人来监视。"

"这是一桩交易,哈蒙德,要么接,要么不接。"

哈蒙德听见斯蒂菲在那个房间接手机的声音:"这个安排你跟她说了没有?"他问道。

"明天早上再说不迟。你都听明白了吧,孩子?"

"我听明白了。"

即使如此,门罗还是大声重复了一遍:"斯蒂菲的任务是协助你,在你和斯米洛之间起个缓冲作用。在我们把卢特的凶手审判定罪之前,但愿她能防止你和斯米洛动手把对方干掉。"

10

她的肺像要爆炸似的，她的肌肉像着了火。她的关节在乞求她放慢速度，可是她没有放慢，而是加快步伐，跑得比先前更快，不顾一切地往前跑。她还有游艺会上吃下的食物所产生的几百卡路里热量可以消耗。

她有一种负疚感，想跑得再快些。

汗水流进了她的眼睛，模糊了她的视线，刺痛了她的双眼。她呼哧呼哧地喘着大气，嘴巴干得要命。她的心脏随着她的步子在急速跳动。即使觉得自己已经跑不动了，她还是在坚持。她无疑已经超过了自己以前最快的速度和最高的耐力水平。

即使如此，她也无法逃脱昨天晚上所做的事。

跑步是她最喜欢的有氧健身运动。她每周都要跑几次，而且经常参加募捐赛跑。她曾帮助组织了一场为乳腺癌研究募捐的赛跑。今天晚上，她这样跑并没有任何利他主义的目的，也不是为了增进健康或者消除工作的疲劳。

今晚的跑步是自我惩罚。

当然,以为今天体力上的惩罚会为昨天的违法行为赎罪,这是毫无道理的。一个人要赎罪,只有进行真正的、深刻的痛悔。她感到后悔的是,他们见面的时间是事先有意安排的,而不是随机的,不是像他所想象的偶然邂逅。虽然在发展到做爱之前,她曾经有意想中止那次邂逅,但她并不为既成的事实感到后悔。

对于和他在一起的那个夜晚,她一点也不后悔。

"请让一下。"

她很有礼貌地向右侧靠了靠,让另一个跑步者超过她。今晚,炮台一带行人很多。这是人们常来的公共场所,吸引了慢跑的、溜旱冰的,还有休闲散步的人们。

这里是阿什利河与库珀河交汇后流入大西洋的地方,是这个半岛顶端一个具有历史意义的地方,也是来查尔斯顿的旅游者们必到的地方。炮台由白点公园和防波堤组成——这里也像查尔斯顿其他地方一样伤痕累累,有些是战争炮火留下的,有些是各种灾祸留下的,也有些是恶劣天气留下的。炮台这里一度是执行绞刑示众的地方,后来成为战略防御要塞,现在的主要功能是给人们提供风景和娱乐。

在与防波堤一街之隔的公园里,古老苍劲的橡树曾经傲视包括飓风"雨果"在内的风暴的肆虐,荫蔽着许多纪念碑、南方的大炮,还有那些推着童车散步的年轻父母。

天气一直闷热潮湿,但至少可以俯瞰查尔斯顿港和远处萨姆特堡的防波堤上,还有一丝微风,使前来欣赏即将结束的周末黄昏美景的人们感到阵阵惬意。

她放慢速度,决定回返。她在沿原路返回时,每跑一步都觉得针刺般的疼痛从脚底发散到小腿、大腿乃至后背,不过至少现在还忍得住。她觉得肺部负担仍然比较重,但肌肉火烧火燎的感觉已经减轻。

可是,她的意识依然在刺痛着她。

这一整天,她经常突然想到他,想到他们在一起度过的夜晚。她没有久久沉浸在回想之中,因为这样会加剧最初的痛苦,就像一个入侵者,不仅侵入了受害者的私宅,而且侵犯了他心爱的个人财产。

可是这些想法她赶也赶不走。她逐渐放慢跑步的速度,让这些想法重新进入脑海,并在那里滞留。她再度回味他们在游艺会上吃的东西,想到他说的一个傻笑话,不禁笑了。她还遐想他的呼吸正冲着她的耳朵,他的手指正抚摸着她的肌肤。

她从床上轻轻下来,在昏暗的房间里穿衣服的时候,他睡得那样香,一点也没醒。在卧室门口,她曾驻足回头看了看他,见他仰面躺着,被单搭在肚子上,一条腿伸在外面。

他的手真好看,很有力,像男子汉的手,但也保养得很好。他一只手轻轻抓着被单,另一只手放在枕头上。他的手指刚才还放在她的秀发上,现在有些微微向手心弯曲。

看着他微微起伏的胸膛和平静的呼吸,她真想把他叫醒,把什么都向他坦白。他会理解吗?他会因她说实话而感谢她吗?也许他会对她说那没有什么要紧的。然后把她拉到床上,再次亲吻她。他会因为她承认所做的事情改变对她的看法吗?

他醒来之后发现她走了,会怎么想呢?

毫无疑问,他起初会感到恐慌,会以为自己也许遭人抢劫了。他也许会从床上爬起来,看看他的钱包还在不在柜子上。他会不会像抓扑克牌一样把他的信用卡抓在手上,看看有没有少?他发现所有的现金都在,分文不少,他会感到惊讶吗?他会不会大大地松一口气呢?

在松了一口气之后,他会不会因为她的失踪而感到大惑不解?或者很生气?也许会很生气。他也许会把她偷偷溜走看成是对他的侮辱。

她希望他醒来发现她不辞而别的时候，至少不只是耸耸肩，然后转过脸又睡着了。这种可能很可悲但也是显而易见的。这就使她想知道，他今天会不会想到她。他会不会像她一样，把从他们目光越过舞池首次相遇到整个晚上的事情都在头脑里重新过一遍？一直过到最后一次……

他的唇不住地亲吻着她的脸，他轻声说："这感觉为什么这么好？"

"本来就应当这么好，是不是？"

"是的。可是不像这样，没有这么好。"

"这样……"

"什么？"他把头向后一仰，以搜寻的目光看着她问道。

"几乎更好。"

"你是说，静静地？"

她将大腿紧贴着他，把他搂住，紧紧地、牢牢地搂着："像这样，只有你……"

"唔……"他脸贴着她的脖子，过了好长一段时间，他呻吟着说，"对不起，我做不到。"

她抬起身子，喘着大气说："我也做不到。"

为了防止摔倒，她突然收住了脚步，弯下腰，把手撑在膝盖上，大口吸着带咸味的空气。她眨了眨眼睛，把带咸味的汗眨出来，想用手背将汗擦去，这时候她才意识到手背上也在滴汗。

这件事她不能再想下去了。虽然他们的一夜风流非常浪漫，虽然他说了许多诗一般优美动听的话，但这对他来说也许平淡无奇。

她提醒自己：这倒也没什么要紧。他对她持什么看法或者是不是还想着她，其实都无关紧要，也许他们再也不会见面了。

没过多久，她的呼吸就渐趋平缓，心跳也慢了下来。她继续沿防波堤台阶向下跑。跑步固然使她感到累，可是也许再也见不着他的想法使她更感到疲劳。她住的地方离炮台只有几个街区，可是走这几个街区似乎比她刚才跑的全部距离还要长。

她打开铁门闩的时候，不由得感到一阵心灰意冷。一个莫名其妙的汽车喇叭声把她吓了一跳。她猛然转身，看见一辆梅塞德斯车在路边戛然停下。

驾车的人把墨镜向下拉了拉，从眼镜框上面看着她："晚上好哇！"博比·特林布尔故意把腔调拖得很长，"我打电话找了你一整天，以为你失踪了，就不准备再找了。"

"你到这儿来干什么？"

他那申斥般的微笑使她身上直起鸡皮疙瘩。

"离我远点儿，别来烦我。"

"把我惹恼了可没好处，特别是现在。你这一整天到哪儿去了？"

她拒绝回答。

他咧开嘴笑了笑，似乎对她的倔强感到好笑："没关系，进来吧。"

他侧过身去打开前客座一侧的车门。她赶紧朝后让去，以免小腿被车门碰着："如果你以为我会跟你到什么地方去，那你就是疯了。"

他伸手去拔点火器的钥匙："那好，我就到你那里去。"

"不！"

他咯咯笑起来："我本来并没有这么想。"他拍了拍座位说，"你那可爱的小屁股就坐在这儿吧，快点儿。"

她知道他是不会就这么轻易离开的。这是她早晚要遇到的情况。所以她决定不妨顺水推舟。坐上车后，她愤愤地带上车门。

哈蒙德决定立即去对卢特·佩蒂约翰的遗孀表示慰问。跟梅森通完电话,送走斯蒂菲之后,他冲了个澡,换了身衣服。很快,他就钻进车里,朝佩蒂约翰的住宅驶去。

到门口之后,他按了按门铃,然后就心不在焉地看着那些星期天晚上到炮台街来玩的人们。街对面的公园里,有两个观光客正在拍摄佩蒂约翰家的房子,并不在乎他还站在房子前面。防波堤上有一些常来跑步和散步者的侧影。

管家萨拉·伯奇把他让进门里,说先让她进去通报一下,请他在门厅里稍候。她很快就回来说:"达维小姐说请你上去,克罗斯先生。"

这个大块头女人领着他上了楼梯,从楼廊进入一条宽宽的走廊,然后走进一个巨大的卧室,又从那里进入一个哈蒙德从来没有见过的卫生间。卫生间顶上有一个彩色拼花玻璃的天窗,下面是个足以供一支排球队的所有队员使用的冲浪浴缸。浴缸里面有水,但是涡流没有开。在平静的水面上,漂浮着碗口大的奶油色木兰花。

卫生间的墙面是由玻璃镜组成的,面积似有数英亩之大;卫生间各处精美的烛台上点着香味蜡烛,镜子里反射出星星点点的摇曳烛光。卫生间的一角放着一张铺绸垫的长躺椅,上面有装饰华丽的枕头。一个金色的水池有洗衣槽大小。这里面的配件都是水晶的,摆设柜上放的是与之相称的许多时髦小玩意儿和香水瓶。

哈蒙德意识到,外间所传的有关卢特装修花钱的估计也许还太保守。虽然他出于社交原因到这幢房子里来过多次,但楼上还是第一次来。他曾听到谣传,说里面的装潢非常气派,但没料到会这么奢华。

他也没想到会看见这个新寡全身赤裸地在接受按摩,嘴里发出舒适的哼声。一个肌肉发达的男子正在按摩她的大腿后侧。

"你不介意吧,哈蒙德?"达维·佩蒂约翰问道。这时,按摩师把一条被单盖在她身上,只露出了肩膀和那双正接受按摩的腿。

哈蒙德握了握她伸过来的手:"你不介意我也不会介意。"

她冲他诡秘地笑了笑:"你是比较了解我的。从我的名字上看不出一丝一毫的谦虚。这是一点不足,气得我妈妈快疯了。不过,她现在倒是真疯了。"

她用两只手撑着下巴,由于臀部正在按摩,她发出了轻轻地啊啊声:"这是九十分钟的按摩。我感觉好极了,不想让桑德罗就此停下来。"

"我不怪你。不过,倒很有意思。"

"什么?"

"卢特昨天在饭店的温泉池也接受了按摩。"

"是在被害之前还是之后?"他皱起的眉头使她笑了起来,"只是开开玩笑。喝点儿香槟吧,干吗不去倒一点儿?"她的手大致指了指摆设柜旁边立着的银制冰镇酒桶。香槟酒的瓶盖已被打开,酒桶边上的银托盘里还有一只没有用过的细长酒杯。他突然想到,今天晚上达维大概是在等他的。不过这还只是个不确定的猜想。

"谢谢,我最好还是不喝。"

"哦,天哪,"她有些不耐烦地说,"别这么固执好不好。你我从来不讲客套,干吗还不动手。再说,我认为香槟是最好的饮料,尤其是当自己的丈夫在他得意的饭店顶楼套间里被人干掉之后。你倒的时候,顺便给我再倒一杯。"

她的香槟酒杯就在按摩床旁边的地上。他知道跟达维争论一般是没有用处的,所以就替她倒了一杯,自己则倒了半杯。他把杯子端给她之后,她跟他轻轻地碰了碰杯。

"干。为葬礼和其他有趣的时光。"

"我可没有你这份情趣。"他呷了一口说。

她用舌头舔了舔嘴唇，品尝着酒的味道："你也许说得不错。也许只有在婚礼上才喝香槟。"

她抬眼看着他，他感到自己的脸微微发烫。她看出了他在想什么，哈哈笑了起来。

这跟哈蒙德记忆中她在几年前一个七月的夜晚发出的笑声一样。当时他们一起参加了一场婚礼，而这对新人正好都是他们的朋友。婚礼是在新娘家里举行的。用来装饰花园的有栀子花、卡萨布兰卡百合花、牡丹和其他香气四溢的鲜花。那扑鼻的花香就像醉人的香槟。当时穿着晚礼服的他一直想让自己保持冷静，可是终究抵挡不住酒的诱惑。

新娘的八个伴娘像是由人才交流公司挑选出来的，都是漂亮的金发女郎。达维穿上那件袒胸露肩、质地轻薄的粉红色拖地长裙后，显得比其他几个更加光彩照人。

"你真是'秀色可餐'了。"在婚礼举行之前不久，他在小教堂外面对她说道，"也许是'可饮'。好像你的头上应该再插上一把纸伞。"

"这一身装束要彻底让人讨厌，就应当有一把纸伞。"

"你不喜欢这衣裳？"他带煽动性地问道。

她用指头戳了他一下。

后来在舞会上，他们跟着奥蒂斯·戴伊和骑士团演唱的《呼喊》跳了一场劲舞。下场后，她不停地对着脸扇风，还抱怨说："这条裙子太傻气了，是我穿过的让人热得最难受的衣服。"

"那就脱了它。"

在达维和哈蒙德出生之前，伯顿和克罗斯两家的关系就非常好。在哈蒙德的记忆中，他的第一个圣诞晚会和第一次海滩野炊中就有达维。在小孩子们被送到楼上睡觉，大人们继续玩的时候，照看小孩子的人就倒霉了，因为他和达维尽捉弄人家。

他们的第一支烟就是在一起吸的。她第一次来月经，就充满优越感地悄悄地告诉了他。她第一次喝醉酒之后，就是在他的汽车上吐的。她失去童贞的那天晚上，一到家就打电话给哈蒙德，一五一十地全都说给他听。

从小时候开始，他们就在一起说那些难听的词语。到了青少年时期，他们还是在一起讲那些不登大雅之堂的事情。一来是因为这很有意思，而且不会被发觉。谁也不会出卖对方，也不会生对方的气。随着渐渐长大成人，他们互相开的玩笑中逐渐有了些挑逗和调情的成分，不过仍然没有恶意，所以也不会出格。

可是在那年七月的那次婚礼之前，他们已有很长时间没有见面了，因为两人都上了大学——他在克莱姆森大学，她在范德比尔特大学。他们的香槟喝多了，都微有醉意，而且都处在当时的喜庆气氛之中，所以哈蒙德调皮地让她脱衣服的时候，她醉眼蒙眬地看着他说："也许我会的。"

当时所有的人都聚在一起看切婚礼蛋糕，哈蒙德从吧台上偷偷拿了一瓶香槟，然后拉着达维的手，和她一起悄悄溜进邻家的院子，因为他们知道这家邻居也在婚宴上。两家的草坪中间隔着一道精心培育了几十年的又高又密的树篱，也是哈蒙德和达维要寻找的最隐秘的地方。

哈蒙德在打开香槟酒瓶盖的时候，那砰的一声就像是在放炮。两人听见之后笑得前仰后合。他给他俩各倒了一杯，两人都一饮而尽。接着饮了第二杯。

在喝第三杯的时候，达维让他帮她把伴娘裙背后的扣子解开。接着她就把裙子、无背带胸罩、吊袜带和长筒丝袜全脱了。

她用拇指钩住腰际那有弹性的内裤时还有些犹豫，可是他在她耳边轻声说道："看你敢，达维。"这是他们从小到大互相常用的激将法。她从来不在挑战前面退缩。那天晚上也不例外。

她脱掉内裤,让他看了个够,然后走下游泳池的台阶,钻进凉水里。哈蒙德脱掉晚礼服的动作比他当初穿它的时候快了十倍,衣服上的扣子都被拽掉了——至少他自己后来没有找到。

他站在泳池边上,达维以惊讶和羡慕的目光看着他,"哈蒙德,亲爱的,自从上回我们玩医生游戏被发现以来,你出脱得真棒啊。"

他纵身跳入水中。

他们以前从来没有接过吻,只是小时候试验性地亲吻过,当时他们都认为即使是想到张嘴、让舌头接触也"俗气透顶"。那天晚上他们也没有接吻。怕被人发现的心情使他们更加激动,以至于一切准备动作都变得没有必要。他刚到她身边,就把她拉到自己的大腿上。

他们很快就完了事,而且在整个过程中都笑个不停。

自从那天晚上之后,他们有一两年没见过面。他再次见到她的时候,仿佛那次在游泳池里胆大妄为的行动从来没有发生过。她也一样。也许他们都不希望那一次不轨行为损害长期建立的友谊。

直到现在他们也没有再提起过那件事。那天晚上他们是怎么把衣服穿上,怎么跟参加婚礼的人解释,或者是不是有人让他们做出过解释,他都没有印象了。

可是他对达维的笑声却记忆犹新——癫狂、放荡、充满诱惑和性感。她的笑至今也没有什么变化。

"我们小时候很开心的,是吧?"她在说这句话的时候,脸上的笑容十分惨淡。

"是的。"

接着,她眼睛向下看着酒杯里的气泡,过了一会儿才把酒喝下去:"可惜我们都不得不长成大人,开始卷入生活。"

她的手臂有气无力地从按摩床边上垂下。哈蒙德把杯子从她手上接过来，否则它就会从她手中掉在大理石地面上摔碎了："卢特的事，我很难过，达维。所以我才过来的，是想告诉你，这件事情太可怕了。我相信我的父母明天会打电话或者亲自过来看你的。"

"哦，明天到这里来表示哀悼的人会排成长队的。今天我是一个不见，可是明天我就不能把他们拒之门外了。他们会带着鸡肉沙锅和酸橙果冻色拉涌到这儿来，看我是个什么心情。"

"你会是什么心情呢？"

她注意到他微妙的语气变化，她翻身转向一侧，把被单拉至胸前，然后坐起来，两条腿在床边上荡悠着。"你是以朋友的身份，还是以法务官的当然继承人的身份问我这个问题？"

"我不是这个意思，不过我是以朋友的身份来的。我本来不该跟你说这个。"

她深深地吸了口气："唔，不要指望我穿丧服、做出痛不欲生的样子。《圣经》上说的这些我都不会去干的。我也不会像电影里的印第安人寡妇那样砍下一个手指。不会的。我会表现得很得体。多亏了卢特，那些闲言碎语足以使他们去注意物质的东西，而不来注意我真正的感情。"

"这话怎么讲？"

她的微笑非常灿烂，就像她在初入社交界的舞会上鞠躬时的微笑一样："这个混蛋死了，我非常高兴。"她那双淡棕色的眼睛向哈蒙德发出了挑战，要他对此说些什么，可是他没有说。她笑了笑，然后对身后的按摩师说："桑德罗，请你给我捏捏脖子和肩膀。"

她坐起来之后，他就一直站在镜子墙边上，双臂交叉放在宽阔的胸前。桑德罗的相貌英俊，肌肉发达，一头黑发向后梳着，并用发胶定了型。他的眼睛像成熟的橄榄一样乌黑。

他挪到达维身后，把手放在她赤裸的肩头。他那双地中海地区的人所特有的犀利眼睛一直盯着哈蒙德，仿佛是在打量一个竞争者。显然，他的服务项目超出了按摩。哈蒙德想告诉他别紧张，说自己和达维是老朋友，仅此而已，他没有必要忌妒他。

与此同时，他也想告诫达维，现在可不是藐视传统习俗、与她的按摩师寻欢作乐的时候。她的一生中，这一次应当谨慎一些。如果他哈蒙德猜得不错的话，考虑到斯蒂菲所说的那些话，达维的名字肯定会列在斯米洛的疑犯名单的榜首。她所做的每一件事情，都会受到缜密的审查。

"我佩服你的坦率，达维，可是……"

"为什么要说谎？你喜欢卢特吗？"

"一点儿也不喜欢。"他如实地告诉她，而且没有丝毫的犹豫，"他是个骗子、恶棍、残酷无情的投机分子。他伤害那些甘愿受他伤害的人，他还利用那些他无法伤害的人。"

"你也很坦率，哈蒙德。大多数人都有这样的感觉。我不是唯一鄙弃他的人。"

"不。你是他的遗孀。"

"我不是他的遗孀。"她苦涩地说，"我什么都是，可从来不是个虚伪的人。我不会因为这个混蛋的死而伤心。"

"达维，如果这话让居心不良的人听到，对你可就不利了。"

"像斯米洛，还有他昨天晚上带来的那个臭女人？"

"对了。"

"那个叫斯蒂菲的人跟你一道工作，对吧？"见他点点头，她继续说道，"这个人，我觉得非常讨厌。"

他微微一笑："喜欢斯蒂菲的人几乎没有。她野心勃勃，动辄把人惹恼，可她自己还满不在乎。在人格竞争上，她是肯定要输的。"

"好得很，因为她注定会失败。"

"你一旦了解她,就知道她还是比较好相处的。"

"我就免了。"

"你得了解她的来历。"

"北方某个地方。"

他轻声笑了笑:"我指的不是地方,达维。我说的是她的动机。她在职业生涯上失望过。她在这些挫折上做出的补救太多,结果有时候显得太过分。"

"如果你还替她辩护,我可就要发脾气了。"

她把一只手臂放到头后面,把头发从脖子上托起,这样桑德罗按摩就能方便些。这是个颇具挑逗性的姿势,使她的腋下和部分乳房得以暴露。哈蒙德心想,她肯定知道这是个挑逗姿势,但不知她是不是故意这样来分散他的注意力。

"你真的认为他们怀疑我杀人?"她问道。

"现在你可以继承一大笔财产了。"

"有一笔,是的。"她若有所思地承认,"可是,众所周知,先夫生活中的主要目的是尽量勾搭我的朋友——我说的是广义上的朋友。

"我不知道他是不是在利用他们,因为,从总的来看,她们都是查尔斯顿最理想的女人,或者说她们在他看来之所以非常理想,仅仅因为她们是我的朋友。也许是后者吧,因为尽管乔治娅·阿伦达尔的屁股比战列舰还大,他还是把她带到基阿瓦海滩去了一天。我敢打赌,她被晒得很厉害,因为要在那么多的脂肪上都涂上'古铜牌'防晒霜,一管都不够。

"埃米莉·萨瑟兰的皮肤上虽然涂了一层层化学物质,还是那么难看。可是卢特却在她楼下那个有皮垫坐便器的厕所里跟她干起来,就在她举行除夕晚会那天。"

虽然达维并没有想把事情说得很滑稽,哈蒙德却笑起来:"而你呢，当然喽，是完全信守结婚时的誓言的。"

"当然。"她让被单向下滑了一两英寸，朝他眨了眨眼，意思是这不是真话。

"你们并不是在天堂里结婚的，达维。"

"我从来没有说我爱过卢特。其实他知道我不爱他。不过这也没什么，因为他也不爱我。这桩婚姻却达到了目的。他需要我，因为他有了可以吹嘘的资本。他是查尔斯顿唯一财大气粗、有胆量把达维·伯顿弄到手的人。而我……"她顿了顿，脸上露出痛苦的神情，"我嫁给他也有我的原因，但却不是为了追求幸福。"

她放下手臂，让头发披散下来。桑德罗接着替她按摩腰椎以下的部位："你皱眉头了，哈蒙德。怎么回事？"

"你说的话听起来就像谋杀动机。"

她不以为然地笑了笑："如果我要杀卢特，也不会去费那么多周折。这么大热的天，又是个星期六的下午，城里到处都是来观光的汗臭熏人的北方佬，我才不会在这种时候下楼去，像个没有教养的痞子，用手枪从背后朝他开枪呢。"

"不管怎么说，你想让警察做出这样的推测。"

"逆向心理学？我可没那么聪明，哈蒙德。"

他看着她，那神情像是在说：哦，不，你很聪明。

"好吧。"她准确地破解了他的表情，"我很聪明，可是我还得很勤奋。不管是什么原因，还没有人指责我，说我愿意给自己带来不便或者愿意牺牲舒适生活呢。我对任何东西都不那么热衷。"

"我相信你。"他对她说，而且说得真心实意，"可是我认为，把懒惰作为辩护根据的事还没有法律上的先例。"

"辩护？你真的认为我需要辩护？斯米洛探长当真会认为我是疑犯？这简直是疯了！"她郑重地说，"跟我相比，斯米洛更想杀掉卢特。因为他妹妹的事,他是不会原谅卢特的。"

哈蒙德的眉头紧锁起来。

"记得吗?斯米洛的妹妹玛格丽特是卢特的第一个妻子。也许她是个未确诊的狂躁抑郁症患者,嫁给卢特是她犯病的原因。有一天,她失去了自控,午饭前吞下一瓶药片。她自杀之后,斯米洛就怪到卢特头上,说他对她毫不关心,感情上虐待她,对可怜的玛格丽特的特殊要求一点也不敏感。反正,在她的葬礼上,他们吵得很凶,成了一大丑闻。你还记得吗?"

"这一说倒提醒了我,我想起来了。"

"斯米洛从此对卢特怀恨在心。所以我不会为他担心的。"她边说边根据桑德罗的意思把臀部贴在按摩床上,"如果他指控我谋杀了卢特,我就反过来提醒他,问他威胁要杀人的话说过多少次。"

"我哪怕花钱也想看到这一幕。"哈蒙德笑着对她说。

她也对哈蒙德报以微笑:"你的香槟喝完了,再来一点儿?"

"不了,谢谢。"

"我还要再来一点儿。"在他给她倒酒的时候,她问道,"我在想,门罗·梅森已经跟你联系过了吧?他们把凶手抓到之后,由你来提出起诉。"

"是这样安排的,谢谢你的推荐。"

她接过他递过来的酒,喝了一口:"不管我这个人其他方面怎么样,哈蒙德,我是个忠实的朋友。对这一点绝对不要怀疑。"

他真希望她别这么说。县法务官梅森已经把他即将退休的事跟手下的人都说了。副法务官沃利斯得了不治之症,在十一月的选举中,是不会去争那个第一把交椅的。论资排辈的话,哈蒙德要排第三。他实际上肯定能得到梅森的认可,让自己当他的接班人。

可是达维为哈蒙德向梅森说这件事,就使哈蒙德感到不安了。虽然他感谢她的推荐，如果将来她因丈夫被谋杀一案受到审判，就可能出现有利害冲突的问题。

"达维，我有责任问一下……你的抗辩有多大的力度？"

"我认为可以用'铁证如山'这个词吧。"

"好。"

她把头向后一仰，笑起来："哈蒙德，亲爱的，你真太可爱了！你实际上是害怕由你来指控我犯了谋杀罪，对不对？"

她从按摩床上下来，用被单遮在胸前，让另一头拖在地上，慢慢走到他面前。她踮起脚，在他面颊上亲了一下："你尽管放心。如果我要向卢特开枪，那就不会从背后。那有什么乐趣？我要是扣动扳机，就要看着那个混蛋的眼睛。"

"这种辩护并不比说自己懒惰更有力，达维。"

"我不需要辩护，我发誓我没杀卢特。"她说着在胸前划了个无形的十字，"我绝对不会杀人。"

听她如此坚定地加以否认，他如释重负。

接着她又说了一句不中听的话："监狱里的号衣太难看了。"

达维平躺着，闭着眼睛，充分放松地享受桑德罗的按摩。

"奇怪呀。"桑德罗低声说着带有外国腔的英语。

"什么？"

"你那个朋友做过不少暗示，可是从来没问你丈夫是不是你杀的。"

她把他推到一边，抬起眼看着他说："你这话什么意思？"

他耸了耸肩："因为他是你的朋友，他不想听到那肯定是你干的。"

达维看着他肩膀后面的某个地方，不由自主地说道："也许他早就知道那肯定不是我干的了。"

11

驱车离开佩蒂约翰家的时候，哈蒙德乞求上帝，但愿不要在证人席上盘问达维。他有两条理由。

首先，他和达维是朋友，他喜欢她。她算不上道德上的楷模，而他尊重她却正是因为她不假充圣人。她说她不是个虚伪的人，这倒并不是自我标榜。

在他所认识的女人当中，对她恶意地说三道四的不下几十个，可是她们自己的德行也并不比她好。所不同的是，她们的道德犯罪是在偷偷摸摸中进行的，而她则是毫不掩饰地进行。人们认为她爱虚荣，很自私，而她也确实如此。这种名声是她自己造成的。她还故意给批评她的人以口实，使她们对她的行为感到震惊。谁也没有意识到，真正的达维并不是她们所指责的那种人。

达维把自己人格中的优秀部分隐藏起来了。哈蒙德认为，她这种不加掩饰的伪装正是她的自卫机制，使她免受比儿童时期所受到的更大的伤害。别人还没能有机会批评她的时候，就被她拒之门外了。

马克辛·伯顿是个很糟糕的母亲。她从来没有给达维和她的两个姐姐以关心和母爱。她也没有做过什么值得女儿们爱她、敬她的事情。可是达维每个星期必定要去那个高级老人护理院看望住在里面的母亲。

对母亲的护理不仅由达维安排和负担,而且由她直接过问。每次去例行看望,她都要亲自关注母亲个人生活上的需要。也许这件事只有哈蒙德一个人知道,而且要不是萨拉·伯奇悄悄告诉他,他也不会知道。

他不希望在证人席上盘问达维的第二个原因是,她说谎也说得很圆。听她讲话使人感到痛快淋漓,所以人们就不考虑她说的是真是假了。

陪审团的人喜欢她这样的证人。如果让她出庭作证,她到庭时的衣着会让人倾倒。就她这么一亮相,陪审团的人马上就会正襟危坐、另眼相看。尽管其他证人出庭作证时,他们可能打瞌睡,只要达维出庭,他们就会洗耳恭听,不会漏过从她嘴里说出来的任何一句裹着糖衣的话。

如果她出庭作证说,虽然她没有杀死卢特,但是她并不因他的死而难过,说他是个不忠诚的丈夫,无数次欺骗了她,说他心地邪恶、为人歹毒,死了活该,陪审团成员中无论是男是女,大概都会同意她的说法。她会说得他们相信,就凭这个混蛋的人格和劣迹,死了倒也干净。

不,他不想因为她丈夫的死把她推上被告席。可是如果最后走到这一步,他也不会徇私舞弊。

接受这个案子是他的职业生涯中好得不能再好的机会。他希望斯米洛一班人马能够给他提供充分的材料,这样被告就无法逃脱法网,案子就可以实实在在地交给陪审团审判裁定。

这是一桩他可以施展本领的案子。当然这无疑也是一场挑战,需要他全力以赴。但是他肯定能最充分地证明他的才华。他一心想参加十一月法务官的竞选,他想获得胜利。可是他并不想靠自己堂堂的外表,或者自己较好的出身门第,或者靠自己比其他参选者雄厚的资金。他希望能无愧于这个职位。

难得有像卢特·佩蒂约翰谋杀案这样能让人施展才华的案子。所以他才需要得到它。所以他才没有把见过佩蒂约翰的事告诉梅森。这个案子他是志在必得,他不愿意让任何东西妨碍他将它提交法庭审判。这也是十一月之前在公众面前展示自己的最好机会。

这也是做给他父亲看的最好机会。

这是所有原因之中最重要的一条。几年前,哈蒙德决定改行,从辩护律师变成公诉检察官。他的父亲普雷斯顿·克罗斯竭力反对这项决定,不但告诉他将来在收入上的差别,而且还说他决定拿公务员的薪水是发疯。前不久哈蒙德才知道,他父亲当时反对的主要原因并不是由于检察官的工资水平问题。

这次变化使他们成了冤家对头。普雷斯顿·克罗斯是卢特·佩蒂约翰从事某些不法地产交易的合伙人,他是害怕受到自己儿子的起诉。这是哈蒙德最近才发现的,对此他感到恶心。他们在这个问题上冲突很厉害,他们之间的矛盾也因此而加深。

可是他现在还不能考虑这些。每当他想到自己的父亲,情绪就非常低落。剥开他们之间的层层关系,仔细审视是要花时间的,从情感上来说很痛苦,而且根本不会有结果。对于重归于好,他不抱什么希望。

眼下他把这个问题搁在一边,集中精力解决首当其冲的要务——眼前这个案子。

他选择和斯蒂菲分手的时间对他非常有利。现在不会有使他不愉快的事情来干扰他,影响他精力的集中。她知道自己被分配担任副手之后会特别生气,可是他在必要的时候是能够应付她闹别扭的。

对哈蒙德·克罗斯来说,今天是一个新的开端——实际上昨天晚上就开始了。

他一只手扶着方向盘把车开离佩蒂约翰的住宅,另一只手伸进胸前的口袋里,摸出早先塞进去的一张纸条,看了看写在上面的地址。

斯蒂菲气喘吁吁地跑进病房:"我以最快的速度赶来了。我漏了什么情况?"

她离开哈蒙德住处不久,就接到斯米洛打的手机电话。他兑现了自己的承诺,当那个住院医生同意他去询问病人之后,他就给斯蒂菲打了电话。

"我想参与,斯米洛。"她在电话里就说了自己的要求。

"我不能等你了。如果我不马上开始,那个医生可能会把谈话取消。"

"好吧,不过慢一点儿。我已经在路上了。"

哈蒙德的住处离医院大楼不远。即使如此,她还是超速行驶赶到医院。她急于知道那些食物中毒病人是否在佩蒂约翰的饭店顶楼套房附近看见过什么人。

她匆匆赶到医院之后,先在门口稍事停留,然后走进铺着瓷砖的病房,走到病床前。这个病人五十岁上下,脸色白得像做面包的面团,两眼凹陷,眼眶乌黑,右手正在接受静脉注射。他旁边的床头柜上摆着一只顺手就能够到的尿壶和一只菜豆形便盆。

斯蒂菲看见病床边的椅子上坐着一个女人,知道那是病人的妻子。这女人不像生病的样子,但显得非常疲惫。她身上的穿着还是观光时的模样：球鞋、半截运动短裤和一件印着"南方姑娘"几个醒目大字的T恤衫。

站在病床边的斯米洛为双方做了介绍："丹尼尔斯太太和丹尼尔斯先生。斯蒂菲·芒戴尔。芒戴尔女士是县法务办的，参与这次调查工作。"

"你好，丹尼尔斯先生。"

"你好。"

"感觉好些了吗？"

"我已经不祈求死亡了。"

"我想这说明有所好转。"她看了看他身边的女人，"你没有病倒，丹尼尔斯太太？"

"我喝的是母蟹汤。"她回答的时候淡淡一笑。

"丹尼尔斯夫妇是我询问的最后两位。"斯米洛说道，"和他们一起的其他人帮不了我们。"

"是吗？"

"丹尼尔斯先生倒很有可能。"

躺在病床上的丹尼尔斯似乎并不高兴。他低声说道："我也许看见了一个人。"

斯蒂菲憋不住了，想让他说得准确些："看见就是看见，要么就是没看见。"

丹尼尔斯太太站起来说："他太疲劳了。能不能等明天再说？等他再休息一个晚上好不好？"

斯蒂菲立即意识到自己说走了嘴，迫使自己把语气缓和下来："对不起。请原谅。我太讨厌了。我从被我起诉的人那里学了些坏习惯。我习惯于跟一些杀人犯、盗窃犯、强奸犯打交道，那些人往往是一些惯犯，不像你们这些好人。跟按章纳税、遵纪守法、崇敬上帝的人，我打交道不多。"说完这番话，她也没敢正眼看斯米洛，因为她知道他脸上会露出讥讽的微笑。

丹尼尔斯太太咬了咬下嘴唇，然后跟丈夫商量说："亲爱的，这全看你了。你想现在就说吗？"

斯蒂菲审视了他们一番之后立即得出结论，认为他们的智商跟她的相差太大了。见他还在犹豫不决，她就又来了几句："当然了，丹尼尔斯先生，如果你想等到明天上午再回答我们的问题，那也行。不过你要理解我们的处境。我们社区一个头面人物被人杀害了。他在没有招惹别人的情况下，背后被人打了两枪。不过我们还没有确定谁是疑犯。"她顿了顿，然后又加了一句，"我们希望抓住这个残忍的凶手，不能让他再次作案。"

"这一来我就帮不了你们的忙了。"

在场的都对丹尼尔斯出乎意料的话感到惊讶。斯米洛第一个打破沉寂："你怎么知道就帮不了我们的忙呢？"

"因为芒戴尔女士说凶手的时候，用的是男'他'，而我看见的是个女的。"

斯蒂菲和斯米洛交换了一下眼色。"我用的这个代词是泛指的。"斯蒂菲解释说。

"哦，呃，我看见的是个女的。"丹尼尔斯说着把头重新靠到枕头上，"不过她不像个杀人犯。"

"你能具体谈谈吗？"斯蒂菲问道。

"你是说她的长相？"

"从头开始跟我们说一遍吧。"斯米洛提议说。

"好吧，我们，我说的是我们唱诗班的人，一吃过午饭就离开了饭店。大概在外面玩了一个小时左右，我就感觉不大舒服。起初我以为是天热，可是跟我们一起的有两个孩子已经闹肚子了，所以我怀疑

129

不只是天热的原因。后来,我感到越来越不行了。最后我就跟太太说我要回饭店了,去吃点巴比妥之类的,然后再去找他们。"

丹尼尔斯太太严肃地点点头,对他所说的表示认可。

"等我走回饭店的时候,我就要……就要……真的不行了。我真担心可能来不及回到自己的房间。"

"你是什么时候看见那个女子的?"斯蒂菲问,希望他尽快切入正题。

"我回我们房间的时候。"

"房间是在五楼。"斯米洛想证实一下。

"五楼还是六楼。"丹尼尔斯说道,"我注意到走廊另一头有个人,就朝那头看了看,她站在另一个房间的门口。"

"干什么呢?"斯米洛问道。

"没干什么。只是面对着门,好像是敲门之后在等人开门。"

"她离你有多远?"

"唔……不远。不过还是蛮远的。后来我就没再想过这件事。你知道跟一个陌生人目光相遇是很尴尬的,而且周围没有其他人。就是这样,你不想显得太冷漠或者太友好。这年头,对人要多长个心眼。"

"你跟她说话了吗?"

"没有,没有,哪能呢。我只是朝她那边看了一眼。说实在的,我当时什么也没想,只想赶快进卫生间。"

"可是你看她看得很清楚。"

"不那么清楚。"

"足以确定她的年纪?"

"她年纪不大。但也不是个年轻姑娘。大约跟你年纪相仿。"他对斯蒂菲说道。

"黑人?"

"不是。"

"高个儿？矮个儿？"

丹尼尔斯露出难受的样子，揉了揉小肚子："亲爱的，怎么了？"他妻子说着赶快把便盆拿过来朝他下巴底下放。

他把它推开了："只是有点儿肚子疼。"

"要喝点儿雪碧吗？"

"喝一口吧。"

丹尼尔斯太太把带盖的杯子送到他的嘴边，让他通过一根弯头吸管吸了一口。喝完之后，他再度看着斯米洛："你要问什么……哦，她的身高？"他摇了摇头，"没有注意。不特别高，也不特别矮。我想是中等个儿吧。"

"头发的颜色呢？是浅金黄色吗？"斯蒂菲问道。

"不太。"

"不太？"斯米洛重复道。

"不太浅。我没有觉得她是玛丽莲·梦露那样的，明白我的意思吗？不过她的头发也不是深色的。有点中度。"

"丹尼尔斯先生，你能不能跟我们说说她的形体特征？"

"你是说她……胖不胖之类的？"

"胖吗？"

"不胖。"

"瘦？"

"是的，比较瘦。呃，有点儿瘦吧。我想可以这么说。你们看，我真的没太注意她。我只是不想在走廊里出那个倒霉的洋相。"

"我想他就只能告诉你们这么多了。"丹尼尔斯太太对他们说，"如果你们还有什么要问的，可以明天再来。"

"请你再回答最后一个问题。"斯米洛说道，"你看见这个女人进

131

了佩蒂约翰的房间没有？"

"没有。我用那个像信用卡似的东西很快把门打开，然后就进去了。"他揉了揉面颊上的短胡子茬，"这个问题嘛，我不知道是不是那个人被害的房间。可能是走廊上离我们不远的任何一个房间。"

"是顶楼套房。门有点儿缩进去的。"斯蒂菲说道，"跟其他房间不同。如果我们把佩蒂约翰的套间指给你看，你能不能确定那个女人是站在那个门的前面？"

"我真不敢说。我刚才说了，我只不过朝走廊里看了一眼。我只注意到有个女人站在一个门前，等着有人来开门，就这些。"

"你肯定她不是从里面出来的，不是要离开？"

"不，这个我说不准。"丹尼尔斯的话开始啰唆起来，"可是那不是我得到的印象。她没有什么不正常的地方，当时也没有什么不正常的情况。说实在的，如果不是你们来问我，我是再也不会去想到她的。是你们问我昨天下午在走廊上是不是看见过什么人的，我看见的就是这个。"

丹尼尔斯太太再次进行干预。斯蒂菲和斯米洛对于给他带来不便表示歉意，感谢他提供的情况，并希望他很快康复，然后就离开了。

到了医院的走廊里，斯米洛显得愁眉不展："好嘛，我们有了个目击证人，看见离他不远处，不过还是比较远的地方，站着一个女人，所站的地方也许是、也许不是佩蒂约翰那个套间的门口。她年纪不老也不年轻，中等个儿。颜色'中度'的头发，'有点儿瘦'。"

"我感到失望，但并不感到惊讶。"斯蒂菲说道，"我怀疑他当时那么急急忙忙的，还能记得什么东西。"

"胡说八道。"斯米洛骂了一声。

"一点儿不错。"

他们看着对方，不禁哈哈大笑。就在这时候丹尼尔斯太太从她丈夫的病房里走了出来："他终于说服我回饭店去了。自从救护车把我们送来之后，我还没有回去过呢。你们下楼吗？"电梯来了之后她还礼貌地问了一句。

"现在还不下。"斯蒂菲对她说，"我跟斯米洛探长还有些话要说。"

"希望你们交好运，能解开这个谜团。"

他们对她的合作和乐于帮助表示感谢之后，斯蒂菲示意斯米洛到候诊室去，那里面眼下还没有人。他们在两张椅子上面对面地坐下之后，他直截了当地告诉她哈蒙德·克罗斯将担任佩蒂约翰谋杀案的检察官。

"是梅森把它交给他的金童的。"

斯蒂菲丝毫没有掩饰自己的失望或者不满情绪，只是问他什么时候知道这个消息的。

"今天晚上早些时候，是克兰局长打电话告诉我的，因为我为你进行了游说。"

"谢谢你，给我带来这么大的恩惠。"她略带讽刺地说，"这件事情应当在什么时候告诉我？"

"明天吧，我想。"

佩蒂约翰被谋杀的事还是她告诉哈蒙德的。她还没有离开哈蒙德那里的时候，他接到的肯定是梅森的电话。就在他中止了与她的关系之后，又在争夺一桩对个人发展大有好处的案子上击败了她。这使她非常恼火。

"是达维·佩蒂约翰在背后操纵的。"斯米洛说道。

"她是说到做到。"

"她说她从来不要二流货色。显然她认为你是。"

"不是。至少不是全部。她非常愿意让一个男人来为她工作，而

133

不是再找一个女人。"

"说得好，感情关系更重要。再说，她们家和克罗斯一家几十年来一直是朋友。"

"除了你，没有人了解这个。"

过了一阵，见他没有吭气，她站起来，把那只沉重的公文包的背带套在肩膀上："既然我已经……"

斯米洛挥挥手，示意她坐回椅子上："梅森给了你一块骨头。明天上午他正式通知你的时候，你要表现得有些惊讶。"

"什么样的骨头？"

"让你给哈蒙德当助手。"

"这没什么奇怪的。像这样一个案子，需要至少两个聪明的头脑。"她意识到斯米洛的话还没有说完，眉毛一扬，以询问的目光看着他，"还有呢？"

"你有个责任，就是在我们之间形成一道屏障，使我们保持良好关系。如果做不到这一点，那你就要防止出现流血事件。"

"是梅森跟你们局长说的？"

"是我的分析。"他冷冷笑了笑说，"不过不要太担心了。我想还没有到动刀动枪的地步吧。"

"我可不敢打保票。我看见你们像是要你死我活地拼命一样。那到底是为了什么事情？"

"我们俩是仇人见面分外眼红。"

"这我知道，斯米洛。是什么事情引起的？"

"说来话长。"

"下次再说？"

"也许吧。"

他不打算告诉她，这使她感到有些失望。她很想知道他和哈蒙德为什么会像仇人一样。当然，他们两个人的性格属于完全不同的类型。斯米洛的自恃清高使人难以与他接近。如果斯蒂菲不是神经错乱，那她就是故意想问。哈蒙德是个很有魅力的人。要想跟他结成深厚友谊，是要做出努力的，不过他还是比较友善，比较容易接近的。斯米洛是个非常讲究的人，边幅修饰得无可挑剔。而哈蒙德的魅力是天然的，无需做出什么努力。在上大学的时候，斯米洛几乎成为班上考试成绩最优秀的，从而把其他所有人的成绩都压在下面。哈蒙德的学习成绩也很突出，但他同时也是一个受人喜爱的学生领袖和运动明星。他们两个人的成就都超过常人，可是一个是靠艰苦努力得来的，另一个却是轻而易举取得的。

斯蒂菲比较容易认同斯米洛。她理解他为什么对哈蒙德不满，而哈蒙德对自身优势的态度更加深了这种不满。他不仅不利用这种优势，反而拒绝这些优势。对于给他的信托基金，他不屑一顾，完全靠自己挣的钱来生活。他的公寓住房是相当不错的，不过他完全可以住比这更好的。他仅有的两样奢侈品是一条帆船和一幢小别墅，可是哪一样他都从来没有张扬过。

只要他炫耀一下这些东西，要恨他也就不难了。

了解一下他和斯米洛不和的原因，即使无用，也会很有趣。他们都在为维护法律而工作，为了一个共同的目标，可是他们相互间的憎恨比对那些不可救药的犯罪分子还厉害。

"一定很难。"斯米洛说了一句，把她从沉思中拽了回来。

"什么？"

"在职业上长期与哈蒙德处于竞争状态，可是晚上还要跟他睡觉。是不是因为有了那样的竞争，才使那种风流事更有味道？"

斯蒂菲第一次被弄得措手不及。她瞪着他，一句话也说不出来。

"你是在猜我怎么会知道的吧？"他那冷漠的笑仿佛一股凉气灌

进了她的脊梁骨,"消元法。他是法务办公大楼里唯一没有吹嘘自己这么干过的人。"他锐利的目光落在她的大腿上,"我只是进行二加二这样非常简单的思考。你感到出乎意料的震惊,这恰恰证实了我的猜测。"

他那副自鸣得意的样子着实让她受不了,可是她没有动怒,也没有表现出心烦意乱,这可能会使他非常高兴。她的脸上毫无表情,她的声音也非常平静:"为什么对我的事这么感兴趣,斯米洛?是吃醋了?"

他哈哈笑起来:"调情不会使你很得意的,斯蒂菲。"

"去你的吧。"

斯米洛像没有事似的继续说道:"演绎推理是我的拿手好戏。我是极善此道的。"

"你打算用这一点点有趣的珍闻达到什么目的?"

"没有目的。"他若无其事地耸了耸肩,"这个金童竟然在职业伦理方面做出了让步,我感到很有意思。是他的防护盔甲开始生锈了吗?只是有一点点?"

"跟同事睡觉又不犯绞刑罪。从过失来说,也就是掌嘴罢了。"

"这话也对。不过,对哈蒙德·克罗斯来说,这实际上是道德上的罪过。否则,为什么秘而不宣?"

"这个嘛,你就别得意了。我现在已经无密可保了。我们的事儿已经结束。"见他投来怀疑的目光,她又说道:"真的。"

"什么时候的事?"

她看了看手表:"两个小时十八分钟之前。"

"真的吗?是梅森告诉他之前还是之后?"

"这两件事风马牛不相及嘛。"她不耐烦地说。

他的嘴角似笑非笑地略微动了动:"你能肯定吗?"

"肯定。你不妨了解一下真相,全部真相,毫不掺假的真相,探长。哈蒙德把我给踹了,直截了当,不容商量。"

"为什么?"

"我得到的标准说法是'我们的方向不同',通常对这种说法的解释是'去过,玩过,但是我准备换个新度假地点'。"

"唔……你知道他准备去玩哪些度假胜地呢?"

"没有,女人往往有这种判断能力。"

"男人也有。"

他的语气中所传达的远远不止这四个字。斯蒂菲密切地注视着他:"啊呀,罗里!'血中之冰'先生是不是也有可能一度坠入过爱河呢?"

"对不起,打扰一下。"护士开口说话的时候他们才注意到她,"我的病人……"她用拇指朝身后丹尼尔斯先生的病房指了指,"他想知道你们是否已经离开。我对他说你们在这儿,他就让我来告诉你们,他想起了一些情况,也许对你们会有用处。"

没等护士的话说完,他俩就站起身来。

12

哈蒙德把离开住处去看望达维之前放进衬衣口袋的地址拿出来看了看。

当时他还不能肯定拉德医生的电话服务是不是查尔斯顿的号码,于是在电话号码簿的黄页中把医生的电话从头到尾看了一遍,最后终于找到了A.E.拉德医生。他立即意识到这正是他要找的,因为上面所列的下班之后的号码跟他早上在小别墅拨打的号码一样。

拉德医生是他找到昨晚与他在一起的那个女子的唯一线索。当然,跟他谈话是不可能的。哈蒙德的近期目标只是找到他的办公室,看看能从那里了解到什么情况。以后他再想办法跟他接触。

尽管他一直想着与斯蒂菲的分手、与达维那些令人不安的谈话、佩蒂约翰谋杀案以及它的实际含义,但是在县游艺会上邂逅、后来在加油站追上并亲吻过的那个女子的形象却一直萦绕在他的脑际。

想把这件事置之脑后是做不到的。找不到问题的答案,哈蒙德·克罗斯于心不甘。他小的时候,就不满足于那些老一套的答案，总是缠着父母亲，直到他们给出能满足他好奇心的答案才肯罢休。

长大成人之后，他还是这样。这种不仅想了解一般性，而且想知道特殊性的心理，对他做好自己的工作非常有好处。他会去探究，不断探求，直至找到真正的答案，有时候他的同事简直拿他毫无办法。有时候就连他自己对这种穷根究底的性格也感到毫无办法。

他不会不想她的，他一定要知道她是谁，为什么在跟他一夜风流之后，就走出了他的别墅，从而走出了他的生活。

找拉德医生的举动尽管说明他有些幼稚、有些伤感、有些绝望，但对了解她的情况，尤其是了解她是不是拉德太太，却不失为一种尝试。如果是，那么这件事情必须就此结束。如果不是……

他不让自己去考虑各种各样的如果。

哈蒙德是在查尔斯顿长大的，对这里的街道布局了如指掌，知道那地方离达维的住宅不过几个街区。几分钟之后，他就到了。

这是条又短又窄的小街，两旁的房屋上爬满青藤，显得很古雅。这里像是另外一个世界，是离繁华闹市区不远的几条这样的街道之一。在布罗德大街和炮台街之间的大多数房屋都以其历史风貌而著称。有些房屋门牌的末位数带了1/2，说明它是主建筑外面的附加部分，是原先的马车房或厨房之类改建的单独住房。这里的房地产业利润看好，是个黄金地段。住在布罗德大街以南的人被称为"街南的"。

这个医生把诊所开在住宅区，哈蒙德并不感到奇怪。许多非商务人士都把这些老房子改成商业性建筑，多半会住在上面几层，因为这是查尔斯顿几百年的老传统了。

他把车停在稍宽些的街上，步行走入一条卵石路面的小街。天已黑下来，周末也已结束，人们都回家了，街上只有他一个人。这里昏暗而幽静，但总的环境比较优雅。从打开的百叶窗可以看见里面灯火通明的舒适房间。这些房子全是适合高消费阶层的，维修装潢得很好。显然这个拉德医生日子过得不错。

夜晚的空气凝重潮湿，像一条使人产生幽闭恐怖的绒布毯裹在他身上。不到几分钟时间，他的衬衣就粘在身上了。即使慢慢走也很累人，尤其在心情比较紧张的情况下更是如此。

他被迫做了一下深呼吸，把奇异的花香和来自几个街区之外的港湾海水的咸腥味都吸进了鼻孔。他闻到了有人做饭时木炭火的烟味。饭菜的香气真使他垂涎三尺，使他想起他自早上在别墅时吃了点英式松糕外，到现在什么东西还没吃呢。

他边走边想着如何跟拉德医生接触。直接走去按门铃怎么样？如果拉德医生来开门，他可以诡称别人给他的地址不对，说他要找的是别的人，对如此打扰表示歉意，然后离开。

如果是她来开门……他有什么选择呢？这样，最使他感到困扰的问题也就有了答案。他会掉脸走开，再也不往回看，自己去好好地生活。

这种种可能都取决于另一种可能性，那就是，她和医生已经结了婚。在哈蒙德看来，这种可能性最合乎逻辑，可以解释她为什么急于给医生打电话，被发现之后又显得那么尴尬。她看起来非常健康，肯定没有什么明显的毛病，他认为她根本不可能会是个病人。

这是他到这幢房子大门口之前的想法。在房前的铁栅栏里面是个小院子，院子里面立着一块上面有黑色手写体字母的木牌。

A.E. 拉德医生是个心理医生。

她是他的病人吗？如果是这样，那么刚离开他的床不久就觉得有必要进行心理咨询？这种做法有点说不通。他只好安慰自己：现在找个心理医生已是司空见惯的事情。他们已经取代了配偶、亲友和牧师，成了知心朋友。他的朋友和同事中，就有人每星期都与这些人有约，为的只是减轻现代生活的压力。找心理医生咨询并不是什么污点，肯定没有什么不好意思的。

实际上，他现在感到大大松了口气。跟拉德医生的病人睡觉是他可以接受的。如果是跟他妻子，那就不能接受了。可是，这一线希望之上依然笼罩着乌云。即使她是他的病人，那又怎么样？她的身份几乎还是无法弄清楚。

拉德医生是不会泄露病人情况的。即使哈蒙德利用法务办公室的名义，医生也许还是会坚持职业原则，不会给他看病人的病历。除非给医生下传票，不过哈蒙德是决计不会走这一步的。这也违反他的职业规范。

再说，他连她的名字都不知道，怎么能问出有关她的情况呢？

哈蒙德站在街对面，看着拉德医生诊所那幢漂亮的砖房，同时在仔细思考这件进退两难的事。那房子在建筑上有其典型特色——单开间，因为正面看只有一间，但却是前后好几间。这是一幢两层楼的房子，每一层都有从前到后的大进深门廊。

在装饰华美的大门里面，是一条便道，从院子的右侧通向房子的前门。那门漆成典型的查尔斯顿绿——近乎黑色，但还有一点儿绿色。门的正中有个黄铜门环。这门跟大多数单开间的房子一样不是朝里开，而是朝外开的。人要经过游廊才能进到屋子里。

房屋的正面有许多青藤牢牢地扒在上面，在与门相匹配的四扇高高的窗户周围的青藤则修剪得十分整齐。每扇窗下都有个花盆箱，里面栽种了茂盛的蕨类和白凤仙花。窗户里面没有灯光。

就在哈蒙德从路边石上走下来，准备过街仔细看一看的时候，他身后那幢房子的门打开了，一条灰白杂色的大牧羊犬从里面蹿出，拽着它的主人一起出来了。

"喔哇，温斯罗普！"

可是温斯罗普根本不听主人的招呼。它迫不及待地向前，冲到便道顶头，把绳子拽得直直的，两条前腿扒在大门上。哈蒙德本能地朝后退了两步。

狗的主人见他这个样子，哈哈笑起来，把大门打开，温斯罗普一下子就冲了出来："对不起了，但愿没有吓着你。它不咬人，不过给他机会，它会拼命舔你。"

哈蒙德笑了笑："没关系。"温斯罗普对他没有兴趣，只是跷起一条腿，对着篱笆桩撒了点尿。

哈蒙德看上去不像坏人，肯定是迷了路。只听那人说："我能帮你吗？"

"哦，其实我是在找拉德医生的诊所。"

"你找到了。"那年轻人用下巴朝街对面那幢房子点了点。

"对，对。"

那人彬彬有礼而又略带困惑地看了他一眼。

"呃，我是个推销员。"他脱口而出，"医生用的表格之类的东西。那他牌子上没有说诊所什么时候开门。"

"大约十点。你可以打电话找阿丽克丝确认一下。"

"阿丽克丝？"

"拉德医生。"

"哦，当然，是的。我本来应当打电话的，可是……你知道……我以为我……呃，好吧。"温斯罗普在一个山茶花丛下面嗅着，"谢谢。别着急，温斯罗普。"

哈蒙德真希望医生的这个邻居不要把眼前这个吞吞吐吐的白痴跟经常在电视上看到的那个回答记者提问的助理检察官联系起来。他用手在那只毛很蓬松的狗头上拍了拍，然后沿着来时的路往回走。

"实际上，她刚走。"

哈蒙德很快回了一下头:"她?"

斯米洛和斯蒂菲走进病房,在丹尼尔斯先生病床两侧站定,可是丹尼尔斯先生没有看着他们的眼睛。斯米洛觉得,这个病人与一刻钟之前相比显得更不舒服了,可是又不像腹部有什么不适。他看起来更像是带有某种负疚感。

"护士说你想起了一些情况,也许对我们会有用处。"

"也许吧。"丹尼尔斯紧张的目光在斯米洛和斯蒂菲身上来回扫视着,"你们看,是这么回事。自从我离……"

"离?"

丹尼尔斯对打断他话的斯蒂菲看了一眼:"离开自己的妻子。"

"你有外遇?"

让斯蒂菲去追问这件婚外韵事吧,斯米洛心想。在她的词汇表上,根本就没有"得体"这个词。丹尼尔斯显得特别狼狈,说话也结巴起来。

"是啊。这个,呃……我工作地方的那个女人,我们……你知道的。"他惴惴不安地挪了挪躺在硬床垫上那瘦骨伶仃的身子,"不过时间不长。我看到自己做得不对头。这种事发生的时候,你自己往往意识不到。某一天早上你醒来的时候仔细想一想,我这么干究竟是为了什么呢?我爱自己的妻子。"

对丹尼尔斯拖泥带水的自白,斯蒂菲明显很不耐烦。斯米洛也有同感。他希望这个人赶快进入正题。不过他给斯蒂菲丢了个眼色,让她给丹尼尔斯时间慢慢说。

"我把这件事情告诉你们有个理由……如果我把时间耗在另外一个女人身上,她,也就是我太太,会非常生气。"他赶紧补充说,

143

"我倒不是责备她。她有权利怀疑。我跟别人私通,就把这个权利给了她。"

"不过,一点点小事,就连对别的女人说一两句好话,都能引得她醋意大发。明白我的意思吧?她就哭起来,说她在我眼里女人味还不够,说她还满足不了我的需要。"他眼睛向上一抬,无奈地看了看斯蒂菲,"你知道结果会怎么样。"

斯米洛再次看了斯蒂菲一眼,示意她不要上火,以免打断这个人在外遇问题上的喋喋不休。

"我没有跟你们谈有关那个女子的细节,因为我不想让我太太不高兴。最近我们到这里来关系不错。你知道,这次到这个地方来,她还带了一些性用品,给我们单独在一起的时候来点儿刺激。她有点儿把这一次看成是第二个蜜月。在唱诗班的大客车上,是不能乱来的,可是每天晚上到了我们自己的房间里……喔哟。"

他笑眯眯地看着他们,可是他的笑容很快就消失了,好像有人把橡皮面具的塞子拔掉了似的,一下就瘪掉了。"可是,如果我太太听到我对另外一个女人的面孔或者身材很注意,她也许会认为我在内心对一个陌生人起了邪念。我就会莫名其妙地倒大霉。"

"我们理解。"斯蒂菲把手放在丹尼尔斯手臂上,露出难得的——但斯米洛知道是假惺惺的——同情。

"丹尼尔斯先生,你的意思是不是说,你能把你在饭店走廊上看见的那个女子跟我们比较详细地描述一下?"

他看了看斯米洛:"你有纸笔没有?"

一阵急促的电话铃声把哈蒙德从甜美的回忆中猛然拉回现实。他沉浸在这段特别的回忆之中有多久了?他看了看仪表板上的钟。二十分钟上下。

电话响了第三下。他抓起电话放到耳边:"什么?"

"你究竟到哪儿去了?"

他很生气地说:"你知道,斯蒂菲,你有必要来点儿新的内容。你已经是第二次这样问我了,而且还是这副老腔调。"

"对不起,不过我这个钟头一直在给你的住处打电话,而且留了言。我最后决定还是打你的手机。你是不是在自己的车上?"

"是的。"

"你出去了?"

"又说对了。"

"哦。我没想到你今天晚上会出去。"

她是在暗示,让他解释一下到什么地方去了,为什么去的,可是他已经没有义务把他时间安排告诉她了。就在他们的关系中止当天的晚上,他不是心灰意懒,而是出去了,这也许刺痛了她的自尊。

如果知道了他出来的真实目的,她肯定会难受的。他像个性变态者,守在黑漆漆的街道上,等着想看看 A.E. 拉德医生是不是昨晚跟他同床共枕的女人——这个女人当时还问他知不知道他自己眼睛的颜色像暴风雨前的云。

他真想告诉斯蒂菲,气气她,可是他没有这样做。

他用袖口擦了擦脸:"什么事?"

"第一,梅森已经把佩蒂约翰的案子交给你了,你为什么不告诉我呢?"

"这不是我分内的事情。"

"这个理由是胡扯淡,哈蒙德。"

"谢谢你,罗里·斯米洛。"他低声嘟哝了一句。

"他是以朋友身份告诉我的。"

"见你的鬼吧。他告诉你是因为他跟我有矛盾。现在你是不是告诉我发生了什么事情？"

"我还不知道我会当第二把手呢。"她的话说得很轻柔,"我去罗珀医院找了斯米洛,我们的运气来了。"

"怎么会呢？"

"还记得有个食物中毒的病人吗？"

"怎么啦？"

哈蒙德打开车前大灯,灯光照亮了与他停车位置相对的街道尽头。他把车发动起来。

"你在什么地方,哈蒙德？"斯蒂菲不耐烦地问道,"你是不是在听？好像线路中断了。"

"我听着呢,继续说吧。有个食物中毒的病人……"

"在佩蒂约翰那个套房的外面看见一个女人。呃,实际上他不能确定那就是佩蒂约翰的门外。不过这只是个技术问题,如果我们有了其他线索,很容易就弄清楚的。"

他的汽车在拉德医生诊所前停下。她上了那辆折篷车,就跟那个人一起走了。其实那只狗的主人刚才已跟他说过。

斯蒂菲接着说道:"他哼哼哈哈了半天……"

哈蒙德开得很慢,看清了那是一辆折篷车。

"不过我想,还是不说他有外遇的事吧。"斯蒂菲说道,"与我们的事不沾边。这你相信我。不管怎么说吧,其实丹尼尔斯先生是看清楚了那个女人的,可是他开始说的那番话使我们和他妻子都以为他没看清楚。"

那辆折篷车的车灯太晃眼,哈蒙德看不清灯光那边的东西。等他的车跟那辆车平行的时候,他转过头正好看见了里面的人,一个男的坐在方向盘前,一个女的坐在客座上。是她,没错。

"现在，丹尼尔斯先生承认，他记得那个女人的大致身高、体重、头发颜色，等等。"

哈蒙德不想听斯蒂菲的唠叨。从那辆车边上开过去的时候，他的目光投向外反射镜，正好从镜子中看见那男的从仪表板前侧过身，用手臂钩住她的脖子，把她的脸拉过去。

哈蒙德猛地踩下油门，由于弯转得太快，车轮发出吱的一声。毫无疑问，这是一种轻率的、由忌妒引起的行为，可是他无法自控。他真想在什么东西上猛打几下。他真想让斯蒂菲别他妈的再废话了。

"做就是了，斯蒂菲。"他的话使斯蒂菲说了一半就愣住了。

她惊得吸了口凉气："做什么？"

他也不知道做什么。他几乎没有听她在说什么，可是他又不想向她承认。她一直在跟他讲一个潜在的证人。这个人在佩蒂约翰的套房附近看见过一个人，可以提供有关那个人的比较详细的描述。

斯蒂菲也许还提到一个画容貌拼图的人。她提到这个人的时候，正从那辆折篷车旁边开过去的哈蒙德感到血直往头上涌，没听清她喋喋不休地说些什么。他只知道她说话的大概内容，大多数话他都没有听，因为他当时气急败坏，真想把车倒回去，用手掐住折篷车里的那个混蛋的脖子。

有一点他很清楚：他得表明自己的权利，否则他会气坏了的。就是现在。刻不容缓。他必须证明他哈蒙德·克罗斯，对有些事情仍然有着控制权。

"我要做的第一件，就是找个画容貌拼图的。"

"现在很晚了，哈蒙德。"

他知道现在的时间。他已经在闷热的汽车里待了好几个钟头。现在他所得到的结果竟会是：拉德医生边上还有一个男人："我知道现在有多晚了。"

"我是说，我不知道能不能找到……"

"那家伙的房间号码是什么？"

"丹尼尔斯先生的？呃……"

"我要亲自跟他谈。"

"这实在没有什么必要，斯米洛和我问了他很长时间。再说，我想他明天早上就要出院了。"

"那你最好早做安排，七点半，叫警察局的素描师在那里等着。"

星期一

13

第二天上午七点半,哈蒙德拎着公文包,拿着一份《信使邮报》走进了医院。他在问讯处问了一下房间号码,因为他没能从斯蒂菲那里打听到。他还走到自动售货机前买了一杯咖啡。

他考虑到天气可能会很热,就把上衣放在车上,卷起衬衣袖子,解开领口的扣子,不过领带还戴着。他的举止很有活力,而脸上却乌云密布。

由于斯蒂菲的安排,他到的时候,其他人都已经到场。斯蒂菲早就到了,此外就是罗里·斯米洛、一个衣着不合身的邋遢女警察和躺在病床上的那个人。斯蒂菲的眼睛有些浮肿,似乎是由于觉没有睡好。大家相互问好之后,她说道:"哈蒙德,你还认识玛丽·恩迪科特下士吗?我们以前跟她一道工作过。"

哈蒙德把公文包和报纸放在一张椅子上,准备跟这个画素描的女警察握手。

"恩迪科特下士。"

"克罗斯先生。"

接着，斯蒂菲向他介绍了丹尼尔斯先生，说他是佐治亚州梅肯县来的客人。见他正慢慢吃着早餐盘里清淡的食物，哈蒙德说道："你到查尔斯顿来观光没有玩好，我很抱歉，丹尼尔斯先生。你现在感觉好些了吗？"

"好了，就可以离开这儿了。如果可能，我想在我太太回来接我之前把这件事情办完。"

"我们进行的快慢取决于你的描述准确性如何。恩迪科特下士很有两下子，不过她只能根据你说的来画。"

丹尼尔斯显得有些担心："我是不是得到法庭作证？我是说，如果你们抓住这个女人，而她就是杀掉那个人的人，我要不要在审判的时候当庭指认她？"

"有这种可能性。"哈蒙德对他说。

那人不高兴地叹了一声气："唔，如果走到那一步，我将履行我的公民职责。"他理智地耸了耸肩膀："那我们开始吧。"

哈蒙德说道："首先，我想听你再说一遍，丹尼尔斯先生。"

"他给我们说过好几遍了。"斯米洛说道，"实在没多少东西。"

从说第一声礼节性的"早安"到现在，斯米洛一直没有说话，就像只一动不动地晒太阳的蜥蜴。他的姿势懒洋洋的，但给哈蒙德的印象却像一条蛰伏着的蛇，随时在寻找攻击机会。

哈蒙德承认把斯米洛比作蛇完全是由于对他的厌恶。且不说这么说对蛇并不公正。

斯米洛的灰色西装做工考究，熨烫得笔挺。他的白衬衣挺括得能把一枚二十五美分的硬币弹回去。他的领带系得很规范。连一根头发都不错位。他的眼睛明亮，目光锐利。哈蒙德辗转反侧、一夜没睡好。他对斯米洛那整齐笔挺的衣着和镇定自若的姿态很不以为然。

"当然喽，这是你的访问。"他彬彬有礼地说道，"这是你的调查。"

"不错,是的。"

"不过,出于礼貌……"

"你对我没有多少礼貌,你安排这次碰头的时候,没有事先跟我商量。你说这是我的调查,可是看起来好像是你的。你一贯言行不一,哈蒙德。"

哈蒙德早上本来就没有好气,权且听凭斯米洛找碴儿:"听我说,佩蒂约翰被杀那天,我不在城里,我现在是在全力以赴。我看了报纸上的报道,可是我知道你没有向媒体透露什么线索。我只是想了解一些细节。"

"等到时机成熟吧。"

"现在有什么不行的?"

"好了,伙计们,不要这样!"斯蒂菲站到他们两人中间,把两个食指交叉在一起,"谁安排这次碰头其实无所谓,对不对?其实,我昨晚给恩迪科特下士打电话的时候,斯米洛已经给她打过电话了。"那个胖乎乎的女警察点头作证。"所以,从技术上来说,是斯米洛先想到的,这也是他应当做的,因为在把案子交给我们之前,这是他分内的事情,对吧?"

"你斯米洛呢,如果哈蒙德也想到了这位素描师,这只能说明你们是英雄所见略同,而这个案子需要各路精英的通力合作才是。所以我们还是开始吧,不要让这些人在这里作不必要的等待。丹尼尔斯先生的时间也比较紧,我们还有其他工作要做。至于我自己,再听他重复一遍也行。"

斯米洛勉强点头表示让步。丹尼尔斯把他星期六下午所经历的事情又说了一遍。他说完之后,哈蒙德问他是不是肯定没有见到过其他人。

"你是说我到了五楼之后?没有,先生。"

"你肯定吗?"

"上面除了那位女士，就只有我了。我走出电梯后，在走廊停留的时间顶多也就……唔……这么说吧，二三十秒钟。"

"电梯里有人跟你在一起吗？"

"没有，先生。"

"谢谢你，丹尼尔斯先生。谢谢你给我又说了一遍。"

对斯米洛脸上那副"我早就跟你说过了"的神情，哈蒙德只当没看见。他把丹尼尔斯交给了玛丽·恩迪科特。斯米洛说了声要打几个电话，随即离开了。恩迪科特在问丹尼尔斯问题的时候，斯蒂菲在她身边听边看。哈蒙德端着已经不太热的咖啡走到窗前向外看去，发现外面的世界阳光灿烂，跟他的情绪很不和谐。

后来斯蒂菲悄悄来到他身边："你今天沉默寡言嘛。"

"夜太短。没睡好。"

"什么特别原因才失眠的？"

听她话中有音，他扭过头看着她说："只是烦躁。"

"你真残酷啊，哈蒙德。"

"此话怎讲？"

"昨天晚上，你至少也应当喝它个酩酊大醉，然后再反思一下跟我分手的决定。"

他笑了笑，语气认真地说："对我们俩来说，这是唯一的决定，斯蒂菲。这一点你心里跟我一样很清楚。"

"尤其是有了梅森的决定。"

"这是他的决定，不是我的。"

"可是我根本没有争取这个案子的机会。梅森赏识你，而且毫不掩饰。他总是这样。这一点你心里也跟我一样清楚。"

"我是先来的。有个资历问题。"

"是啊，不错。"她的话明显口是心非。

哈蒙德还没来得及做出回应，斯米洛就回来了："这就有意思了。我手下有个人在佩蒂约翰住处附近调查，看是否有人听说卢特跟做生意的人或者跟邻居发生过口角。也是一条死胡同。"

"我希望后面有个'但是'。"斯蒂菲说道。

斯米洛点点头："但是萨拉·伯奇于星期六下午到超级市场去了。她让卖肉的把猪肋条肉切开摊平，准备用于星期天的正餐。卖肉的比较忙，一时不能替她加工，她没有在那儿等，而是去买其他东西了。他说她过了将近一个钟头才回去。这说明她说了谎，她并没有整个下午都跟佩蒂约翰太太一起待在家里。"

"如果她在上超市这样的小事情上都能说谎，那么显而易见，她也许会撒下弥天大谎。"

"这可不是个小谎。"斯米洛说道，"这里有个时间问题。那个卖肉的记得他把加工好的肉交给萨拉·伯奇的时候，正好是他准备六点半下班之前。"

"也就是说她在超市的时间是五点到六点半之间，"斯蒂菲自言自语道，"大约就在佩蒂约翰快完蛋的时候。那个超市离广场饭店也就两个街区！妈的！能这么简单吗？"

"不。"斯米洛勉强地说，"丹尼尔斯先生说过，他在饭店看见的那个女人不是黑人。而萨拉·伯奇显然不是白人。"

"她可能是在替达维打掩护。"

"但是他所看见的女人也不是金头发的。"斯米洛提醒她说，"无论怎么看，达维·佩蒂约翰都是个金发女郎。"

"你是在开玩笑吧？她可是克莱罗尔牌染发剂的女王啊。"

达维的忠实管家替她说谎，哈蒙德并不感到意外。可是斯蒂菲居心不良的话使他特别反感。他感到不安的是，自己儿时的朋友真的被看成了疑犯，而证明她不在犯罪现场的证据并不像她自己说的那么"铁证如山"。

"达维是不会谋杀卢特的。"他们两个人都转过脸看看他,"她的动机会是什么呢?"

"忌妒和金钱。"

他不同意地摇摇头:"她有自己的情人,斯蒂菲。她为什么要忌妒卢特呢?她也有自己的钱,也许比卢特的还多。"

"不过嘛,我还不准备把她从名单上去掉。"

哈蒙德听凭他俩去猜测,自己慢慢走到病床边。有一本打开的素描本放在丹尼尔斯大腿上,上面画了无数个不同形状的眼睛。哈蒙德低头看了恩迪科特所画的图,发现到目前为止,她还在修改面部。

"也许这个地方还要瘦一些。"丹尼尔斯摸了摸自己的面颊说。恩迪科特照他说的进行了修改:"唔,更像了。"

等他们画眉毛和眼睛的时候,哈蒙德又走到斯蒂菲和斯米洛面前:"在生意上跟他有过关系的人呢?"他问探长。

"他们自然都受到了询问。"斯米洛冷静而有礼貌地回答说,"也就是说,那些还没有蹲过监狱的。"

在一些不是由联邦司法部门管的案子当中,哈蒙德倒是把一些白领罪犯投入了监狱。卢特·佩蒂约翰经常打法律擦边球,往往是离犯法只有毫厘之差。他在法律面前非常轻浮,可是从来不越线。

"佩蒂约翰最近有一项开发涉及一个海岛。"斯米洛告诉他们。

斯蒂菲冷冷一笑:"还有什么新东西?"

"这个项目不同。斯佩克岛离海岸大约一英里半,是仅有几个还没有开发的小岛之一。"

"这就足以使佩蒂约翰来情绪了。"斯蒂菲说道。

斯米洛点点头:"他已经开始动作,他的名字不在任何合作文件上,至少不在我们能找到的文件上。不过请放心,我们正在查。"他说着看了看哈蒙德,"一查到底。"

哈蒙德的心像一个铅球似的从胸口沉了下去。在佩蒂约翰关于斯佩克岛的开发问题上,斯米洛说的这件事他全都知道。他知道得更多,而且比他想知道的还多。

大约六个月前,南卡罗来纳州检察长让他暗中调查佩蒂约翰与那个小岛开发的问题。他的发现令人吃惊,不过最使他震惊的是他发现投资者中有自己父亲的名字。在他发现斯佩克岛与佩蒂约翰谋杀案有什么关系之前,他无论如何不能泄露他对这件事情的了解。正如斯米洛刚才很不客气地对他说的,只有等时机成熟,他才能把详细情况告诉这位探长。

斯蒂菲说道:"那些以前的合作伙伴中,也许人对他耿耿于怀,以致动了杀人念头。"

"这种可能性是有的。"斯米洛说道,"问题是,卢特活动圈子里的人都是些实干家或有影响的人物,其中还包括政府各层次上的人。他的朋友手上都握有这样或那样的权力。这就使我的运作复杂了。不过这不能阻止我的调查。"

哈蒙德知道,如果斯米洛在调查,那么普雷斯顿·克罗斯的名字就像被埋藏的宝贝一样,终究会被发掘出来的。他父亲跟佩蒂约翰的合作关系早晚要被发现。

哈蒙德暗暗诅咒他父亲,因为这会使他处于被动地位。不要多久,他就会被迫在忠于职守还是忠于家庭这两者之间做出选择。至少普雷斯顿·克罗斯的肮脏交易可能会使哈蒙德失去佩蒂约翰谋杀案。如果出现这种情况,哈蒙德就将永远不会原谅他父亲。

他朝病床看了一眼,那边的进展似乎比较顺利。

"她的头发,是长还是短?"

"大约到这儿。"丹尼尔斯说着用手指了指自己的肩膀。

"有刘海儿吗?"

"你是说前额上? 没有。"

"直发还是卷发?"

"卷发,我想。蓬蓬松松的。"他再次用手比画着。

"这么说,是披下来的?"

"我想是的。我对发式不大了解。"

"翻翻这本杂志。看里面有没有什么图像她的发式。"

丹尼尔斯皱起眉头,有些担心地看了看钟,不过还是照她说的,翻起那本发型杂志来。

"什么颜色?"恩迪科特问道。

"有点儿泛红。"

"她是红发女郎?"

哈蒙德发现自己被丹尼尔斯的话所吸引,就像爬绳似的被无情地一点一点地拉过去了。

"她不是红头发的人。"

"那么,是暗红色?"

"不。我想是棕色,不过有点儿偏红。"

"红棕色?"

"对了。"他说着打了个响指,"我知道有个词,就是想不起来。是红棕色。"

哈蒙德呷了一口咖啡,突然觉得嗓子眼里发苦。他慢慢地走向病床,就像一名恐高症患者朝大峡谷边缘勉强走去一般。

恩迪科特下士的铅笔在画夹的纸上很快地勾画着。一笔、一笔、又一笔:"这怎么样?"她把画的东西拿给丹尼尔斯看。

"嘿,画得很好。只是,你知道,她的脸四周都是一缕缕的头发。"

哈蒙德又朝前走了几步。

"像这个样子？"

丹尼尔斯告诉恩迪科特，说她发式画得像。"好，现在只剩嘴了。"她说着放下杂志，把素描本翻到另一个部分，"丹尼尔斯先生，你还记得她的嘴巴有什么特点吗？"

"她搽了唇膏。"他看着一张张嘴唇的素描说。

"你注意到她的嘴唇了？"

他抬起头，不安地朝门口看了看，好像害怕他太太会站在那儿偷听。"她的嘴巴有点儿像这个。"他指着一个标准素描图说，"不过她的下嘴唇更丰满些。"恩迪科特参考了书上的那个图，然后在纸上画起来。

丹尼尔斯看了后说："她看了我一眼，还略带笑容。"

"她露出牙齿没有？"

"没有，很礼貌的微笑。你知道，就像人们走进电梯或者其他类似地方的时候，脸上露出的那种笑。"

就像越过舞池的两对目光相遇时的那种笑。

哈蒙德没有足够的勇气低头去看恩迪科特下士画的画像，可是在他的心目中却出现了一个迷人的、抿着嘴的微笑，这种微笑在他脑子里留下了深刻的印象。

"像不像这个样子？"恩迪科特把画夹对着丹尼尔斯，好让他看得清楚些。

"呃，啊呀呀，"他敬畏地说，"就是她。"

哈蒙德只瞄了一眼就知道确实是，正是她。

斯米洛和斯蒂菲还在谈话。听见丹尼尔斯的轻声赞叹后，他们赶紧跑到床边。哈蒙德没有介意斯蒂菲用胳膊把他推到一边，因为他已经不需要再看了。

"还不大准确。"丹尼尔斯对他们说，"但是画得的确太像了。"

"有什么明显的印记和疤痕没有？"

雀斑。

"我想有个像痣一样的东西。"丹尼尔斯说道,"不难看。更像是雀斑。在她眼睛下面。"

"你还记得……"斯蒂菲开始问道。

"哪只眼睛?"斯米洛把话接了过来。

右眼。

"呃,我来看看。我面对着她……这就是说是……她的右眼。不,等等……是右眼。肯定是右眼。"丹尼尔斯说道。他感到很得意,因为他能够提供帮助,而且还这么详细。

"你是不是离她很近,能看见她眼睛的颜色?"

"不,看不清。"

绿色,略泛褐色。宽眼距。黑睫毛。

"她有多高,丹尼尔斯先生?"

五英尺六。

"比你高些。"他回答了斯蒂菲的提问,"不过比斯米洛先生要矮几英寸。"

"我五英尺十。"他主动说。

"这就是说大概五英尺六七。"斯蒂菲在脑子里估算后说道。

"我想,大概是这样。"

"体重?"

一百一十五。

"不很重。"

"一百三十?"斯米洛做了个大胆猜测。

"没那么重,我想。"

"你还记得她穿的什么衣服?"斯蒂菲想知道,"休闲服?短打扮?裙子?"

裙子。

"不是短裤就是裙子。我可以肯定,因为,你知道,可以看见她的腿。"丹尼尔斯有点局促地说,"像是紧身上衣,颜色和其他我就记不大清楚了。"

白裙子,咖啡色的针织紧身衣和与之相配的开襟羊毛衫,褐色皮凉鞋,没有穿长筒袜,前面带扣的米色花边胸罩,与它相配的内裤。

恩迪科特开始收拾自己的东西,并把它们放进那只已经快塞满了的黑包里。斯米洛把素描从她手上接过来,然后与丹尼尔斯先生握了握手:"我们有你在梅肯的电话号码,如果有必要,我们就跟你联系。但愿这就够了。非常感谢你。"

"我也是。"斯蒂菲说着朝他微微一笑,跟着斯米洛向门口走去。

哈蒙德没有说话,只是朝丹尼尔斯先生点点头表示告别。在外面的走廊上,在恩迪科特上电梯之前,斯米洛和斯蒂菲对她大大地感谢了一通。

他们没有上电梯,而是在看那张素描,感到非常庆幸:"这就是我们那个神秘的女人。"斯米洛说道,"她并不像个女杀手,是吧?"

"女杀手是个什么模样?"

"问得好,斯蒂菲。"

她暗暗笑了笑。"现在我明白为什么丹尼尔斯先生在描述我们的疑犯时,不希望自己太太在身边了。尽管他当时肚子不好,可是他还是有点儿花心。他把所有细微的特征都记得很清楚,甚至包括那个女人眼睛下面的雀斑。"

"你得承认,这是一张令人难忘的脸。"

"在谈及有罪或者无罪的时候,这并不意味着无罪。漂亮女人在杀人的时候可能和丑陋女人同样敏捷。对吧,哈蒙德?"斯蒂菲转身对着他说,"啊哟,你怎么了?"

161

他的尊容一定跟他的内心感受一样很窝囊。"咖啡太难喝了。"他说着把抓在手上的空咖啡纸杯捏得扁扁的。

"呃,斯米洛,去抓她。"斯蒂菲用指甲弹了弹那张画像说,"我们已经有了脸部的素描。"

"如果我们知道她的名字就好了。"

阿丽克丝·拉德医生。

14

　　司法系统的临时办公总部设在北查尔斯顿。那是一幢不起眼的两层建筑，坐落在一处工业区，紧挨一家便利店和一家面包店。他们将一直待在这个偏远的地方，直到位于闹市区的那幢雄伟的旧大楼全面翻新完工为止。那旧大楼早就需要维修了，然而，只是飓风"雨果"的到来使它出现了险情，无法继续使用，他们才迫不得已搬离。

　　这儿离闹市区仅有十分钟的车程。哈蒙德不愿意回想那天早上曾驾车到过这里。他停好车，走进楼里，机械地向入口处操作金属探测器的警卫行了个答礼。他朝左一拐，跨进县法务官办公室，走过接待台时，脚步丝毫也没有放慢，一边口气很冲地告诉接待小姐，有电话一律不要接进来。

　　"你已经——"

　　"我一会儿再处理。"

　　他哐当一声关上了个人办公室的门，把西服上装和公文包往写字台上等他过目的文件上面一扔，一屁股坐到高背皮椅子上，用双手的手掌根按住了眼窝。

这简直是不可能的，肯定是一场梦。很快，他就会醒来，感到惊惧、惶恐，大口喘着粗气，床单都被汗湿了。渐渐适应了四周熟悉的景物以后，他会宽慰地意识到刚才只是在沉睡，这场噩梦并不是现实。

然而，它却是现实。他并不是在做梦，而是处在这种现实之中。尽管似乎不太可能，素描师的确勾画的是阿丽克丝·拉德大夫，而她在谋杀现场被人看见后不到几小时，就与哈蒙德同枕共眠了。

是巧合？可能性极小。

她必定与卢特·佩蒂约翰有着某种联系。哈蒙德不清楚自己是否真想知道那是什么样的联系。事实上，他可以确信自己并不想知道那种联系。

他把手朝脸的下部慢慢移去，然后双肘撑在台面上，两眼直愣愣地望着前方，竭力想把混乱的思绪理出一点头绪来。

首先，有一点不容怀疑，恩迪科特下士已经将周六晚上同他睡过觉的那个女人的面孔画了出来。尽管他昨晚没能见上她一面，他还不至于这么快就忘了她的面容。那张脸从一开始就深深吸引了他。上周六晚到周日凌晨的几个小时里，他一直在端详、欣赏、抚摸和亲吻着那张脸。

"这是从哪儿来的？"他触摸着她右眼下方的一颗小痣。

"说我的疵点吗？"

"这是颗美人痣。"

"谢谢。"

"不必客气。"

"我年轻时曾讨厌过那颗痣。如今我得承认，我变得挺喜欢它的。"

"我能理解这是怎么回事。我自己也会喜欢上它的。"他亲了亲，接着又亲了一下，用舌尖轻轻地舔着。

"嗯。真可惜呀。"

"可惜什么？"

"可惜我没多长几颗痣。"

他已经非常熟悉她的面孔。素描师画的是两维黑白素描。囿于这种局限，不可能捕捉到那个女人面孔背后的本质东西，不过，素描是如此逼真，用不着怀疑拉德大夫在谋杀受害人房间附近被人看见后不久，就闯入了县法务官办公室某个人的生活，具体而言，这个人就是哈蒙德·克罗斯，而他本人在案发当天下午也曾同佩蒂约翰待在一起。

"天哪！"他用手指梳理着头发，又用双手支住头，几乎要屈服于困扰心头的疑虑和绝望。他到底该怎么办才好？

他的心理防线可不能崩溃，而这正是他觉得可能会发生的事情。要是索性从办公室偷偷溜走，离开查尔斯顿，离开这个州，逃得远远的，藏匿起来，听任这场混乱自我爆发，用不着非得去忍受难免会像燃烧的岩浆一般四处蔓延的丑闻，那该是多么惬意的事情。

可是，他是用坚强材料制成的人。他与生俱来就有坚定不移的责任心，而且父母亲在他生命的每一天都在培育这种品质。他无法设想他会逃避这种事，就好像不能想象他会长出翅膀一样。

于是，他迫使自己去面对看似无可争议的第二点：她对他隐瞒姓名，并不是他误以为的那种调情手段。他们在游艺会上至少相处了个把小时之后，他才想到要问一下她的名字。他们俩觉得挺可笑的，因为过了这么久，他们才抽空去完成通常要做的头一件事，那就是初次相识必须进行自我介绍。

"名字其实并不那么重要，是吧？两个人如此亲热相会的时候,名字是无关紧要的。"

他表示同意。"对呀,名字有什么呢?"他接着引述了还能记住的《罗密欧与朱丽叶》一剧中的有关段落。

"说得真好!你从来没有想过要把它写下来吗?"

"事实上我想过,但它根本不会有销路的。"

接下来就成了一连串的逗笑——他反复问她叫什么名字,她反复拒绝告诉他。他像傻瓜一样以为,他们是在上演一幕与匿名陌生人谈情说爱的幻想剧。无名无姓竟成为一种诱惑,成为冒险的一部分,成为迷人魅力的不可或缺的一部分。他却没有察觉出其中包含的危害。

令人不安又不无可能的是,阿丽克丝·拉德始终知道他的名字。他们并不是邂逅相遇。她紧随他来到大凉棚并非是偶然的事情。他们的相遇是预先策划好的。晚上的剩余时间早已经过特意安排,其目的要么是让他和法务官办公室感到难堪,要么是彻底毁掉他们的名誉。

事态会发展到什么程度还有待观察。但是,即便是最小的变化,对他蒸蒸日上的事业都会带来灾难性的后果。哪怕稍稍出现一些散布丑闻的流言蜚语,都会成为他的绊脚石。一桩如此骇人听闻的丑闻必定会损害——如果不是粉碎——他接替门罗·梅森出任查尔斯顿县最高执法长官、进而出人头地的希望。

他俯身在写字台上,再次将脸掩埋在双手里。太好的事情真不了。一句老掉牙的、却很在理的格言。在大学念法律的年代,他和朋友们经常泡在一家名叫"根本没有免费午餐"的酒吧里。当他与他曾经相识过的女人中最令人动情的这位共度梦幻般的良宵时,绳索不仅已经备好,而且很可能会变成绞索,最终将他吊死。

他真是白痴一个,居然没能识破这精心设下的圈套。具有讽刺意味的是,他责怪的主要是自己那该死的天真幼稚,而不是设下圈套的那个人或那些人——假如她与佩蒂约翰相互勾结的话。

他睁着双眼,走进了男人所熟悉的最古老的陷阱。性爱是毁掉一个男人的可靠途径。自从有文字记载的历史以来,性爱不知多少次证实了它的及时、可靠和有效。他一向不肯认为自己会这么轻易上当受骗,但事实显然就是如此。

上当受骗是可以原谅的,妨碍司法则不然。

他为什么不当即向罗里·斯米洛承认,他认出了素描画上的那个女人呢?

原因在于,她可能完全是无辜的。是那个丹尼尔斯认错了人。如果他在旅馆里看见的确实是阿丽克丝·拉德,那么,确定丹尼尔斯看见她的时间就显得至关重要。哈蒙德知道她来到大凉棚的时间,几乎可以具体到几点几分。考虑到她驾车到那里所要经过的距离,再将交通拥挤的因素计算在内,假如她离开旅馆的时间……他迅速做了一下心算,比方说是在五点半以后,那么她是不可能赶到那里的。如果验尸官将死亡时间精确地敲定在五点半以后的任何时间,她就不可能是谋杀犯。

理由充分,哈蒙德。事后想来是这样,了不起的自我粉饰。

可事情的真相却是,他根本没有想到过要去指认阿丽克丝·拉德。

打他看了一眼素描,绝对肯定画的是什么人那令人窒息的一刻以来,他同样肯定地认为,他不会去告发她。

当他看见素描师写生簿上的那张脸,回想起从枕头上方所观察到的那张面孔时,他就没有权衡过他的选择,没有认真考虑过是否保持沉默的正反两面意见。他的秘密立即被封闭起来。起码在眼前,他打算要保护她的身份不被泄漏。如此一来,他就有意识地违背了他所主张的所有道德准绳。他的沉默是对他曾经发誓要维护的法律的故意违抗,是在蓄意妨碍一起命案的调查工作。他简直无法想象可能因此会承担的后果有多么严重。

尽管如此,他还是不打算把她移交给斯米洛和斯特菲。

办公室门外的响亮敲击声刚刚响起,门就给推开了。他想把秘书臭骂一通,因为他明明告诉过她不要放任何人进来打搅他,不过那些难听的话根本没能说出口。

"早上好,哈蒙德。"

见鬼,我最不想见的人来了。

如同平时在父亲面前那样,哈蒙德让自己经历了类似于飞机起飞前受检查的过程。他的脸色怎么样?所有系统和部件都处在最佳工作状态吗?是不是有什么故障需要立即排除?他经得起检查吗?他希望父亲今天早上不会盘问得太细。

"你好,老爸。"他站起身,两人隔着写字台形式上握了握手。假如说父亲曾经拥抱过他,那么当时哈蒙德还太年幼,没有留下什么记忆。

他接过父亲的西装,把它挂在一处壁钩上,又把他的公文包搁在地板上,再请他在这间狭小房间里的唯一一把空椅子上就座。

普雷斯顿比他的儿子壮实许多,但个头要矮不少。不过,身高的不足并没有减弱他对人们的影响力,不管是面对一群人还是面对一个人。他的脸颊因户外活动一直是晒得红红的,那些活动包括网球、高尔夫球和帆船运动。仿佛是在奉命行事,他年过半百时头上就过早地布满了白发。这头银发给了他不少帮助,保证他能得到他所要的尊敬。

他从来没有生过一天病,实际上,他轻蔑地视体孱多病为软弱的体现。十年前他就戒了烟,但还在抽雪茄。他每天喝不少于三大杯波本威士忌。在他看来,进餐时不饮酒是一种亵渎。每天临睡前,他总要喝上一口白兰地。虽说染有这种不良习惯,他依然活得很健康。

他已六十五岁,却比起大多数三十多岁的男人还强壮,还健康。不过,给他罩上巨大光环的不仅仅是他那超凡的体魄,还有他那充满活力的性格。在他的心目中,相貌堂堂是他理所应得的。通常自信的人在他面前都会折服。女人都很喜欢他。

在职业生涯和私人生活中,他极少受到别人事后责备,也从来没有被人当面反驳过。三十年前,他把几家小型医疗保险公司合并成一家大公司。在他的主持下,公司规模日渐壮大,如今在全国各地拥有 21 家分公司。根据官方说法,他已进入半退休状态。不过,他依旧是公司的首席执行官,而这个职位远远不是有名无实的。他监控着公司的大小事务,连批量购买铅笔的价格一类琐事都不会放过。任何事情都难逃他的眼睛。

他在数不清的董事会和委员会中挂职。每一份有来头的请柬上都少不了他和他太太的大名。他认识美国东南部的每一位重要人物。普雷斯顿·克罗斯交际甚广。

虽说哈蒙德内心很愿意喜爱、敬佩和尊重父亲,但他看得很清楚,普雷斯顿是在充分利用上帝恩赐给他的那些品质,做着亵渎上帝的事。

普雷斯顿不期而至的开场白是:"我一听到消息就赶了过来。"

这番话通常是吊唁场合的开场白,哈蒙德吓得不寒而栗。父亲怎么会这么快就发现了他与阿丽克丝·拉德的失检行为呢:"你听到些什么消息?"

"我听说你将作为卢特·佩蒂约翰谋杀案的检察官。"

哈蒙德松了口气,但他不想流露出:"有这么回事。"

"要是你能亲口告诉我这种好消息,那该多好呀,哈蒙德。"

"我丝毫不想隐瞒你,老爸。我是昨天晚上才跟梅森通的电话。"

父亲没有理会哈蒙德的解释,继续说:"我是今天早上从与梅森一同参加祷告早餐的一位朋友那里听说的。早餐后,他在俱乐部随口对我提起,以为我早就知道了。这事让我很难堪。"

"我周六去了小别墅,昨晚回来后才得知了佩蒂约翰的消息。从那时起,事态发展得非常快,连我自己都还来不及进入角色呢。"这个说法并不实在,假如还有什么叫做不实在的话。

普雷斯顿从刀刃般挺括的裤腿折缝上掸去一丝不显眼的棉绒:"这次机遇对你来说不可多得,我相信你会喜欢的。"

"是的,先生。"

"案件的审理将受到广泛报道。"

"我明白——"

"你应该充分利用这一点,哈蒙德。"普雷斯顿怀着福音教士般的热情,抬起了手,紧握成拳头,仿佛要抓住一把无线电波似的,"要利用好媒体。要让你的大名经常上电视,要让投票人知道你是什么人。自我推销嘛,这是成功的关键。"

"顺利完成定罪才是成功的关键。"哈蒙德反驳道,"我希望用在法庭上的表现来说明一切,而不需要依赖媒体的炒作。"

普雷斯顿·克罗斯挥了挥手,表现出不耐烦和不以为然:"人们才不会去关心你是如何审理案子的,哈蒙德。有谁会真正在意杀人犯是被终身监禁呢,还是被整得心烦意乱呢,或是逍遥法外呢?"

"可我在意。"他情绪激动地说,"而且公民们应该在意。"

"也许曾经有一度,人们更多关注的是公职人员如何履行职责。如今,人们只关注他们在电视上表现得有多么出色。"普雷斯顿笑了笑,"如果进行民意测验,我怀疑大多数人对一位地区检察官的工作内容都缺乏基本的了解。"

"然而正是这些人对犯罪数字上升深恶痛绝。"

"说得好。那么就投其所好吧。"普雷斯顿喊道,"上电视去大肆谈论一番,公众的情绪会平静下来的。"他不紧不慢地靠到椅背上,"对记者们去瞎编一通,哈蒙德,去赢得他们的好感。每当他们要求了解案情进展时,就去满足他们。即便告诉他们的是一派胡言,只要你看到一石激起千层浪的效果时,就会感到惊喜的。"他停顿下来,眨了眨眼,"首先是要当选，然后你才能为心中的理想去奋斗。"

"要是我不能当选呢？"

"有什么事妨碍你吗？"

"斯佩克岛。"

哈蒙德投下了一枚炸弹，可是普雷斯顿连一丁点退缩的意思都没有："这是怎么回事？"

哈蒙德丝毫没有试图掩盖自己的厌恶："你很有能耐，老爸。你非常有能耐。居然可以随心所欲地进行抵赖，而我知道你这是在撒谎。"

"跟我说话要注意分寸，哈蒙德。"

"要我说话注意分寸？"哈蒙德气愤地从椅子上一跃而起，把双手插进口袋，"我可不是个孩子了，父亲。我是一位县检察官。你并不是什么良民。"

普雷斯顿的脸涨得通红，毛细血管里顿时充血："好吧，就算你真的聪明。你以为你知道些什么？"

"我知道，如果斯米洛探长或者其他任何人发现你的名字与斯佩克岛项目牵连在一起，就会对你处以重罚，没准还会把你投入大牢，从而结束我的职业生涯。除非由我出庭对亲身父亲提起公诉。不管怎么样，你与佩蒂约翰勾结在一起，已经将我置于不堪一击的境地。"

"别紧张，哈蒙德。你什么都用不着担忧。我早已退出了斯佩克岛项目。"

哈蒙德不知道是相信他好，还是不相信他好。父亲面色安详，镇定自若，丝毫没有迹象表明他是在说谎。他是擅长此道的。"从什么时候开始退出的？"他问道。

"有几个星期了。"

"佩蒂约翰并不知道这件事。"

"他当然知道。他曾试图说服我不要退出。不管怎么说，我退了出来，抽回了资金。可把他给气疯了。"

哈蒙德感到局促不安，满脸发热。就在上周六下午，佩蒂约翰还告诉过他，普雷斯顿在斯佩克岛项目上陷得很深。他曾经向他出示了业已签署的文件，一眼就可以看出，上面有他父亲的签名。难道说佩蒂约翰是在耍弄他？"你们两人中有一个是在撒谎。"

"你什么时候与卢特进行过密谈？"

哈蒙德避而不答："你退出来时，是不是通过出售合伙人股份大赚了一把？"

"不赚钱就算不上是好买卖。有个买主愿意接受这笔交易，按我的开价买下了我的股份。"

哈蒙德心中很不痛快："你现在是否已经退出其实并不重要。只要你与那个项目有关系，你就不是清白的。而且鉴于我们之间的关系，我也是不清白的。"

"这可是在小题大做呀，哈蒙德。"

"公众一旦了解到真相——"

"这种事是不会发生的。"

"这种事是可能发生的。"

普雷斯顿耸了耸肩："那么我就告诉你真相吧。"

"真相是？"

"起初我并不知道卢特要在岛上干些什么。当我发觉不对劲时，表示了不同意，然后撤了出来。"

"你是从各个方面进行判断的。"

"没错。我从来都是这样。"

哈蒙德对父亲怒目而视。普雷斯顿实际上是在激他搞出一个大案来，真的，一点都不夸张。不过，哈蒙德心里明白，那样做无异于徒劳。说不定连卢特·佩蒂约翰都知道，普雷斯顿是会把事情安排得有条不紊的。他无非是想利用普雷斯顿暂时参与斯佩克岛项目这一点,达到操纵哈蒙德的目的。

"我对你有个忠告,哈蒙德,"普雷斯顿说道,"你要从这件事中汲取有益的教训。只要为自己留下了可靠的退路,什么事你都能对付过去。"

"这就是你给独生儿子的忠告吗?这算什么他妈的正直品格?"

"我并不是在制订规则。"他厉声说道,"也许你不喜欢规则。"他从椅子上欠了欠身,划动着粗硬的食指,借此来增强语气:"可是你必须遵守规则,否则那些不够高尚的人就会把你整得够呛。"

这是他很熟悉的领域。他们像这样唇枪舌剑的交锋次数已数不胜数了。哈蒙德长大成人后,开始对父亲的永无过失提出质疑,并对他的某些原则表示异议,显然,父子之间存在着分歧。沙地上画出了一道界线,在那些争论中他们谁也赢不了谁,因为谁也不肯退让半步。

既然哈蒙德亲眼看见的书面证据表明,父亲卷入了佩蒂约翰的一次更加险恶的阴谋,他意识到他俩的观点之间存在着巨大的鸿沟。他绝不相信普雷斯顿会根本不知道那座海岛上发生的事情。促使他决定退出的因素并不是他的良心发现。他仅仅是在等待时机,以便从投资中渔利。

哈蒙德发现他俩之间的裂痕越来越宽。他看不出有什么可以逾越它的途径。

"五分钟以后我还有个会。"他撒了个谎,绕过了写字台,"代问妈妈好。今天晚些时候我会抽空给她打电话的。"

"她跟几位朋友今天下午要去看望达维。"

"我敢肯定达维对此会深表感激的。"哈蒙德一边说,一边在想,人们纷纷上门吊唁,更多的是出于好奇而不是出于尊重,达维曾经对此表示非常蔑视。

普雷斯顿走到门口,转身说:"你当年离开律师事务所的时候,我没有隐瞒过自己的想法。"

"没错,先生,你没有隐瞒。你十分清楚地表明,你认为那是错误的选择。"哈蒙德生硬地说,"但是我坚持自己的决定。我喜欢这里的工作,喜欢这一方面的法律工作。除此以外,我也擅长这份工作。"

"在门罗·梅森的指导下,你工作得挺出色,格外的出色。"

"多谢你的褒奖。"

父亲的恭维并没有使哈蒙德感到愉快,因为他不再看重父亲的看法。而且,普雷斯顿的褒奖总要附带某种限定语。

"我挺喜欢看到成绩单上都是 A,哈蒙德。不过,化学课的那个 B^+ 是不能接受的噢。"

"你的三垒打击球让跑垒者赢得了那场比赛。你没能取得大满贯真是太遗憾啦。要不然那还了得!"

"你在法学院班级中排名第二?太棒啦,儿子。当然,那不如排名第一好。"

自孩提时期以来,情况一直就是这个样子。今天早上父亲也没有打破惯例。

"现在你总算有了机会,可以证明你当年的决定是正确的,哈蒙德。你放弃了在一家著名的刑事律师事务所获得正式合伙人资格的前途,而进入了公职部门。要是你当上了头儿,意义就非同小可了。"他装出一副关爱的样子,把手搁在哈蒙德的肩上,但却重得像一袋水泥。刚才的那场争论他早已抛到了脑后,或者说是有意不去理会它。

"这个案子可能会让你一举成名,儿子。佩蒂约翰谋杀案是一份公开的邀请,请你进入县法务官办公室。"

"要是你的不轨行为断送了我的机会呢,父亲?"

他一脸不耐烦地说:"这种事情是不会发生的。"

"可要是这种事情发生的话,考虑到你对我寄予的厚望,难道这不会是很残酷的讽刺吗?"

阿丽克丝·拉德大夫星期一不门诊。

她把这一天用来处理积压下来的文件和私人事务。今天是个特殊的星期一。今天,她要把钱付给博比·特林布尔,从此摆脱他的纠缠,她希望那是永远的摆脱。这是他俩前一天晚上敲定的交易。她要按照他的要求付给他一笔钱,而他将从此消失。

不管怎么样,以往的经验告诉她,博比的保证是一钱不值的。

她打开办公室的门锁,心里犯着嘀咕,不知道将来还会有多少回被迫从保险柜里拿出现金。下半辈子一直都会这样吗?这是个十分黯淡的前景,但却是实实在在的。既然博比又找到了她,就不可能不来打搅她。

这间陈设考究的办公室使她想到,要是博比揭了她的短,她要承受的损失会有多么大。病人的舒适感在她心目中是第一位的,因此她挑选的是风格朴素的高档摆设。像这座房子里的其他房间一样,她的办公室将传统风格与用于提升品位的几件古董融合成一体。

手织的东方地毯减轻了她的脚步声。阳光透过窗户射入室内,从这扇窗户可以俯瞰楼下的门廊以及带围墙的花园。她一年四季精心照料的花园。眼下,在查尔斯顿亚热带气候下茁壮生长的花卉正值盛花期。这些生长在湿润环境中的鲜花,给花坛染上了斑斓的色彩。

能找到这座拥有现代化设施、且已修缮一新的房子,算是她的运气。只需要个性化地装点一下,房子就变成了她的安乐窝。那间位于房角的前房曾一度作为正式客厅,紧挨它的配套房间原先是餐厅,现在成了起居室。每当要款待客人时,她总是领着他们外出吃饭。待在家里时，她就在厨房里就餐，厨房就是一楼的那间后房。楼上是两个大卧室套间。屋子的每个房间都通向两个背阴门廊中的一个。花园围墙上爬满了素馨，保证她的生活免受外界干扰。

阿丽克丝把遮挡保险柜的带框油画朝旁边一推。她动作熟练地旋动暗码锁上的转盘，听到缺口排齐后，便向下转动把手，拉开了沉甸甸的门。

保险柜里放着好几沓钞票，按面额大小捆在一起。或许是因为早年饱尝过贫困甚至饥饿，她手头随时都备有现金。这种习惯幼稚可笑、缺少理智，不过她容许自己保留这个习惯，毕竟它是有根据的。钱放在保险柜里是不能孳息的，这样并不是精明的理财手段，可是给了她一种安全感，使她知道钱就放在里面，随时可以用于应急。比方说眼下就是。

她点出了商定好的数目，把钱装进一个带拉链的手袋。由于那袋钞票的金额非同小可，她拎在手中觉得沉甸甸的。

她感到惊恐的是，她对博比·特林布尔的仇恨会如此强烈。她并不是吝啬给他这么多钱。如果那意味着永远不必再见到他，她会高高兴兴地再多给他一些。让她感到愤慨的不是钱的金额，而是他擅自闯入了她为自己精心编织的生活。

两周前，他不知道从什么地方钻了出来。她没有意识到等待着她的会是什么，就漫不经心地去应了门铃，结果发现门口站的是他。

她一时没有认出他来。他的变化之大令人吃惊。那些俗艳的低档衣服已被华丽的高档时装所取代。他的两鬓爬上了稀稀拉拉的银丝，要是换了其他任何人，都会显得挺有派头，可博比因此显得更加阴险狡诈，仿佛他年轻时的卑劣已经发育成熟，演化成了十足的邪恶。

他那副讪笑表情她再熟悉不过了。那是一张洋洋得意、幸灾乐祸、挑逗调情的笑脸。多年以来她竭力想从记忆中抹掉的就是那张笑脸。尽管她接受过不知多少次治疗，而且不知多少次以泪洗面，她依然无法摆脱那张笑脸的阴影，于是只好祈求上帝帮助她。如今，只是在偶尔的情形下，那张笑脸才会在噩梦中出现。她从梦中惊醒时，会浑身冒汗，吓得发抖。因为那张笑脸代表的是他对她的控制。

"博比。"她的声音沉闷得像敲响的丧钟。他出乎意料地重现在她的生活中，这只会意味着大难临头，尤其是因为他身上那些微妙的变化更加重了他所体现的威胁。

"听起来你不大乐意见到我。"

"你是怎么找到我的？"

"可是不容易呀。"他说话的声音也变了，变得和谐悦耳，温文尔雅，鼻音消失了，"如果没有搞错的话，我想这些年来你一直在躲着我。结果怎么样，一次偶然的机会把我带到了你的门前。意想不到的走运。"

她不知是相信他好，还是不信他好。命运对她开这种残酷的玩笑是可能的。从另一方面来看，博比这人诡计多端，说不定多年来，他一直在毫不放松地追踪着她。然而无论是哪一种情况，结果都是一样。他就站在这里，把她久久埋藏在灵魂深处的最可怕的回忆和最阴暗的恐惧挖掘了出来。

"我不想跟你有任何来往。"

他把双手叠放在胸前，装出一副被她的话深深刺痛的模样，"你就不想想我们彼此曾怀着什么样的情感？"

"就是因为我们彼此间情感的缘故。"

在他的眼里，她比年轻时要稳重，要自信，为此他气得满脸阴沉沉的。"你真的是想把我们以往的经历进行比较吗？你想把谁身上发生了什么事弄清楚？别忘了，我是那个……"

"你想要什么？不就是想要钱嘛，我知道你想要钱。"

"别急于下结论，拉德大夫。获得成功的不止是你一个人。自从我们分手以后，我也发达了。"

他大吹了一通曾经干过夜总会司仪的职业经历。他吹嘘在雄鸡与公牛夜总会的昔日辉煌。她实在听不下去了,便说:"十五分钟以后我还有个病人。"

她原指望能尽快结束这场重逢。然而,博比越说越起劲。他仿佛打出了一张决定胜负的王牌,自豪地透露了他到查尔斯顿来的计划。

毫无疑问,他是完全忘乎所以了。她把自己的感觉如实告诉了他。

"当心啊,拉德医生。"他带着让人感到可怕的温柔口气说,"我可不像以前那样善良了。我为人处世可精明多了。"

她抑制住内心的恐惧,说道:"这么说来你不需要我。"

他的阴谋偏偏与她有关:"事实上,成功的关键就在于你。"

听罢他想要她干些什么以后,她说:"你这是在想入非非,博比。如果你以为我会全力相助的话,那可就大错特错了。请你离开,不要再来啦。"

但是他照来不误。第二天,第三天,接连一个星期,他死皮赖脸不断来找她。他搅乱了她的接诊,在她的留言电话上留下内容重复的信息,口气愈发变得吓人。他就像寄生虫一样重新攀附上了她的生活。

当初她同意见他最后一面时,他以为她屈从了,心里还挺得意,可是当她拒绝参与他的阴谋时,他又变得很愤怒:"也许你的举止变文雅了,博比,变得有教养了。但是你的本性并没有改变。你还是跟以前在街上当小混混时一个样。刮去你那层薄薄的虚饰外表,下面依然是渣滓一堆。"

由于老底被她揭穿,博比气愤地从办公室墙上摘下她的一个毕业文凭镜框,猛地把它掼到地上,框架摔散了架,玻璃摔成了碎片。"你给我好好听着,"他操着她记忆犹新的那种腔调说,"你最好重新考虑一下,帮我这个小小的忙。要不然的话,我会把你的生活搅成一团乱麻。乱得不可收拾。"

这下子她才意识到,他已经不再只是一个街头混混。他不但能毁坏她的名声,而且能毁掉她。

她同意在他那个荒谬的阴谋中扮演小小的角色——只是因为她早已想出了挫败阴谋的办法。

但是,如同以往一样,这次阴谋也出了娄子。

出了大娄子。

她已经无法去实施自己的计划。如今,她非得摆脱与博比的干系不可。如果说这意味着要按他的开价付他一大笔钱,相比起他们的同谋关系一旦被人揭露她所要蒙受的巨大损失,这点儿牺牲是微不足道的。

她认为做出这个决定是有正当理由的。她关上壁嵌式保险柜,将油画复归原位,接着离开了办公室,随手带上了门。恰好就在此时,悦耳的门铃声响了起来。博比很准时。她把带拉链的手袋塞到门厅小几上的一个花瓶后面,跨出了房门,走上门廊,去打开园子的大门。

站在门槛处的并不是博比,而是一个目光暗淡、薄薄嘴唇、毫无笑意的男人,他的两侧站着两名穿制服的警察。阿丽克丝的心情顿时一落千丈,她明白他们来到她家的缘由。她的生活眼看又要乱成一团。

为了掩饰内心的焦虑,她愉快地笑了笑:"我能为你们做点儿什么吗?"

"你就是拉德医生吗?"

"是呵。"

"我是罗里·斯米洛,是查尔斯顿县警察局调查杀人案的探长。我想询问你一些有关卢特·佩蒂约翰被害一案的情况。"

"卢特·佩蒂约翰?恐怕我不知道——"

"在他被害的当天下午,有人曾看见你出现在他的豪华套间门外,拉德医生。所以,请你不要浪费我的时间,装出一副不知道我在说些什么的样子。"

她和斯米洛探长互相盯视着对方,想揣摩出彼此的想法。最终还是阿丽克丝软了下来。她站到一边:"进来吧。"

"实际上,我希望你同意跟我们走一趟。"

她倒吸了一口冷气,不过她的嘴巴是干干的:"我要给我的律师打个电话。"

"没这个必要吧。这不是拘捕。"

她以敏锐的目光扫视着站在他两侧的神情漠然的警察。

斯米洛的嘴唇提了起来,露出了一种可被视为扭曲的微笑:"在律师不到场的情况下自愿接受盘问,对于使我相信你是清白和毫无过失的,将会起到很大的作用。"

"我一时无法相信你的话,斯米洛探长。"她赢得了一分。她的直截了当似乎让他吃了一惊,"我通知律师后,很乐意陪你走一趟。"

15

罗里·斯米洛坐在写字台的一角。与刑侦科里所有写字台不同的是,他的写字台显得很整洁。档案和文件整整齐齐地叠放在一起。多亏斯米迪一大早给他擦过皮鞋,他那双系着鞋带的皮鞋在吊灯的照射下熠熠发亮。他的西服上装一直没有脱下。

阿丽克丝·拉德镇静地坐着,两手紧握放在大腿上,双腿端庄地交叉放着。斯米洛认为,至少表面上看她与侦探办公室格格不入,但她的镇定是异乎寻常的。

有半个钟头光景,他们一直在等待律师到来,因为她的律师答应过要上这里见她。如果说她对这种久久的沉默以及斯米洛的密切观察感到不自在的话,她却没有丝毫的流露。她没有表现出任何的恐惧和紧张,只是对眼前的不适表现出勉强的忍耐。

弗兰克·帕金斯律师匆匆忙忙赶到时,满面通红,一脸歉意。除去防滑鞋以外,他的全身穿着都是专为打高尔夫球准备的:"对不起,阿丽克丝。接到你的传呼时,我正在打第十个洞。我以最快速度赶了过来。这是怎么回事，斯米洛？"

帕金斯享有过硬的口碑和极佳的职业记录。更为难能可贵的是，他被众人视为品性正派的人，他的正直是无可挑剔的。斯米洛很想弄个明白，这位辩护律师过去是以什么身份为阿丽克丝·拉德效劳的，于是他提出了这个问题。

"这个问题问得很失礼，"帕金斯答道，"不过，如果阿丽克丝不在意，我倒是不在意回答的。"

"请便吧。"她说。

"到目前为止，我们一直是社交场合的好朋友。我们是几年前认识的，当时她和我太太玛吉一同在斯波莱托委员会共事。"他解释说。他指的是在查尔斯顿县遐迩闻名的五月艺术节筹委会。

"那么，就你所知，拉德医生以前从来没有接受过刑事指控吗？"

"直截了当地说吧，斯米洛。"帕金斯的口气表明，为什么检察官们会把他视为法庭上的强硬对手。

"我是想询问一下拉德医生有关卢特·佩蒂约翰被杀害一案的情况。"

帕金斯惊讶得张口结舌。他呆望着他们，就像是在等待笑话的关键词语出现一般。"你准是在开玩笑吧。"

"很不幸，他不是在开玩笑。"阿丽克丝说，"谢谢你赶了过来，弗兰克。搅掉了你的高尔夫球赛，实在是抱歉。你赢球了吗？"

"唔，是呵，是呵。"他心不在焉地回答，依然在琢磨斯米洛刚才那番话的含义。

"那样的话，我就加倍抱歉了。"她看了斯米洛一眼，说，"这一切太荒唐啦。实在是在浪费时间。我只想把事情说清楚，然后就离开这个地方。"

她冲着斯米洛点点头，仿佛以这种方式示意他可以开始。他朝写字台俯下身子,"咔哒"一声打开磁带录音机,然后说出他们的姓名、时间以及日期。

"拉德医生,东湾街一处公共停车场的看守根据画师的素描认出了你。由于这个停车场没有启用自动计费系统,他记录的是每辆车的车牌号码和进场时间。"

斯米洛感到遗憾的是,车辆离场的时间未做任何记录。收费是依据进场时间计算的。停车不足两小时的,收费标准是五美元。超出一百二十分钟以后,才增收停车费。收费情况均有记录,但不记录确切的离场时间。

"我们是通过你的停车账单找到你的。周六下午,你把汽车放在停车场多达两个小时。"

帕金斯一直在仔细听着,失声笑了起来:"这就是你惊天动地的发现吗?这就是破案的重大突破吗?"

"这是个开端。"

"是个冗长的开端,停车场的事怎么能把拉德医生与谋杀案扯在一起呢?"

"我付了小费——"

帕金斯抬起手以示告诫,不过她一挥手,示意说不要紧:"没关系,弗兰克。我给了停车场那个年轻人一张十美元钞票,那是我随身带的最小面额的钞票。就是说我付了五美元小费。我相信就是因为这个,他才对我记忆深刻,能向素描师描述我的特征。"

"对我们提供描述的不止是他一个人。"斯米洛告诉他们,"有一位来自佐治亚州梅肯县的丹尼尔斯先生。他下榻在查尔斯城市广场旅馆时,他的房间就靠着过道,而过道的一头便是卢特·佩蒂约翰在周六下午短暂占用的豪华顶层套房。你认识他吗?"

"你不用回答,阿丽克丝。"律师告诉她,"事实上,在我们有机会单独谈话前,我建议你不要再说任何话。"

"没关系的。"她重复道,这回面带着微笑。她回首望了一眼斯米洛,说:"我从没有听说过佐治亚州梅肯县的丹尼尔斯先生。"

她不仅沉着,而且机敏,斯米洛暗忖道。"我刚才谈的是佩蒂约翰先生。你认识他吗?"

"查尔斯顿县的所有人都听说过卢特·佩蒂约翰。"她说,"他的大名总是在新闻报道中出现。"

"你已经知道他被谋杀了。"

"当然。"

"从电视上看到的吗?"

"上周末的部分时间我没有待在城里。不过回城以后,我从新闻中得知了这件事。"

"你不直接认识佩蒂约翰吗?"

"不。"

"那么,在他被害的前后时间,你为什么会站在他住的旅馆套房外面呢?"

"没有这回事。"

"阿丽克丝,求求你了,什么也别再说啦。"帕金斯把手伸到她的肘下,指了指门,"我们这就离开。"

"这样似乎不妥吧。"

"探长,看起来不妥的是你。你应该向拉德医生赔礼道歉。"

"我并不在意回答他的提问,弗兰克,要是那意味着此时此地就能结束这场荒诞的闹剧。"她说道。

帕金斯久久地看着她。他显然不赞同她回答提问,不过他转向斯米洛说:"在继续提问之前,我坚持要与我的当事人商量一下。"

"好吧。我会给你们一段时间单独在一起的。"

"你要保证离开以前关闭话筒。"

"相信我好啦,弗兰克。我是希望按规矩办事的,我可不希望因为技术细节而让谋杀犯漏网。"他用指摘的目光看着阿丽克丝,关闭了录音机,让她和律师单独待在一起。

"你能相信她的这番话吗?"斯蒂菲·芒戴尔站在室外的狭窄过道上,透过单向透明玻璃镜,盯视着斯米洛私人办公室里面的情况,"画师的素描是准确的。她是怎么样的一个人?"

"难道你没有别的案子要忙吗,斯蒂菲?我一向以为,你们这些地方检察官助理的工作负荷过大,工资又太低。至少这是你们希望大家都信以为真的情况。"

"我已经得到梅森的批准,减轻了工作负荷,所以能够全力扑在这个案子上。他要求我以任何可能的方式协助哈蒙德。"

"那位神童在什么地方?"他注意到阿丽克丝·拉德对弗兰克·帕金斯的一个提问坚定地摇摇头。

"他把自己关在办公室里。从今天早晨我们离开医院以后,我就再没有见到他。我给他留了便条,告诉他我上这里来看一看嫌疑犯。顺便说一下,你抓获嫌疑犯干得很漂亮。"

"易如反掌的事情。哈蒙德愿意跟我们联手办案吗?"

"你介意吗?"

斯米洛耸了耸肩:"我想测试一下他的反应如何。"

"面对拉德医生的反应吗?"

"看一看圣人哈蒙德是否能要求对一位漂亮女子执行死刑,这大概是挺有趣的事情。"

斯蒂菲听到他的话吃了一惊。"你认为她漂亮吗?"

斯米洛还没来得及回答,弗兰克·帕金斯已打开了办公室的门,生硬地问候了一下斯蒂菲,挥手示意他们可以进去。

博比·特林布尔深深地吸了一口气,竭力想控制住心跳频率。自从他望见阿丽克丝站在门前石阶上与警察谈话以来,他的心一直在怦怦直跳。

情况不妙。非常不妙。警方是不是已经了解到他陷害佩蒂约翰的阴谋呢?是不是阿丽克丝叫来了警察,为了保住自己而出卖他?

他故意装出满不在乎的样子,不紧不慢地驱车驶过她的私宅。然而,他用眼角余光看到的情况足以让他感到惊恐——两名穿制服的警察,一名便衣警察,外加一位怀恨在心、毫不掩饰地鄙视他的女人。连傻瓜都能看出大祸已经临头。

倒是有个不坏的迹象。阿丽克丝并没有告发他。她没有指着他大喊一声:"抓住他!"不过,他说不准那意味着什么,或者说它会给他带来什么样的局面。这个迹象也许仅仅意味着,她没有发现他驱车经过这里。

他驾驶着折篷汽车,迂回穿行于正午时分查尔斯顿闹市区那交通繁忙的街道,一边在仔细琢磨下一步该怎么办才好。昨天晚上他还以为大功已经告成。阿丽克丝在强大压力下终于答应了他,按他的开价付他一笔钱。

"要是你以为可以剽窃我的思路,用它来谋取私利,你可又要倒大霉啦,小姐!"情绪一急躁,他又操上了原先的那副腔调。他讨厌自己那种乡巴佬似的哀叫声,便停了片刻,以调和一下口音:"可不要琢磨着怎样来欺骗我,阿丽克丝。"他用比较和气、但威胁性丝毫不减的口气对她说,"那笔钱是归我的,我要定了。"

阿丽克丝也净化了她的言谈举止。她的谈吐变得优雅,穿着变得时髦。小日子过得挺红火。然而,撇开那股目中无人的傲气,她实际上并没有什么改变。同他一样没有什么改变。她了解他的本性,他也了解她的。难道她还以为他是昨天刚出生的吗？他很清楚正在发生的事情。她是利用了他的锦囊妙计，企图骗取他的那一半好处。

当他指责她有所图谋时，她说："我说最后一遍，博比：我没有钱给你。别烦我啦！"

"这种事压根不会发生，阿丽克丝。在没有拿到我要得到的东西之前，我不会退出你的生活。你想让我消失，就得给我钱。"

她无奈地叹了口气，等于挂出了白旗："明天中午来我家吧。"

于是中午时分，他来到了她家，可你猜怎么着？她身边站的尽是警察。没准对他的逮捕令早已发出。

不过，逮捕令也许还没有发出，他暗忖道，竭力想让自己镇定下来。假如她和警方一道对他设下了圈套，为什么警车要停放在很显眼的地方？她怎么可能出卖他而同时又不出卖她自己呢？

不管怎么样，在弄清楚发生什么事情之前，对于博比·特林布尔来说，明智的做法就是藏匿起来。真叫人厌烦。

他在红灯前停住了车，十指交叉悬在方向盘上方，仔细考虑眼前该怎么办。他从两眼的余光中，注视到另一辆折篷汽车停在他的车旁。他转过脸去。

两张戴鲜黄色太阳镜的面孔也在朝着他看。那是两个年轻漂亮的女学生。她们带着顽皮和挑逗露齿微笑着。这些宠坏了的富家女孩在盛夏的下午外出找乐子来了。

换句话说，她们在寻找猎物。

交通信号灯变换了，随着一阵尖锐刺耳的轮胎摩擦声，她们的车子疾驰向前，在下一处拐角来了个右转弯。博比变换车道，同样向右转弯。露肩的女孩向后张望，意识到他在尾随她们。他看到她们在哈哈大笑。

那辆宝马折篷车飞速冲进一家时髦便餐馆前的停车场。博比跟了上去。他注视着她们走向便餐馆的入口。她们穿的是很短的运动短裤,暴露出些许臀部以及看上去显得十分修长、晒成棕褐色的双腿。她们上身的三角背心给人留下极少的想象空间。她们的咯咯笑声和卖弄风骚的模样,使博比回想起他的拿手好戏。

他在拥挤的餐馆里穿行,发现她们坐在露台上一处有阳伞遮阴的餐桌旁,正在向女服务员点饮料。女服务员离开后,博比便在她们餐桌的一张空椅子上落了座。

她们的嘴唇富有光泽,露出十分洁白、整齐的牙齿,耳朵上的钻石饰钉闪闪发光,浑身散发着名贵香水的气味。

"我是处理有伤风化事件的警察。"他带着性感的拖腔说道,"你们两位年轻姑娘有没有达到饮酒的合法年龄呵?"

她们咯咯地笑开了。

"用不着为我们担心,警官。"

"我们早已过了合法年龄。"

"你们指的是什么合法年龄呵?"他问道。

"我们是在度假,所以我们对几乎所有事情都是开放的。"

"我们的确指的是所有事情。"

他冲着她们猥亵地笑了笑:"是这么回事吗?我原来还以为你们是巡回布道的传教士呢。"

他的这番话又引起了一阵咯咯笑声,女服务员端来了两份饮料。博比往椅背上一靠:"我们喝点什么呢,女士们?"

他的计谋得逞了。

最后,接待小姐斗胆突破了那道看不见的屏障,走进了哈蒙德的办公室:"你问的是那个素描画上的嫌犯吗?她已经被确认为阿丽克丝·拉德医生。就在我们说话的时候,她正在斯米洛探长的办公室接受讯问。"

他的手心沁出了冷汗:"他逮捕她了吗?"

"芒戴尔女士说她自愿去的警察局。不过她让她的律师与她待在一起。你要动身上那里去,还是有什么打算?"

"也许过会儿再去吧。"

接待小姐退了出去。

这个消息像回声一样在迅速回荡。哈蒙德为此苦恼不堪。斯米洛的审问技巧都能迫使特蕾莎嬷嬷[①]招供。哈蒙德无法知道阿丽克丝·拉德会做出什么样的应答。她会抱有敌意呢,还是会给予配合?她会有什么要坦白的吗?当她再次见到他时,会露出什么破绽吗?他自己又会露出什么破绽呢?

为安全起见,他想尽量久地拖延这场不可回避的会面。在他深入了解阿丽克丝·拉德以前,在他弄清楚她卷入佩蒂约翰一案的性质和程度以前,最好要与此案保持一定的距离。

通常,这样做是可行的。除了极少例外情况,在警探们认定他们已掌握的证据足以提出正式指控之前,或者足以让哈蒙德向大陪审团陈述案情事实以前,他所属的办公室是不会直接介入破案的。斯蒂菲并不理解耍手腕的意义所在,但哈蒙德与她不同,他在接手案件之前,听任警察局去忙活他们分内的工作。

然而,这一次是罕见的例外。他被要求介入破案,而且正是出于政治原因而不是其他原因。市一级乃至州一级的官员——其中有些人是佩蒂约翰生前的公开仇敌,而另一些人是他的支持者——都在利用谋杀案作为一种平台,以达到其政治目的。他们通过媒体要求尽快逮捕和起诉

[①] 指印度天主教仁爱传教会创建者,在加尔各答设立许多服务站,救济贫民、残疾人和重病患者,获1979年度诺贝尔和平奖。——译注。

谋杀犯。

为了煽动公众兴趣，今天早晨的报纸上刊载了一篇社论，就像清晨打来催醒电话那样，提醒人们注意这一惨痛的事实：连卢特·佩蒂约翰这样貌似刀枪不入的人都无法免受暴力袭击。

中午播出的新闻里，有名记者进行了一次街头随访式的民意调查，询问人们是否对把枪杀佩蒂约翰的凶手缉拿归案并绳之以法抱有信心。

这个案子正在形成他父亲期望中的那种媒体狂热。

哈蒙德期望的却是，尽可能久地避免卷入这场摩擦。为此，他又忙活了半个小时，给自己找了一些工作来打发时间。

门罗·梅森用完午餐后一回来就出现在他面前："我听说斯米洛已经抓到了一个嫌疑犯。"他那洪钟般的声音像壁球打在墙上一般在哈蒙德的办公室里回荡。

"新闻是不胫而走的。"

"那么说这是真的？"

"我刚刚才得知这个新闻。"

"给我简单叙述一下吧。"

哈蒙德就丹尼尔斯提供的情况以及那幅素描做了一番解释："附有恩迪科特的素描以及文字描述的传单在城市广场饭店一带广为散发。拉德医生被一个停车场管理员认了出来。"

"我听说她是一位著名的心理学家。"

"那是传闻。"

"听说过她吗？"

"没有。"

"我也没有。我太太也许听说起过她，她认识所有的人。你认为佩蒂约翰是她医治过的病人吗？"

"眼下，门罗，我跟你掌握的情况差不多。"

"看看你能够发掘出什么情况吧。"

"我会让你了解案件进展的。"

"不行,我指的是今天下午。马上。"

"马上?斯米洛可是不喜欢我们插手的。"哈蒙德争辩道,"他尤其讨厌我插上一杠子。斯蒂菲早已去了他那里。如果我也过去的话,他会感到一肚子怨气的。看起来那就像我们在检查他的工作。"

"要是他感到愤怒,斯蒂菲会把他摆平的。我必须掌握一定的情况,可以披露给那些打电话到我办公室来的记者。"

"拉德医生就是嫌疑犯这一点是不能记录在案的,门罗。我们并不知道她就是嫌疑犯。看在上帝的份上,她只是在接受讯问而已。"

"她显得十分焦虑不安,所以才要把弗兰克·帕金斯叫到身边。"

"弗兰克是她的律师吗?"哈蒙德很熟悉他,而且很敬重他。庭审时与他辩论总是一种挑战,她不可能再找到比他能力更强的律师了:"任何明智的人被请到警察局接受讯问时,都会叫上她的律师的。"

梅森并没有打消这个念头:"随时让我知道有关她的情况。"他雷鸣般地道了声再见,便离开了,让哈蒙德别无选择。

哈蒙德赶到警察局,径直来到二楼,揿了下紧锁着的双层门上通向刑侦科的蜂鸣器。一个女警官开了门,问明他的来意后说:"他们都在斯米洛的办公室里。"

"为什么不在审讯室里?"

"我想那是因为审讯室被占用了吧。再说,芒戴尔法务官想透过玻璃进行观察。"

哈蒙德几乎感到庆幸的是,阿丽克丝没有在那间散发着陈腐咖啡味和汗臭味的、没有窗户的斗室里接受审讯。他曾经看到恋童癖患者、强奸犯、小偷、男妓以及谋杀犯在那间斗室里,面对严厉审讯的压力,精神上彻底崩溃,因此他不敢想象她会出现在同一间斗室里。

他一拐弯，走进了一条不太长的走道，凶案警探的办公室就在那儿。他希望讯问已经结束，希望当他到达时，阿丽克丝已经离去。不过，哪里会有这等好运气。斯蒂菲和斯米洛正透过装有镜子的玻璃窗朝里面张望，看上去就像是兀鹫在等待猎物吸最后一口气。

他听到斯蒂菲说："她在撒谎。"

"她当然是在撒谎。"斯米洛说，"只是我不知道哪部分是谎言。"

他们一直到哈蒙德开口说话，才注意到他的到来："有什么情况吗？"

斯蒂菲转过身，满脸的不高兴："好吧，你总算来了。收到我给你的便条了吗？"

"我一时脱不了身。你凭什么认为她在撒谎？"他冲着那扇小窗户点了点头，眼下还缺乏勇气透过镜子朝里望。

"正常情况下，一个无辜的人会表现出紧张和急躁。"斯米洛说。

"我们的医生小姐连眼皮都不带眨一下。"斯蒂菲对他说，"没有嗯嗯呃呃，没有清清喉咙，没有坐立不安。她回答每一次提问时都干脆利落。"

哈蒙德说："弗兰克居然会让她回答问题，真让我感到吃惊。"

"他并不希望她回答，是她坚持要回答。她挺有主见。"

终于，哈蒙德随着斯米洛那若有所思的凝视目光，转过头去。他只能看见局部侧影，即便如此，他也感到了深深的震撼。他的最初冲动是想把卷曲在她脸颊上的那束头发捋平。他的第二冲动是想上前一把抓住她，愤怒地扭转她的脸，逼她说出她到底想干什么，为什么要把他牵扯进来。

"我们掌握了她什么情况？"他问道。

当斯米洛飞快地报出一长串令人信服的证明时，连他自己都显得深受触动："除去在《今日心理学》上发表过两篇文章以外，她还经常被邀请去讲学，特别是讲授她对恐惧打击的研究成果。她被公认为该课题研究的专家。就在几个月前，她说服了一个爬上窗台的男人不要轻生。"

"我记得有这么回事。"哈蒙德说。

"报纸上曾经做过报道，那个男人的太太认为拉德医生有救命之恩。"斯米洛看了看笔记本，补充说，"她的私人生活是不公开的。我们只知道她是单身，没有孩子。弗兰克很恼火，他认为我们抓错了人。"

"除此以外他还会说什么呢？"斯蒂菲不怀好意地说。

哈蒙德竭力显得无动于衷，说："看上去她是一个沉着冷静的女人。"

"嗯，她是很沉着冷静，确实如此。"斯蒂菲说，"你甭指望她的屁股能把冰融化。只要你跟她交谈过，就会明白我们说的意思。她如此之冷静，简直到了冷酷的地步。"

你了解得实在太少，斯蒂菲。

"准备好下一轮讯问了吗？"她和斯米洛朝门口走去。

哈蒙德踌躇不前："你们希望我进去吗？"他们惊讶地转过脸。

"我还以为你会急不可耐地要对谋杀犯进行你的第一轮审讯呢。"斯蒂菲说。

"她是不是谋杀犯还有待于确认。"他不耐烦地说，"不过那不是问题的关键。问题的关键是，既然你在这里，我们比斯米洛占有数量上的优势。我不想让他认为我们在监视他。"

"你可以直接跟我说嘛。"斯米洛说。

"好吧。"哈蒙德说道，一边望着这位探长，"正如你所说的，我们得把话说明白，我来这里是梅森的主意，并不是我的想法。"

"克兰局长同样告诫过我要和平共处。只要你能容忍我，我就能容忍你。"

"很公平。"

斯蒂菲长长地吐了一口气:"第一轮讨厌的竞赛到此结束。现在我们干点正事行吗?"

斯米洛为他们推开了房门,哈蒙德让斯蒂菲走在前头,斯米洛跟在他后面走进屋子,随手带上门,他把太多的人塞进了如此狭小的空间。斯米洛几乎无法从哈蒙德身旁挤到他的写字台跟前:"拉德医生,你肯定不想喝点什么吗?"

"不必啦,谢谢你,探长。"

对哈蒙德来说,听见她的声音就像被她触摸一样令他心旷神怡。他几乎能感受到她贴近他耳朵时的气息。他的心里像十五个吊桶打水,七上八下的,他几乎透不过气来。而且,真他妈的见鬼,他偏偏不能去触摸她。

斯米洛做了多余的介绍:"拉德医生,这位是法务官特别助理哈蒙德·克罗斯。克罗斯先生,阿丽克丝·拉德医生。"

她调过头,哈蒙德屏住了呼吸。

16

"法务官特别助理克罗斯可以告诉你,上周六晚上我在哪里和我做了些什么,对吧,法务官特别助理哈蒙德·克罗斯?"

"上周六我根本就没有杀人,不过,要是我杀过人,那也是出于自卫。你瞧,斯米洛探长,法务官克罗斯把我勾引到他的林中小屋,多次强暴了我。"

"法务官克罗斯,见到你是多么的美妙啊。事情过去有多久了?哦,我想起来了。那是上周六晚上,我们可干得热火朝天。"

阿丽克丝·拉德一句这样的话也没说。她也没有像哈蒙德想象的那样说出任何其他可怕的事情。她没有给他一顿臭骂,也没有当着他同事的面谴责他,更没有对他挤眉弄眼,或者做出认识他来的任何表示。

当她转过脸面对他、彼此的目光相撞时,他周围的其他一切似乎都已不复存在,他的注意力都倾注在了她的身上。他们的目光只接触了一两秒钟,不过,假如这次目光交流的时间再长,也不可能具有更强的震撼力或者更深的意味。

他很想问问她,你都对我做了些什么?而且这句问话不止包含一层意思。上周六晚上,他像遭到雷劈一样感到极度惊愕。他曾想过,甚至希望过,在明亮的荧光灯下,在远非浪漫的环境中,再度见到她的时候,他不至于会产生如此剧烈的震动。结果恰恰相反。他想接近她的欲望是一种肉体上的折磨。

这一切在不到一眨眼的工夫在他脑海中闪过。他希望他的说话声不至于将他暴露。"拉德医生。"

"你好。"

说罢,她转过脸去。这种按部就班的管理,彻底粉碎了哈蒙德心存的极其强烈的愿望:实际上,上周六他和她还是素不相识的,他们在游艺会上的见面纯属偶然。如果是这样的话,此刻被人介绍时,她那对碧眼就会睁得老大,她就会脱口说出类似"哎呀,你好哇!真没想到会在这里见到你"这一番话。可是,她没有丝毫惊奇的表示。她转过脸打招呼时,完全知道要面对什么人说话。

事实上,她仿佛鼓足了勇气来面对刚才的介绍,恰如他的情况一样。几乎可以说,她把冷漠超然表演得过了火,转脸时动作又太迅速,显得有失礼貌。

有一点是毋庸置疑的:他们的会面是经过预谋的,而且出于某些依然不明朗的原因,他们在一起度过的时光对他和对她来说都是一种连累。

弗兰克·帕金斯最先开了口:"哈蒙德,这完全是在浪费我的当事人的时间。"

"很可能是这么回事,弗兰克,不过我想做出自己的判断。斯米洛探长似乎认为,我有必要听一听拉德医生可能会对我们讲述的情况。"

律师征询了一下当事人的意见:"你不在意重新讲述一遍吧,阿丽克丝?"

"如果那样意味着我可以早些而不是晚些回家的话,我就不在意。"

"我们会酌情处理的。"

此话出自斯蒂菲之口,气得哈蒙德真想掴她一记耳光。他把一问一答的活儿交给了斯米洛,自己则靠在关闭的门上,这样他就可以无拘无束地观察阿丽克丝的侧影。

斯米洛重新打开磁带录音机,把哈蒙德的名字加入在场人员的名单中:"你认识卢特·佩蒂约翰吗,拉德医生?"

她叹息了一下,仿佛这个问题她早已回答了上千遍:"不认识,探长。我不认识他。"

"周六下午你在城里干了什么?"

"我本可以论证说我就住在城里,不过还是回答你的问题吧,我去浏览了商店橱窗。"

"你买了什么东西吗?"

"没有。"

"走进哪家商店了吗?"

"没有。"

"你没有走进任何商店,也没有跟任何店主聊过天,因此他们不能证实你曾走进那里购物吧?"

"很不幸,我没有。我没有看中任何商品。"

"你仅仅是停好了车,到处走走吗?"

"是这样。"

"在外面闲逛是不是感到有点热?"

"对我来说不热,我喜欢热的感觉。"

她朝哈蒙德瞟了一眼,但他不需要那一瞟也可以唤起对往事的回忆。

"太阳已经下山了,感觉不那么热了。"

她扬起头冲他莞尔一笑,旋转木马的灯光映照在她的眼睛里:"其实,我喜欢热的感觉。"

哈蒙德朝斯米洛眨了眨眼,好让自己重新集中注意力。
"你进过城市广场饭店吗?"
"是的。大约在五点钟前后。去搞点东西喝。是软饮料。我敢肯定,丹尼尔斯先生就是在那里见到我的。只有在那个时间和那个地点,他才可能见到我,因为我从来就没有站在五楼佩蒂约翰先生的套房外面。"
"可是他向我们生动地描述了你五点钟前后就站在那里。"
"是他弄错了。"
"你在酒吧里喝了饮料。"
"是的,就在饭店的休息厅旁边。没有加糖的冰镇茶。"

斯蒂菲朝哈蒙德倾过身子,耳语道:"女服务员证实了这一点。这样只能证明至少有两个人在饭店里见过她。"

他点了点头,未加评论,因为斯米洛又在提问了,而且他对阿丽克丝的回答很感兴趣。

"你喝完饮料以后都做了什么?"
"我回到了我停车的那个停车场。"
"那是什么时间?"
"五点一刻,不会晚过五点半。"

哈蒙德紧绷着的双膝如释重负般地放松下来。约翰·麦迪逊最初推测的死亡时间要晚于五点半。由此看来,他保持沉默还是合情合理的。几乎是这样。如果说她是完全无辜的,是一个食物中毒者所犯错误的受害者,那么当他走进来时,为什么她没有任何反应?为什么她要假装他们素不相识?他有理由对他们的见面保密。很显然,她也有理由保密。

"我付给停车场管理员十美元,那是我身上最小的钞票。"她说。

"你付小费出手很大方嘛。"

"我想让他找零钱会显得掉价。停车场里停满了车辆,他当时忙得很,不过他的态度很友好,很客气。"

"你取回车子以后干了什么?"

"我离开了查尔斯顿。"

"去哪里了?"

"去了希尔顿黑德岛。"

哈蒙德出声地倒吸一口凉气。讲真话就到此为止了。她为什么要撒谎呢?为了保护他吗?抑或为了保护她自己?

"希尔顿黑德岛。"

"没错。"

"沿途有没有在任何地方停过车?"

"我停车加过油。"她垂下了眼睛,时间很短,恐怕只有哈蒙德注意到了。

他的心脏在胸口怦怦地跳动。那个吻。那一吻。那个令他终身难忘的亲吻。以前所有的吻从来没有这么美妙过,从来没有让你感到他妈的这么到位,或者他妈的这么错位。那一吻足以最终改变他的一生,葬送他的事业,证明他是有罪之人。

"你还记得那个加油站的名称吗?"

"记不得了。"

"德士古公司加油站?埃克森公司加油站?"

她耸了耸肩,摇摇头。

"它的位置呢?"

199

"在公路沿线什么地方。"她显得不大耐烦,"在城外,是一个自助式加油站。在窗口交的钱,那条公路沿线有好几十家这类加油站。收银员当时正在收看电视转播的摔跤比赛。我就记得这些。"

"你是用信用卡付油费的吗?"

"付的是现金。"

"我明白。付的是大额钞票。"

哈蒙德识破了其中的圈套,但愿她能识破。大多数自助式加油站和便利店是不接受面额大于二十美元的钞票的,尤其在夜晚。

"我付的是二十美元,斯米洛先生。"说罢,她朝他怯生生地笑了笑,"我买了价值二十美元的油,没有找零。"

"非常非常冷静呀。"

斯蒂菲是压着嗓门说的,但阿丽克丝还是听见了。她朝他们这边望过来,先是看了斯蒂菲一眼,然后又看了看哈蒙德。此时,他清晰地回想起了曾经把她的脸捧在手里,将她的嘴唇送至他的嘴边时的情景。

"别说不。别说不。"

斯米洛下一个提问将阿丽克丝的注意力拽了回来。哈蒙德舒了一口气,但没有让人看出他刚才一直在屏住呼吸。

"你是什么时间到达希尔顿黑德岛的?"

"那天真是妙极了。我没有事先计划,没有行程安排。我没有留意看钟表,而且走的不是直路,所以记不起来到达那里的确切时间。"

"就说大致时间吧。"

"大致在……九点钟吧。"

大致在九点钟光景,他们俩正在啃玉米,她满嘴沾上了融化的黄油,显得油乎乎的。他们俩曾就那副狼狈的吃相大笑了一场,也不在乎什么风度了,厚着脸皮舔起了自己的指头。

"你在希尔顿黑德岛干了些什么?"

"我驾车一路穿过岛子,来到了港口镇。我四处走了走,在不同的露天酒吧里欣赏音乐。聆听了一个年轻人在生机盎然的大橡树底下为孩子们演奏。我大体上沿着小艇停泊区一带漫步,还上了码头。"

"你跟什么人说过话吗?"

"没有。"

"在饭馆吃过饭吗?"

"没有。"

"不感到饿吗?"

"显然不觉得饿。"

"这简直是荒唐!"弗兰克·帕金斯抗议道,"拉德医生承认周六去过饭店,可是还有数以百计的人也去过饭店。她是一位惹人注目的女士。一个男人——这位丹尼尔斯自不例外——是很可能注意到她的,哪怕是在人群当中。"

哈蒙德依然在观察她,于是当她的目光移向他时,这便成了那天隔着舞池的第一瞥的翻版。他瞬时产生了交媾的感觉,腹部突然一阵抽痛。

帕金斯还在争辩不休:"阿丽克丝明明说过,她根本没有去过佩蒂约翰的套间附近。你没有任何证据证明她去过那里。你只是在无中生有,暗箭伤人,因为除此之外,你拿不出任何东西。尽管我对你抓获嫌疑犯的非凡才能表示欣赏,但我不会允许我的当事人去忍受由此产生的不良后果。"

"只要再问几个问题,弗兰克。"斯米洛说,"给个方便吧。"

"你的提问要简单些。"律师唐突地说。

斯米洛狠狠瞪了心理学家一眼:"我想知道拉德医生在哪里过的夜。"

"在家里。"

她的回答似乎令他吃了一惊："在你的家里吗？"

"我怪自己没有在希尔顿黑德岛预订房间。我一到了岛上，就考虑要留宿。本来我是这么想的，但我打电话给几个地方，客房都已订满了。于是我开车返回查尔斯顿，在自己的床上睡的觉。"

"独自一人吗？"

"我不害怕天黑以后开车。"

"你是不是独自一人睡觉的，拉德医生？"

她冷冰冰地瞪了他一眼。

弗兰克·帕金斯忍不住开了口："告诉他见鬼去吧，阿丽克丝。如果你不说，就由我来说。"

"你听见我的律师的意见了吧，探长。"

斯米洛的嘴唇朝上一噘，勉强一笑："你在港口镇逗留期间，有没有跟什么人交谈过？"

"我随意观赏了其中一家美术馆，不过没有跟任何人说过话。我还在灯塔基部买了一份蛋卷冰淇淋，不过那是人们徒步上楼的地方，她们忙得很。我无法认出替我服务的那个女服务员。那天晚上她接待的顾客非常多，我很怀疑她会不会记住我。"

"这么说就没有人能证实你去过那里啦？"

"我想是这样的。"

"你从那里就开车回家了。中途没有停过吗？"

"没有停过。"

"你什么时间到家的？"

"半夜一两点吧。我没有留意。当时我十分疲倦，困得很。"

"我已经作了最大的迁就。"弗兰克·帕金斯彬彬有礼地扶着她从椅子上站起来，不过他的方式容不得她或者斯米洛提出争辩，"拉德医生应当为此得到赔礼道歉。如果你胆敢把她的名字透给新闻界，说她与案件有牵连的话，那么你不仅要对付一桩悬而未决的谋杀案，还要面对一场很棘手的官司。"

他用肘部轻推着阿丽克丝朝门口走去，可是在场的人还来不及挪动位置给他们让路，另外一名警探已经打开了门。他手里举着一份文件夹："你要求过报告——送来就交给你。"

"多谢啦。"斯米洛伸手去接文件夹，"报告怎么说的？"

"麦迪逊干活真是细致。他说他对拖延了时间表示歉意。"

"只要他完成任务就行。"

"结果都在里面。"

那个警探退了出去。为了让别人听明白，斯米洛说："这个警探目睹了验尸全过程。麦迪逊的尸检报告在这里。"

斯米洛从纸袋里取出文件时，斯蒂菲挨近了他的身边。她同他一道扫视着文件。

斯米洛看着报告，头也不抬地问道："拉德医生，你有武器吗？"

"许多东西都可用作武器，是不是？"

"我之所以要这样问……"斯米洛说着，抬起头望着她，"是因为尸检结果正如我们所料想的一样。卢特·佩蒂约翰并不是因脑部受重击而致死。他死于枪击。"

"佩蒂约翰是被枪打死的？"

"我认为她的反应是真实的。"

斯蒂菲往刚刚送上桌的饮料里挤了点酸橙汁："得了吧，哈蒙德。面对现实吧。"

"那是她头一次也是唯一一次流露出情感或者自发反应。"他坚持认为，"我觉得她的震惊是真实可信的。直到刚才，她连佩蒂约翰是如何死亡的都不知道。"

203

"当我读到他发作过中风时,感到很意外。"

尸检报告得出了这一惊人的事实:卢特·佩蒂约翰曾经发过中风。中风并未使他丧命,可是约翰·麦迪逊推断说,那次大面积的中风导致他摔倒在地,结果头部受了伤。他还得出结论说,即使佩蒂约翰活下来,也会出现瘫痪或其他残疾。直到弗兰克·帕金斯护送阿丽克丝·拉德离开斯米洛的办公室以后,他们才彻底地阅读了尸检报告,而这份报告使扑朔迷离的悬案又平添了几分难度。

"你是否认为,中风发作是某一事件导致的?"斯蒂菲惊诧地问道,"还是他没有意识到的某一疾病导致的?"

"我们有必要查实,他是不是患有某种疾病而正在接受治疗。"斯米洛说着,一边利索地将餐巾放到苏打水底下,"这并不意味着中风很重要。致命的不是中风,而是枪击。枪击才是他的死因。"

"阿丽克丝·拉德并不清楚这一点。"哈蒙德指出,"在我们说出这一点以前,她并不清楚。"

斯蒂菲若有所思地呷着杜松子酒,而后坚定地摇摇头,对哈蒙德自作聪明地笑了笑:"不对,她的惊讶全是装出来的。女人是擅长做戏的,因为我们总是不得不假装达到性高潮。"

她说这番话是想羞辱他一下,然而没有奏效。不过他为此感到很恼火:"你说的是那些羡慕阳具的女人。"

"哎呀,这可是很机敏的反驳呵,哈蒙德。"说着,她举起了酒杯,佯装敬意,"要是你实践一下,就会变成一个地道的笨蛋。"

斯米洛一直没有注意到这场舌战,此时说道:"尽管这结果使我很不痛快,我还是倾向于赞同哈蒙德的看法。"

"你认为我是羡慕阳具的女人嘛?"

他根本没有绽出笑容:"我同意他的看法,拉德的震惊不是装出来的。"

"你同意哈蒙德的观点？这几乎跟你同意跟他用一张餐桌一样令人惊讶。"她说。

城市广场饭店的休息厅酒吧被快乐时间①的人群挤得水泄不通。尽管从警察局到这家饭店要穿过市区，但对于他们碰头讨论询问阿丽克丝似乎是个合适的去处。

游客们，无论是不是登记入住的客人，都在大厅四周的精品店里购物。他们在富丽堂皇的楼梯和被楼梯拥抱的枝形吊灯前摄影。他们还彼此拍照留影。

两个赤脚的女人，穿着饭店的浴袍，头上缠着毛巾，咯咯地笑着躲避摄影者的镜头。斯蒂菲顺着哈蒙德木然的目光望去，说："为了要美容就像那样走来走去，真是不可思议。你能想象一下嘛，佩蒂约翰穿着这身打扮从这里走过时，会是什么样子？"

"嗯？"

"你在想什么，哈蒙德，在发愣吗？"她的问话令人不快。

"对不起，我只是在想事。"

他并没有注意到穿睡袍的女人。自从离开斯米洛的办公室以来，他几乎没有注意到任何东西。他满脑子装的都是她，都是阿丽克丝对佩蒂约翰如何丧命做出的反应。

看上去她真的是感到震惊，所以他希望她的推测是对的，即丹尼尔斯先生曾经在饭店里见过她，但是把时间和地点记错了。

他指望能同斯米洛结成同盟，便朝餐桌对面欠了欠身子，用前臂撑在桌子边沿上。"你刚才说你同意我的看法。怎么会呢？你怎么看待她的反应？"

"我认为她为人精明，完全可以装出吃惊的样子，而且装得就像真

---

① 指酒吧或餐馆中削价供应饮料或免费供应餐前小吃的时间。——译注

的一样。出于什么原因，我说不大清楚。话又说回来，我所关心的并不是她吃惊的反应，而是她所讲述的故事。"

"我们在洗耳恭听呢。"斯蒂菲说。

"假如是她朝佩蒂约翰开的枪，难道她不会离开饭店以后，马上设法确立她不在犯罪现场的证据吗？"

哈蒙德显得若无其事，伸手端起他那杯波旁威士忌酒："你的见解很有意思。愿意展开说明一下吗？"

"他们确定死亡时间能够达到令人惊叹的精确度。事实上，能精确到几分钟之内。"

"在五点四十五分到六点钟之间。"哈蒙德说。他从尸检报告上看到这一条时，顿时感到莫大的轻松。阿丽亚丝不可能是谋杀犯，因为她不可能同一时间出现在两个地方："拉德医生不是说过嘛，她离开的时间不会迟于五点三十分。"

"两个时间相距太近了，令人无法掉以轻心呵。"斯米洛说，"像你这样出色的检察官会巧妙地利用这个时间框架，允许存在出现误差的余地。可是，考虑到我们并不知道她从停车场取车的确切时间，弗兰克·珀金斯就可能像切萨拉米香肠那样将那个时段分割，并借此提出合情合理的怀疑。不过这种做法要想奏效，非得——"

"我明白你的意思——"斯蒂菲打断了他。

"拉德医生非得有很过硬的——"

"不在犯罪现场的证据。"

就在斯蒂菲和斯米洛你一言我一语之际，哈蒙德又饮下了一杯酒。威士忌使他的喉咙感到火辣辣的。"言之有理。"他嘶哑地说。

斯米洛皱起了眉头："我认为，她讲述的故事有个问题，就是她并不具备不在犯罪现场的证据。她说她曾经去过希尔顿黑德岛，但没有跟任何能证实她去过那里的人说过话。"

"我怎么给弄得一头雾水哪。"斯蒂菲说,"你是不是认为,由于不具备不在犯罪现场的证据,她好像比实际上还要无辜。"

探长从桌子对面望着她:"并不全然。它倒是让我想知道,她是不是在等待机会,看看事态会如何发展,然后再突然向我们提供不在犯罪现场的证据。"

"就好像她储备了一个不在犯罪现场的证据以防万一,是吗?"

"多少是吧。"

当他们毫不知情地探讨着哈蒙德心底的最大恐惧时,他一直在听着,这时加入了他们的猜测:"你凭什么认为她储备了不在犯罪现场的证据呢?"

"你存心想为她辩解吗?"斯蒂菲问道。

"不是的,"他答道,对她的话感到生气,因为他是想了解斯米洛的想法,"你的意思是说?"

"我要说的就是一开始说过的那些话。"斯米洛解释说,"她并没有感到紧张。从她打开房门看到我和那些警察站在门廊上那一刻起,直到弗兰克半小时前护送她离开时为止,她一直表现得过分平静,因此不可能完全无辜。"

"无辜的人会迫不及待地让你相信他们是无辜的。"他继续说道,"他们神色不安地唠叨个没完。他们每讲一遍,都要把他们的故事加以发挥和夸大。他们告诉你的情况要超过你想了解的范围。做事老到的骗子才会死死咬住那些基本情况,而且他们通常是最沉着冷静的。"

"你的看法有道理,"哈蒙德说,"但也不完全可靠。作为一名心理学家,难道拉德医生就不比常人具备更强的感情自制力吗?她诊断病人时,一定听说过令人发指的事情。难道她就不知道如何掩饰自己的反应吗?"

"这种可能是有的。"斯米洛说。哈蒙德讨厌探长的那副笑脸,不出几秒钟，他就明白了他为什么显得如此得意，"不过拉德医生是在撒谎。我知道那是事实。"

斯蒂菲急切地欠着身子，险些碰翻了饮料："什么事实？"

斯米洛弯下身子，从公文包中取出一份报纸："她一定漏看了今天晨报上的这条消息。"

他已用红色标记笔把那篇报道圈了出来。报道并不那么长，但是对于哈蒙德来说，那四个段落长得令人垂头丧气。

"港口镇已被疏散。"斯蒂菲大声朗读道。

斯米洛做出总结："上周六晚上，停泊在港口的一艘游艇上发生了火灾。风助火势，刮得游艇停靠区一带的树上和凉篷上尽是火星。作为安全预防措施，消防队让所有人都撤离了。连待在其他船上的人以及在公寓里过夜的人都被撤离了。

"大火还未造成重大损失就被扑灭了。那些公寓可是该地区最昂贵的物业。消防队员不敢抱任何侥幸心理。他们对驶来的车辆关闭了灯塔路，对整个区域进行了大范围检查。港口镇在几个小时内基本上处于关闭状态。"

"从什么时间到什么时间？"

"从九点钟开始。当饭馆和酒吧在午夜过后某个时间接到通知可以继续营业时，已经没有任何理由再开张了，而且一直到周日上午都是关闭的。"

斯蒂菲轻声说道："她没有到过那里。"

"要是到过那里的话，她会提到这件事的。"

"干得漂亮。"斯蒂菲向斯米洛举起了酒杯。

"我以为现在举杯相庆还有点为时过早。"哈蒙德气呼呼地说，"说不定她有合乎逻辑的解释呢。"

"说不定天主教皇还是个基督教浸礼会教友呢。"

他没有理睬斯蒂菲的俏皮话:"斯米洛,为什么讯问期间你不当面问她这个呢?"

"我是想看看她这出戏能演多久。"

"你这可是给她足够的绳索让她上吊啊。"

"一个嫌疑犯为我这样去做,我的工作可就容易多了。"

哈蒙德搜索枯肠想换个新话题:"好吧,就算她没有去过港口镇。这证明了什么呢?什么也不能证明,除了证明她想保护自己的隐私。她不想让别人知道她待在什么地方。"

"或者说跟谁在一起。"

他冷冰冰地瞥了斯蒂菲一眼,接着继续对斯米洛说:"你仍然拿不出任何东西指控她,拿不出任何能证明她进入过佩蒂约翰的套间,或者哪怕走近过那地方的证据。你询问她是否拥有枪支时,她说没有。"

"她当然会这样说,"斯蒂菲争辩道,"再说我们得到了丹尼尔斯的证词。"

哈蒙德继续阐述自己的论点:"根据麦迪逊的尸检报告,从佩蒂约翰身上取出的弹头是0.38英寸口径的手枪用的。那可是普普通通的手枪射出的普普通通的子弹呵。单单这座城市里就有数以百计的0.38英寸口径的手枪。就连你们自己的罪证仓库里都有这么多的手枪,斯米洛。"

"此话怎讲?"斯蒂菲想知道答案。

"就是说,除非我们发现谋杀犯有这件武器,否则查清案子几乎是不可能的事。"斯米洛循着哈蒙德的思路说道。

"至于说到丹尼尔斯,"哈蒙德步步紧逼地说,"弗兰克·珀金斯将会把站在证人席的他问得前言不搭后语。"

"这一点你可能也是对的。"斯米洛说。

"这样一来你还有什么牌可打呢?"哈蒙德问道,"什么牌都没有。"

"我已经让南卡罗来纳州执法处对犯罪现场收集的证据进行化

验了。"

"派人亲手送到哥伦比亚市去的吗?"

"绝对如此。"

南卡罗来纳州执法处设在该州首府。经犯罪现场侦查组所收集、装袋和加贴标签的罪证通常要由一名警官亲手移交南卡罗来纳州执法处,以防证据不符造成麻烦。

"就让我们看看结果会怎么样吧。"斯米洛以镇定自若的口气说,在哈蒙德看来,这种口气只是突出了他身上那种非解开谜团不可的脾气,"我们从套间里并没有找到多少证据,不过我们找到了几根纤维、毛发以及微粒。但愿会有什么——"

"但愿?"哈蒙德讥讽道,"你依靠的就是但愿嘛? 要想抓获杀人犯,你可得棋高一着才行呵,斯米洛。"

"不必替我操心。"他同哈蒙德一样情绪变得越来越急躁,"你管好你的工作,我管好我的工作。"

"我只是不愿意面对大陪审团时,手里除了誓词以外,什么证据也拿不出来。"

"我倒是怀疑你的手能不能拿到誓词。不过,我会想法查明阿丽克丝与佩蒂约翰之间的关系的。"

"要是查不出什么关系,"哈蒙德抬高嗓门说,"你总是有办法编造出来的。"

斯米洛猝然站了起来,椅子在地板上拖得嘎嘎响。哈蒙德在刹那间也站了起来。

斯蒂菲也猛地站起身来:"哥儿们,"她压低嗓门说,"所有人都在看着我们呢。"

哈蒙德这才意识到,他们确实成为酒吧里所有人关注的对象。四周的人都不说话了。"我得走啦。"他把一张五美元钞票扔到餐桌上,付的是他的饮料。"明天见。"

他转过身，穿过人群走向出口处时，才把视线从斯米洛身上移开。他听到斯蒂菲让斯米洛再为她点一份饮料，说她马上就回来。说罢她赶了上来。他不想跟她啰嗦，可是刚走到外面，她一把抓住他的胳膊，拽着他掉过头来。

"需要人陪你吗？"

"不。"他的口气很严厉，超出了他的本意。而后，他用手指梳理了一下头发，深吸了一口气，又缓缓地吐了出来："对不起，斯蒂菲。都怪今天是星期一。我老爸今天上午来过一趟。这案子眼看就要成为一件倒霉的差使啦。斯米洛是个混蛋。"

"你敢肯定就是因为这个你才烦恼的吗？"

他放下手，仔细端详着她，生怕露出什么破绽。不过她的眼神并没有透出疑窦或者指责。她的眼神是清澈的，温柔的，充满诱惑力的。他放松下来："是啊，我敢肯定。"

"我刚才还在想，大概……"她停了下来，微微耸了耸肩，"大概你是希望在了结我们的关系以前，最好我们把事情都讲清楚。"她碰了碰他的衬衫前部。"如果你想发泄一下，我记得有件事过去一直挺奏效的。"

"我也记得。"他对着她笑了笑，期望这样会抚慰她的自尊心。不过他把她的手从衬衫前拿开，在松手之前轻轻握了一下："你最好回里面去吧。斯米洛为你点好了饮料，正在盼着你呢。"

"让他见鬼去吧。"

"这样看来，你大概不会失望的。明天见。"

他转身走开了，而她在后面喊他："哈蒙德？"当他再度面对她时，她问道，"你对她有什么看法？"

"谁，拉德医生吗？"他假装沉思地皱着眉头，"谈吐自如。面对压力时很冷静。可是我跟斯米洛不一样，不打算——"

"我说的是她。你认为她怎么样？"

"有什么好认为的呢？"他俏皮地说，勉强笑了笑，"她让人看上去很不赖，显然是绝顶聪明。"

说罢，他快活地一挥手，转身离去了。

既然他不具备阿丽克丝·拉德那种说谎的本事，他认为实话实说才是安全之策。

17

"城堡"是美国一所享有盛誉的高等学府，距谢迪莱斯酒吧仅有几个街区之遥。除去两者相距不远之外，酒吧与那所军事学院在所有方面都存在着天壤之别。

军事学院的营门戒备森严，营区内保持着原有的风貌。而酒吧却与之不同，它没有引以自豪的宏伟外观。它没有窗户，只是在原先窗户的地方砌上了空心煤渣砖。酒吧入口是一扇金属门，有人故意在上面刻写了淫秽词语。这种情况出现以后，有人草草地刷上一层薄薄的劣质油漆将其覆盖，可惜的是，它与原先的颜色不配，也没能盖住刻痕。结果，加涂油漆的地方反而更加醒目，还不如不去管它。唯一能看出这幢房子是干什么用的，便是门顶上那组拼出酒吧名称的霓虹灯。霓虹灯招牌在嗡嗡声中只是断断续续地闪亮。

尽管它的邻居气势非凡，而且它自身又不乏缺陷，但在这样的环境中，它却依然给人一种完全无拘无束的感觉，因为其周围尽是些贫困不堪、犯罪滋生的街道，街道两旁房屋的窗户上都安装了铁栅栏，谁要是一露富，就会成为袭击的目标。

哈蒙德出于自我保护意识,换下公务西服,代之以蓝色牛仔裤、T恤衫、棒球帽和旅游鞋。这些穿戴都经历过辉煌的日子……辉煌的年代。仅仅换身衣服还是不够的。在城区的这个地段,一个人为了生存还得摆出某种架势。

当他推开那扇外表受损的门,走进酒吧时,没有彬彬有礼地为两个朝外走的家伙让道。相反,他用肩膀从两个人当中挤了过去,动作显得很粗鲁,足以对人做出某种表示,但又希望不至于咄咄逼人到引发冲突的地步,因为冲突一旦发生,他必输无疑。所幸的是,他的粗鲁动作只引来了一阵诅咒他和他母亲的含糊不清的骂骂咧咧声。

进入酒吧之后,他的两眼过了好一阵子才适应了四周的黑暗。人们在这家酒吧里从事不正当的交易。他以前从未光顾过这家酒吧,但马上就明白了这地方能派什么用场。每座城市都有这种场所,查尔斯顿县自不例外。同时,他不无忧虑地意识到,要是在座的哪位客人发现他是县法务官办公室的人,他的性命就难保了。

两眼适应了黑暗并且确定了他的方位以后,他发现了要寻找的目标。她独自一人坐在酒吧的尽头,阴郁地凝视着盛有烈酒和苏打水的高杯酒。哈蒙德假装不理会那些在打量他的警惕而不怀好意的目光,朝着她走了过去。

跟前一次见到她时相比,洛雷塔·布思的头发愈发见白了,看样子有好多天没有用洗发液洗头了。她下了点工夫化妆,但要么是化妆不大得法,要么就是化妆品已经抹上了好几天,她的脸颊落上了睫毛膏,描的眉模糊不清,口红已渗入从嘴角向外发散的细纹中,而嘴唇上倒不见了口红。她的一侧脸颊搽了胭脂而透出玫瑰色,另一侧则是灰黄的,缺乏色泽。那是一张悲哀可怜的面孔。

"嗨,洛雷塔。"

她转过脸，两眼惺忪地盯着他。尽管他头戴棒球帽，她还是一眼就认出了他，而且见到他的喜悦是很实在的。她咧嘴一笑，露出了下排中间牙齿，这些牙齿急需牙科医生的诊治。她那过早松弛的、布满皱纹的眼睑更皱了。

"我的天哪，哈蒙德！"她朝他的身后望去，仿佛期待着随从的出现，"我压根没有想到会在这种下等娱乐场所见到你。你今晚是来访贫问苦吗？"

"我是来看望你的呀。"

"还是老样子。"她哼哼着，毫无幽默感地笑了笑，"我还以为你不会对我说话了。"

"不会的。"

"你可有充分的理由感到恼火。"

"我现在依然如此。"

"你怎么会这样宽宏大量呢？"

"有件急事。"他低头瞥了一眼她那几乎见了底的酒杯，"给你来杯酒好么？"

"知道我什么时候拒绝过吗？"

哈蒙德想坐在隔间里不受旁人打扰，便殷勤地扶着她离开了吧台座位。要是他不扶她一把，她站立起来时，膝盖可能会打弯。留在吧台上的不是她的第一杯酒，甚至也不是第二杯。

她踉跄着走在他身旁时，他承认很有可能会为自己的这种举动感到懊悔。但是，正如他对她所说的那样，这件事很急。

他把她安置在一个隔间里，然后返回吧台，要了两杯黑啤酒——一杯是纯啤酒，一杯加了水和冰块。他在隔间里落座时，把第一杯酒递给了洛雷塔。

"干杯。"她朝他举起了酒杯，然后饮了一大口。她借着酒劲注视着

215

哈蒙德:"你看上去很英俊。"

"谢谢。"

"我是真心话。当然你一直就相貌堂堂,不过眼下你正进入全盛期,骨架越来越丰满了。你们男人不管干什么,总是随着年龄的增长越来越帅,而我们女人却衰老得很快。"

他微笑着,很希望能对她说些恭维的话。她还不满五十岁,但看上去要老得多。

"你长得比你父亲帅气。"她评论道,"我一直认为普雷斯顿·克罗斯是个正直英俊的男子汉。"

"再次表示感谢。"

"你跟他之所以不和,部分原因——"

"我跟他没有什么不和。"

她皱起眉头,打住了他的否认:"你跟他不和的部分原因就在于他忌妒你。"

哈蒙德讪笑起来。

"这话是当真的。"洛雷塔说话时,带着醉鬼和圣人所特有的高人一头的口气,"你的老爸担心你会超过他,取得比他更辉煌的成就,比他更加有权有势。担心你会赢得更多人的尊敬。他无法忍受这一点。"

哈蒙德低头望着杯中的酒,并不想喝下去。几个钟头前他与斯米洛和斯蒂菲一起时喝下的那杯酒使他感到有点恶心。没准是谈话的主题使他感到恶心。不管怎么说,他不想喝这种田纳西州产的威士忌:"我来这里并非要谈论我的父亲,洛雷塔。"

"没错,没错。有件急事。"她又喝了一口,"你是怎么找到我的?"

"我拨的电话号码是你上次留给我的。"

"我女儿现在住在那里。"

"那可是你的公寓呀。"

"不过现在是贝弗在付房租,付了好几个月啦。她对我说,如果我不振作起来,就要把我扫地出门。"她耸了耸肩,"我就上这儿来了。"

他突然意识到为什么她会显得如此蓬头垢面,于是更觉得头晕:"你现在住在什么地方,洛雷塔?"

"不要为我担心,你这个飞黄腾达的家伙。我能照顾好自己的。"

他没有直截了当地问她是不是露宿街头,或者待在无家可归者的收容所,因此给她保留了少许的自尊感:"我与贝弗通话时,她告诉我,这地方成了你经常光顾的一个去处。"

"贝弗是从事特级护理的护士。"她夸口说。

"了不得呀,她干得很出色。"

"不过我不怎么争气。"

这一点是不容争辩的,因此哈蒙德一言未发。由于为她感到难为情和尴尬,他便打量着贴在他们桌子上那个唱片选择器上手写的"已出故障"标记。纸条和透明胶带已随着岁月的流逝而泛黄。自动电唱机无声无息地立在远处的旮旯里,没有亮光,仿佛已经与弥漫在酒吧里的沮丧氛围融为一体。

"我为她感到骄傲。"洛雷塔的话题依然围绕着女儿。

"你理应这样。"

"不过她一看见我,就会受不了。"

"我不相信。"

"不,她恨我,而且我不能说我要责怪她。是我让她感到失望的,哈蒙德。"她的双眼盈满了懊恨和无望的泪水,"是我让所有人都失望了。尤其是让你。"

"我们最终抓住了那个家伙,洛雷塔。那是三个月以后——"

"那是在我把事情搞砸了以后。"

那件事的真相同样也不容争辩。洛雷塔·布思曾经供职于查尔斯顿

217

县警察局,后来因酗酒过度而被解职。她日渐贪杯的根源在于丈夫的暴毙。他的哈雷摩托车猛地撞上桥墩,他当场血淋淋地死于非命。他的死因被判定为意外事故,不过有一回,她在醉酒后与哈蒙德推心置腹交谈时,曾坦诚地表白过自己的忧虑。她丈夫是不是厌倦了跟她一起生活而选择了自杀?这个问题始终缠绕在她的心头。

大致就在这一期间,她对查尔斯顿县警察局越来越不抱什么幻想了。也许这是个人生活的每况愈下导致的。无论是哪个原因,她在执行公务中给自己惹下不少麻烦,最终丢掉了饭碗。

她领取了私人侦探执照,一段时间里工作还挺正常。哈蒙德一向喜欢她;他刚从法学院毕业就加盟了那家著名的律师事务所,是她头一个称呼他"律师"的。这是一桩小事,但他从来没有忘记过她那体贴人的称呼曾经增强过他的自信心。

他调入县法务官办公室以后,还经常聘用她代为调查案件,虽然他们有专职调查人员。即便当她变得不太能信赖时,他出于忠诚感和怜悯心依然聘用她。后来,她把事情搞得一团糟,而且结果是灾难性的。

那起案子中的被告是一个性情暴戾、不可救药的年轻人,他用装卸轮胎的工具险些把他的母亲打死。他对于社会是个危害,并且不把他长期关进监狱,他始终是个危害。

为了证明他有罪,哈蒙德迫切需要被告的远房堂兄弟提供目击证据,可此人不但不愿意提供不利于家族成员的证明,而且还害怕那个被告,担心会遭到他的报复。这个堂兄弟接到传票之后,迅速逃离了城市。据传此人已经逃到孟菲斯,藏匿在别的亲戚家里。由于专职调查人员早已投入了其他案件,哈蒙德便雇用了洛雷塔。他预付了佣金以支付办案费用,然后派她前往孟菲斯去跟踪那个堂兄弟。

不仅他的目击证人不见了踪影,连洛雷塔也音讯全无。

他后来得知,她拿那笔钱用去豪饮了。审理该案的法官毫不同情哈蒙德的困境,拒绝了他提出的推迟案件审理的请求,责令他以手头现有的证据进行公诉,而他手头的证据就是那位惨遭毒打的母亲的证词。由于同样害怕遭到她那性情暴戾的儿子的报复,她在证人席上改变了证词,说她是从后门门廊上摔下来受的伤。

陪审团做出了无罪释放的判决。三个月后,这家伙以同样方式袭击了他的邻居。受害者虽然没有送命,大脑却受到严重伤害而无法恢复。这一回,凶手被证明有罪,并且被判入狱服刑多年。不过那个案子是由斯蒂菲·芒戴尔提起公诉的。

虽然过了这么久,哈蒙德依然没有原谅洛雷塔辜负了他的信任,特别是当时已没有其他人肯雇用她。在他最需要她的时候,她却背弃了他,使他在法庭上俨然变成一个傻瓜。最糟糕的还在于,她的玩忽职守导致了一个人惨遭毒打,因此要终身忍受精神和肉体上的折磨。

洛雷塔·布思头脑清醒时,堪称业内的佼佼者。她具有警犬般敏锐的直觉和刺探情报的非凡才能。她仿佛生来就具有第六感,晓得应当去什么地方询问什么人。她自身的弱点也很明显,这就解除了人们对她的戒心,让人觉得她可以信任。于是他们放松了警觉,跟她交谈时从不讳言。她还非常精明老练,知道什么情报重要,什么情报毫无价值。

尽管她的才华出众,但是当哈蒙德发现她今天晚上一副败落相时,不禁怀疑自己再度起用她是否明智。只有孤注一掷的人才会求助于一个经常醉酒的人,再说她的不可信赖已经得到过证实。

可这时,他想到了阿丽克丝·拉德,意识到自己恰恰已到了孤注一掷的地步。

"我有点儿活给你干,洛雷塔。"

"怎么啦,开愚人节的玩笑?"

"不是。我可能真是个大傻瓜,居然还会把任务交给你。"

她的脸色因情绪激动而变得异样:"你最好现在就离开,哈蒙德。

我会抓住一切机会对我上次的行为做出补救的,可你还想再次信任我,真是在发疯。"

他无奈地笑了一下:"是呵,我以前就被看成是个疯子。"

泪水盈满了她的眼眶。她清了清嗓子,挺起胸来:"你……你有什么想法?"

"你听说过卢特·佩蒂约翰吧。"

她的下巴松弛下来:"你是想让我去侦破这种大案吗?"

"不是直接去侦破。"他不自在地在隔间硬座上挪动了一下身子,"我让你干的并不是正式为地方检察官办公室工作。此事必须严守秘密,只有天知地知,你知我知。明白吗?"

"我是个会捅娄子的人,哈蒙德。我的行动已经证明了这一点。可是我一向喜欢你。我佩服你。你是一个好人,因此我很得意地把你看成是朋友。当人们扭过脸不肯理睬我的时候,你对我却很友善。也许我会让你失望,很可能会的,但是要想让我出卖你对我的信任,他们非得先割下我的舌头不可。"

"我相信这一点。"他仔细端详着她的眼睛,"你现在醉到什么程度?"

"我有一种晕乎乎的感觉,但到明天我也不会忘记你的话。"

"好吧。"他停下来,深深吸了一口气,"我想让你去设法了解一下……我要不要把它写下来?"

"难道你还想噩梦重演吗?"

他思考了片刻:"不。"

"那么就别写下来。如果不是有形的东西,就不会成为证据。"

"证据?哇!洛雷塔。"他边说边抬起了双手,"我想让你干的事情是保密的,只是违背了职业道德,但是它不违法。我只是想为一个嫌疑犯提供一个公平竞争的环境。"

她歪着头，好奇地打量着他："没准我比想象的醉得更凶。你刚才是说……"

"你并没有听错。"

"你想为佩蒂约翰一案中的嫌疑犯提供开脱的机会吗？"

"可以这么说吧。"

"怎么会呢？"

"你还没有醉到非要我对你解释一番不可吧。"

她发出咯咯的笑声。"好吧。"她依然半信半疑地说，"谁是嫌疑犯？"

"阿丽克丝·拉德医生。"

"他住在查尔斯顿？"

"是她而不是他①。"

她接连眨了几下眼，尔后久久地注视着他。"是个女的。"

哈蒙德假装没有注意到她扬起眉毛所表示的明显疑问。"她是查尔斯顿当地的心理学家。你要尽可能查明有关她的所有情况，比如背景、家庭、教育状况等等。所有的一切。不过尤其要调查她与卢特·佩蒂约翰之间可能存在的任何联系。"

"比方说她是不是他的女朋友？"

"是啊，"他咕哝道，"就是这类情况。"

"我得到的印象是，佩蒂约翰一案将由斯蒂菲·芒戴尔提起公诉。"

"你怎么会这么想呢？"

她接着告诉他，就在佩蒂约翰被害的当晚，她曾经看见斯蒂菲和罗里·斯米洛出现在医院急救室里。"我当时去看望贝弗。其实我上医院

---

① Alex 既可用于男性的名字，音译为"亚历克斯"，也可用于女性的名字，音译为"阿丽克丝"。——译注

是向她要钱去的。不管怎么说，斯蒂菲和毫无笑脸的斯米洛像突击队员那样冲了进来。那个小个头医生站起来接待他们。他们从他那里一无所获。让我挺开心的。"她停下来抿着嘴发笑，接着又带着忧郁的表情望着对面的哈蒙德。"你还跟她同居吗？"

他无法掩饰自己的惊讶，但没有去追问她是怎么知道他和斯蒂菲之间的私情的。她掌握这一内情，足以表明她不愧为侦探高手："不。"

她仔细端详了他片刻，似乎要使自己确信他说的是实话。"得了，因为我不喜欢对与你来往的女人说三道四。"

"你不喜欢斯蒂菲？"

"就像我不喜欢毒蛇一样。"

"她不至于那么恶毒吧。"

"是的，她比那还要恶毒。她是一条阴险毒辣的蝰蛇。自从她来到查尔斯顿的第一天起，她的眼睛就盯上了你。不单单是想钻进你的内裤。她还想穿上它取代你呢。"

"如果你是说我们又在竞争同一个职位，我很清楚这一点。"

"可是你想过没有？说不定斯蒂菲是在利用你的那个玩意儿，作为杠杆帮助她荣升法务官呢。"

"你是在暗示，她跟我睡觉只是为了她自己晋升吗？哎呀，多谢你，洛雷塔。你让我的自我得到了极大满足。"

她眼珠一转："我担心你可能没看到这种可能性。男人除了把他们的那个玩意儿看成是令感恩的女人神魂颠倒的魔杖以外，极少会有别的想法。这是那个硬玩意儿为什么他妈的容易被利用的原因。"

哈蒙德心中顿时浮现出阿丽克丝·拉德的模样。要是洛雷塔晓得上周六晚上他多么轻易就上当受骗了，真的会狠狠臭骂他一顿。

她接着说："如果斯蒂菲认为那样做会使她如愿以偿，她连跟罗特韦尔狗睡觉都会愿意。"

"留点儿口德吧。确实,她有野心。可她不得不为每一次成功而奋斗。她有一个飞扬跋扈的父亲,他对任何人的评价都是用睾丸激素表来衡量的。他对斯蒂菲的期望就是下厨房烧饭,打扫卫生和伺候家里的男人,首先是她的兄弟和父亲,然后是她的丈夫。那是一个虔诚的希腊东正教的家庭。但她不仅不虔诚,而且不是一个信徒——现在依然不是。她上大学或者法学院期间,没有得到过家庭的任何援助或鼓励。当她以全班最优异的成绩毕业时,父亲却对她说:'现在你也许可以停止这种愚蠢的行为而结婚嫁人了吧'。"

"求求你,我的心正在流血。"洛雷塔讥讽道。

"听我说,我晓得有时她会让人气得要命。可她身上的优秀品质要胜过不良品质。我可不是小孩子了。我知道斯蒂菲是什么人。"

"是啊,嗯……"她咕哝起来,显得将信将疑,"还有那个斯米洛。"她伸手端起她那杯威士忌,但哈蒙德从桌子对面伸出手,从容不迫地从她手中夺下了酒杯。"我就喝完这一杯还不行吗?"她连哄带骗地说,"这可是在糟蹋上等威士忌。"

"从现在开始,你就得戒酒。一天佣金二百美金,头脑要保持清醒。协议的条款就是这两条。"

"你这可是在讨价还价呀,克罗斯法务官。"

"你的调查费用也将由我支付。完成任务以后,你会拿到一大笔奖金。"

"我指的不是报酬。报酬是很可观,比我应得的还要多。"她用手背揩了揩嘴唇,"我指的是不能喝酒这个条款,它会给我带来妨碍的。"

"这是规矩,洛雷塔。哪怕你只喝下一杯酒,只要被我发现了,这笔交易就告吹。"

"好吧,我明白了。"她急躁地说,"我只得豁出去了,就这么着吧。我需要钱去还清欠贝弗的债。要不然,我会让你把那些'条款'塞进太阳照不见的部位去的。"

他笑了起来，晓得她只是嘴上粗俗而已。她对重新工作感到满心喜悦："你刚才想说斯米洛什么事？"

"那个王八蛋，"她轻蔑地笑着说，"就是因为他我才被解雇的。他交给我的任务是无法完成的。就连迪克·屈莱西①在斯米洛规定的期限内也甭想完成。当我无法交差时，他便指责我酗酒，而不是怪他自己规定的期限是不可能的。

"他去找了警察局长，说是让我从刑侦科受到降级处分还不够。他想叫我滚蛋，就是这话。把我说成是一种耻辱，是我毁坏了整个警察局的名声，是个不利因素。他甚至威胁，假如他们不解雇我，他就撂挑子不干了。发出这种最后通牒以后，你以为当局会选择谁呢？一个有酗酒小毛病的女警官，还是一个办凶案的大侦探？"

毋庸争辩的是，斯米洛指出的一切都是实情，洛雷塔的酗酒毛病远远不止是"小"毛病，而且斯米洛只是迫使他的上司做了他们有必要做，却又犹豫不决的事情，因为他们担心会招惹一场性别歧视的官司或者某种同样棘手的官司。

虽说斯米洛的最后通牒对洛雷塔来说是一场不幸，但它可能避免了一场灾难。她在被解雇前的几个月里，整天处于醉醺醺的状态。她本来就不应该干武装女警察，从事伤害人身案件的调查，因为即使情况再好，这种值巡也是有危险的。

哈蒙德理解她需要泄泄私愤："斯米洛对别人的缺点是不大宽容的。"

"他自己也有一些缺点嘛。"

---

① 指在美国家喻户晓的大侦探，1931年首先在报刊连载的连环画中出现，后来频频出现在电视剧及电影中。——译注

"比如说？"

"他对妹妹的宠爱，还有他对卢特·佩蒂约翰的仇恨。"

他回想起达维前一天晚上对他简略提过的情况，便问道："对那件事你都了解些什么？"

"跟大家了解的差不多，玛格丽特·斯米洛是个病歪歪的人。我想，她是时而狂躁，时而抑郁。斯米洛是个十分关爱妹妹的哥哥。当她迷恋上卢特·佩蒂约翰时，罗里从一开始就不赞成。说不定那是他在忌妒妹妹的生活中出现了新的保护人，或者是当别人都没有看出来的时候，也许他已经识破了佩蒂约翰的真实嘴脸。无论出于什么原因，罗里对那门婚事持的是反对态度。"

"我知道他们争吵得很厉害。"

洛雷塔清了清嗓子："有天晚上，罗里和我去调查一起便利店遭抢的谋财害命案。他收到了传呼，要他立即给妹妹回话。玛格丽特表现得歇斯底里，恳求他马上过去一趟。他显得坐立不安，于是我们把犯案现场交给了增援小组，我开车送他过去。

"哈蒙德，"她不相信地摇着头说，"当我们抵达那里时，她已经把那座房子完全给毁掉了。就是'雨果'飓风也不会造成那么大的破坏。没有一扇窗户玻璃是完好的，没有一个枕头不被撕破，没有一个架子上还放着东西。地板上一片狼藉，让你无法走动。

"很显然，她已发现佩蒂约翰另有新欢。我们到达那里时，玛格丽特待在卫生间里，手里抓着一把折叠式剃刀，直直地搁在手腕部位，威胁着要自杀。斯米洛好说歹说才劝说她扔下了剃刀。他给她的私人医生打了电话，医生十分友善，赶过来为她进行了治疗。后来，斯米洛让我开车把他送到了佩蒂约翰的幽会地点。

"长话短说吧……他闯了进去，逮个正着，发现那个妞儿正坐在卢特的脸上。我还来不及干预，他和佩蒂约翰就打起来了。我不得不出手制止斯米洛，因为不管我说什么，斯米洛都听不进去。我确实相信，如果我不当场把他摔倒的话，那天晚上他就会杀了佩蒂约翰。我从来没有见过一个男人——或者一个女人——有那么愤怒。"

她的两眼眯成了一条缝，她用粗糙肮脏的指甲轻轻敲打着那张难看的有胶木贴面的桌子。"我只要不死就会相信，是因为这件事罗里·斯米洛才对我怀恨在心。他向世人展示出他那副冷酷的人格面貌。他给人的印象是无情的、冷酷的、毫无热情的。可我也亲眼看见过他像其他人一样富有人情味。比其他人更富有人情味。他当时失去了控制。这就是他为什么不能容忍我每天都出现在他的眼前，使他又想起那件事情来。"

哈蒙德没有对这番话的真实性提出质疑。尽管她有许多缺陷，他从来没有听说洛雷塔撒过什么谎，她甚至连添油加醋都不会。"为什么你要告诉我这些事？"

"只是提出一些可能性。"

"可能性？你认为是斯米洛杀了佩蒂约翰？"

"我只是说他有这种可能性。我不懂什么作案时机这一套，可是他肯定有他妈的作案动机。他从来没有就玛格丽特自杀一事原谅过卢特。而这些并不只是一个老酒鬼的臆想。你的朋友斯蒂菲同样想到了这一点。那天晚上在医院里，我无意中听见她提到过这件事。她说斯米洛见到佩蒂约翰死了，会心花怒放的。"

"斯米洛怎么说？"

"他没有承认，但也没有否认。"她抿着嘴笑了笑，"不管怎么说，他的话不太多。现在回想起来，他当时是反守为攻，开始向她发难。"

"向斯蒂菲发难吗？"

"他提出了这种看法，佩蒂约翰的死可能为她在梅森退休之际接替他的职位铺平了道路。"

哈蒙德笑着说："斯米洛那天晚上必定是闲得无聊了。要是卢特在帮人的忙，他们为什么要杀他呢？"

"斯蒂菲就是这么回敬他的，而对话就此被打断了。此外，他当时只是想激怒一下斯蒂菲，因为她认为是达维从这个世界上清除了佩蒂约翰。"

"达维曾是她第一个怀疑对象，不过她现在又瞄上了另一个人。"

"那位拉德医生吗？"

哈蒙德点点头，递给她一个信封，里面放着预付金："如果你酗酒——"

"不会的，我发誓。"

"尽量查明有关阿丽克丝·拉德的情况。我希望你能尽快替我弄到手。"

"这话听起来有些专横吧——"

"我相信是这样。"

洛雷塔没去理睬他，接着说："她已经被拘捕了吗？"

"还没有。"

"可是很显然，你认为斯米洛一伙人大错特错了。"

"我不敢肯定。"他向她总结了当天发生的事件，从丹尼尔斯提供的情况说起，最后提到阿丽克丝矢口否认认识佩蒂约翰，"他们还没有发现任何联系。从检察官的角度来看，他的案子证据不足。"

"从其他角度来看呢？"

"没有什么其他角度。"

"唔。"洛雷塔打量着他，仿佛不相信他的话，不过她不再提这件事了，"算了，如果佩蒂约翰不是那位拉德医生杀的，就让上帝保佑她吧。"

"你不是在说，如果是她干的，就让上帝保佑她吧？"

"不是，我说话是当真的。"

"我不明白。"哈蒙德显得困惑不解。

"要是拉德医生就在犯罪现场,但没有杀他,她就可能是证人。"

"证人?她怎么不愿对我们说呢?"

"如果她害怕,她就不会说。"

"还有什么比指控她谋杀更可怕的吗?"

洛雷塔回答说:"害怕那个谋杀犯。"

18

阿丽克丝一边开车，一边用一只眼瞅着后视镜。她承认自己有点儿偏执，但她认为自己完全有理由这样，毕竟大半天时间里她都在接受有关凶杀案的盘问。况且哈蒙德·克罗斯也在场。他明明知道她在撒谎。

当然，他也一直在撒谎，故意避而不谈。可为什么呢？出于好奇？也许他是想看看她把上周六晚上她的去向的谎言能编造到什么地步。不过，当她讲完希尔顿黑德岛之行的虚构故事时，确实等着他出来戳穿她的谎言。

他没有那样做。这是向她表明，他在维护自己的名誉。他不想让他的同事芒戴尔小姐以及令人惊恐的斯米洛探长知道，就在案发当晚，他跟佩蒂约翰一案中他们掌握的唯一线索在一起睡觉。至少在今天，他所感兴趣的并不是告发她这个嫌疑犯，而是对他们的邂逅讳莫如深。

可这一点是会改变的。她将因此而不堪一击。在她了解哈蒙德打算如何把这出戏演下去之前，她必须尽可能保护自己不受连累。事情也许不至于发展到这一步，但假如是这样,她必须有所准备。

她抵达目的地后,没有去车辆门道找代驾,而是驶入了公共停车场。博比已经踏入了高消费阶层。但她当初认识他的时候,他是廉价住房的常客。眼下他登记住进了闹市区附近一家连锁家庭旅馆。她没有事先打电话通知博比她的到来。出其不意也许会让她在一次肯定不愉快的对峙中占据小小的优势。

她在电梯里闭上眼,活动活动头。她感到精疲力竭。而且担惊受怕得要命。她多么希望能让时钟倒转,多么希望在她摆脱了博比·特林布尔、经历了20年的自由生活以后,能把他重现在她生活中的那一天改写一遍。她多么希望能把那一天及其以后的日子一笔勾销。

可那就意味着要把她与哈蒙德·克罗斯共度良宵的那一夜也一笔勾销。

她的一生没有经历过多少幸福,即使在孩提时代,尤其在孩提时代。圣诞节只是日历上的一天而已。她从没收到过生日蛋糕、复活节果篮,或者万圣节穿的化妆服。一直长到十七八岁时,她才明白普通老百姓,不单单是杂志上和电视里的人物,也可以参加节庆活动。

青年时代的她一直在修补着往昔造成的损伤和重塑新的自我。她很贪婪地汲取着曾经被剥夺的一切。她大学阶段十分勤奋地攻读学业,极少有空闲时间去约会。

直到事业有成之时,她的精力统统倾注到工作之中。通过志愿服务和慈善活动,她结识了一些中意的男人,还与其中几位形成了朋友关系,但是她在这些交往中从没有产生过什么浪漫情感,而这是她的选择。

她对自己的事业成就感到满意,对于帮助有困难的人排忧解难和实现他们自身价值也感到满意。

真正的幸福,就是她与哈蒙德共度良宵时体验过的那种令人眼花缭乱、心花怒放的快乐感，一直跟她无缘。对她来说，那是一种躲躲闪闪的陌生感觉，因此直到现在，她依然没有认识到它的迷人魅力，或者说它的潜在杀伤力。她此刻不禁纳闷：难道幸福的代价总是这样昂贵吗？

电梯门刚打开，她就听见了音乐声，心想那可能是从博比的房间里传出来的。她猜得不错。她走上前去，敲了敲门，稍等了片刻，又敲了一下，这回更加使劲。音乐声戛然而止。

"谁呀？"

"博比，我得见见你。"

几秒钟后，房门打开了。他光着身子，仅用毛巾裹住了下身："如果你想把警察引过来，上帝保佑我吧，我可要——"

"别说傻话。我最不希望发生的事情就是让警察晓得我曾经跟你有过来往。"

他的眼睛扫视着过道。最后他放心了，她的确只身一人，便说："听到你这么说，我可大大松了口气，阿丽克丝。今天有一阵子，我很担心你又一次出卖了我。"

"我——"

他的身后传来一阵动静，引得她将视线越过他的肩膀朝后面望去。先出现了一个姑娘，接着是第二个。他扭过头看了看。当他看见她们时，微笑着把她们拉上前来，一只手搂着一个姑娘的腰部。如果说她们已年满十八，也不会比这更大。一个姑娘穿的是条带式内裤，上半身裸露着。另一个姑娘则裹着床单，阿丽克丝认为那是从床上扯下来的。

"阿丽克丝，这位是——"

"我才不在乎呢。"她打断了他的话，"我要跟你谈一谈。"她不耐烦地逼视着他。

"好吧。"他叹息道，"可你要知道，人们对整天工作没有娱乐是怎么说的。"

他把两个姑娘赶回房间,拍了拍她们的屁股,叫她们给他几分钟时间单独跟阿丽克丝交谈一下。"我们要办正经事。办完事以后,我们就开始真正的纵情欢乐,好不好?现在,往下说吧。"

两位姑娘叫嚷着,警告他不要让她们久等。他跨出了房间,走进过道,随手带上了门。

阿丽克丝说:"你吸毒了对不对?"

"难道我没有这个权利嘛?我今天去见你时,压根儿没想到会在门口看见警察。"

"你在什么地方买的毒品?"

"用不着我去买,我知道怎么挑选朋友。"

"你的牺牲品。"

他咧嘴笑了笑,没有生她的气:"这些姑娘拿到的货很不错,都是上等货。你为什么不品尝一下?"他伸出手,在她紧绷着的肩膀上掐了一把,"你浑身紧张,阿丽克丝。要不要来一点儿提提神?"

她啪的一声把他的手臂推开。

"随你的便。"他和蔼地耸耸肩,"我的钱呢?"

"没有带来。"

他的笑容退去了几分:"你在耍弄我是吧?"

"你也看见了我家门口的那些警察,博比。我怎么可能现在把钱交给你呢?我来这里就是要警告你不要再走近我。我不想见到你。我不希望你驱车驶过我的住宅。我不想知道你的事情。"

"他妈的稍等一下。我们不是都谈好了吗,还记得吧?"他的手不停地在他俩胸前上下摆动,"我们可达成过一笔交易。"

"交易取消了,情况有变化。他们就卢特·佩蒂约翰的案子讯问了我。"

"那可不是我的过错,阿丽克丝。你不能把你的错怪罪在我头上。"

"昨天晚上我告诉过你……"

"我知道你告诉过我什么。那并不意味着我就相信那一套。"

跟他争吵是没有意义的。昨天他就没有相信她,现在也不会相信她。倒不是她在乎他相信些什么。她一心只想摆脱他。

"我会按约定付给你十万美元的。"

"今晚就付。"

她摇了摇头:"过几个星期再付。事情一旦得到澄清,我就付钱。警方正在密切监视我的一举一动,眼下付钱给你是不切实际的。"

他把双手搁在瘦削的臀部,前倾着上半身,脸部紧逼她的脸部:"我警告过你要小心谨慎。难道我没有警告过你吗?"

"是的,你是警告过我。"

"那么他们是怎么查到你的?"

她无意跟一个几乎光着身子的男人站在家庭旅馆的过道上,谈论她接受警方讯问的情况。此外,他其实并不关心警方是如何把她与佩蒂约翰被谋杀联系在一起的。他关心的只有一件事。"你会拿到钱的。"她说。"我觉得我们可以安全接头时,会跟你取得联络的。在此之前,你得离我远远的。要不然你只会搬起石头砸自己的脚。"

很明显,他吸食毒品产生的快感正在消失,因为他的表情不再显得镇定和蔼,而是变得好斗起来:"你千万别以为我这人真的很蠢。难道你真就相信只要你愿意就能甩掉我吗,阿丽克丝?"

他在离她鼻子很近的地方使劲打了个响指:"好好再想一下。我在拿到那份钱以前,会和你形影不离的,那是你欠我的钱。"

"博比,"她心平气和地说,"要是我现在把欠你的钱还给你,我非宰了你不可。"

"你在威胁我吗,阿丽克丝?"他柔声柔调地说,"我想不至于吧。"

说罢，他出其不意地用食指狠狠捅了一下她的胸部，致使她倒退了几步，"你威胁不到我。损失最大的可是你，好好记住。我现在再说最后一遍，把钱交给我。"

"难道你不明白我是无能为力吗？现在办不到。"

"见你的鬼。你的姓名后面挂了那么多字母缩写。你具有解决这个难题所需的全部聪明和才智。"他的眼睛眯成了一条缝，"把那笔钱交给我。只有这样我才会消失。"

她顿时怒从心头起，"姑娘们有没有意识到，当她们明天早上醒过来时，珠宝和金钱都会不翼而飞？"

"她们会得到所需的回报。"他使了个眼色，"而且还挺多。"

阿丽克丝厌恶地转过身，朝电梯口走去："在我通知你以前，离我远远的。"

他在她身后轻柔地喊道："我会形影不离的，阿丽克丝。四处瞧一瞧吧，我就在附近。"

哈蒙德打开床头灯，让条状的柔色墙壁沐浴着温暖的灯光。他四下打量着，不得不佩服卢特·佩蒂约翰眼力不俗——他为广场饭店请了优秀的室内装潢师，在追求舒适方面确实舍得花钱。起码在这套豪华顶层套房中是这样。

室内十分宽敞，设计的宗旨是为用户需要着想。法式大壁橱的门后摆放着一台二十七英寸电视机，比一般饭店或汽车旅馆的标准配置要大，同时还配有一台录像机。壁橱里还有一个 CD 唱机和一组供选择的光盘，上周出版的《电视导报》，以及电视机遥控器。别的什么也没有。

他走进卫生间，那些毛巾看上去在客房服务员摆上装饰性的栏杆之后就没有被人动过。大理石梳妆台上有只银白色小篮子，里面放着几瓶洗发香波和别的梳妆用品，一只小针线包，一块擦皮鞋布，以及一顶浴帽。

他关灯后回到卧室,长毛绒地毯减轻了他的脚步声。除了客厅有小吧台,卧室也有单独小吧台。吧台内的东西早已被犯罪现场调查组作了编目。尽管如此,他还是用手帕包住手打开冰柜。他对照着物品清单迅速查验了一下内存物品,发现什么东西都没少。他关上冰柜门时,压缩机启动了,发出嗡嗡的声响。

这种声音让他感到愉快。尽管套房装修得很奢侈,设施也很舒适,但它眼下却成了犯罪现场。它那怪异的沉寂从四面八方向他袭来。

他离开谢迪莱斯酒吧以后,本打算回家,结束这个可怕的星期一,然而他被吸引到了这里。他无需猜测产生这种冲动的缘由。洛雷塔的最后那番话在他心里牢牢站住了脚,挥之不去。

阿丽克丝·拉德上周六来过这里吗?她是不是目击到什么事情,却不肯说出来,害怕那样做会危及她的生命安全呢?他宁可相信这种可能,也不愿把她看成是谋杀犯,不过哪一种可能都没有乐观的前景。他下意识地来到这里,指望能找到一件先前被忽略的线索,一件将证明阿丽克丝·拉德无罪,但可能牵连别人的证据。他不合理性地感到必须去保护一个女人,一个工于心计、昧着良心的骗子。

上周六,他曾在这间套房里见过卢特,跟他激烈地交锋过,因而回到这里对他来说并不轻松。他当时只走到客厅,其实离门口没有几步。他只是跨进门,说明了他的来意。

卢特坐在沙发上,呷着饮料,一副悠闲自得的模样。他警告哈蒙德,要是他执意组织一个大陪审团来调查他的话,就必须准备好起诉他的亲身父亲。

"当然喽,"卢特笑眯眯地补充说,"有一种办法可以避免所有这一切丑事。如果你同意按我的办法行事,人人都会如愿以偿,高高兴兴地回家去。"

在哈蒙德看来，这个建议等于是让他把灵魂出卖给魔鬼。他拒绝了他的提议。不必说，佩蒂约翰对他的拒绝感到很不高兴。

哈蒙德被这番回忆所困扰，便朝衣橱走过去，这是卧室里他唯一还没有检查过的地方。装镜子的硕大滑拉门后面，是一个空空如也的保险箱和一些没有挂东西的衣架。一件带绒白色毛巾睡衣挂在那里，腰带依然系着的。配套的拖鞋依然封在塑料袋里。看起来什么东西都没被动过。

他把橱门拉上时，看见镜子里有个人影。

"找什么东西吗？"

哈蒙德猛地转身："我没想到房间里还有别人。"

"显然如此。"斯米洛说，"你刚才受惊的样子就像被子弹打中一样。"他回头瞥了一眼客厅地毯上的血迹，又补了一句，"请原谅我措词不当。"

"得了吧，罗里。"哈蒙德说话时不乏挖苦的口吻，借以掩饰他在窥查时被人发觉的恼火，"你这人从来就是直言不讳的。"

"说得也是，我是直言不讳。那么你来这里干什么？"

"关你什么屁事？"哈蒙德回敬了一句，与探长的愤怒口气针锋相对。

"门口贴了张条子，禁止闲人入内。"

"我有权对我要提起公诉的犯罪案件的现场进行侦查。"

"可协议要求你事先需通知我的办公室，然后要有人陪同你。"

"我知道协议。"

"那么？"

"是我的问题，"哈蒙德简短地说道。斯米洛说得有道理，但哈蒙德不愿意丢面子，"时间挺晚了。我看也没有必要把一名警官拖到这里来。我没有碰任何东西。"他挥了挥仍然拿在手中的手帕。"我没有取走任何东西。再说,我还以为你们已经结束了现场侦查。"

"我们是结束了现场侦查。"

"那么你来这里干什么?寻找证据呢?还是藏匿赃物?"他们两个人相互怒目而视。还是斯米洛首先压住了火气,"我来这里是要重新推敲一下尸检报告发现的一些基本情况。"

哈蒙德不由自主地表示出兴趣:"比如说?"

斯米洛转身回到客厅,哈蒙德紧随其后。警探站在地板上的血迹旁:"那些伤口。弹头的弹道是难以测定的,因为它们破坏了那些组织。可是,麦迪逊所做的最佳猜测是,手枪是从头顶上对准他的,距离大概不会超过一二英尺。"

"凶手不可能打不中。"

"他要确保枪枪命中。"

"可当他出现时,并不知道卢特已经中风。"

"不管怎么说,他是来杀他的。"

"近距离。"

"这表明佩蒂约翰认得凶手。"他们对地毯上那块难看的深色血迹凝视了片刻,"有件事一直让我大惑不解。"哈蒙德过了一会儿说,"我刚刚才琢磨出那是怎么回事。就是枪声。你怎么能用 0.38 英寸口径的手枪对人开枪而又不让别人听见呢?"

"当时留在客房里的客人很少。饭店的夜床服务按计划要在六点钟以后才开始。客房服务员还没有到走廊上来。枪手可能会使用消音器,甚至是粗制滥造的消音器。不过,麦迪逊并没有在这附近或者在伤口里发现任何碎片以证明这一点。我推测,佩蒂约翰大肆吹嘘的几乎隔音的客房并不是冒牌货,不像他最先进的录像保安系统。"

"我刚才又想到一点。"斯米洛望着对面的他,示意他继续说下去,"无论是谁对他开的枪,此人不仅熟悉卢特,而且对他开办的饭店了如指掌。这个凶手好像对佩蒂约翰所做的任何事情都颇有研究。仿佛对他着了迷似的。"他探测着斯米洛那冷漠的眼睛,"你明白我要说明什么吗?"

斯米洛瞪着他足有十秒钟,不过,他拒不接受哈蒙德的诱导,而是冲着套房的门点了下头:"你先走,法务官。"

星期二

19

卢特·佩蒂约翰曾立下遗嘱，要求死后将遗体火化。约翰·麦迪逊法医星期一下午刚一完成验尸，尸体就运往殡仪馆。遗孀早已做了安排，办妥了必要的文件。她拒绝在遗体移交火葬场之前去瞻仰一下遗容。

追悼仪式安排在星期二上午举行。有人认为这样操办后事显得过急，不太得体，尤其是考虑到佩蒂约翰去世时的具体情况。然而，鉴于遗孀一向行为乖张，没有人对她这种蔑视葬礼传统的做法感到意外。

那天早晨天气炎热，雾蒙蒙的。十点钟时分，圣菲利普斯圣公会教堂里挤满了人。来宾中既有大名鼎鼎的人物，其中包括南卡罗来纳州德高望重的美国参议员和居住在博福特的一位电影明星，也有臭名昭著的人物，还有的人是专程前来看看这些人的。

有些人根本不认识佩蒂约翰，但认为自己地位显要，理应参加一位要人的葬礼。几乎一致的是，参加葬礼的大多数人士在死者生前都曾诋毁过他。尽管如此，他们鱼贯步入教堂，摇着头，对他的悲惨早逝表示悼念。祭

"多深的交情?"

"怎么啦?"

"他似乎不愿把她看成疑犯。"

他们接着看到普雷斯顿·克罗斯夫妇拥抱达维时的情形。斯蒂菲只是在一次高尔夫球赛上与这对夫妇有过一面之交。哈蒙德把她作为同事而不是作为女友向他父母做了介绍。她很钦佩普雷斯顿,在他的身上看到了令人敬畏的坚强个性。哈蒙德的母亲阿米莉亚·克罗斯与丈夫截然不同。她是个身材矮小、性情温和的南方妇人,大概一生中从未自主表达过什么意见。不过,她大概一生中也从未自主形成过什么意见。

"瞧见了吧?"斯米洛说,"既然达维在这里举目无亲,克罗斯一家便代替了她的亲人。"

"我猜也是。"

由于来人众多,他们花了几分钟才走出了人群:"你和达维有什么过节吗?"斯米洛一边朝车子走去,一边问道,"既然她已不在你的疑犯名单上,不妨说出来听听。"

"谁说的呀?"斯蒂菲打开乘客座位一侧的车门,钻了进去。

斯米洛在驾驶盘后面坐定:"我想阿丽克丝·拉德才是你的首选疑犯。"

"是的。可我也没有把这位快活的寡妇排除在外。我们开开空调好不好?"她用手扇着脸问道,"你有没有拿她女管家的谎言与达维当面对质?"

"我的手下对质过了。看样子他们把莎拉·伯奇那天去过超市给忘了个一干二净。"

斯蒂菲带着过分的诚意说:"哦,我相信真是这么回事。"

他们开车驶过几个街区后,斯米洛冷不防轻轻地对她说:"我们发现了一根人的毛发。"

"在豪华套间里吗?"

"在佩蒂约翰的上衣袖口处。"他瞧了她一眼,实际上是在取笑她的表情,"别太激动嘛。有可能是他从家具上带下来的。有可能毛发属于先前住过这个套间的任何一位客人,或者属于任何一个客房服务员。属于随便哪个人都有可能。"

"如果它与阿丽克丝·拉德的毛发相符——"

"我就知道你又在怀疑她。"

"如果与她的毛发相符——"

"我们还不清楚是否会相符。"

"我们知道她撒过谎!"斯蒂菲叫了起来。

"可能会有几十条理由说明毛发的来历。"

"你怎么现在跟哈蒙德一个腔调。"

"别提那个业余侦探。"

斯蒂菲听他叙述了昨晚发现哈蒙德去豪华套间的经过:"他去那里干什么?"

"到处看看呗。"

"看什么呢?"

"我猜什么都看了看。他诡诈地想影射我遗漏了什么环节。"

"你到那里去干什么?"

他略为窘迫地说:"也许我是遗漏了什么环节。"

"都是睾丸素在作怪!"她嘲笑着说,"它对在别的方面充满理智的智人是多么起作用。"她用手指敲了一下补了一句:"比方说,就看一看它是如何影响了你对阿丽克丝·拉德的判断吧。"

"这话是什么意思?"

"假如说阿丽克丝·拉德不是拥有一长串头衔的著名医生,假如说她没有受过高等教育,长相不漂亮,没有口才,情绪不镇定,反过来说吧,假如她是个放荡不羁的女孩子,逆梳着乱蓬蓬的头发,奶头上刺有花纹,你们两人会这样不情愿对她施加压力吗?"

"对这个问题我无可奉告。"

"那么你为什么要低调处理?"

"因为我不能就凭她谎称去过希尔顿黑德岛拘捕她吧。我必须有更多的证据,斯蒂菲,你又不是不明白。尤其是我必须确定她走进过那个套间。我需要的可是铁证呀。"

"比如说武器。"

"这就对了。"

她继续研究着他的侧影,脸上慢慢地绽出一丝笑容,"快说呀,斯米洛,有什么情况吗?你的嘴巴里眼看要长出黄色羽毛了。"

"等大家都了解最新进展时,你也不会例外。"

"那是什么时间?"

"今天下午,我已经通知拉德医生前来接受进一步讯问,她不顾律师的劝告已经同意了。"

"她意识不到她正在步入一个精心设下的圈套。"斯蒂菲再次感到心情舒畅,笑着说:"你突然这么一说,我可就迫不及待要看看她的脸色如何了。"

她满脸惊异的神情,就跟哈蒙德一样。

事情发生得真是疯狂。

哈蒙德、斯蒂菲、斯米洛和弗兰克·帕金斯都聚集在斯米洛的办公室外面,等待阿丽克丝的到来。斯蒂菲抱怨说有一份案卷丢在了接待处的台面上。哈蒙德预感大事不好,于是赶快主动表示要下楼去替她取。

他离开二楼的刑侦科,朝电梯口走去。电梯门徐徐打开。阿丽克丝是里面唯一的乘客,显然正要去斯米洛的办公室。他们站在那里,面面相觑了一两秒钟，而后哈蒙德跨进电梯，揿了下行键。

门关上了，他们俩被封闭在狭小的空间里。他可以闻到她身上的香味。他很快把一切尽收眼底——头发、脸部、形体。她那蓬乱的发型、淡淡的化妆、小巧玲珑的身材，那套量体定做的职业女装为她增添了女人味。短上衣是无袖的。她的皮肤显得柔滑光洁。那天，她的皮肤就是柔滑光洁的。她的胳膊、胸部、膝盖后的部位，浑身上下都是柔滑光洁的。

她的眼睛像他的一样忙个不停，看着他脸上的每一部位，完全如同他在加油站亲吻她之前那几秒钟一样。那是她性感的一部分，那种恨不得要把注视到的一切统统吞噬下去的神情。她带着炽热的目光望着他，使他感觉他的脸蛋成了世界上最迷人的。

他开口说道："上周六晚上——"

"请你不要问我——"

"为什么不如实说出你的去向？"

"你愿意我告诉他们真相吗？"

"什么是真相？那个人是不是看见你站在卢特·佩蒂约翰住的套房外面？"

"我无法跟你谈论这个。"

"让你的无法谈论见鬼去吧！"

电梯门在一楼打开了。没有人等着上电梯。哈蒙德迈了出去，但用手按住了用于缓冲的橡皮按钮，不让电梯门在他后面关上："警官，芒戴尔小姐有没有把一份案卷丢在这里？"

"案卷？我什么也没看见呀，克罗斯先生。"他回答说，"如果我看见了，会把它送上楼的。"

"谢谢你。"

他跨回电梯里，按了上行键。电梯门关上了。

"让你的无法谈论见鬼去吧!"他严厉地低声重复了一遍。

"我们只有宝贵的几秒钟时间。你要说的就是这个吗?"

"不。见鬼,不。"他凑前一步,轻轻地吼道,"我要的是你整个的人。"

她抬起手,按到喉咙底下,"我快喘不上气了。"

"你第二次来高潮时就是说的这个。要么是第三次来高潮?"

"别提了,请你不要说了。"

"这句话你当时可没有说过。整个晚上你都没有说过。为什么你要偷偷溜走,把我一人甩下呢?"

"正是为了相同的原因我才不得不扯谎,不说跟你在一起。"

"因为佩蒂约翰吗?我清楚他不是你杀的。作案时间对不上。但在某些方面你是该受到惩罚的。"

"那天早上离开你是迫不得已的。我们现在私下谈话可千万不能被人发觉。"

"如果你不是以某种方式卷入了此案,"说着,他又迈进了一步,"为什么你需要以跟我一夜风流来确立不在犯罪现场的证据呢?"

她的眼里燃烧着怒火,嘴唇分开了,仿佛要反驳。电梯停了下来。门开了。斯蒂菲·芒戴尔等在门口。

"哟。"看见他俩在一起,她禁不住轻轻惊叫了一声。她的目光扫视着阿丽克丝,然后又扫视着哈蒙德,"噢,我正要下来找你。案卷已经找到了。"说罢,她心不在焉地抬起手,让他看了看她错误地让他去取的那份案卷,"对不起。"

"没关系。"

"打搅了。"阿丽克丝跨到他俩中间,想走出电梯。

"帕金斯先生已经到了,拉德医生。"她往外走时,斯蒂菲告诉她。

她端庄地说了声谢谢,以表示知道此事,随后沿着走廊朝有人看守

247

的双开门走去。

"你们俩在什么地方勾搭上的?"

斯蒂菲的问题令他感到厌恶,但他竭力不表露出来。"她刚才在楼下等电梯。"他回答说。

"噢。得了吧,我想现在大家都已到齐,我们可以开始了。"

"再耽搁他们几分钟吧。我得上一趟洗手间。"

哈蒙德走进洗手间,发现里面空无一人,感觉挺高兴。他走到洗手池边,弯下腰,将冷水泼到脸上,又用手撑在凉凉的瓷台上,头垂到肩膀下,听任脸上的水珠滴入洗手池。他深深吸了几口气,吐气时嘴里一个劲在低声咒骂。

他要求拖延几分钟时间。可是要想恢复镇定,这点时间是不够的。说实在的,他可能根本摆脱不了紧紧压在心头、让他呼吸急迫的内疚感。

他该如何是好?上周这个时候,他与这个女人还素不相识。而如今,阿丽克丝就像大漩涡的中心,眼看着就要把他吞噬,将他淹没。

他看不到有什么出路。他不只犯下了一次渎职罪,他已是罪上加罪,且不能自拔。要是他头一次看见她的素描像时,就把情况全部讲清楚,也许还能挽回自己的名誉。

"斯米洛,斯蒂菲,你们是不会相信的!上周六晚上我跟这个女人睡过觉。你们现在是不是要告诉我,她在勾引我上床以前杀害了卢特·佩蒂约翰?"

假如他一开始就承认应该受到谴责,也许就能化险为夷。话说回来,当他领着她去别墅时,并不知道她后来会卷入犯罪案件。在一场精心策划的诱奸阴谋中,他变成了无辜的受害者。

也许他会因草率地跟一个素昧平生的女人上床而被人取笑。也许他会因行为失检而受到指摘。父亲会责怪他实在太愚蠢。他不是一直在教导他千万别跟不相识的女人发生性关系吗?他不是警告过他,一个男人要是落在阴险毒辣的女人手里会蒙受多少不幸吗?

这件事对他本人,对他的家庭,对法务官办公室,都是很难堪的。他将成为人们闲言碎语时的热门话题,成为许多下流笑话的笑柄。而这种困境他是无法挺过去的。

不过,这个问题尚无定论。他并没有暴露她的身份。当她瞎编了一通子虚乌有的希尔顿黑德岛之行时,他没有当场揭穿她。他站在那里,在职责和欲望之间左右为难,最后还是欲望占了上风。他是在蓄意隐瞒真情,而这个情况对于侦破凶案可能会成为关键性的因素,正如他对门罗·梅森避而不提他周六下午曾见过佩蒂约翰一样。依据任何一本检察官规则手册,他近日的行为都是不可饶恕的。

更糟糕的是,即使有机会重新审视当初的决定,他担心仍然会做出同样错误的决定。

斯米洛彬彬有礼地为阿丽克丝拖出一把椅子,但她对这种方式心存戒心。他还问她是不是感觉舒服,要不要来点什么饮料。

"斯米洛先生,请你不要把这事看成是社交拜访。我来这里的唯一原因是你要求我来,而我觉得答应你的要求是我作为公民应尽的责任。"

"值得钦佩。"

弗兰克·帕金斯说:"让我们免去这套轻松的打趣,开始着手正事,好不好?"

"好的。"斯米洛回到了前一天靠着写字台一角的位置,有意保持着一种明显优势,因为阿丽克丝被迫要抬起头望着他。

当房门在她身后打开时,她知道那是哈蒙德进来了。他的活力以特有的方式搅动着室内的空气。刚才她再次与他单独相处,眼下还没有完全缓过劲来。电梯里的相遇是短暂的,影响却是深远的。

她的反应是身体上的，而且很明显。她走到弗兰克·帕金斯跟前时，他就提到她的脸颊绯红，还问她是否身体感觉良好。她说脸红是因为外面天气炎热的缘故。不过，她的脸红并非天气热造成，正如她的性欲发生区产生颤动并非天气炎热造成一样。

这种性欲上和情绪上的骚动与负疚感交织在一起，因为她不公正地使哈蒙德处于进退两难的境地，深感内疚。是她故意连累了他。

那是在最初，她凭着良心发誓。仅仅是在最初。后来他们就为生理反应所左右了。

他走进了房间，她能感受到那种牵制力。

她克制住想转过身看他一眼的冲动，唯恐斯蒂菲·芒戴尔可能会觉察出其中有什么名堂。看见他们同在电梯里的时候，女检察官表现出极大的好奇心。阿丽克丝跨出电梯时，竭力表现得很镇定，可是当她顺着走廊走去时，感觉到斯蒂菲那专注的目光就像在她肩胛骨之间放上烙铁一样火辣辣的。要说谁能觉察出她和哈蒙德因一时疏忽而流露出什么迹象的话，此人就是斯蒂菲·芒戴尔。不仅仅是因为她的目光像刀片一样犀利，还因为女人要比男人更容易调到浪漫情感的频率。

当斯米洛按下磁带录音机，报出日期、时间、在场人员姓名时，阿丽克丝才重新集中了注意力。随后，他递给她一份压过膜的剪报。"我希望你读一下，拉德医生。"

她好奇地扫了一眼简短的标题。她不必再读下去就已意识到她已铸成大错，为此她要付出惨痛的代价。

"为什么你不大声朗读呀？"斯米洛建议说，"我想让帕金斯先生也听一听。"

她明白探长是存心要让她出丑，于是保持着平稳的声调，不动声色地朗读了那篇报道希尔顿黑德岛被关闭以及撤离人员的文章，可她以前告诉过他们，恰恰就在这段时间她正在游览当地的旅游景点。她读完报道后,出现了持久而凝重的沉默。

最后,帕金斯声音很低地要求看一下剪报。她把剪报递了过去,眼睛却一直注视着斯米洛,面对他那发难的目光她毫不示弱。

"怎么样?"

"什么怎么样,探长?"

"你对我们撒了谎吧,拉德医生?"

"你用不着回答。"弗兰克·帕金斯告诉她。

"上周六傍晚以及晚上你都在什么地方?"

"不要回答,阿丽克丝。"律师再次吩咐她。

"可是我想回答,弗兰克。"

"我强烈要求你什么也别说。"

"我的回答不会有什么坏处。"她不听劝告地说,"我原打算是去希尔顿黑德,但在最后一刻改变了主意。"

"为什么?"

"一时高兴呗。我去了在博福特郊外举办的一次游艺会。"

"游艺会?"

"就是一次游艺活动,是轻而易举可以调查清楚的,斯米洛先生。我相信登载过宣传广告。那可是一次盛大活动。离开查尔斯顿以后我就去了那里。"

"有人可以作证吗?"

"我不能肯定。游艺会上有好几百人,不大可能会有人记住我。"

"有点像希尔顿黑德的那种冰淇淋勺子一样没人会记住吧。"

斯米洛似乎并不欣赏斯蒂菲·芒戴尔的插话,其反感程度不亚于阿丽克丝。两人都愤愤地瞪了她一眼,而后斯米洛说:"如果你看过游艺会的广告,就有可能瞎编出这一套,对不对?"

"我想是有可能,但我并没有瞎编。"

"既然我们已经识破过你的一个谎言,我们凭什么还要相信你呢?"

"我去过什么地方其实并没有多大差别。我告诉过你们,我连卢特·佩蒂约翰是谁都不知道。我对他被谋杀肯定是一无所知。"

"她甚至连他如何被害都不清楚。"弗兰克·帕金斯插话说。

"是啊,我们都记得你的当事人听说佩蒂约翰被枪击时的震惊反应。"

斯米洛那充满嘲讽的目光让阿丽克丝脸上直发烫,但她方寸不乱:"我离开查尔斯顿时,一心想的就是去希尔顿黑德岛。途经游艺会时,我才心血来潮,决定在那里停留。"

"如果你是那么清白,为什么还要说谎?"

首先是为了自我保护。其次是为了保护哈蒙德·克罗斯。

如果他们想知道真相,这就是真相。跟她相比,哈蒙德·克罗斯受到更多的法律义务约束,必须实话实说。他却一直在保持沉默。昨晚与博比见面以后,她就感到忐忑不安,躺在床上老是睡不着,反复思考她面临的困境。

经过痛苦的斟酌,她终于得出结论:如果她能与博比保持一定的距离,就不会有大的麻烦。要想在她和佩蒂约翰之间找出什么联系是不可能的。只要哈蒙德相信她是清白的,她周六晚上的去向就是他们俩之间的秘密,因为他会认为那事与案情不相干。

但是,如果他确信她有罪,他作为检察官就有义务……

她不让自己这样去想。眼下,她要继续同斯米洛合作,但愿合作到他放弃对她卷入此案的追查、改变调查方向时为止。

"我说谎是愚蠢的行为,斯米洛先生。"她说,"我想,我当时以为,说成是希尔顿黑德岛之行要比说成是中途在县城游艺会停留更能让你们信服。"

"你为什么觉得有必要让我们信服呢?"

弗兰克·帕金斯抬起手,可阿丽克丝说道:"那是因为我不习惯于被警方讯问。我感到紧张。"

"原谅我,拉德医生。"斯米洛带着挖苦的口吻说,"在我曾经审问过的所有人中间,你是最不感到紧张的人。我们对此都有过评论。芒戴尔小姐,克罗斯先生和我都一致认为,作为谋杀案的疑犯来说,你表现得非常冷静。"

她不知道他这么说是在攻击她,还是在恭维她,于是没有回答。但得知他们曾经一起议论过她,她很不自在。哈蒙德对她的"评论"是什么?她很想知道。她肯定为他提供了不少议论的素材吧?

"你是个伪君子,你知道吧。"

"请原谅。"她假装受到冒犯,两手抓住他的头发,想把他的头拎起来。他硬是不屈从。

"你给人的感觉是一个不易动情、泰然自若的女人。我把你从陆战队员手里救出来时就是这样想的,你是个酷小妞。"

她笑了起来:"在伪君子和酷小妞之间,我不知道哪个更令人讨厌?"

"不过上了床,"他继续说道,讲话的语气和意图并没有受到影响,"你的参与是激情奔放的。"

"很难……"

"肯定的。"他哼哼着说,"但可以等待。"

"很难保持平静,特别是当……"

"当什么时候?"

"当……"她的平静顿时土崩瓦解了。

"你是只身一人去游艺会的吗?"

"什么？"在可怕的刹那间，她生怕自己发出了大声喘息，反映出她的极度兴奋。更可怕的是，她无意间回过头望了一眼哈蒙德。他的眼睛是火热的，仿佛他一直在跟随她的思路。他太阳穴上的一道血管在膨胀，在跳动。

她赶紧扭过头，重新看着斯米洛。他又问了一遍："你是只身一人去游艺会的吗？"

"是的，只身一人。没错。"

"整个晚上都是一个人吗？"

她迎视着罗里·斯米洛毫不留情的目光，明白说谎是很困难的。"是的。"

"你没有在那里跟朋友会合吗？你没有碰上什么人吗？"

"我已经说过了，斯米洛先生，我是只身一人。"

他停顿了一两秒钟："你什么时间离去的？一个人。"

"在旅游景点开始关闭时。我记不清准确的时间。"

"你从那里又去了什么地方？"

弗兰克·帕金斯说："不着边际。整个讯问都是不着边际，有失水准。你的提问毫无根据，因此阿丽克丝去过什么地方，是不是一个人去的，都无关紧要。她不必说明周六晚上去过哪里，就如同你不必说明一样，因为你依然无法确定她走进过佩蒂约翰的套间。她告诉过你们，她根本不认识他。

"像她这样一位在社会上享有无可挑剔的声誉和高尚地位的人居然会受到讯问，真是骇人听闻。有个来自梅肯县的家伙声称见过她，可此人当时正在闹肚子。你真的把他看成是可靠的证人吗，斯米洛？如果是这样，你可就贬低了你本人在刑侦方面恪守的准绳。无论如何，你已经给我的当事人造成了极大不便。"律师示意阿丽克丝站起来。

"不愧是一篇娓娓动听的讲话，弗兰克，可是我们还没有说完。我手下的调查人员已经查明，拉德医生在凶器一事上也撒了谎。"

弗兰克·帕金斯感到一头恼火，但出于谨慎又退缩了回去："最好要事实确凿。"

"当然是的。"斯米洛转过脸，面对着她，"拉德医生，昨天你告诉过我们，你不拥有枪支。"

"是的。"

他从案卷里抽出了一份表格，阿丽克丝一眼就认了出来。她粗略地看了看，又递给弗兰克过目："我是买过一支手枪用于防身。你们从日期可以看出，那是好几年前的事。我不再持有它了。"

"手枪后来怎么样啦？"

"阿丽克丝？"弗兰克·帕金斯前倾着身子，目光里充满着疑问。

"不要紧的。"她让他放心，"除了上过几堂基础课，我从来没有开过枪。枪是放在枪套里的，一直搁在我车子的驾驶座底下，平时很少想到过它。当我把车子折价处理，换了一款新车时，把手枪的事都给忘光了。

"直到换了新款车几周之后，我才想起来那支左轮手枪还放在驾驶座下面。我打了电话给经销商，向经理解释了事由。他答应帮着四处打听打听，可没有人声称知道这件事。我想是清洗车子的人，甚至可能是后来的买主发现了手枪，以为'谁发现就归谁'，因此从来没有归还我。"

"就是那支手枪射出的子弹杀害了卢特·佩蒂约翰。"

"一支0.38英寸口径的手枪。没错。不太可能成为收藏品的，斯米洛先生。"

他冷漠地一笑，而她已经把这种笑容跟他联系在一起。"就算是这样吧。"他擦了擦脑门，好像在犯愁，"不妨这么说吧，我们掌握了你拥有过手枪的证据，知道了你讲述的、未经证实的枪支丢失的经过。有人看见你在佩蒂约翰先生死去的前后曾经去过现场。我们戳穿了你捏造的有关那天晚上去向的谎言。你没有提供不在犯罪现场的证据。"他抬高了肩膀,"从我的角度考虑一下吧。把所有这些间接证据都凑在一起。"

"说明什么呢?"

"说明你就是凶手。"

阿丽克丝张开嘴急欲反驳,却失望地发现无言以对。弗兰克·帕金斯替她说了话:"你准备指控她吗,斯米洛?"

他低头久久地瞪着她:"暂时还不准备。"

"那么我们就告辞了。"这一回,律师容不得她半点抗辩。并不是阿丽克丝想抗辩。她受到了惊吓,但竭力不让它流露出来。

她日常工作的一个重要部分就是解读病人的表情,破译他们的身体语言,以便测定他们的内心想法,而他们心里想的与口头说的常常是有出入的。他们的站姿、坐姿以及行动,往往与其嘴上说的相互矛盾。还有,当他们说话时,措辞的方式和语调的抑扬变化有时传递的信息要比他们说的话还要丰富。

此刻,她把这套专业技能运用到斯米洛身上。他的面部可能像大理石雕像那样不动声色。他连点点头之类以示礼仪的行为都没有,两眼直勾勾地瞅着她的眼睛,指控她犯有谋杀罪。只有对自己的工作抱有绝对信心的人才能如此意志坚定,无动于衷。

而另一方面,斯蒂菲·芒戴尔显得随时都会欢呼雀跃,抚掌相庆。依据以往解读病人的经验,阿丽克丝可以确切地说,警方已经认为局面肯定对他们有利。

不过对她来说,他们的反应没有哈蒙德的反应重要。她怀着期待而恐惧的心情,转身朝门口走去,顺便看了他一眼。

他一只肩膀靠在墙上,脚踝交叉着,双臂叠放在上腹前。他的两道眉毛中较为平直的一道耷拉了下来,几乎是一副愁眉不展的样子。在非专业人士的眼里，他也许显得怡然自得，甚至漫不经心。

阿丽克丝一眼就可以看出，他表面努力的情感正在躁动，险些就要冒出头来。他并不像他一心想表现的那样轻松。他的眼睛半张半闭，下颌紧收着，这些都会泄漏天机。他那叠放的双臂和交叉的脚踝并不构成懒散无事的姿态。

说实在的，这些对于他保持镇定是必不可少的。

20

他堪称导演梦寐以求的扮演"蠢货"的人物。首先是因为他名叫哈维·努克尔①的缘故。努克尔这个姓无疑会公开招惹他人的嘲弄。根据这个姓他当年的同学以及后来的同事给他取过五花八门的诨名,什么"蠢货""抽耳光""没头脑",而且都很损人。

除去名字滑稽可笑之外,哈维·努克尔看上去也活脱脱是个蠢货角色。他身上的一切都符合角色定型。他戴着厚镜片眼镜,肤色苍白,瘦骨嶙峋,还总是拖着鼻涕。他每天都要打上蝶形领结。当查尔斯顿天气转冷时,他穿的是花呢上装,里面套的是多色菱形花纹的 V 形领羊毛衫。夏季来临时,他又换上短袖衬衣和泡泡纱套装。

他身上唯一可取之处就是他的电脑天赋,而不乏讽刺的是,这也同样具有角色定型。拿他开涮最多的是县政府那帮人,而恰恰是那帮人在电脑发生故障时,完全听凭他的摆布。他们有句老话:"打电话给努克尔呀,叫

---

① Knuckle(努克尔)在英语中可以表示"蹄子",尤指肉用猪的蹄子。——译注

他过来。"

周二晚上,他走进谢迪莱斯酒吧,一边甩掉雨伞上的水,一边满脸疑虑地斜视着酒吧内部因吸烟形成的烟雾。

洛雷塔·布思一直在等他,看见他到来时,不免产生了一阵同情。哈维是个不讨喜的小笨蛋,与酒吧里的氛围格格不入。看到她朝他走了过来,哈维才勉强感到轻松。

"我还以为把地址记错了。这地方真可怕,就连酒吧名称听起来都像是墓地。"

"谢谢你的到来,哈维。见到你真高兴。"趁他还来不及开溜——而看样子他似乎有这种打算,洛雷塔已经一把拽住他,把他拖进了一个隔间,"欢迎你光临我的办公室。"

他依然神色不安,把湿淋淋的雨伞架在桌子底下,又把眼镜往又细又长的鼻子上推了推。他的两眼现在适应了室内的昏暗,渐渐能看清其他顾客的面貌,因此他感到不寒而栗:"你一个人来这里不害怕?这儿的顾客看上去都是社会渣滓。"

"哈维,我就是顾客。"

他感觉不好意思,结结巴巴地道了个歉。

洛雷塔笑着说:"我不会生你的气。别紧张。你需要喝上一杯。"她对酒吧侍者招了招手。

哈维纤细的双手叠放在桌上:"你真客气,谢谢。少来一点,我不能久留,我对吸二手烟过敏。"

她为他点了一杯威士忌酸味鸡尾酒,自己要的是苏打水。她看出了他的惊奇表情,便说:"我戒酒了。"

"此话当真?我听说你……我听说的情况可不是这样。"

"我最近才戒。"

"是嘛,对你有好处。"

"没有那么多好处,哈维。突然滴酒不沾是很难受的。我讨厌这样。"

她的坦诚让他忍俊不禁:"你一向是个正派人,洛雷塔,一直都没有改变。我见不到你的时候挺惦记你的。你还惦记警察局吗?"

"有时吧。不是局里的人,而是局里的工作。我惦记那里的工作。"

"你还在干私人侦探吗?"

"是啊,我是个自由职业者。"她犹豫了一下,"我打电话叫你来见我,就是为了这个原因。"

他抱怨着说:"我知道。我对自己说,'哈维,你接受这次邀请会后悔的。'"

"可你的好奇心占了上风,是吧?"她打着趣说,"此外,还想起了我的机智灵敏。"

"洛雷塔,请不要叫我帮忙吧。"

"哈维,请你不要成为该死的伪君子。"

他的官职是县政府雇员,不过他使用电脑的便利使他能悄悄地接触县一级乃至州一级的档案。他手头掌握的信息着实丰富,以致频频有人前来找他,愿意不惜重金了解同事的薪水或类似信息。哈维绝不参与任何不道德或违法的勾当。对于任何用花言巧语前来求他帮忙的人,他会一口回绝,令对方十分恼火。

洛雷塔的直言不讳让他感到吃惊,原因就在这里。他的眼睛在厚厚的镜片后面快速眨巴着。

"你可不是让大家都相信的那种规规矩矩的孩子。"

"你的提醒使我想起了那次小小的不明智举动,真是十足的小人。"

"我只知道这一次不明智举动。"她出于直觉说道,"我至今认为,恕我直言吧,是你揭发了那个在圣诞节晚会上与你发生冲突的人。得啦,哈维,坦白交待了吧。是不是你出于报复把他的所有电脑程序都破坏了?"

他噘起了嘴唇。

"用不着担心。"她咯咯地笑着,"我不是责怪你没有坦白,你的秘密在我这里是不会被泄露的。事实上,我倒是喜欢暴露出弱点的你。我是同情人性弱点的。"她对着他摇了摇手指,"你是一个喜欢从偶尔违规中寻找刺激的人,这样你就能达到情欲高潮。"

"这种说法实在恶心!再说,它也不符合事实。"尽管他公开声称滴酒不沾,杯中的酒却被他一口喝完了。她又要了一杯,他也没有反对。

当年还是女警官的时候,她有一天晚上在加班研究县局的案卷,发觉努克尔出现在他上司的办公室里,从电脑屏幕上翻阅着他的私人财务档案,还喝着他私藏的白兰地。

这个小矮子曾发誓再也不为别人做这种事,因此被当场抓获时,羞愧得无地自容。洛雷塔强忍着笑,向他保证说她绝对无意泄露他的秘密,并祝愿他在寻宝中交上好运。

下一回她去找他帮忙时,哈维毫不犹豫就应允了。打那天晚上起,每当她需要什么情报,都会去找哈维。他从没有办不到的事情。从此,她一直在利用这条很有价值的消息渠道。

"我知道可以依靠你,哈维。"

"我可不做任何许诺。"他谨慎地说,"你不再为警察局工作了。情况已经大不一样了。"

"这件事很重要。"她在板凳上朝前挪了挪,用信任的口吻悄悄说,"我在从事卢特·佩蒂约翰一案的调查。"

他呆呆地望着她,侍者把酒端到桌子上时,他心不在焉地谢了谢,接着赶紧呷了一口:"真的吗?"

"这件事高度保密,你绝不可对任何人透出半点风声。"

"你知道我是可以信任的。"他轻声回答,"你在为谁工作?"

261

"我无权透露。"

"他们还没有抓过一个人吧？他们快动手了吧？"

"对不起，哈维。我不能谈论这件事。不然，我会亵渎我的当事人对我的信任。"

"我明白保密的必要性。"

他并没有完全失望。她的计谋刺激了他那尚未满足的探险欲。让他接触到秘密，无论其程度有多深，都会让他感觉进入了圈内，而过去他总是被排除在圈外。如此这般操纵他让洛雷塔有些于心不忍，但是她愿意去做任何事情来讨得哈蒙德的欢心，并且对以往的过失做出补偿。

"我要你做的就是挖掘一下有关一位名叫阿丽克丝·拉德的医生的任何材料。她的中间名是E。我还有她的社会保险号、驾驶证号，等等。她是一位心理学家，就在查尔斯顿本地开业。"

"一个精神科医生吗？她与佩蒂约翰之间就是这层关系？"

"无可奉告。"

"洛雷塔。"他有点发牢骚。

"因为我不知道。我对你发誓。目前我掌握的都是一般性情况。所得税申报表，银行记录，信用卡什么的。从中没有发现任何有出入的地方。她拥有自己的住宅，负债不多。没有人起诉她。她甚至连一张交通违章罚单都没有。大学阶段和研究生阶段的成绩令人钦佩。她是高才生，接到过邀请，欢迎她加盟几家开业机构。然而，她选择了自立门户。"

"刚刚开业吗？她一定很有钱。"

"她从养父母那里继承了一笔财富。养父名叫马里恩·拉德医生，是纳什维尔的一名普通医师。养母辛茜亚原先是教师，后来做了家庭主妇。老两口膝下没有子女。几年前，他们在乘坐短途航班赴犹他州滑雪的途中因空难而丧生。"

"其中是否有诈呢？"

洛雷塔借着呷苏打水掩饰自己的笑意。哈维正在进入项目的角色："没有。"

"唔。听起来你好像掌握了不少情况。"

洛雷塔摇摇头："对她的早年生涯我一无所知。她直到十五岁才被人收养。"

"都那么大了？"

"奇怪的是，她的生活似乎从那时才真正开始。有关收养的情况以及她以前的生活像黑洞一样神秘莫测。我试图进入其中探寻，但运气不怎么样。"

"噢。"哈维说着，咕噜咕噜地又猛喝了口酒。

"她上的是私立中学。我打听过那儿的人——我设法走通了学校行政管理部门，那儿的人挺友好和礼貌，可就是嘴封得很紧。她们甚至连毕业那年的年册也不肯给我。她们十分小心地呵护着拉德一家的隐私，对他们的情况只字不提。

"从我看到的所有材料来看，拉德夫妇受到广泛尊重，行为无可指摘。辛茜亚·拉德告别教师生涯前还荣获了年度优秀教师称号。拉德医生的病人对他的罹难深表悲痛。他曾担任过教堂执事。她……不用提了，你该有数了。没发现有什么绯闻，连一点儿边都沾不上。"

"那么我能做什么呢？"

"进入她的青少年档案。"

他再次装腔作势地喃喃说道："我担心的就是你会提到这个。"

"有可能毫无收获。我只是想让你探查一下。"

"仅仅探查一下都可能使我被开除，你知道儿童保护组织的情况。"他抱怨地说，"他们看管那些档案就像看管圣骨一样严密。他们是不会被收买的。"

"对于像你这样做事天衣无缝的天才,情况是不同的。我还需要来自田纳西州的档案。"

"别提了!"

"我知道你有这个本事。"说罢,她把手伸到桌子对面,抚摸了一下他的手。

"要是儿童保护组织发觉了我的行为,我可就闯下大祸了。"

"我完全信任你,哈维。"

他使劲地咬着嘴唇,可她看得出来,这次行动所代表的挑战已经让他动了心:"我同意试一试,就这样。我试试看吧,还有,这么敏感的事情是不能催我的。"

"我明白。不用着急,但时间要抓紧。"她把苏打水一饮而尽,微微打了个嗝,"哈维,在你着手这件事的同时……"

他做了个鬼脸:"嗯哼。"

"我还想让你帮我调查一件事。"

"我是斯米洛。"

"你得大声说。"斯蒂菲对他说,"我用的是蜂窝电话手机。"

"我也一样。南卡罗来纳州执法处的一个家伙刚刚来过电话。"

"有好消息吗?"

"对所有人都是好消息,只是对拉德医生除外。"

"什么?什么?快告诉我。"

"还记得约翰·麦迪逊从佩蒂约翰身上取下的那个来历不明的颗粒吗?"

"你对我提过这件事。"

"那是苦丁香。"

"是穗状花吧?"

"你最近见到苦丁香是在什么时候?"

"在复活节。我母亲做的火腿面包上放有苦丁香。"

"昨天上午我去阿丽克丝·拉德的私宅时,见到过一些苦丁香穗。进门的桌子上摆着一只雕花玻璃钵,里面盛放着新鲜橙子。橙子上撒着苦丁香穗。"

"我们可抓住她的把柄啦!"

"暂时还谈不上,但为期不远了。"

"那根毛发是怎么回事?"

"那是人的毛发,但不是佩蒂约翰的。不过我们还没有发现可以比照的毛发。"

"暂时而已。"

他咯咯地笑着:"睡个安稳觉吧,斯蒂菲。"

"等一等,你打算打电话通知哈蒙德这一最新进展吗?"

"你呢?"

片刻停顿后,她说:"明天见。"

哈蒙德真不想接这个电话。在自动转入录音电话前几秒钟,他改变了主意。但他立即就后悔不及。

"我还以为你不会来接电话哩。"父亲说话的腔调使这句简单的话变成了一种责备。

"我在淋浴间里。"哈蒙德撒了个谎,"出什么事了吗?"

"我正开车回家。我刚刚把你的母亲送到了桥牌俱乐部。我不希望她在大雨中驾车。"

他的父母维持着一种老派的婚姻关系。彼此的角色是传统的,分工是明确的,界线从来不会混淆。父亲独自做出所有重大决定;阿米莉亚从来没想过要对这种安排提出质疑。哈蒙德无法理解,她为什么会盲目

265

地热衷于这种古老陈旧的体系，而这个体系已将她的个性剥夺殆尽，她偏偏还显得怡然自得。他从来无意去指出父母关系中的不平等现象，免得激怒父亲或者伤害母亲。再说，他的看法并不重要。他们的关系已经正常维持了四十多年。

"佩蒂约翰一案进展得怎样？"

"挺顺利。"哈蒙德答道。

普雷斯顿咯咯笑了笑："你能不能稍微详细一点儿？"

"为什么？"

"我感到好奇呗。今天下午我跟你的老板打了九洞高尔夫，后来天下起了雨。他说斯米洛已经两次审问过一个女疑犯，而且两次你都在场。"

父亲不止是无缘无故地感到好奇，他想了解儿子在履行职责时是否称职。"我不想在蜂窝手机上谈论这件事。"

"别犯傻了。我想知道案件的进展。"

哈蒙德尽量不去进行辩解，而是把讯问阿丽克丝的要点告诉了他："她的律师……"

"弗兰克·帕金斯。是个好人。"

普雷斯顿对审问的细节十分了解。哈蒙德清楚，他并没有违反保密规定，因为早已有人违反了保密规定。普雷斯顿和门罗·梅森的交情可以追溯到他们在大学预科的那些岁月。如果他们今天打了九洞高尔夫，梅森有可能已经向他透露了案情细节，留给哈蒙德透露的情况并不很多。

"帕金斯认为我们拿不出任何指控她的证据。"

"你怎么看？"

哈蒙德小心翼翼地选择措词，不知道他说的话什么时候会反过来让他苦恼，或者让他落入圈套。他跟阿丽克丝不一样，不是撒谎的老手。

堂面积不够大，容纳不下那么多的花圈。

十点整，遗孀在他人护送下走到教堂前排座位。除了那串识别标志式的珠宝以外，她从头到脚穿的都是黑色丧服。她将头发束在脑后，不加修饰地梳成马尾辫，上面戴着一顶宽檐草帽，将脸部遮住。在葬礼过程中，她一直没有摘下那副不透明的墨色太阳镜。

"是不是因为流泪过多，她才要遮住哭肿的眼睛？还是她的眼睛根本就没有哭肿？"

斯蒂菲·芒戴尔坐在斯米洛身边，她的问题使他皱起了眉头。他垂着头，真的像是在聆听开场祷文。

"对不起，"她悄声说，"我不知道你也有信奉宗教的倾向。"

在葬礼的余下时间里，她出于恭敬一直沉默不语，尽管她承认自己缺乏宗教信仰。她看待来世就像对待现世一样不感兴趣。她希望自己的雄心大志此时此地就能实现。天国里的王冠不是她理想中的成就。

因此在念诵经文和致悼词的过程中，她的思想开了小差，反复思考着案件的相关环节，特别是如何去利用它们为自己谋取好处。

这个案子已经指定由哈蒙德负责，可是昨晚打电话给梅森法务官的人却是她而不是他。她当时对打搅他进晚餐表示歉意，但是当她告诉梅森说阿丽克丝·拉德在周六晚上去向一事上撒了谎的时候，他对此表示了感谢。她满意的是，她的电话赢得了上司对她的几分信任。她还进一步让她上司相信，如果哈蒙德今天能抽出时间，可能会在某个时间向他汇报这一最新情况。其实她是在暗示，哈蒙德不会优先考虑这件事。

牧师对死者作了无穷无尽的赞颂以后，悼念仪式就结束了。他们起身时，斯蒂菲说："哎，那不是挺讨人喜欢吗？"她从围在达维·佩蒂约翰身边表示问候的一圈人当中单单挑出哈蒙德来说。遗孀热情地拥抱了他。他吻了吻遗孀的脸颊。

"他们两家是世交。"斯米洛议论说。

他不习惯撒谎，就连无伤大雅的小谎言都不屑为之。然而，他的名下已经有过两次相当于弥天大谎的不履行法律义务的记录。他发觉对父亲撒个谎竟然相当容易。

"她编织的几个谎言已被当场戳穿，不过精明的弗兰克接手案子以后，那些谎言是可能被忽略不计的。"

"为什么？"

"因为我们这一方拿不出确凿的证据把她与案子连在一起。"

"梅森说她没有坦白那天晚上去了什么地方。"

"梅森可什么都没有保留，是吗？"哈蒙德压低嗓子说。

"怎么啦？"

"没什么。"

"如果没有什么好隐瞒的，她为什么要说谎？"

哈蒙德感到来火，便漫不经心地说："说不定那天晚上她有个幽会，撒谎就是为了保护跟她在一起的那个男人。"

"也许吧。不管怎么说，她没有说真话，而斯米洛对此一清二楚。我知道你不喜欢他，可你得承认他是个杰出的警探。"

"我可不这么认为。"

"他获得过法律学位，你知道。"

哈蒙德看得出，父亲的说法就像迎面猛地打来一拳，其目的在于分散你的注意力，让你无法防范紧跟而来的右上勾拳。

"我希望他不会决定从警察局调入法务官办公室。不然你会丢掉饭碗的，儿子。"

哈蒙德咬咬牙，把到了嘴边的那句脏话憋了回去。

"我跟你母亲说过——"

"你跟妈妈议论过案情？"

"有什么不可以吗？"

"因为……因为那样是不公平的。"

"对谁不公平?"

"对所有有关人员都是不公平的。对警方,对我的办公室,对疑犯都一样。假如那个女人是无辜的该怎么办,爸爸?她会平白无故地名誉扫地。"

"你为什么这样焦虑,哈蒙德?"

"我希望妈妈在桥牌俱乐部里不会津津有味地议论案情细节。"

"你反应过分了。"

他也许反应过分了,但电话交谈的时间拖得越长,他就越感到厌恶。主要原因是他不希望父亲监视他在破案过程中的一举一动。类似这样重大的谋杀案审判工作是要耗费律师精力的。从几个小时延长到几天,从几天又延长到几个星期,有时是几个月。他有能力审理这个案子,他喜欢审理这类案子。可他就是不喜欢在每天工作结束时被人品头论足一番。那样会让人丧失士气,并会促使他事后去评点每一步策略。

"爸爸,我知道我在干什么。"

"没有人怀疑过——"

"屁话。你每一回找梅森商量并要求他向你报告,都是在怀疑我的能力。假如他对我的工作不满意,就不会指派我负责此案。他肯定不会竭力推荐我做他的接班人。"

"你说的都是实话。"普雷斯顿表现出惊人的克制力,"因此我就更有理由担心你会断送自己的前途。"

"你凭什么认为我会断送自己的前途呢?"

"我知道疑犯是个漂亮的女人。"

哈蒙德没有防范他会来这一手。如果说这其实是一记上勾拳,它便是那种致命的一击,他会打个趔趄,被击倒在地。父亲似乎十拿九稳地知道击中什么部位会让他最难受。

"这可是你对我说过的最侮辱人的话。"

"听着,哈蒙德,我——"

"不,你给我听着,我会做好分内的工作。如果这个案子证明动用死刑有充足根据的话,我会要求判处死刑的。"

"你真会吗?"

"绝对会的。正如我的调查如果做出了同样证明,我也会起诉你的。"

停顿片刻后,普雷斯顿和气地说:"不要讹诈我,哈蒙德。"

"算了吧,爸爸。你等着看我是不是在讹诈。"

"那就请便。只是首先一定要审查你的动机。"

"什么意思?"

"意思就是,你一定要拿出足够的证据,不仅仅是泄点私愤而已。不要只是因为我待你很苛刻,你气得不得了,就浪费我们俩大量的时间和精力,让我们都过不去。我永远不会被起诉的,你要是刁难我,到头来只会刁难你自己。"

哈蒙德气得手指发白,紧紧抓住电话听筒的手感到了疼痛:"你的通话到此结束。再见。"

阿丽克丝决定冒着大雨出门跑步,在倾盆大雨中她的双腿在稳健地上下摆动。眼看她的后半生就要变成一团乱麻,这个时候坚持常规锻炼就显得十分必要。此外,她由于重新安排病人门诊,一直工作到傍晚前后,锻炼一下身体有助于释放超负荷的脑力劳动的压力。她的大脑得以清醒,思维得以自由驰骋。

她在担心着病人。一旦她是谋杀案疑犯的消息被公布于众,病人会怎么样?他们会怎么看她?他们会因此改变对她的看法吗?很自然会这样的。指望他们不计较她卷入了谋杀案的调查,这是不现实的。

也许她应当尽早从明天起把病人托付给临时医师，这样一来，万一她被关进监狱，治疗不至于出现中断。

另一方面，为病人寻找替补医师大概不会成为她的难题。当病人得知他们的心理医生被指控犯有谋杀罪时，他们会成群离开她的诊所的。

距离她的私宅不到一个街区的路边停放着一辆汽车，她从车旁跑过时，注意到车窗上有一层雾气，表明车内有人。发动机在空转，车前灯没有打开，挡风玻璃刮雨器静止不动。

她往前跑了20码左右，回头看了看。车灯此时已经打开，车子拐进了一条小路。

也许没什么事，她安慰自己。这只是她的多疑症在发作。她的疑惧就是挥之不去。难道说有人在监视她？

比方说警察。斯米洛可能会下令对她进行监视。这样做符合标准操作程序吗？抑或博比可能会监视她的行动，从而确保她不会携带"他的钱款"潜逃。她刚才见到的不是他那辆折篷车，不过他有很多车。

还有一种可能。一种更危险的可能。一种她不愿去想的可能，可又明明知道不去想是幼稚、愚蠢的。她没有忘记，杀害佩蒂约翰的凶手可能会对她感兴趣。如果风声透露出去，说是有人看见她去过案发现场，凶手就可能担心她目击了凶杀过程。

这个想法让她打了个冷战。并不是因为她真的害怕凶手。她的生活目前不是她能控制的。这种失控才是她最害怕的。它以自身的方式变得比死亡更可怕。人虽活着，却别无选择，或丧失自由意志，这可是比死亡本身还要可怕的。

二十年前，她就下定决心，绝不再把自己的生活交给另一个人打理。她几乎用了同样长的时间才使自己相信，她终于摆脱了束缚她的桎梏，可以独立安排自己的命运。

谁料博比又冒了出来，一切都随之而改变。如今，似乎身边的每个人对她的生活都有最后决定权,而她对此却束手无策。

跑了半小时以后,她从走廊旁的一道门进入屋内。她在洗衣间脱下湿淋淋的运动服,然后用毛巾裹住身子穿过房间。

她成年以后都是一个人生活的,所以只身一人在家时,从来不感到害怕。与入侵者的威胁相比,孤独感对她显得更为可怕。她觉得没有必要保护自己免遭夜盗者的侵扰,却要磨炼自己去忍受节假日期间的空虚感,即便有好朋友相伴,也弥补不了身边缺少家人的感觉。严冬的夜晚,即使坐在壁炉前烤火,她孤身一人是感受不到舒适惬意的。深更半夜时她之所以被惊醒,那并不是因为想象中的响声,而是因为单身独居的那种再真实不过的沉寂。她对独自生活的唯一恐惧就是后半生还要孑然一身。

今晚,当她打开底楼的电灯,往楼上走的时候,感觉有点不大自在。楼梯踏板在她脚下嘎吱嘎吱作响。她习惯了陈旧木板发出的这种抗议声。通常它是一种友好的声音,今晚却显得不祥。来到二楼平台时,她停下脚步,朝阴影笼罩的楼梯下望去。楼下的过道和房间是空荡荡的,死沉沉的,跟她外出跑步时的情形一样。

她走进卧室时,把自己的紧张情绪都归咎于大雨。经历了连日炎热后,下雨是一种解脱,可这件好事来得多少过了头。倾盆大雨拍打着窗户玻璃,敲击着屋顶。雨水从排水沟里溢出,从落水管中涌出。

她打开通往二楼阳台的门,跨了出去,将一盆栀子花从屋顶挡雨悬挑下拖了进来。往下瞅去,在围墙环绕的花园中央,混凝土砌成的喷泉里的池水已经满得外溢。花瓣被雨水打落,花枝上光秃秃的一片。回到屋内,她关上门,又挨个儿关上百叶窗。

雨势很大,令人感到不安。炮台今晚已空无一人,看不见往日的慢跑健身的人、骑自行车的人以及遛狗的人,使她有一种离群索居、易受伤害的感觉。白点公园里的那些参天大树显得朦胧阴森,而以往她一直把那些低垂的浓密树枝视为保护伞一般。

走进卫生间后,她把毛巾挂在黄铜挂杆上,探下身子去旋开水龙头。热水穿过水管流进浴缸要过上一阵子,于是她利用这段时间刷牙。她从洗脸池直起身子时,在药品柜的镜子里瞥见了一个影子,便猛地转过身去。

原来那是她挂在门背后挂钩上的浴袍。

她双膝发软,倚靠在洗脸池的基座上,嘱咐自己不要这么愚蠢。她过去可不像这样看见影子都要吓一跳的。她怎么啦?

首先要怪博比,他这个混蛋。他这个混蛋!

无论是否荒谬,她允许自己保留着她会建议病人保留的同样弱点。当一个人精心编织的世界开始分崩离析时,他有权做出一些自然的反应,其中包括愤怒,甚至是勃然大怒,当然也少不了孩子般的恐惧。

她还记得孩提时期感到害怕时的情形。跟博比·特林布尔相比,吓唬小孩的鬼怪是小巫见大巫了。他能彻底毁掉别人的生活。他有一次就险些毁掉了她的生活,而今又威胁着要再次毁掉她的生活。这就是她现在比以往更加害怕他的原因。

正因为如此,她看见浴袍的影子才会受到惊吓,才会撒谎,才会不负责任地把像哈蒙德·克罗斯这样的正人君子拖下水。

但只是在最初,哈蒙德。只是在最初。

她跨进浴缸,拉上浴帘。她在喷出的水流下站了很长时间,低着头,听任热水拍打着颅骨,身边是热腾腾的水汽。

周六晚上去港口城的谎言似乎挺安全。这样一来,她当时远离查尔斯顿就是可信的。她说在一个人群拥挤的地方,没有人会记得见过她,这种说法听起来是有道理的。实在是走运!

她告诉他们丢失手枪的经过是实情,可是现在要让他们相信她的话几乎是不可能的。她的一个谎言已被识破,其后她所说的一切都会显得不真实。

斯蒂菲·芒戴尔巴不得她有罪,那个检察官仇恨其他的女人。从她们见面的第一刻起,阿丽克丝就认定了这一点。她的研究范围覆盖了类似芒戴尔这样的人。她野心勃勃,处事精明,竞争意识过于强烈。像斯蒂菲这种人极少会感到幸福,因为她们绝不会感到满意,不仅是对他人,甚至是对自己。期望值是永远无法满足的,因为横杆老是在升高。心满意足是无法企及的。斯蒂菲·芒戴尔是一个极端的、达到自损程度的超级成就者。

罗里·斯米洛则比较难解读。他很冷峻,阿丽克丝毫不怀疑他会表现得残酷无情。可是她同时还发现在他的身上,他始终在跟内心的魔鬼搏斗。此人从来没有一刻的心灵平静。他的排遣就是去折磨别人,力求别人跟他一样痛苦。那个不知满足的内核使他变得脆弱,可他又怀着报复心与之抗争,以致他对类似谋杀案疑犯的敌手来说是个不小的危险。

在这两个人当中,她很难确定到底更害怕谁。

还有哈蒙德,别的人把她看成谋杀犯,他一定把她看得还要低。她不能老是想着他,不然她就会由于沮丧和悔恨而麻木。她没有多余的时间和精力去后悔,要是他们在另一个时间和地点相遇就会如何如何。

假如说某个男人曾经有机会接触过她——接触过她的精神和心灵,也就是阿丽克丝·拉德真正的藏身之处——大概非他莫属了。大概她只允许过哈蒙德去解除她自我强加的孤独寂寞,填补空虚,打破沉默,共享生活。

不过浪漫情调是她不敢受用的一种奢侈。她当务之急必须摆脱危及她的职业、她的名誉,以及她的生活所有的困境。

她把香气四溢的沐浴液挤在擦身用的海绵上,然后任意地擦起来。她刮了刮腿毛,用洗发香波洗了头。她用清水冲洗了很长时间,任凭热水松弛着肌肉,不过热水并不能减轻她的焦虑。

最后，她关上了水龙头，让多余的水洒在手上，接着轻捷地拉开了帘子。

从来没有人像她那样尖叫过。

21

博比又有钱了。

他把没有从阿丽克丝那里收到钱看成是一时的受挫。她会付钱的。要是她不付钱,麻烦可就太大了。

不管怎么说,这段时间里他并不缺钱。多亏跟他过夜的那两个女学生,他的钱包里多出了几百美元。她们还在床上呼呼大睡时,他已经把她们随身带的东西打了包,偷偷溜走了。这次经历应该能够好好教育她们一回。他仿佛觉得自己变成了利他主义者。

另找住处的不便与战利品相比是微不足道的。他在县城另一头的一家饭店的临河客房里刚一安顿好,便通知客房服务员送上一份丰盛的早餐,有鸡蛋,火腿,粗燕麦粉肉卤,松脆烤饼,还有一客特大份土豆煎饼。其实他并不特别想吃这么多,之所以要点这么多,只是因为感觉十分潇洒而已。

他的下一项安排是外出采购。添置一套衣服算不上什么铺张,它属于营业费用。如果缴纳所得税,他可以把服装开支计入合法的税款减免额。干他这一行的人必须穿着入时。

下午的剩余时间里,他懒洋洋地躺在饭店的游泳池边,让皮肤晒晒太阳。

随后,他穿上那套崭新的奶白色亚麻服装,里面套着一件品蓝色绸衬衫,走进了出租车司机力荐的一家酒吧:"我在什么地方可以找点儿活动?"

"活动?"出租车司机从后视镜里打量着博比,然后拉长声调说,"你想寻花问柳吧,花花公子?"

博比飘飘然地以微笑作答。

"我知道该去什么地方。"

博比一走进酒吧,就知道那个司机是很在行的。这里是猎艳的绝好去处。音乐声响彻于耳,灯光闪烁,跳舞的人汗流浃背。女服务员匆忙地走动着,为那些不顾一切寻欢作乐的人斟上所要的酒水。有许多单身女子是适合猎艳的目标。

饮下两杯掺水的酒之后,他才锁定了目标。她独自坐在一张桌子旁,没有人前来请她跳舞。她在频频微笑,对每一位碰巧路过的人送去微笑,这证明她感觉不大自然,想惹人注目,需要有个人聊聊天。最妙的是,她朝他这边望了好几眼,而他假装没有察觉。

接着他很慈悲地回报了她一笑。

她神色紧张地朝别处望去。她的手一下子搁到喉咙部位,摆弄着衬衣领上的那串银色饰珠。

"嘿。"博比得意地自言自语,然后跟侍者结清了账。

他从她身后走近了她,所以她没有注意到,只听他说:"对不起,这儿有人坐吗?"

她迅速转过头,瞪大的眼睛里流露出喜悦,紧跟着又试图以挑逗来掩饰:"现在有人了。"

他笑了笑，与她合坐在小小的桌子旁，故意用膝盖去碰她的膝盖，又连忙表示道歉。他问是不是可以给她点酒水，她回答说，他真是太客气了。

她名叫爱伦·罗杰斯，来自印第安纳州。这是她第一次来到南方腹地①。除了天气炎热以外，她喜欢这里的一切，不过就连天气炎热也不乏某种魅力。这里的食物好吃极了。她抱怨说，自从来到查尔斯顿，她已经增加了五磅体重。

尽管她再减去十五磅体重也算不了什么，博比却献殷勤地说："你千万不必留意你的体重。我是说你有美妙的身段。"

她拍了一下他的手，表示反对："我上班时经常锻炼身体。"

"你是有氧健身②教练？还是个人锻炼者？"

"我？我的天啦，不。我是中学教师，教英语语法和阅读辅导课程。我每天要在那些教学楼里爬上爬下，步行距离可能有十英里。"

他是南方人，她的观察是正确的。从他悦耳的拖腔和说话时的旋律模式，她看得出来。而且南方人是那么友好。

他笑眯眯地朝她倾着身子："我们试试看，太太。"

他邀请她跳舞，证实了他的友好。他们旋转着跳了几支舞曲后，DJ放了一首慢步舞曲。博比搂着她贴紧自己，又道歉说汗出多了。她说她压根不介意，出汗多才有男人气概。舞曲终了时，他的手按到了她的臀部，爱伦·罗杰斯小姐毫不怀疑他动了情欲。

他松开她的时候，她的脸颊绯红，显得紧张不安。

"我很抱歉……"他口吃着说，"都是……老天爷呀，这真让人难堪。我还没有搂过一个女人……如果你不想让我打扰你的话，

---

① 指美国最具南方特点和保守的一片地区，尤指佐治亚州、南卡罗来纳州、亚拉巴马州和密西西比州。——译注

② 指跑步、散步、游泳等加强心肺等循环功能的运动。——译注

我就……"

"你不必道歉。"罗杰斯小姐心平气和地说，"这太自然不过了，看样子你控制不住自己。"

"是的，夫人，我控制不住，紧紧搂着你的时候，我控制不住。"

她牵着他的手，领着他回到桌子旁。是她又点了一轮酒水。博比一边饮着酒，一边对她讲述了他老婆的事情："她死于癌症，那是两年前的十月份。"

她的眼里蒙上了一层泪水："哦，对你来说是多么可怕。"

他告诉她，直到最近他才能走出门，开始重新享受生活的乐趣。"起初我还以为我们没有孩子是一件好事，眼下我倒希望有孩子，一个人孤零零地活在世上是寂寞的，这你清楚。人是不应该独自生活的。这不符合自然规律。"

她的手从桌子底下慢慢伸过来，在他大腿上同情地拍了一下，然后就没有移开。

上帝，我真有本事！博比心想。

哈蒙德就站在浴帘的另一边。

"你快把我吓死了！"阿丽克丝喘息着说，"你在这里干什么？你是怎么进来的？你在屋里待了多长时间？"

"你也把我吓坏了。"

"我？怎么会呢？"

"我想明白了你为什么要撒谎。你是害怕杀害佩蒂约翰的凶手。"

"我是想到过可能会有危险，是这样的。"

"我是想来警告你，可是对打电话不放心。"

她朝卧室瞥去："被窃听了吗？"

"我认为斯米洛不可能那样做，他甚至连法庭指令都没有。"

"我想他可能会监视我。"

"即使是那样,我也不知道。不管怎么样,我是从你家后墙爬进来的。在你家里被人看见是不合适的,对吧?我敲你的厨房门足有5分钟时间。我看得见楼上的灯是开着的,可是你不来开门,我就开始胡思乱想了。我想也许我来迟了,发生了可怕的事情……"他停了下来,"你在发抖?"

"我感觉冷。"

他伸手取过一条毛巾,裹在她的身上,在前面折叠着合上,但没有松开手:"什么事情使你认为你受到了监视?"

"我跑步时看见了一辆可疑的汽车。发动机开着,灯却没有开。"

"你今天晚上出去跑步了?在这样的雨天?独自一人?"

"我通常是一个人,不过我很小心。"

他淡淡一笑:"很抱歉我吓了你一跳。"

"我早就感到惶恐不安了。"

"我是不能到你的前门去按门铃的,对吧?"

"我想是的。"

"你会放我进来吗?"

"不知道。"然后,声音更轻了,"会的。"

他凝视着她喉咙部位的凹陷处,一滴小水珠在浅浅的凹陷处发着微光。他松开了紧紧抓住毛巾的手,从她身边走开,这一举动有资格获得一枚他妈的勇敢奖章。"我们得谈一谈。"他沙哑地说。

"我就出来。"

他像木头似的走进卧室,其实什么也没看清,但是注意到室内的每一件东西都打上了她的烙印。室内的每一件物品都是她的折射。她走到他身边时,穿着一件浴袍,那是一件老款式、不花哨的浴袍,在前面叠起来,腰部有一条系带。浴袍像铅制工作裙一样不透明,然而又不无性感，因为浴袍里面的她是赤身露体的、湿漉漉的。

"你的手在流血。"

他看着拇指上的伤口，直到现在他才发觉自己受了伤："我想那是在撬开门锁时弄伤的。"

"需要绷带包扎一下吗？"

"不要紧的。"

他最不愿意的就是谈话。他渴望去触摸她。他想撩开浴袍，把他的脸贴在她的柔滑肌肤上，品尝她的肌肤，吸入她的精华。他整个身子随着肉欲而搏动着，但是他强忍住不向它屈服。他不能对上周六晚上发生的事情负责。可他要对随后发生的一切事情负责。

"你一向知道我的名字，对不对？知道我是谁。"

"是的。"

他慢慢地点点头，消化着早已知道但不愿接受的事实："我并不想进行这次谈话。"

"因为……？"

"因为我知道你不会对我说实话。我会因此生气的，我可不愿意对你生气。"

"我也不愿意你对我生气。所以我们也许不应该谈话。"

"有件事我希望你亲口告诉我，即使撒个谎也不要紧。"

"是什么事？"

"我希望你告诉我，上周六晚上……你以前从来没有像那个样子。"

她微微歪着头。

"不仅仅是情欲，"他补充道，"是……所有的一切。"

他看见她做出吞咽的动作，使他先前注意到的那滴小水珠离开了原位。小水珠慢慢流到浴袍衣领下去了。她的说话声因感情激动显得嘶哑："我以前从来没有像那个样子。"

这是他希望听到的,不过他的表情要说有什么变化的话,反倒变得冷酷起来:"不管我们愿意不愿意,都必须谈一谈。"

"不必了吧。"

"不,我们必须谈。我们几乎在同一时间出现在大凉棚,这并不是偶然的吧?"

她犹豫了片刻,然后摇摇头表示不是偶然。

"你究竟怎么会知道我要去那里?连我自己都不知道。"

"请你不要再问我任何问题了。"

"那天下午早些时候你跟卢特·佩蒂约翰在一起吗?"

"我无法对你谈论这件事。"

"见鬼,回答我。"

"我做不到。"

"这是个很简单的问题。"

她毫无幽默地一笑,摇着头说:"它一点儿都不简单。"

"那么就解释一下作为回答吧。"

"那样一来,我就会使自己变得很容易受伤害。"

"'很容易受伤害'这种话在你用来是很陌生的,而看起来我才是个弱不禁风的人。"

"你并没有谋杀案的嫌疑。"

"是没有,可是你不认为我的处境很为难吗?我们县里名气最大的市民被谋杀的案子要由我来提起公诉,而此人碰巧又跟我最要好的朋友结了婚。"

"你最要好的朋友?"

"就是达维·伯顿,现在是卢特·佩蒂约翰的遗孀。我们一生都是好朋友。她到处游说要我来负责此案。有好多人在指望着我,我可不愿意让他们失望。你难道还掂量不出,假如有人发觉我今晚来过你这里,我的名声、职业、前途会怎么样吗?"

"周日早上我离开你的原因就在这里。"她开始焦躁不安地在卧室里来回走动,"我是想一直隐名埋姓的。我不想让你因内心冲突而苦恼,就像你现在这种感觉。"

"到了周日早上,再要担心和谨慎就有些为时过晚了。假如你十分着急,一心想维护我的声誉,首先就不应该跟我调情。"

她转过脸,带着显而易见的怀疑凝视着他:"请原谅,你的记忆可有点儿偏差,是你跟我调情的。"

"是啊,你说的对。"他哼哼着说。

"是谁试图离开的? 两次试图离开。是我两次试图离开,而每次都是你跟上了我,恳求我跟你多待上一会儿。离开游艺会以后是谁在追谁? 是谁停下来——"

"好啦。"说着,他用双手在空中劈划了一下,"可是那追不上的一幕是最令人刺激的,它是创世以来女人的拿手好戏。你十分清楚自己在干什么。"

"是的。"她提高了嗓门。接着她用双手紧扣着腰际,两眼泪汪汪地端详着他的脸色,"是的,我清楚我在干什么。你说的完全正确。最初我只是想……跟你接触一下。"

"为什么?"

"为了保险起见。"

"换句话说,为了确立不在犯罪现场的证据。"

她垂下了眼帘:"我不知道我会喜欢上你。"她轻柔地说,"我没有料到我们之间会产生感情。对于利用了你,我开始感到很难过。于是我试图离开你。我并不想让你因为与我接触过——哪怕时间很短——而受到连累。"

"可是你跟上了我。你吻了我。后来……"她抬起眼睛又一次望着他的双眼,"那一吻之后,我要见你的最初理由就不再重要了。到了那时,我只想跟你待在一起。"她从脸颊上擦去泪水,"这就是事实真相,信不信就随你了。"

"为什么你需要不在犯罪现场的证据?"

"你知道不是我杀害的佩蒂约翰,你在电梯里说过的。"

"不错。因此我要重复一遍,为什么你需要不在犯罪现场的证据?"

"别问我了,求求你。"

"只要告诉我就行了。"

"我办不到。"

"为什么办不到?"

"因为我不希望你认为……"她停下来,深深吸了口气,"我就是办不到,事情就是这样。"

"这件事与那个男人有什么关系吗?"

这个问题让她大吃一惊。她连忙眨巴着眼睛:"什么男人?"

"周日晚上我一直跟踪你来到这里。我看见你跟一个男的坐在一辆梅塞德斯牌折篷车里,时间大约在你离开我的床榻以后十二个小时左右。"

"噢,周日晚上呀?那是……一个老朋友。大学时期的。他出差来到查尔斯顿。他打来电话,邀我出去喝了一杯。"

"你在撒谎。"

"为什么你不相信我呢?"

"因为我的部分工作就是去辨别谎言和识别骗子,而你他妈的就在撒谎!"

她站立起来,把手臂叉在腰部:"我们正好把这件事情了结吧。现在了结。今天晚上,眼前的局面是无法应付的。你的职业处于危险之中。我可不愿对断送你的职业前程负责。我肯定不愿跟一个把我看成是骗子的人待在一起。"

"他……是……谁？"

"当你的朋友斯蒂菲和斯米洛渴望着指控我犯有谋杀罪的时候，我的朋友是谁又有什么关系呢？"

"当你继续回避最简单不过的问题时，我不相信你说的话又有什么奇怪呢？"

"问题并不那么简单。"她嚷了起来，"你根本不知道这些问题是多么难以回答。这些问题把我宁愿忘记的事情抖了出来，我一直在努力忘记它们，它们一直在让我提心吊胆——"她停了下来，意识到她再说下去就会透露得太多，"你是不可能信任我的。你就更有理由现在就离开，不要再回来，永远不要回来。"

"很好。"

"既然我们上过床——"

"那是很美妙的。"

"可要是你不信任我——"

"我是不信任你。"

"那么——"

"你跟佩蒂约翰干过吗？"

她的脸色放松下来："什么？"

"你们是情人吗？"

哈蒙德向她紧逼过来，迫使她朝墙根退去。真正让他烦恼的原来是这件事。就是在这件事的驱使下，他才像完全失去理智似的莽撞行事，怒气冲冲，把他的职业以及原先认为重要的其他一切统统抛在了脑后。那种想知道这个问题答案的愿望是如此急迫，以致原本谨小慎微、从不失控的哈蒙德·克罗斯居然像精神错乱者那样声嘶力竭起来："你曾经是佩蒂约翰的情人吗？"

"不！"接着,她的声音从大声叫嚷降到了沙哑的耳语,"我发誓。"

"是你杀害他的吗?"他用手捏着她的肩膀,把脸低垂到离她的脸几英寸的地方,"告诉我真相吧,我会原谅你其他所有的谎言。是你杀害卢特·佩蒂约翰的吗?"

她摇了摇头:"不,不是我干的。"

他用手掌猛地捶击她身后的墙壁,然后搁在上面没有移开。他往前低下头,把脸对着她的脸。他的呼吸变得急促,声音很响,甚至压过了不断击打着窗户的雨点声。

"我是愿意相信你的。"

"你可以相信这一点。"她扭过头,对着他的侧影说话,"不要再逼问我任何事情了,因为我不能再告诉你什么。"

"为什么?告诉我这是为什么?"

"因为答案对于我实在太痛苦了。"

"痛苦?怎么会呢?"

"不要刨根问究了,求求你。如果你硬要那样,我会心碎的。"

"你正在用谎言让我心碎。"

"我求你,如果你对我还有丝毫关心的话,就不要逼着我去打破你的幻想。我宁可不再见到你,也不愿让你知道……"

"知道什么?告诉我。"

她用劲摇了摇头,此时他才意识到继续逼问她是没有用的。只要她的个人痛苦与佩蒂约翰一案无关,他就必须尊重她保留隐私的愿望。

"事情还不止这些。"她继续说,"我们就要成为酝酿中的危机的对立面。"

"这么说这一切与案子还是有关的。"他垂头丧气地说。

"我知道我们待在一起会把事情搞成一团糟,可我还是让它发生了。我希望它发生。即使到了加油站,我还可以对你说不字的。可我没有说。"

他扬起头,朝后一仰,以便看清她的脸色:"当你了解到现在所了解的情况,要是你从头再来一遍……"

"那样不公平。"

"你愿意从头再来一遍吗?"她的回答是,目不转睛地久久注视着他的目光,一滴眼泪流下了脸颊。

哈蒙德哼哼着说:"上帝保佑,我是愿意的。"

一秒钟之后,他的双臂搂住了她,嘴唇在她的嘴唇上摩擦。她头发上的水珠滴落到他的衬衣上。她的双唇是温暖的,舌头是柔软的,嘴巴是甜蜜的。

他们最后分开时,头一次呼唤着彼此的名字,相互大笑着,然后又亲吻起来,带着前所未有的激情。他解开了她的腰带,把手滑进了浴袍,抚摸着她,他的手指像羽毛般轻柔地摸过她的下腹部时,她发出了软绵绵的呻吟声。

热血敲击着哈蒙德的耳膜,就像大雨敲击着屋顶一样凶猛。它吞噬了所有其他一切。他的判断力和道德感所发出的要他谨慎行事的喃喃声,面对如此汹涌的激情,是没有取胜希望的。

他贴着她把她提了起来,抱到了床上。然后,他急不可耐地发狂般地脱去了自己的衣服。当他展开身体趴上她的身子时,发出了交织着欲望和失望的叹息。

他轻声咒骂着,声音因激情而变得沙哑。

"我跟你睡觉可不是因为我需要不在现场的证据,哈蒙德。"

他把手放在她头的两侧,俯视着她的脸,开始了行动:"那是为了什么?"

她弓起腰去迎接他的推进:"就是为了这个。"

他把脸埋进她的脖颈。那种感受是不可思议的,它颤动着进入他的腹部，扩展到胸部，向外延伸到四肢，让它们产生震颤。他让所有其他想法从意识中游离，以便品尝进入她体内的感受。可是他的高潮来得快了些，于是停止了动作。

他们钻进了被窝。他把她拉过来贴紧他，直到这时，他才意识到他没有戴安全套。但不知怎么的，他并不过分在意这件事。担忧会带来什么好处呢？现在已经没法补救了。他一心想着要搂紧她。闻闻她身上的气味。靠近她，分享她的体热。

他十分满足地凝望着压在他的肘弯上的她那张面孔。他以为她睡着了，因为她的眼睛是合上的，但他发现她的嘴唇弯曲着，构成了一副笑脸。他吻了吻她的眼睑。"你在呆呆地想什么？"

她温情地笑了笑，抬头看了他一眼。她轻轻地用指甲勾勒出他的嘴唇轮廓。"我在想，当我穿好衣服外出跟你约会的时候，会是什么样的情况。去共进晚餐，去看电影，走到大庭广众之下，让世人都看看。"

"也许吧，总有一天的。"

"也许吧。"她轻声说道，口气听起来并不比他乐观。

"我很喜欢陪伴你在查尔斯顿到处走一走，向我的所有朋友炫耀一番。"

"这话是真的？"

"你听起来感到意外。"

"是的，有一点意外。对于偷偷摸摸的恋情——"

"事情不是这样，阿丽克丝。"

"不是吗？"

"不是。"

"相对而言，我刚来这里不久，不过我已学会了事情是怎样运转的。"

287

"什么事情?"

"社交圈子。"

"我才不在乎那堆垃圾。"

"可大多数查尔斯顿人是在乎的。我没有家庭背景,几乎可以说是你的家庭发明了那套理念。"

"用一位查尔斯顿名人的话来说——尽管他是虚构的人物:'坦白地说,亲爱的,我毫不在乎。'即使我在乎的话,依然会选择你,而不是这座城市里的任何其他女人。我从所有其他人中间选中了你。"

"包括斯蒂菲·芒戴尔吗?"他的表情让她笑了起来,"你应该看一看你的表情。"

"你怎么会知道?"

"女人的直觉呗。我一见到她就感到讨厌,这种感觉是相互的,那跟我是疑犯以及她是检察官是没有任何关系的,它比那些要来得自然。今天,当她发现我们在电梯里的时候,我就很清楚。你们曾经是情人吧?"

"'曾经'在这里是个重要的关键词,那段关系持续了一年左右。"

"你们分手多久了?"

"两天。"

这下子轮到她失望了:"上周日才分手?"他点点头,"是因为上周六的事吗?"

"不。对我来说,有很长一段时间了。可是跟你在一起以后,我绝对肯定,斯蒂菲和我作为夫妻是注定要失败的。"他用手指穿过她的头发,"尽管你有撒谎的倾向,你却是我见过的最满意的女性。在任何方面,不止在肉体方面。"

她心满意足地笑着说:"比方说?"

"你很聪明。"

"对动物和老人有爱心。"

"你很风趣。"

"性情温和。在大多数时间里都是这样。"

"你节俭,勇敢,爱干净,虔诚。"

"不知怎么的,我就知道你曾经是个童子军队员。"

"是个最高级别的童子军队员。我说到哪里了?哇,你的胸部真是完美。"

"除了肉体方面还怎么样?"

他放弃了轻浮,深情地吻着她。当他最后分开时,她的一脸忧愁让他吃了一惊。"怎么啦?"

"你得小心,哈蒙德。"

"没有人会知道我来过你这里。"

她摇了摇头:"不是说这个。"

"那是什么呢?"

"你可能不得不把我推上审判台,判我终身监禁。请你要小心,不要让我先坠入爱河。"

星期三

22

"谢谢你来看我。"

门罗·梅森法务官在办公室为斯蒂菲搬来一把椅子:"我只有一分钟时间。你想说什么事?"

"是佩蒂约翰的案子。"

"我猜也是这个。有什么特别情况吗?"

斯蒂菲的犹豫是预先谋划且反复排练过的,她假装心神不宁地说:"用似乎是办公室政治一类的小事来打搅您,我实在于心不忍。"

"是不是哈蒙德和罗里·斯米洛之间产生了什么过节?他们是不是表现得缺乏专业水准,而像势不两立的恶棍?"

"他们之间发生过几次口角,双方都曾恶语伤人。那种局面我可以对付。我想说的是另一件事。"

他瞥了一眼写字台上的时钟:"你得原谅我,斯蒂菲。十分钟以后我还有个会。"

"我要说的是哈蒙德的总体态度。"她脱口而出。

梅森皱起了眉头:"他的态度?对什么的态度?"

"他显得……我弄不清楚……"她支支吾吾,仿佛在寻找恰当的字眼,最后说,"漠不关心。"

梅森靠到椅背上,越过合掌后的指尖看着她:"我发现你的话难以相信。这个案子正合哈蒙德的胃口。"

"我也是这样想的。"她大声说道,"一般情况下,他会迫不及待地去打破僵局。他会不断催促斯米洛搜集足够的证据,好提交大陪审团审议。他会急于着手案件审理的准备工作。这个案子具备了通常让他垂涎三尺的所有要素。"

"正是为此我才感到大惑不解。"她继续说,"他似乎不大关心这个悬案是否能破。我向他通报了从斯米洛那里了解到的所有情况。我一直让他了解,哪些线索是来自内部的最新情报,哪些线索已经变得不重要,而哈蒙德对待所有情报的反应都是同样不感兴趣。"

梅森若有所思地抓了抓脸颊:"你对此有什么看法?"

"我不知道如何看待这件事。"她带着恰到好处的恼怒和困惑互相交织的口吻说,"我来找您就是为了这个,想让您指点迷津。我在本案中是第二负责人,不想越权行事。请您告诉我该如何处理。"

门罗·梅森就要迎来他的七十岁生日。他已经对担任公职这种苦差事感到厌倦。在过去的几年里,他把许多工作职责交付给年轻热心的法务官助理去打理,必要时给他们出出主意,不过大多数时候还是放手让他们按自己认为合适的方式去行动。他期待着退休那一天的到来。到那时,他就可以尽情地去打高尔夫,去垂钓,用不着去对付工作中的政治问题。

他担任县法务官长达二十四年可不是偶然的事情。他在任上一向处事精明,而且从来没有丧失过这种优势。他的直觉像以往任何时候一样敏锐。要是有人在他面前不够坦诚,他依然能察觉出来。

斯蒂菲在谋划此次会面时,正是指望她的老板具备这种敏锐的洞察力。

"你肯定你不知道他为什么事情而烦恼吗?"他压低洪钟般的嗓音大声说。

斯蒂菲装出一副焦虑的样子,用牙齿咬住下嘴唇:"我把自己逼上了绝路,是吧?"

"你不愿意说同事的坏话。"

"是这么回事。"

"我能意识到你的处境很为难,我欣赏你对哈蒙德的忠诚。可是这个案子实在太重要了,你不必太敏感。如果他在玩忽职守——"

"哦,我不是要暗示这个。"她赶紧说道,"他是决不会撂挑子的。我只是认为他没有全身心投入进去,他的心思不在这个案子上。"

"你知道原因吗?"

"我每一次谈及这个话题,他的反应就像是我踩痛了他的脚尖。他显得过于敏感,脾气急躁。"她停顿下来,仿佛在仔细思考:"可如果你要我去猜测他为什么而烦恼的话……"

"是的。"

她装出一副苦思冥想的样子来,最后说:"眼下,我们掌握的疑犯是一位女性。阿丽克丝·拉德是位成功的知识女性。她有修养,善谈吐,有的人也许认为她美丽动人。"

梅森实实在在地笑了,说道:"你认为哈蒙德迷上她了?"

斯蒂菲随他一起笑开了:"当然不是。"

"可你明明要说,她的性别正在影响他对这个案件的态度。"

"我是说有这种可能性,不过它有点不可思议。你比我更了解哈蒙德,你熟悉他的一生,你是看着他长大的。"

"他生长在一个崇尚传统价值观的家庭里。"

"而且各自的角色是分明的。"她补充道,"他是土生土长的查尔斯顿人,骨子里渗透着南方精神。他信奉的是冰镇薄荷酒[1]和骑士品质[2]。"

梅森思量了片刻:"你担心,要是最后对阿丽克丝·拉德这样的女人动用死刑时,他会下不了手。"

"这只是推测。"她低下眼睛,装出如释重负的模样。

她偷偷注视着她的老板若有所思地噘着下嘴唇。几秒钟过去了,她的推测,以及表达推测时那种不无勉强的方式,是完美无缺的。她没有告诉他,哈蒙德昨天晚上去过案发现场。梅森也许会把这件事看成是值得赞许的迹象。斯蒂菲不清楚该如何去看待这件事。一般而言,哈蒙德会不加干预地让警探们去完成他们分内的工作,因此这种转变让她感到很蹊跷。这件事还得好好琢磨一番,不过要再等一等。

眼下,她急着想听一听梅森对她通报的情况有什么反应。说得再多就会过了头,于是她坐在那里,不再作声,留给他足够的思考时间。

"我不同意。"

"什么?"她猛地抬起头,几乎听得见"吧嗒"一声。她相信自己成功表达了自己的看法,完全没料到他竟然会不同意。

"你所说的有关哈蒙德成长的家庭背景都是对的。克罗斯夫妇向那个孩子灌输了行为规范。我相信那些教育里包含了对待女性、对待所有女性的行为准则,那些准则可以一直追溯到身披盔甲的骑士时代。但是他的父母亲,尤其是普雷斯顿,还在他的身上灌输了牢不可破的责任心。我相信这种责任心会占上风的。"

"那么你怎么解释他这种不积极的表现呢?"

梅森耸了耸肩:"他还有别的案子,出庭日期排得满满的,牙痛发

---

[1] 指在深玻璃酒杯里放置威士忌或白兰地和砂糖调和,再加碎冰和鲜薄荷而成。——译注
[2] 指勇敢、荣誉感、侠义、尊敬女性、慷慨等品质。——译注

作了,个人生活出了点麻烦,可能有各种各样的理由去解释他的心不在焉。我们离案发时间才过了几天嘛,调查仍然处于起步阶段。斯米洛承认,他掌握的证据不足以实施拘捕。"他笑了笑,又恢复了洪钟般的嗓音,"我相信,一旦斯米洛正式指控拉德医生或者任何人犯了谋杀罪,哈蒙德一定会手握球棒,直接上前,要是我没看错那个孩子的话,他会完成一个全垒打的。"

尽管斯蒂菲有一种咬牙切齿的感觉,但还是宽慰地舒了口气:"我很高兴你有这种看法。我是不情愿让你注意这件事的。"

"我在这里就是干这个的。"他站立起来,从柱式衣架上取回上衣,明显是在示意她离开。

斯蒂菲随他走到办公室门口时,不顾一切地说,还有件事他得听一下:"我担心你会对哈蒙德的表现不满意,把案子交给另一个人。那样一来,我再也不会参与此案了。而我很不喜欢这样,因为我发现这个案子非常有吸引力。我迫切希望警方给我们提供一个疑犯。我迫不及待地想潜心去准备庭审工作。"

梅森对她的热情感到好笑,咯咯地笑了起来:"那么你今天上午就会愉快地知道斯米洛有什么进展。"

"我的授课时间快要结束了。"

医科专业学生们发出了一阵抱怨声。讲堂被学生们挤得座无虚席,有的人只得站着听课。

"谢谢。"她笑着说,"我对你们认真听课表示感谢。在我们不得不下课之前,我想说一下,受到恐惧打击的病人不应当被看成疑病症患者而随便打发,这一点是十分重要的。可悲的是,情况往往不是这样。家庭成员可能会对病人的不断抱怨变得无法忍受,这是可以理解的。

"这种症状有时会十分古怪,显得荒唐可笑,而且往往被认为是虚构的幻想。因此，尽管病人在接受治疗，在学会如何去对付急性发作的焦虑紊乱症，这段时间里，他的家人也应当学会如何去对待这种现象。

"我现在必须放你们下课了，否则其他老师会找我算账的。谢谢你们认真听课。"

他们热情鼓掌，然后鱼贯而出。有几个学生还走上前跟她交谈，握手，称赞她的讲课趣味横生，信息量很大。有个学生还拿出一篇她撰写的文章，请她在上面题字。

直到最后一名学生离开后，她的主人才走上前。道格拉斯·曼博士任教于南卡罗来纳州医学院。他和阿丽克丝在医学院上学时就认识，而且一直是好朋友。他的个头又瘦又高，头秃得就像台球一样。他曾是一名出色的篮球运动员，而且是个死抱独身主义的男子汉，其原因他从来没有告诉过阿丽克丝。

"也许我应该设立一个名流崇拜者俱乐部。"他走到她跟前时说。

"我只是为吸引了他们的注意力而感到欣慰。"

"你不是在开玩笑吧？他们全神贯注地听着你讲的每一句话。你成了这个小时的明星人物。"他无所顾忌地大笑着说，"我非常喜欢身边拥有名人朋友。"

对于这番在她看来不合时宜的恭维话，她淡然一笑："他们很容易相处，是出色的听众。我们像他们这么大的时候有这么聪明吗？"

"谁知道呢？我们当时浑浑噩噩的。"

"你才浑浑噩噩的。"

"噢，是啊。"他耸了耸瘦削的肩膀，"说得对。你那时不知道什么叫乐趣。整天发奋读书，没有任何娱乐。"

"原谅我，拉德医生？"

阿丽克丝转过脸，发现面对面站着的是博比·特林布尔。她的心猛地一颤。

他朝她的手伸去，热情地上下摇动了一下："我是罗伯特·特林布尔医生，来自亚拉巴马州蒙哥马利。我是来查尔斯顿休假的。今天早上我看到了有关您讲座的通知，所以一定得过来会一会您。"

道格拉斯并不知道她的处境难堪，便做了自我介绍，又握了握博比的手："同行光临我们的讲座总是受到欢迎的。"

"谢谢。"博比转向阿丽克丝说，"您对焦虑的研究使我特别感兴趣。我感到好奇的是，促使您钻研这种综合征的动机是什么。也许跟您本人的经历有关吧？"他使了个眼色，"是不是担心以往的罪孽会缠住您不放呢？"

"您得原谅我，特林布尔医生。"她冷淡地说，"我安排好了要去看病人。"

"很抱歉耽搁了您的时间，见到您很愉快。"

她突然转过身，朝出口处走去。道格赶紧对博比含糊地道了别，然后快步跟上了她："一个热心崇拜者就令你感到多得不好应付吗？你没事吧？"

"当然没事。"她欢快地回答。但她并不是没有事。她根本谈不上没有事。博比的不期而至就是以他的方式告诫她，他任何时候都能侵入她的生活，轻而易举。如果他愿意，她的生活中没有任何角落是他不能渗透的。

"阿丽克丝？"道格问她是否愿意同他一起吃一顿稍微迟了点的早餐，"为了表示感激，起码我能够为你买上一份虾子和粗玉米糊。"

"听起来味道很美，道格，可我不得不走了。"即便她的生命取决于这顿早餐，她也是一口饭都咽不下去的。在她认为是安全的领域里见到博比以后，她感到极大的震动和不安，而他的本意十有八九就是这样："我约好了十五分钟以后见一位病人。事实上我刚好来得及赶到那里。"

"我们这就动身。"

那天早上，道格执意要开车来接她，又把她送到南卡罗来纳州大学医学院的医疗中心，因为在杂乱无章的建筑群附近是很难找到泊车位的。在驱车返回闹市区途中，他再次感谢了她。

"不必客气。我很喜欢这次讲座。"直到博比坏了这次好事之前，她思忖道。

"任何时候只要能还你的情，我都该好好谢你一回。"他很认真地说。

"我会记住的。"

为了掩饰内心的不安，她一直谈论着轻松的话题。他们交谈了有关共同熟悉的同事和朋友的小道消息。她问了问他正在撰写的有关艾滋病的研究论文进展情况。他则问了她个人生活有什么令人兴奋的新进展。

即便她告诉他，他也不会相信。说不准他会相信的，当他们拐入她家的那条街道时，她改变了想法。

"怎么回事？"道格惊叫起来，"你家一定是夜里被盗了。"

一股沉甸甸的恐惧感顿时袭上了心头，她意识到停在她家门口的警车与夜盗毫无关系。两名身穿制服的警察像哨兵一样把守着她家前门的两侧。一个穿便衣的人正透过正面的窗户朝里面张望。斯米洛同她的病人正在交谈，这位病人显然比预约的时间来得要早。

道格停下了车，正准备下车时，被阿丽克丝一把拉住了："别搅到里面去，道格。"

"搅到什么里面？究竟出什么事啦？"

"事后我再给你说明情况吧。"

"可是——"

"拜托了。我会打电话的。"

她紧握了一下他的胳膊，然后迅捷地从她那侧的车门下了车，一边沿着步行道走去，一边注意到她家门前上演的场面已经吸引了好几位过路人的注意。有个游客正在拍摄她的住宅，而她的住宅并没有任何异常的地方。她每次徒步远足，都会发现这条街道很有特色。虽然房屋设计风格相似，她所在街区的每一座房子都拥有至少一处具有历史意义的显著特征。今天早上，她的房子却是因门前停了警车而与众不同。

"拉德医生！"她的病人疾步走上前来，"这是怎么回事？我刚到这里，警车就开到了。"

阿丽克丝越过这位深深忧虑的女病人的肩膀怒视着斯米洛："实在是抱歉，伊夫琳，不过我不得不重新安排你的预约时间。"

她把手放在女病人的肩上，让她转过身，送她朝她的车子走去。阿丽克丝花了好几分钟时间才说服她相信，一切都很正常，她的预约会尽可能早地重新安排。

"你还好吧？"阿丽克丝体贴地问道。

"你呢，拉德医生？"

"我还好，我向你保证。今天晚些时候我会给你打电话的，别担心。"

女病人开车离去以后，阿丽克丝才转过身。这一次，当她大踏步走上步行道时，两眼一直望着斯米洛。

"你到底要在这里干什么？我有一个病人——"

"而我有一份搜查令。"

他从套装的上衣胸袋里取出了那份文件。

阿丽克丝朝着在门口来回走动的其他三名警官望去，然后再猛地转过脸面对斯米洛："我三点钟要看最后一位病人。这事能不能等到门诊结束以后再说？"

"恐怕不行。"

"我要打电话给弗兰克·帕金斯。"

"请便吧，不过我们进去搜查并不需要得到他的允许，我们甚至不需要得到你的允许。"

他不再啰嗦，示意他的手下行动。

也许最让阿丽克丝感到被冒犯的，是他们进入她的房子前都戴上了塑料手套，好像她和她的房子是他们必须加以防备的污染物。

起先她尖叫起来。

一觉醒过来，爱伦·罗杰斯发现自己陷入了一个女人——至少是一个来自印第安纳波利斯郊区的单身中学女教师——所能理解的最可怕的噩梦时，她从床上坐了起来，紧紧抓住床单放到喉咙处，哭得死去活来。

酒醉未醒而浑身难受，一丝不挂，被人强奸，被人遗弃。

她的脑海里重现了昨晚的事情经过，起先她好像是进入了幻境，一个英俊潇洒的陌生人出现在夜总会里，他没有挑选那些更年轻、更漂亮、更苗条的姑娘，而是看中了她。是他先采取主动的，他选中了她作为舞伴，还为她买了酒水。那种相互间的吸引是瞬间发生的，正如她一向想象的当"这种事"最终发生时的那个样子。

再说，那个人并不乏味和肤浅。他讲述了一个动听的故事。他讲的那个爱情和丧偶的故事使她很伤心。他发狂似的爱着他的妻子。她生病期间，他精心照料她，一直到她去世。尽管妻子病重给他带来了困难，加上生意还要打理，他包下了烧饭、洗衣和打扫卫生的全部家务活。他为妻子完成过私人使命，甚至是很不愉快的使命。当她偶尔感到体力允许她外出时，他还为她化妆。

多么大的牺牲呀！这正是爱情的全部真谛。他是一个值得结交的男人。他是一个值得获得爱伦爱情的男人，多年来她一直蓄积着她的爱情，迫切想与人分享。

他还是个了不起的做爱高手。

尽管她的以往经历有限——一个年长的堂兄曾经强行将舌头伸进她的嘴中亲吻她；一个情人在他的车子里大谈什么爱情，手忙脚乱地发生过两次交媾后，就抛弃了她；一个结了婚的男教师跟她有过一段令人神往、却未完成的恋爱，后来他调到了另一所学校——她认识到，那个名叫埃迪的人床上功夫可不一般。他的做爱动作，她过去只是在收藏于地下室贴了标签的纸盒子里的小说中读到过。他的激情把她折腾得精疲力竭。

可是现在，与素不相识的陌生人的一夜情带来了可怕后果，那段玫瑰般浪漫的恋爱已被这种后果弄得黯然失色。怀孕，（嗨，四十多岁的女人是可能怀孕的）性传播疾病，艾滋病。

任何一种后果都会断送她有一天会结婚的美梦。她结婚的机会随着一年一年的过去而变得越来越渺茫，可是昨天晚上的不慎重真正使得婚姻成了一个不可能实现的梦想。现在有什么男人会要她？一个正派的男人是不会要她的。她现在有了劣迹，不会有男人要她的。

她的处境不可能再糟了。

但事实正是这样。

她还被洗劫一空。

她终于下了床，走进卫生间去确定一下损失有多大时，才发觉了这一点。她意识到她的手包已经不在昨晚放置的那张椅子上。她明明记得是放在椅子上的。这件事她不可能忘记，因为这是头一回一个男人从她后面走上来，开始顶着她摩擦她的……你知道是怎么回事。他的手从两边摸过来，伸进她的衣服，她的骨头几乎发酥了，便把手包扔在了椅子上。她敢肯定这一点。

尽管如此，她还是发疯般地在房间里寻找着，痛责自己没有在意那些力劝人们不带上旅行支票绝不要离家的电视广告。

不管是出于这种愤怒的自我痛责，还是出于对能说会道的埃迪如此轻易就让她轻信了他的所有谎言的痛苦回忆，爱伦·罗杰斯忽然间停止了寻找手包的徒劳，站在旅馆房间的中央。她依然赤身裸体，把双手放在臀部，丢弃了原先那个端庄稳重的自我，像水手一样狂叫起来。

她不再替自己感到难过了，她恼羞成怒。

23

哈蒙德到司法大楼的时候，已近中午时分。他经过接待处时，让接待员给他送杯咖啡过去。一进办公室，他看见斯蒂菲在里面等着，心里非常不高兴。

更让他讨厌的是，她看了他一眼说："难熬的一夜吧？"

他昨夜快到天快亮才回家，一躺下就昏沉沉地睡了几个钟头。等他醒来朝床边的钟一看，不觉骂了一声。他自然无需斯蒂菲告诉他迟到了多少时间。

"你的大拇指怎么了？"

他当时用了两张邦迪创可贴才把伤口封住："刮脸碰破的。"

"拇指上的胡子太长了吧？"

"有什么事，斯蒂菲？"

"斯米洛又送了一些证据到南卡罗来纳州执法处。他希望毛发是同一个人的。"

他掩饰着内心的忐忑，若无其事地把公文包放在办公桌上，脱下上衣挂起来，然后翻了翻桌上一叠信件和电话留言。他翻出其中一封看了看,同时漫不经心地问:"哪个案子?"

斯蒂菲气得双臂交叉放在腰际:"卢特·佩蒂约翰谋杀案,哈蒙德。"

他在办公桌前坐下,谢了谢送咖啡来的女接待员:"想来一杯吗,斯蒂菲?"

"不了,谢谢。"等接待员一出门,斯蒂菲就砰地把门关上,"现在你安定下来了,咖啡也有了。我们是不是讨论一下最新的进展?"

"斯米洛在佩蒂约翰的饭店套房里发现了毛发?"

"是的。"

"他要鉴定它是不是……"

"与阿丽克丝发刷上取下的一样。他们上午搜查了她的住处。"

这话使得他微微一怔:"搜查?"

"今天一早,他就办了搜查证。已经搜查完了。"

"他申请搜查证的事我一无所知。你呢?"

"也是刚知道。"

"那你怎么不打电话给我?"

"我觉得没有必要,因为还没有发现什么。"

"这是我的案子,斯蒂菲。"

"不过,从你的表现根本看不出来。"她提高了嗓门。

"我的表现怎么了?"

"你自己心里有数。你先问问自己,为什么拖拖拉拉现在才来。不要对我发火,因为事情开始的时候,你不在。"

他们隔着桌子相互瞪着。对他们俩收紧绳索、把他排除在外的做法,哈蒙德感到恼火。在这个案子上,她和斯米洛像合穿着一条裤子。尽管他不愿意承认,但平心而论,觉得她说得不无道理。对他自己、对这个局面,他都感到恼火,不过只是冲着她发泄发泄而已。

"还有什么?"他的语气缓和下来。

"他还找到了苦丁香。"

"苦丁香?你这是什么意思?"

"还记得从佩蒂约翰袖子上取下的小颗粒吗?"

"有点儿印象。"

她解释说,经检查证明,那小颗粒是苦丁香,拉德医生家里过道上一只钵子里的橘子上也放了些苦丁香。"这就像百花香罐一样,能给房间增添香气。此外,他们还在她的保险柜里发现一摞钞票。有上万元。"

"这能说明什么呢?"

"能说明什么,我还不知道,哈蒙德。不过你得承认,把那么多现金放在家中的保险柜里,很不正常,值得怀疑。"

哈蒙德觉得喉咙里堵得慌。他问道:"武器呢?"

"很遗憾,没有发现。"

他的电话响起来。接待员告诉他,是斯米洛探长的电话。

"也许是找我。"斯蒂菲抓起电话,"我跟他说过我在你办公室。"

她边听边看表,然后兴奋地说:"我们马上就去。"

"马上去哪儿?"等她挂上电话,哈蒙德问道。

"我想,拉德医生意识到日子不好过了,要来接受进一步讯问。"

虽然他桌上有许多待处理的文件、简报、备忘录、留言,但是他却没有想让斯蒂菲去当他的代表。他得亲自听听阿丽克丝要说些什么,即使是他不想听到的情况。

他感到一种难以摆脱的恐惧,而且比以前更厉害。斯米洛有一股倔劲,在履行职责、干好本职工作方面是无可指责的。阿丽克丝……见鬼,他也不知道对阿丽克丝应当怎么看。她承认她跟他睡觉是故意害他,可是又不愿说明原因。除了跟佩蒂约翰及其被杀害一案有关,还会有什么原因呢?

由于心里没底,他感到忧虑。他们一起离开大楼时,他觉得自己仿佛走在流沙上,步履艰难,骄阳似火,空气沉闷。就连斯蒂菲车上的空调也不起作用。他们走上警察局大楼正门的台阶时,他身上已经汗淋淋的了。他跟斯蒂菲一起乘电梯来到斯米洛办公室那层楼。

斯蒂菲敲了敲门,便冲了进去:"我们漏掉什么没有?"

斯米洛没等他们到场就开始了。此刻他对着录音机话筒说:"助理检察官芒戴尔和克罗斯到场。"接着他说了说日期和时间。

阿丽克丝转身对着跟在斯蒂菲身后进来的哈蒙德。今天早上,他在床边上弯腰跟她吻别的时候,她曾用双手吊住他的脖子,把嘴唇迎上去,接受了一个长长的热吻。吻完之后,他不无遗憾地叹了口气。她把头放回枕头上,眼皮发沉、睡眼惺忪地对他深情地微微一笑。

现在他看得出,她的眼睛里露出了跟他一样的恐惧。

相互打过招呼后,弗兰克·帕金斯说道:"斯米洛,在你开始之前,我的委托人想对她说过的一些话进行修正。"

斯蒂菲得意地笑了。斯米洛不动声色,示意阿丽克丝开始。

在可想而知的寂静中,阿丽克丝语气平稳地说:"在关于去佩蒂约翰顶楼套房的问题上,我以前没有对你们说实话。上星期六下午,我到那里去过。在等他开门的时候,我看见了梅肯县来的那个人走进自己的房间,情况就像他跟你们说的。"

"在这个问题上,你为什么要说谎?"

"为了保护我的一个病人。"

斯蒂菲从鼻子里哼了一声表示怀疑。斯米洛瞪了她一眼,制止了她。

"请继续说下去,拉德医生。"

"我是代表一个病人去找佩蒂约翰先生的。"

"为什么事情?"

"传达一个口信，我只能说这么一点。"

"职业特权是一块绝妙的挡箭牌。"

她微微点点头，勉强表示认可："不过，我就是为这件事去的。"

"以前你为什么不把这件事告诉我们？"

"我怕你们逼我说出病人的名字。与我相比，病人的利益更重要。"

"直到现在？"

"现在情况变得很严重。比我预想的严重得多。我原先想替病人保密，现在有些情况不得不说了。"

"通常你都这么替病人干事情？送口信之类的？"

"通常嘛，不这样。可是这个病人如果跟佩蒂约翰直接见面，就会感到非常痛苦。而这对我来说是很容易的事。"

"这么说，你见到佩蒂约翰了？"

她点点头。

"你在套房里和他待了多长时间？"

"几分钟吧。"

"不到五分钟？超过十分钟？"

"不到五分钟。"

"到饭店套房见面，这是不是有点怪？"

"我当时也有这种感觉。在那里见面，是佩蒂约翰提出来的。他说他觉得在饭店比较方便，因为过后还有人要去找他。"

"谁？"

"我不知道。反正到那里去一下我并不介意，因为我跟你说过，这一天剩下的时间我就自由了。我没有其他的事要干。我在广场饭店附近逛了逛商店，然后就离开了。"

"去了游艺会？"

"是的。我跟你们说的其他情况都属实。"

"哪个版本?"

弗兰克·珀金斯听到斯蒂菲的俏皮话后皱起眉头:"芒戴尔女士,话中不必带刺。拉德医生不愿意把她与佩蒂约翰的短暂会面告诉你们,原因现在已经很清楚。她是在保护一位病人的隐私。"

"真高尚啊。"

没等帕金斯律师再劝斯蒂菲,斯米洛就继续问了:"拉德医生,你觉得佩蒂约翰看上去怎么样?"

"看上去怎么样?"

"他的情绪怎么样?"

"我不认识他,对他那天下午的情绪,我没有可供比较的参照物。"

"呃,他显得很快活还是很古怪?高兴还是忧伤?得意还是沮丧?"

"没有这些极端的表现。"

"你传达的口信大致内容是什么?"

"恕我不能告诉你。"

"是不是很恼人?"

"你是说是不是让他很生气?"

"是不是?"

"即使是,他也没有表露。"

"没有使他急火攻心,发起心脏病来?"

"没有,丝毫没有。"

"他是不是很紧张?"

听见这话她笑了笑:"在我看来,佩蒂约翰不是轻易流露紧张情绪的人。我看过有关他的报道,其中没有一则说他是胆小怕事的。"

"他总体上对你是不是很友好?"

"很客气。我不会把它说成是友好,在此之前我们互不相识。"

"很客气。"斯米洛想了想,"他有没有尽主人之道?比方说,有没有说请你坐下?"

"说了，不过我是一直站着的。"

"为什么?"

"因为我知道自己不会待很久，所以就没坐下。"

"他让你喝点儿什么没有?"

"没有。"

"做爱?"

对这个突如其来的问题，房间里的人全都做出了反应，但谁也没有哈蒙德的反应那么强烈。他就像被背后靠着的墙猛地蜇了一下，突然跳起来。"见鬼!"他大声说道，"这话是从哪儿冒出来的?"

斯米洛关上录音机，转身对着哈蒙德说："不要打岔。这是我在调查。"

"这个问题不妥，这你他妈是知道的。"

"我非常赞同。"弗兰克·帕金斯说道，他也像哈蒙德一样很生气，"在调查中，你没有发现任何东西能说明佩蒂约翰当天下午有过性行为。"

"不在套房的床上。这并不能排除其他性行为，比如口交。"

"斯米洛……"

"你有没有跟佩蒂约翰发生过口交，拉德医生?或者他跟你?"

房间里显得很拥挤，可是哈蒙德还是冲到斯米洛跟前，猛地推了他一把："你这个狗娘养的东西!"

"你少碰我!"斯米洛说着把他推开。

"哈蒙德!斯米洛!"斯蒂菲想上前挡住他们，结果也被推到了一边。

弗兰克·帕金斯再也按捺不住了："这实在太不像话了!"

"这太下流了，斯米洛!"哈蒙德大声喊起来，"即使是你，以前也没有这么下流。如果你还一意孤行,至少要有胆量把录音机开着。"

"至于我怎么样调查,用不着你指手画脚。"

"这不是调查,这是对人格的伤害。而且毫无道理。"

"她是个疑犯,哈蒙德。"斯蒂菲来了一句。

"这不是性骗局,她并没有这样。"他回敬了她一句。

"那毛发怎么样,斯米洛?"斯蒂菲问道。

"我正准备说这个问题。"他和哈蒙德像进了斗牛场的牛,相互对峙着。还是斯米洛先恢复了常态。他捋了捋头发,拽了拽衬衣袖口,然后走回自己的位子上,把录音机打开:"拉德医生,我们在套房里发现了一根毛发。我刚才从哥伦比亚的州化验室得到消息,跟你发刷上的毛发一样。"

"那又怎么样,探长?"面对眼前这种情况,她不再采取被动态度了。她面颊微红,眼睛中露出愤怒:"我承认到过那间套房。我解释了为什么以前没有说实话。我掉了一根毛发,这是很自然的现象。我可以肯定,我的毛发不是你们在房间里采集到的唯一毛发。"

"这倒也是。"

"可是,你偏偏对我进行这样的肆意侮辱。"

哈蒙德真想大声说:好样的,阿丽克丝。她完全有理由感到愤怒。斯米洛的提问是蓄意的,为的是使她心烦意乱,思想无法集中,这样她就会乱中出错,落入他的陷阱,他就可以看出她说没说谎。这是旧时审案人员常用的套路,往往很起作用。可这一次它失了灵。斯米洛非但没能扰乱她的心理防线,反而使她火冒三丈。

"你能解释佩蒂约翰衣袖上怎么会有苦丁香的微粒吗?"

她的怒气略有消减,接着反倒笑起来:"斯米洛,苦丁香在世界上大多数厨房里都能找到。你为什么偏偏把我的苦丁香扯进来?我可以肯定,在广场饭店的厨房里就有很多。那也许是佩蒂约翰先生从自家厨房里粘到身上,带进饭店套房的。"

弗兰克·帕金斯露出了微笑。哈蒙德知道这位辩护律师此刻心里在想什么。在将来进行反诘的时候,他也会照此办理,让陪审团的人相信,把苦丁香作为指控拉德医生的证据是荒唐可笑的。

"斯米洛,在这一点上,我看你最好认输吧。"帕金斯说道,"拉德医生听从了我的建议,非常配合。这次讯问给她本人和她的病人带来了很大的不便,她要重新安排与他们见面的时间,她的家里给翻得乱七八糟。她还受到了难以容忍的侮辱。你要为这些事向她赔礼道歉。"

斯米洛似乎没有听见帕金斯的话,因为他毫无反应。他始终以咄咄逼人的目光注视着拉德医生的脸:"我们在你的保险柜里发现了很多钱,我想知道那是怎么回事。"

"那怎么了?"

"是从哪儿来的?"

"阿丽克丝,你没有必要回答。"

她没有听她律师的:"查查我的纳税申报单吧,斯米洛。"

"我们查了。"

她把眉毛一扬,仿佛在说:那你还问什么?

"难道把钱放在能生利息的银行不比放在墙上的保险柜里合算?"

"她自己的钱以及该如何处理,与此案毫无关系。"帕金斯说道。

"这件事情还要再看看。"斯米洛不等帕金斯再提反对意见,就竖起食指,"弗兰克,还有一件事,问完就完。"

"这样做毫无目的。"

"你的家是什么时候遭窃贼光顾的?"

哈蒙德绝没料到他会提出这个问题。阿丽克丝显然也没有。这一次,从她的反应中明显能看得出来。

"是从厨房门进来的?"

313

斯米洛密切地注视着她:"对,离门廊不远。"

"具体我记不清了。我想是几个月前吧。"

"遭窃了没有?"

"没有。我想大概是邻里淘气的孩子干的。"

"唔。好吧,谢谢。"他关上录音机。

她站起来的时候,帕金斯替她拉开了椅子:"斯米洛,你这一套太过时,也太放肆了。"

"没有必要道歉,弗兰克。我要办的是一桩谋杀案。"

"你这是缘木求鱼,找错了对象。你在骚扰拉德医生,而真凶依然逍遥法外。"

帕金斯用手肘碰了碰阿丽克丝,示意她朝门口走。哈蒙德想克制自己不去看她,可是做不到。她一定感觉到他凝视的目光,因为她走过的时候,朝他看了一眼。就在两人目光相遇的时候,斯米洛突然问道:"你的男朋友是谁?"

她迅速转身对着探长。"男朋友?"

"你的情人。"

这一回他的问题起了作用。阿丽克丝失去了自控。她没有像往常那样谨慎,也没有听律师让她保持沉默的劝告。她十分干脆地说:"我没有情人。"

"在你放进脏衣物篮的床单上,我们发现了血迹和精液,你如何解释?"

"为病人保密的说法纯属编造。"斯蒂菲说着咯咯笑起来,"我建议你指控她故意拖延。"

弗兰克·帕金斯怒冲冲地陪同他的委托人走后,斯蒂菲、斯米洛和哈蒙德没有马上离开。不过斯米洛和哈蒙德都没有听斯蒂菲在说什么。

他们就像两只怒目相视,准备决一雌雄的鳄鱼。谁后死谁就是赢家。

哈蒙德首先出击:"你从什么地方……"

"你对我采用的办法怎么看,我不在乎。我要按自己的办法做。"

"你想开释她?"哈蒙德回敬说,"你老是在她的私生活上纠缠。弗兰克·帕金斯会狠狠反击的。她脏衣物篮里的床单?天哪!"他对此嗤之以鼻。

"别忘了那件浴衣。"斯蒂菲插话说。她发现这部分最有意思,"那个女的是穿着浴衣干的。"

哈蒙德怒不可遏地看着她,这时斯米洛提请他注意:"她在情人的问题上为什么要说谎?"

"我怎么知道?"哈蒙德扯着嗓门说,"你他妈的又怎么知道?她说现在没有跟什么人相好。说得够多的了。"

"才不是呢。"斯蒂菲插话说,"精液斑……"

"跟她上周末见佩蒂约翰毫无关系。"

"也许没有。"她唐突地说,"她说她剃毛的时候把腿弄破了,这种解释是有道理的。好吧,这可以解释血迹,不过我认为可以化验一下血型。但是精液总是精液。如果这与佩蒂约翰无关,她为什么要矢口否认跟别的男人的关系呢?"

"可能会有上千种原因。"

"说一个听听。"

哈蒙德把脸凑到离她很近的地方:"好吧,说一个。她跟什么人睡觉与你他妈的不相干。"

他声带紧绷,脸涨得通红,额头上的青筋都暴了出来。以前他对警察、法官、陪审团、对她以及对他自己发脾气的样子,她都见过。可是像这样怒不可遏,她还从来没见过。她头脑里产生了一些疑问。等一个人空闲的时候,她会仔细琢磨其中的原因。此刻她只说了一句:"我不明白你为什么这么不高兴。"

"因为我知道他会干出什么事来。"他指着斯米洛说,"他会耍手腕为自己的案子搜寻证据。"

"这是我们合法搜查中发现的证据。"斯米洛的话像是牙缝里迸出来的。

哈蒙德冷笑着说:"我不会栽到你身上,说是你射的。"

斯米洛就像要揍哈蒙德似的,气得鼻孔都快闭上了,过了半天才吸进一口气。

斯蒂菲认为为谨慎起见,还是进行一下干预:"你们觉得像拉德医生这样的女人,多长时间洗一次衣物?"

"至少每隔三四天。"斯米洛干巴巴地说。他的眼睛仍然死死盯着哈蒙德。

"我不相信。"哈蒙德说着向后靠在墙上,好像不愿介入这样的讨论。

斯蒂菲说:"这就是说,在过去的几天里,阿丽克丝·拉德有过性行为,可是却没有说实话。你提到情人的时候,她没有拒绝指出那个人,没有反问她的私生活跟我们的谋杀案调查有什么关系,也没有让我们滚到一边去。她欲盖弥彰,编造谎言。露馅之后,又企图强词夺理,说'我的意思是,我现在跟任何人都没有瓜葛'。"

两个男的都在听着,或者似乎在听着,可是都没有发表意见。于是她继续说道:"她可能是故意这么说的。也许采用的是政客的一套遁术。她未必就是说谎,但也没有完全实话实说。也许她没有固定的情人,可是偶尔也想乐一乐。"

斯米洛的眉头皱了起来:"我看不是。我们在药品小柜里没有发现避孕用具。没有安全膜,甚至安全套也没有。没有证据能说明她有定期的性生活。所以,在脏衣篓里发现那条床单之后,我感到很吃惊。"

"不过你肯定想到了她在性生活上的问题,斯米洛。否则,你为什么要特别提出她是否跟佩蒂约翰有过性行为呢?"

"没有特别原因。"他承认说,"这主要是针对卢特而不是针对她的。"

"用这种办法来诈她是很卑劣的。"

斯蒂菲对哈蒙德的愠怒毫不理会:"所以,你认为她不会跪在套房的地板上跟佩蒂约翰做?"

斯米洛笑了笑:"也许那是他心脏病发作的原因。"

哈蒙德的身体猛然离开墙壁:"这次见面的目的就是要讨论拉德医生的私生活?如果是这样的话,我还有自己的事情要做。"

斯米洛冲着门的方向点点头:"悉听尊便吧。"

"还有什么要谈的?"

"有人从她后门入室行窃的事。"

"她已经解释过了。"

对哈蒙德的迟钝,斯蒂菲越来越恼火:"你不相信那样的解释,是吗?显然在那个问题上她也说了谎。她一直在说谎,在每一件事情上,她都不说实话。你是怎么回事嘛?平常你是一英里之外就能嗅出谎言的。"

"她说破门而入是几个月前的事。"斯米洛说道,"可是木头上的痕迹不像几个月前留下的,是新的。铁锁上的划痕也是新的。她在穿戴方面非常仔细,家居布置非常整洁,我看她是不会等几个月再维修的,所以入室行窃事件是近期发生的。"

"这还是推测。"哈蒙德说道,"全是推测,全都是。"

"可是不以为然的态度是愚蠢的。"斯蒂菲毫不相让。

"捕风捉影、毫不相干的胡乱猜测才愚蠢呢,而且没有事实。"

"有些是事实。"

317

"你为什么非要证明她有罪呢?"

"你为什么非要证明她无罪呢?"

突然一阵沉寂,气氛极为紧张,随后的敲门声就像隆隆的炮声。

门罗·梅森推开门,探进头来四周看了看。"我听说拉德医生再次受到传讯,所以亲自过来,看看事情进展如何。我想大概不太顺利。刚走进那道安全门,我就听见大吵大嚷的声音。"

大家都嘴里含糊不清地跟他打招呼,接下来的半分钟,谁也没有吭声。

还是梅森先开口跟斯蒂菲说话:"平常你是快言快语。今天怎么啦?是猫儿把你舌头叼走了?我打断了你们什么没有?"

她先看了看哈蒙德和斯米洛,然后转向梅森:"对拉德医生家的搜查发现了一些有趣的情况。哈蒙德和我在探讨它们与本案是否有关系。斯米洛认为它们构成了对她的有效证据。我倾向于他的看法。"

梅森转向哈蒙德:"显然你不同意他们的看法。"

"我看我们是什么也没弄到。他们胡来一通,可是他们并不负责把案子提交给陪审团。"

斯蒂菲意识到,随后的几分钟对她的前途至关重要。哈蒙德是梅森的宠儿。就在今天早晨,当她说到哈蒙德似乎对这个案子不大热心的时候,梅森马上就出来替他说话。对他所选定的接班人说三道四,也许是很不明智的。

可是从另外一方面来说,她又不能因为哈蒙德过于谨慎而放过嫌疑对象。如果她这一步走对了,梅森也许能看出他选定的接班人的弱点,而这又是他先前没有注意到的。他也许会发现他个性上的瑕疵,因为这会影响诉讼律师工作的力度和效果。

"我认为,根据现在掌握的情况,就足以拘捕拉德医生了。"她说道,"不知道我们还在等什么。"

"等证据。"哈蒙德明快地回答说,"这个观点如何?"

"我们已经有了证据。"

"说得轻一点儿,是捕风捉影、不着边际的证据。我们现在搜集到的这点东西,南卡罗来纳州最蹩脚的辩护律师都能轻而易举地将它驳倒。再说,弗兰克·帕金斯可不是蹩脚货,而是最好的律师之一。如果我提出的证据仅仅是一根毛发和一点儿调味品,恐怕大陪审团就不会指控她了。"

"调味品?"梅森问道。

"苦丁香是一种香料。"斯蒂菲生气地顶了他一句。

"随你怎么说吧。"哈蒙德提高了嗓门。

"他说得对。"斯米洛的轻声插话立即使他们安静下来。斯蒂菲简直不相信斯米洛居然会同意哈蒙德的说法。哈蒙德吃惊的程度也不亚于她。

梅森对斯米洛的话很感兴趣:"你同意哈蒙德的说法?"

"不完全。我认为拉德医生与本案有牵连。可是其方式和程度,我现在还无法定论。星期六她到过佩蒂约翰那里。我的直觉告诉我,她去那里是不怀好意的。否则她为什么一而再、再而三地编造谎言来加以掩饰?不过从法律角度来看,哈蒙德是对的。我们没有发现武器,而且没有……"

"动机。"哈蒙德替他把话说完。

"正是如此。"斯米洛苦笑着说,"如果她跟佩蒂约翰没有密切关系,那她跟查尔斯顿的其他男人睡觉实际与本案也就无关了。如果有人莫名其妙地破门进入她家里,我们又何必过问呢?她把上万美元现金放在家中的保险柜里,这并非不合法,但却有些怪,因为从她家只要走几步路就有好几家银行。

"从对她的个性观察来看,我认为她宁肯自己被判死刑,也不愿意对不起病人对她的信任，即使那个病人是唯一可以证明她清白的人。我倒不是相信她说的替病人带个口信的说法，这我是不相信的。对于去游艺会和其他一些胡乱编造的说法，我也不相信。

"但是，起码有一条。"他加重了语气，"那就是，我没有发现她有杀害佩蒂约翰的动机。我甚至没有想过要把他们在私生活或者职业生涯方面加以联系。如果说他是她的病人，他却从来没有给她开过支票。如果她在他的项目中有投资，我也没有找到有关记录。我甚至认为，他们也许没有在一起出席过宴会。

"我派人到她的老家田纳西州去调查，到目前为止，还没有发现太多的东西，只有她在学校的学习成绩。如果说佩蒂约翰曾经到过田纳西，至少他没有在那里留下任何痕迹。"

"这么说，"梅森说道，"她说的是实话，或者她掩盖得十分巧妙。"

"我比较倾向于后者。"斯米洛说道，"她在隐瞒一些实情。究竟是什么，我眼下还不知道。"

斯蒂菲说道："可是如果你知道……"

"他不知道。"

"如果你真的找到什么动机……"

"可是他没有。"

"闭嘴，哈蒙德，请让我把话说完。"她冲着他不客气地说。他摆了摆手，让她继续往下说。她对斯米洛说："如果你能把它们联系起来，能找到证据，你会不会在我们已有证据的基础上采取进一步行动呢？"

斯米洛看了看哈蒙德："那就要看他了。"

哈蒙德狠狠地瞪了斯米洛一眼，接着把目光转向斯蒂菲，又看了看似乎急于想知道他如何回答的梅森。最后他说道："是的，我可以根据现有的材料来起诉。可是必须要说出是什么作案动机。"

24

"可是你知道,达维,这很不妥。"

"是很不妥。"达维·佩蒂约翰自鸣得意地说。她从流动侍者的托盘里换了个满杯,"我跟你说过,哈蒙德,我不是那种虚伪的人。"

"你昨天才为已故的丈夫举行了葬礼。"

"天哪,别跟我提那个。那可真是凄惨的荒诞事。难道你不觉得无聊透顶吗?"

哈蒙德不由自主地笑了笑,接着向给他端酒来的侍者表示谢意:"这将会成为他们今后几年的话题。"

"这就是我的基本目的,亲爱的。"达维说道,"这个小小的晚会就是要气气那些臭女人,因为我不管做什么,她们都会背后饶舌。既然如此,为什么不索性大干一场?"

无论怎么看,这也不是个小小的晚会。佩蒂约翰住宅楼下的房间里熙熙攘攘,人头攒动,除了朋友和熟人,还有一批食客。这些食客生性放荡不羁,即使这个新寡在丈夫葬礼后的第二天就举办这样的晚会,他们也不会说什么。这不可能被误解成节日纪念活动。这是一次很不妥当、很不适时的酒神节,当然这也是她的基本目的。

"难道卢特不会因此而生气?他会发心脏病的。"

"他发了心脏病。"哈蒙德说道。

"哦,是的。我差点忘了。"

"他发心脏病前有没有预兆?"

"血压不正常。"

"他不吃药?"

"他应当吃药,可是吃药会降低性功能,所以他就把药停了。"

"这个你知道?"

她笑了起来:"你看呢,哈蒙德?他发心脏病也要怪我?听我说,这是他太固执,自找的。他说过,如果要他在发泄和发火之间做出选择,他会选择发火。"

"他不是发心脏病死的,达维。"

"不是,这混蛋是被枪打死的,从背后。为打死他的人干杯。"她举起杯子。

哈蒙德可没有这个心情。对她的举动,他略感不安。他把注意力转向晚会。从他们所站的二楼走廊上,可以清楚地看见下面的热闹场面。"我没看见有'老卫士们①'来嘛。"

"没有邀请他们。"她呷了一口酒,淘气地笑了笑,"他们正美滋滋地观察所有这些大大小小的罪过,为什么要扫他们的兴呢?"

这次晚会将为喜欢饶舌的人提供大量素材。摇滚乐队的喇叭音量开到了最大,点心小吃丰富多样,酒水更是随便享用,连毒品都能弄得到。哈蒙德刚才就看见来宾中有个臭名昭著、多次逃脱惩罚的毒贩子。

---

① 此处"老卫士"指的是美国共和党人——译注。

他看见一个最近刚公开同性恋身份的畅销小说作家,为庆祝自我解放,此人公然带着情人来赴会。这种恬不知耻的公开亮相也许会引起人们的注意,而离他们不远处有个年轻女人却是个例外。她正向一些人展示她新近做的隆胸,甚至让几个热心的崇拜者摸一摸,体验体验。

"为这个,她钱也花足了。"达维挖苦说。

"你认识能打折扣的乳房整形医生?"

"不认识,不过我认识的那个水平更高。"哈蒙德斜了她一眼。她发出沙哑放荡的笑声,"不,亲爱的。我的是天生的。不过,我跟他睡过觉。他是个讨厌的情人,但是就工作而言,他绝对是个完美主义者。"

哈蒙德又斜了她一眼:"我来了之后,一直想问你。"

"问什么?"

"你跳过肚皮舞没有?"

"是不是很妙?"

达维张开双臂,踮起脚翩然转动以展示她的衣裳。这是一身大红的生丝套装,由托住乳房的紧身上衣和一条紧身长裤组成。那裤子束得很低,就像要掉下去似的。她的腰上挂了一串细细的金链,每只手臂上都套了十多只金镯子。

她脚下嘎吱作响,接着嘣咚一声,停止了转动。哈蒙德笑着说:"妙啊。"

她放下手臂,皱起眉头看着他:"你这么说对我有莫大的好处。哈蒙德,我们为什么不是情人呢?"

"我想要有一大把。"

"你真该死。"他笑起来,可是她的眉头却皱得更紧,"我开晚会连个男朋友也没有,这时候你怎么说这么讨厌的话?"

"那个按摩师呢?"

"桑德罗。我让他走了。"

"星期天？神速嘛。"

"你知道，我一旦下了决心，会是什么样的情况。"

"是他让你不痛快了？"

对他这样的玩笑话，她讥讽地笑了笑："哈哈。"

"一言难尽？"

"天哪，不是。他不是情人，只是玩物。他那个家伙比他的脑袋还大。"

"让女人销魂的男人。"

"一段时间里，也许。我感到腻味。"

"腻味是你最诅咒的。"

"说得不错。"她看着楼下的人群，叹了口气，"我精神很正常。"她抓住他的手，"跟我来，我给你看样东西。"

她拉着他穿过走廊，进入她的卧室。门关上之后，音乐声小了，使他们多了几分清静。她靠在门上，闭上了眼睛："太烦人，我头都给吵大了。"

"你不能丢下自己的晚会不管，达维。"

"认识我的人是少数。他们正好想参加晚会，这下可找到了机会。我去不去无所谓。再说，他们很快就会喝得醉醺醺的。"她朝前走了几步，把高跟凉鞋蹬掉，然后把酒杯放在靠躺椅的小桌子上，"再来一杯？"

"不了，谢谢。"

她从他手中把凝结着水珠的杯子拿过来，跟她的杯子放在一起。接下来的事情使他措手不及。她抓起他的双手放在她赤裸的腹部，踮起脚亲了他一下，再次转了一圈。这一次虽然没刚才的幅度大，但却贴着他的腰际，用意已经不言自明。

他吃了一惊，立即把头朝后一仰："这是干什么？"

"还要问吗?"

她用双臂勾住他脖子,想再亲他一下,可是见他没有反应,就把踮起的脚跟放下,明显失望地看着他:"不干?"

"不,达维。"

"就不能逢场作戏?跟老朋友都不干,那你能跟谁?"

"你能跟谁?"

她咧嘴一笑,想再次吻他的嘴唇,可是他把头一侧,让开了。

"达维,我们都不是小孩子了。已经超过偷吃禁果的年龄。"

"感觉会很好的。"她故意诱惑他,"会比第一次好得多。"

"这是肯定的。"他微微一笑,双臂在她腰际热烈地一拥,然后把手臂放下,"可我不能这样。"

"你是说不愿这样?"

"是这个意思。"

"哦,天哪。"她低声说道。她的手臂慢慢放下,从他胸部渐渐滑落到腰带上,最后完全脱离了他的身体,"告诉我,不是那样的。"

"什么?"

"你跟她好上了?"

他的心跳都停止了:"你怎么发现的?"

"哦,别哄我了,哈蒙德。几个月来人们一直在悄悄议论,说你们形影不离。"

"斯蒂菲!"他顿时大大松了一口气,"你说的是斯蒂菲?"

达维大惑不解地把头一歪问:"我还能说谁?"

与其回答她的问题,还不如承认他与斯蒂菲的风流事。"我跟斯蒂菲好过一阵,可是现在已经分道扬镳。"

"你发誓?"她眯起眼睛疑惑地看着他。

"以童子军的荣誉发誓。"

"哦,听到这话我非常高兴。你星期天晚上来的时候,我给了你许多机会,想听听你怎么贬损她,可是你没有。我当时就想,那些谣传大概是真的,我很伤心。哈蒙德,我是说,她哪一点吸引你?她没有风度,没有幽默,没有品位,我真想打赌说,她连劳工节后要穿白鞋子都不一定知道。"

哈蒙德笑起来:"你这个大骗子。你想让人们相信你是超凡脱俗的,可是实际并非如此啊。"

她恢复了高贵的姿态:"有些事是做不出来的。"

"穿白鞋子的事是非常忌讳的。"

"你已经有了意中人,对吧?"她突如其来地问道,"不要用'谁,我?'那一套话来搪塞,因为我知道我没有猜错。"

他既没有承认也没有否认。

她有点恼了,用拳头叉着腰:"我主动送货上门。"她指的是她那优美的酮体,"对这种不附条件的痴情相许,你竟然无动于衷。如果你不是同性恋,那肯定是爱上了另一个女人,要么就是我已经失去了女人的魅力,那我还不如今天晚上就自杀算了。告诉我,是什么原因?"

"我不是同性恋者,你也没有失去魅力。"

她完全可以说两句为自己的风韵感到自豪的话,可是她没有。既没有说"这我知道!"也没有说"你骗不了我,哈蒙德·克罗斯!"这种话她都没有说。

她看着他严肃的面孔,平静地说:"我想也是这样。你是什么时候遇到她的?"

"最近。"

"是新的玩物?还是有什么与众不同?"

哈蒙德凝视着她,为跟不跟她说实情而感到为难。在跟斯蒂菲相好之前,他曾经跟许多女人好过,可是时间都不长。查尔斯顿的人都知道,他是个理想中的男人,出身富裕之家,个人大有发展前途。大胆地追他的单身女子有一大串。那些想替女儿找个如意郎君的女人都认为他是最好的选择对象。

他自己的母亲也不断张罗,把他介绍给她朋友的女儿或者亲戚:"她是个非常可爱的女子,家庭背景非常理想。""他们家在佐治亚州,做木材生意的,也许是轮胎之类。""她是个难得的好姑娘,我想你们将是天成的一对。"只要他随便回答一句,也许就能使达维相信这顶多不过是类似的事情而已。

可是他和达维是多年的老朋友。他讨厌别人说谎,自己也不愿说谎。他慢慢坐到躺椅边缘,双手抓住分开的膝盖,肩膀微微向前耷拉。

"天哪。"她说着端起酒杯,"就这么难开口?"

"她不是个玩物。至于她是不是与众不同,我还不知道。"

"现在说还为时过早?"

"太复杂了。"

"她结婚了?"

"没有。"

"那有什么复杂的?"

"岂止是复杂,简直不可能。"

"我听不明白。"

"我现在不能说,达维。"他没想到自己的语气如此强烈,不过这倒使她意识到这个话题有多敏感。

她没有再坚持:"好吧。不过如果你需要有个朋友……"

"谢谢。"他抓起她的手,把手镯向上推了推,在她的手腕上吻了一下。接着,他心不在焉地用手指摸着一只手镯上镌刻的图案问道:"我什么地方露馅了?"

"你的行为方式。"

他把她的手放下："我的行为怎么了？"

"好像有一排人要被阉割，而下一个就要轮到你似的。"她穿过房间来到推车前，又倒了一杯酒，"昨天在葬礼上，我一见到你，就觉得有些不对头。从职业前程来看，你有了大好的机会——其中部分要归功于我。所以我当时就想，你肯定有什么心病。"

"我真担心这么容易就被人看透。"

"别紧张，也许其他人谁也没有看出来。我对你很了解，此外，我还发现了一些症候。那么忧郁，只能是因为爱情。"

他扬起眉毛："我不信。"

"唔。"

"你从来没有跟我说过。"

"结果很糟糕。那年夏天我们一起参加婚礼的时候，我就处在那种情绪的边缘。"她说着大声笑起来，"那就是使我感到郁郁不乐的环境。那是我在所有婚礼晚会上都比较放荡的原因，也是我那天晚上需要有个朋友的原因，一个非常亲密的朋友。"她说着笑了笑。他也对她报以微笑。"我们在游泳池里小小的越轨行为使我恢复了信心。"

"能为你效劳很高兴。"

"你说对了，还多亏了你。"

哈蒙德脸上的笑容逐渐消失："达维，我当时绝对没想到。你一点儿也没有表露出来。是怎么回事？"

"我们是在大学里认识的。他父亲是个牧师。你能相信吗？我跟一个牧师的儿子。他人很正经，聪明，有灵气。从来没把我看成淫荡女人。你也许发现这难以置信，不过我在他面前从来没有不正经的表现。"

她将酒一饮而尽，然后又倒了一杯："当然，我是不大正经。我遇到他之前，在学校里经常乱来。在男大学生中间，从一个宿舍到另一个宿舍，到处乱来。我甚至还跟我一个老师睡过。

"奇怪的是,他对我的名声一无所知。我以前的一些伙伴觉得,如果把我的事告诉他,也许会成为一个大玩笑。"她走到窗户边,透过百叶窗缝隙朝外凝视。

"他是个优秀生,上了优秀生名单的,品行很好。他不大参加各种聚会。因此,大家都不喜欢他。喜欢出他的洋相,认为这是对他出人头地的惩罚。他们真是不遗余力,他们甚至从一次聚会上拍了照片,我当然是其中最受欢迎的对象之一。

"他找到我,把他们对我说的话告诉我。我看他对我的底细全知道了,非常难过。我求他原谅,让他试着了解我,让他相信我跟他结识之后已经变了,可是他连听都不愿意听。"她身体前倾,把头靠在百叶窗上,"就在那天晚上,为了表示对我的鄙弃,他就跟另外一个姑娘上了床,她后来怀了孕。"

她纹丝不动,臂上的手镯没有发出任何声响:"从道德和宗教的观点来看,堕胎是不对的。他从来不想做不对的事情,所以就跟那个姑娘结了婚。尽管那件事显得很怪,哈蒙德,可是,那是我最喜欢他的时候。我真想怀上他的孩子。"

他确信她的话已经说完,因为她再次把手中的杯子举到嘴边。这时候他才说:"你一直在打听他的消息?"

"是的。"

"他没有离婚?"

"是的。"

"你见过他没有?"

她从窗前转过身看着他:"昨天,在卢特的葬礼上。他和斯蒂菲·芒戴尔一起坐在靠后的地方。他还是不大讨人喜欢。"

哈蒙德把所有的线索串在一起,嘴一下张得老大。他轻轻动了动嘴唇,说出了那个名字:"罗里·斯米洛?"

329

她苦笑了一下："没多大的意思，对吧？"

哈蒙德伸出手拢了拢头发："难怪他对卢特那么反感。先是因为他妹妹，后来是因为你。"

"实际上恰恰相反，卢特和玛格丽特的婚姻是几年后的事。罗里到查尔斯顿接受警察局这个职位的事我还记得。我是从报纸上看到的。当时我曾想跟他联系，可是出于自尊心，我没有联系。

"跟他结婚的那个女人生了个死胎，自己也死了。"说到这个有讽刺意味的结局时，她顿了顿，"他的父母都已去世，所以抚养玛格丽特的责任就落在他的肩上，他带着她来到这里。她在法院找到一份文秘工作，管管县里的档案、地区的地图之类。她是在那里与卢特相识的。如果说是由于她帮了他一些忙，比方说在财产的划分这类事情上为他做了些手脚，他们的浪漫史就得以发展，我丝毫不会感到惊讶。"

"我也不会。"哈蒙德说道，"我听说那桩婚姻像一场噩梦。"

"玛格丽特的感情很脆弱。肯定对付不了卢特那混蛋。"她说着饮干了杯中的酒，"有时候我会喝得醉醺醺的，忍气吞声。偶尔也故意出现在罗里眼前。他对我总是视而不见，好像根本就不认识。这很让人伤心，哈蒙德。而且也让人生气。

"所以，玛格丽特自杀之后，我就去追卢特，一直追到他跟我结了婚。罗里把我的心伤透了。所以我决定嫁给他最恨的人，以此来刺伤他的心。"她沮丧地说，"最后报复到自己头上来了，不是吗？"

"我感到很难过，达维。"

"啊，这个嘛，大可不必。"她轻描淡写地说，可是哈蒙德知道那是装出来的，"我的容貌还没多大变化。酒这个东西，"她说着举起高脚杯，"没有破坏母亲给我的容貌。她至今风韵犹存。所以我靠她的基因来抵御酒这个恶魔的不利影响。我的钱很多，等卢特的遗嘱得到验证之后，我还能得一大笔钱。说到钱……"

她走到一张古色古香的写字台前,打开中间那个扁一点的抽屉:"只顾说这些倒霉的往事,我差点忘了。在查看他写字台里的文件时,我发现了这个,是他的笔迹。"她把一张淡绿的便条递给他,"上面的日期是上星期六,对吧?"

看到这个条子,哈蒙德觉得眼睛模糊了。

"卢特写了你的名字和五点钟。我看像是约定见面的时间。我相信,你肯定不希望其他人知道。"

他朝她看了一眼:"不是你所想象的。"

她笑起来:"哈蒙德,亲爱的,我会相信减肥霜,但不会相信你杀人。我不知道这能说明什么,也不想知道。但是我觉得应该交给你。"

他凝神注视着那张纸上第二个小方框里的文字:"他写了第二个时间。六点钟,但是没有写名字。知道是怎么回事吗?"

"不知道。他的日程上没有星期六与你或者其他人见面的安排。"

显然卢特那天下午跟他见面之后,还要见一个人。是谁呢?他心里纳闷。他若有所思地把纸条折叠起来,然后把它放进自己的口袋:"正确的做法是,你应当把它交给斯米洛。"

"你什么时候见过我有正确的做法?"调皮的微笑渐渐从她脸上退去,"我好不容易才明白了,想让罗里伤心简直是浪费时间。我认为他只会无动于衷。"接着,她脸上的笑容全然消失,"可是,我并不觉得自己非要帮他什么忙不可。"

331

25

"他昨天晚上在这儿，和我在一起。"由于音乐的声音大，爱伦·罗杰斯要提高嗓门才能使对方听清自己的话，"我们在那张桌旁坐了好几个钟头，要了好几次酒。你肯定记得。"

那酒吧服务员是东欧人，脑袋后面扎了个光溜溜的小马尾，眼眉上有道银箍。他看着她，好像她的面孔很不容易记住："我见的人太多。每天晚上都有很多。我记不住那么多的面孔。你知道，它们在我脑子里像一团糨糊。"

一个穿紧身黑晚装、露出大腿的金发女人大摇大摆地坐到附近一张吧凳上。那服务员从爱伦面前侧身过去替那女人点上烟："来点什么？"

"有什么好的？"

他双肘撑在吧台上，朝那女人靠得更近："这就看你想要什么了。"

"对不起。"爱伦打断了他。最后她只好轻轻点了点他的肩膀，来引起他的注意，"如果他再来，就是昨天晚上跟我在一起的那个人,给我打个电话。行不行?"

她对此并不抱多大的希望,不过还是把一张纸条推到了那个酒吧服务员面前:"这是我饭店的电话。"

"好吧。"

她看见他把那张写着电话号码的纸条放进了自己的口袋,但她知道过一两天,干洗店的人就会发现那张纸条。刚才进这家夜总会的时候,她高视阔步,像个十字军骑士。她有件事要了结。

今天早上,在震惊之余,她渐渐镇定下来。她决心找到那个满嘴谎言的混蛋,把他送到警察局。

夜色降临之后,她就出来了。为了找到他并揭穿他,就是把查尔斯顿的夜总会都走一遍,她也愿意。这个混蛋设计骗局的本事高得很。她仔细想了想,意识到她肯定不是中他花言巧语圈套的第一个受害者,当然也不会是最后一个。昨天晚上他得了手,那会使他冲昏头脑,增加信心。那个引诱她的人今天晚上还会出来伺机下手的。

可是在离开这家夜总会的时候,她的劲头已然骤降。她知道,像这样毫无目的地在查尔斯顿乱转,想找到那个骗子和小偷,未免太傻。她只知道他叫埃迪,何况这很可能还是个假名字。

她特地为这次度假买的新款浅口轻便皮鞋有点儿挤脚,走起路来并不轻松。她感到饿了,不过今天吃每顿饭她都感到胃里难受,一来是昨夜酒喝多了,二来是今天早上心情不佳。

她心想,倒不是因为她钱多,能上得起任何一家像样的饭馆,想到这里她心里很不是滋味。她已经向她的信用卡公司报窃挂失,可是要过好几天才能收到新卡。幸好她记得曾经把一些现金塞在运动上衣的口袋里。钱只被埃迪偷走了一部分,如果她省着点儿用,用到回家还是够的。

所以,为什么不省点儿费用,回家算了?

333

她这次查尔斯顿之行全给毁了。原本给这座城市增添了几分浪漫气氛的酷热，现在使她感到难受，感到头痛。如果按原计划待下去，她就没钱旅游观光了。在这里少待几个晚上，住店的费用也会少一些。

按理说，她知道明天就该回印第安纳波利斯去。航空公司会因为她更改航班而多收取一些费用，但是多收也值得。在自己的家里，跟两只猫为伴，守着自己所熟悉的东西，要安全得多。她受到伤害的心情可以静静地恢复。等秋季开学之后，常规的工作和生活会使她摆脱对这段倒霉经历的记忆。

如果想寻找埃迪，像这样在查尔斯顿乱转，只能是浪费时间和精力。

再说，她此刻穿着这双很挤脚、能把脚磨出泡来的皮鞋在大街上一瘸一拐地行走，而那个混蛋也许正在另外一个孤独的女人身上下功夫，而等明天早晨醒来的时候，那个女人也会发现自己失去了钱包和尊严。这样的犯罪是不会有人去报告的，因为受害者会觉得把这种事向有关当局报告太丢人。正因为如此，埃迪才能堂而皇之地频频得手——而且能够一走了之。

可是，这一次他别想再溜之大吉。"只要我能找到。"爱伦·罗杰斯自言自语地说。

她以更大的决心走进又一家夜总会。

哈蒙德悄悄走进小包间，在洛雷塔对面坐下："有什么要告诉我的？"

"连一声寒暄问候的话都没有？"

"今天我有点儿不爽。"

"看你愁眉苦脸的。"

"你肯定也不大愉快。"哈蒙德勉强笑了笑,"其实,今天这已经是第二次有人说我愁眉苦脸了。实际上我今天一起床就这样。"

"出什么事了?"

"你时间不多,我也很忙,你有东西告诉我,还是没有?"

"不是我给你打的电话吗?"她反问道。

对她的不满,他没有见怪,他故意装着没看见。他从达维那里出来之后,愈加心烦意乱。他钻进自己的汽车,打开手机看上面有没有留言。他听到了洛雷塔催促他快到谢迪莱斯酒吧见面的声音,心里并不很高兴。他本想今天就歇歇了,与她见面意味着这一天还要延长。可是,他又急于想知道她探听到了什么情况。

他摇摇头,深深叹了口气,向她赔礼说:"我的心情很不好,洛雷塔,不过我实在不该冲着你来。"

"你该喝一杯。"

"这是你解决所有问题的办法。"

"不是所有问题,绝对不是。不过在情绪不好的时候,酒能起到创可贴的作用。"她替他要了一杯波旁威士忌。

不到一分钟,酒就送到他手里。他呷了一口:"你看来精神多了。"

她喝了口汽水,笑着说:"也许是透过高脚酒杯的杯底看的吧。"

从星期天晚上以来,她有了明显的变化。她开始注重自己的仪表,衣裳洗得干干净净,熨得平平整整。巧施的粉黛使她脸上的皱纹都少了许多,她的目光炯炯有神。虽然她想对他的恭维一笑置之,但是他能看出她内心还是很高兴的。

"我修饰了一下,仅此而已。"

"把头发也染了?"

"贝弗的主意。"

"好嘛。"

"谢谢。"她有点不大好意思地用手在头发上拍了拍。新做的头发使她显得年轻了:"她听说我有了工作,心里很高兴。我告诉她是临时的,可是她还是很高兴。她让我搬回公寓去住,条件是——她特别会提条件,就像你一样——我要定期参加反酗酒组织的会议。"

"你感觉怎么样?"

"早上有点儿难受,不过还能对付。"

"这就好,洛雷塔。实在太好了。"他说得很诚恳。接着他顿了顿,意思是可以结束这个话题,转向他们碰头的原因上来了,"你有什么消息带给我?"

她眨了眨眼:"找到了母矿。也许你会因此推荐我到律师办公室弄个差事干干。你甚至会让我给你传宗接代呢。"

"有这么好?"

他把酒杯放到一边,这酒比不上他在达维家里喝的。此外,他还预感到,即将听到的消息可能会影响他的情绪。他需要一个清醒的头脑来应付这种情况。

"我请了个暗探,是电脑高手,名字嘛我不能告诉……"

"是努克尔。"

"你认识他?"

"哈维·努克尔也替我干过,谁都能用他。"

"你不是在哄我?"她问道。她有些惊讶,但更多的是局促和恼怒。

"你好不容易才找到他,对吧?"

"见鬼!"她说着拍了一下桌子,"我想让他别跟我一本正经,于是拧了他的胳膊。我简直无法相信,那个傲气的小鬼头会使我感到惭愧。"

"他很容易收买。所以我才没直接找他。这个人靠不住。"

哈蒙德并不担心哈维盗看阿丽克丝档案的事会追到他头上。他相信洛雷塔,因为她发誓说如果她背弃他的信任,他们可以割她的舌头。可是他想，会不会有其他人也抱着这个目的去找努克尔呢："你去找他的时候，他知道有关这个案子的情况吗？"

"好像不知道。可是现在我不仅怀疑他，而且怀疑我自己的直觉。为什么？"

哈蒙德耸起一只肩膀："我只是想知道，有没有其他人也让他调查拉德医生的底细。"

"斯蒂菲·芒戴尔？"

"或者斯米洛。"

"如果哈维替所有的人干，那我看就有这种可能。不过，说实在的，哈蒙德，我找他帮助调查的时候，他显得又惊又喜。"

他点点头，示意她右手压着的那只信封："让我们来看看你的独家新闻。"

她打开信封，拿出好几张折叠的纸。哈蒙德可以猜出，那是打字机上打出来的。到目前为止，洛雷塔对上面的内容已看过多次，实际都能背了。她之所以看着说，是因为想把具体日期说准确。

"很好嘛。"哈蒙德轻声说道。她所列数的阿丽克丝学业上的成绩，他基本已经知道。不过他的轻松感很快就无影无踪了。

"别着急，精彩之处还没到呢。"

"你说的精彩，实际是不是很糟糕？"

"她在田纳西州的档案记录并不理想。"

"有些什么？"

"什么没有？"

接着她说了哈维·努克尔从防范严密的青少年犯罪档案中调取的情况。他听得心里很不好受。等洛雷塔讲完，已经过了半个小时。他真希望晚上没喝威士忌。他知道酒肯定会上头。现在他明白阿丽克丝昨晚说他的理想会破灭、进行解释非常痛苦的话是什么意思了。她不愿意说给他听，现在他知道是为什么了。

洛雷塔把纸装进信封，很得意地递给他。"我没有发现她与佩蒂约翰有什么联系，那还是个谜。"

"我认为——我原来认为，"他进行了修正，"她太高贵，不会与卢特有什么联系，显然我想错了。"

他把那只信封连同其中不光彩的信息一起放进上衣内袋里。他的沮丧情绪引起了她的注意。

"你好像情绪不高嘛。"

"我不可能得到比这个更彻底的报告了。你应当为自己能重新振作，为我办成这件事而感到自豪。你不只是改了过去的缺点。谢谢。"

他迅速靠向小包间的一侧，可是洛雷塔从桌子一侧伸出手抓住他说："你这是怎么的了，哈蒙德？"

"我不明白你的意思。"

"我原来以为你会非常高兴的。"

"是好东西，这是毫无疑问的。"

"我才花了两天时间。"

"这么短的时间就拿到手了，这没什么可说的。"

"至少它肯定给了你一些可以操作的东西，对吧？"

"这是肯定的。"

"那你怎么还一脸愁容？"

"我想我有点儿发窘。"

"因为什么？"

"这个。"他在上衣的上口袋上轻轻拍了拍，"它说明我缺乏对人品的判断能力。我没想到她会……"他的声音渐渐地低下去，没有把话都说完。

"你指的是阿丽克丝·拉德？"他点点头，"你认为她是清白的？斯米洛找错了对象？她有没有不在现场的证据？"

"没有力度。她说她去了博福特县的游艺会，没有确凿证据。"他的谎话似乎来得很快。甚至对他所信任的朋友，"不管怎么说，根据这个情况来看，毫无事实根据的抗辩是不切实际的。"

"我可以……"

"对不起，洛雷塔。我开始就说了，今天不爽，我已经精疲力竭。"

他想笑一笑，可是知道没笑得出来。酒吧里气氛忧郁，他觉得很压抑。烟雾缭绕，气味难闻。他的头阵阵跳痛，心里翻腾得难受。洛雷塔的目光像刀一样锐利，他怕被她看出太多的破绽，因此避免直接看她的眼睛。

"费用我明天给你。"

"我尽了最大的努力，哈蒙德。"

"你干得非常出色。"

"可是你还希望得到更多的情况。"

实际上他没有希望什么，而且肯定没有希望像现在知道的这么多："不，不，有了这些，我就可以着手办案了。"

洛雷塔显得可怜巴巴的，直想讨好哈蒙德。她把他的手抓得更紧了："我可以想办法挖得更深一些。"

"让我先用点儿时间把这些情况消化一下，我相信这已经够了。如果不够，我再跟你联系。"

再不呼吸新鲜空气，他就不行了。他把手从洛雷塔湿漉漉的手中抽出来，告诉她别喝醉了，并再次感谢她的出色工作。他走出去之前，回头说了一声再见。

出了谢迪莱斯酒吧，空气也不那么清新宜人了。他把沉重而凝滞的空气吸进肺里，觉得它仿佛像棉花似的使他憋气。

日落已经好几个小时，人行道上还是热烘烘的，他觉得鞋底有点烫

339

脚。他的皮肤因出汗而黏湿,就像小时候生病那样。发烧之后,妈妈总要让他把湿漉漉的睡衣脱下来,替他把床单换掉,告诉他发汗是好事,说明他有好转。可是他现在的感觉并不好。他讨厌出这一身汗,倒是希望干干地发烧。

人行道上有许多人,在各家各户门前来回乱串,想找些趣事干干,包括找个小酒馆喝它个酩酊大醉,或者偷点用得着的东西,或者胡乱捣毁、破坏一下别人的财产,或者为满足复仇心理给有些人放放血,当然也并不是仅仅如此。

在这种危险四伏的地方,哈蒙德通常很小心,因为他明显不属于这块土地。这里的黑人和白人对他怀有明显的鄙视和积怨,都在讥笑他。在这个"没钱人"的地方,他绝对是个"有钱人",他们对他很反感。要是换个时间,他在向自己停车的地方走去时,肯定会回头看一看,他还可能会担心车子已遭洗劫。可是,今天晚上他心事重重,因此对那些敌意的目光,他毫不在意,甚至视而不见。洛雷塔有关阿丽克丝情况的报告,使他陷入了道德上的困境。那些犯罪记录使他精神恍惚,感情上受到极大的冲击。这一切对他来说是毁灭性的打击,使他心乱如麻,毫无头绪。

斯米洛手下的侦探肯定会发现这些情况,那只不过是个时间问题。斯米洛知道她这段历史会睡不着觉的。斯蒂菲会把香槟酒瓶砸得粉碎。可是这些材料对他和阿丽克丝,无论是对他们的职业生涯还是对他们个人,都将是灾难性的。

这些材料随时都可能曝光。就在他的头顶上方有一把悬挂在细丝上的宝剑。它什么时候会掉下来?今天晚上?明天?后天?在这种让人提心吊胆的情况下,他还能支撑多久?他还能跟自己的意识较量多久?即便最后证明她不是凶手,她肯定也在某种程度上卷入了此案。

这些想法萦绕在他脑际,而且挥之不去,使他心寒。他已经不知道自己在什么地方了。他想到的不是受罚,而是被吊销律师资格。他走到停车的小街,也没看四周是否安全,就用遥控器打开了驾驶座一侧的车门。

身后的动静使他大吃一惊。他当即迅速转身,举起手臂准备防卫。

他刚准备一拳打过去,却发现是阿丽克丝,便赶紧住了手。

"真见鬼!"等他条件反射似的朝身边看了看,才意识到四周一片漆黑,阴森恐怖,"你到这个地方来究竟要干什么?"

"我是跟踪她来的。"

"谁?"

她淡绿色的眼睛冒着怒火:"你觉得是谁,哈蒙德?是你雇佣来跟踪我的那个女人!"

"乱弹琴!"

"我看也是。"她针锋相对地说,"一天之中,同一个旅游者到我住的那条街来了两次,对我的房子进行拍照,我就感到有点疑惑。第一次是今天上午。第二次是斯米洛派来搜查我房子的人刚走不久。今天下午,那次很没有面子的问话后,我在回来的路上在超市停了停,她也在那儿,装出对西瓜很感兴趣的样子。这时候我才明白过来,原来我是被人监视了。"

"不是监视。"

"对,那是职业手段。可这是非常低级的、懦夫式的普通窥视。"

"阿丽克丝……"

"所以我就尾随着她,以其人之道,还治其人之身,进行反跟踪。我想斯米洛探长的人一定是黄雀在后。看到你来这个地方跟她见面,我真是大吃一惊。"

"不要把我跟斯米洛相提并论。"

"哦,你比斯米洛先生低级多了。"她越说越激动,"你鬼鬼祟祟,非常狡诈，还先跟我睡觉。"

"不是这么一回事。"

"真的吗？那是怎么一回事？哪一部分不准确？她是女警察吗？"

"私人侦探。"

"还算不上。你花钱让她来调查我。"

"好了，被你抓住了。"他也火了，"你是个聪明女人，拉德医生。"

"关于我的情况，你们是不是谈得津津有味？"

"没有什么津津有味的。不过她谈的情况倒很有意思。尤其是你在田纳西州的情况。"

她闭上眼睛，身体不由得晃了晃，不过很快就恢复了常态。她睁开眼睛，要他见鬼去。

她转身要走，但哈蒙德抓住她的手臂，拉着她转过身："她探听到有关你的情况，这不能怪我，阿丽克丝。我让她替我干事的时候，心想那会对我们俩都有好处。"

"我的天哪，怎么个有好处？"

"我傻乎乎的，希望她找到使你得以解脱的材料。不过那是在你开始对警方说谎之前。你一口一个谎，使自己进入无法逃脱的境地。"

"你是不是愿意我对他们说出实情。"

他们在电梯里偶然碰上的那一次，她也问过这个问题。当时他没有回答。不过打那以后，他倒是多次考虑过这个问题："我们星期六晚上在一起的事与此不相干。"

"那你为什么不告诉他们？他们问我关于那个脏床单的尴尬问题的时候，你为什么站在那里一言不发？你为什么不把包括深夜破门而入、把我床单弄脏的全部事实告诉他们？"

"因为这与本案无关。"

她冷冷一笑："你是在妄想，克罗斯律师。就算你才华横溢，我看你也很难让人相信这与本案无关。他们问我的时候,我把血迹的问题搪塞过去了,可是精液问题只能有一种解释。如果你采取一些防范措施,就不会有这个问题。"

"我当时没想到。"他把脸靠近她,生气地低声说,"你也没想到嘛。"他知道自己赢了这一回合,因为她把脸转过去了,"再说,这跟那件事没有关系。"

她转脸看着他:"这个逻辑我不懂。"

"我们一起睡觉跟这个案子没有关系。"要是他能够让她相信,那他就有可能让其他人相信。他自己也许会相信自己这种说法:"我一直在想这个问题。上星期六,你在离开查尔斯顿前有杀掉佩蒂约翰的可能。"

她顿时倒抽了一口凉气,双臂交叉放在胸前,似乎突然感到一阵疼痛:"你一直是这么想的吗?是你说死亡时间不符的嘛。"

"因为我不想让它那样。"

"现在你想了?"

"你先把他杀了,然后设下我们邂逅的圈套,为的是找个证明你不在犯罪现场的证人。"

"昨天晚上我就告诉你了,我没有杀佩蒂约翰。"

"对,对,就像你没有跟他干一样。"

她再次转身要走。哈蒙德伸出手臂。这一次她极力想挣脱:"该死的东西!放开我!"

他把她转过身来,把她堵在他的手臂和打开的车门之间。她如果想离开,就得绕过去,或者从他面前走过。他决意要让她听他说完:"我不愿意这么想,阿丽克丝。"

"哦哟,天哪,谢谢了。我很高兴,你没有把我当坏女人或者杀人犯。"

"我还应当相信什么呢?"

343

"你爱相信什么相信什么,别来烦我。"

"从一开始,即使涉及信誉问题,我对你的事还是疑疑惑惑。直到今天晚上。"他把上衣领口处掀了一下,露出内袋里的那只信封。

突然,她停止了挣扎。她盯着信封看了看。他看见她的嘴唇在颤抖,看来是良心受到了责备。可是她也真有本事,因为等她抬起眼睛看着他的时候,却是一副蔑视和傲慢的目光:"很精彩吧?"

"很糟糕,糟糕透了。这是他们给你定罪的炮弹。"

"那你为什么还站在这里跟我说话?"

"斯米洛会迫不及待地要把这个情况弄到手。"

"那就给他打电话,把真相告诉他。这样你就得到了你所需要的,而且你的钱也没有白花。"

"我给你一个解释的机会。"

"我倒认为这是不言自明的。"

"这就是说,我应当看表面的东西?"

"你怎么看不关我的事。"

"好吧,我只能用我的办法来解释了。"他的下半身贴近她,"这就是说,你费了不少心机,宝贝。"

她那副镇定傲慢的神态已荡然无存。她双手猛推他的胸部:"离我远点儿!"

他没有退让:"这给我的印象是,上星期六晚上的事不只是一种勾引。"

"我没有勾引你。"

"这不可能,这是我们共同经历的。你和一桩重大的谋杀案有牵连,你又故意把我拉了进去。为什么,阿丽克丝?你还故意为我这个起诉人制造利害冲突。你把我牵扯进来——不管是出于什么原因。"

"没有什么原因,本来没有。在卢特·佩蒂约翰死了之后才有。"

"他也参与了?"

"你是不是在听?"她大声问道。

"我是不是他最后计划中的目标？他在遭到杀害的时候，是不是在策划把我搞垮?"

"我不知道。他被谋杀的事与我没有关系。"

"但愿我能相信这一点。我们的见面不是偶然的，阿丽克丝。这你已经承认了。"

她想让到一边，可是他把她挡住了，并把双手放在她的肩上。

"没有弄清真相之前，你别想走。你怎么知道我要去游艺会的?"

她摇了摇头。

"你是怎么知道的?"

她依然一声不吭。

"告诉我，阿丽克丝！你是怎么知道我要到那里去的？你不可能知道。如果你能知道，那么只有……"他突然停住，用眼睛狠狠地盯着她，放在她肩膀上的手紧紧地抓着她。

她的眼睛坦然地看着他。

"你跟踪我到了那儿。"他轻声说。

她稍稍迟疑后，点了点头："是的，我是从广场饭店开始跟踪你的。"

26

"你一直都知道我当时就在那儿?"

"对!"

"跟佩蒂约翰在一起?"

"又说对了。"

"可你对此只字不提?为什么?"

"要是我现在告诉你,你不会相信的。"

她的眼睛盯着他的衣服,她的目光似乎能透过衣物看到他口袋里的那个信封。看得出,她很生气,也非常伤心。

"那是一份丑陋的报告,但它无论如何也记录不了当时的实际状况到底有多丑恶。你根本想象不出。"她的目光从他的衣袋移到他的脸上。她看着他的眼睛说,"别人对我的评价,竟然是根据一份该死的报告,而不是我如今是怎么样的人。"

"我不会——"

"你已经这样做了。"她的情绪很激动,"从你看着我的那种神态,从你讲话时那种讨厌的口气,我看得出你其实早就这样做了。你高高在上,对人品头论足。这样做很容易,是吧?你出生高贵,家境富裕。哈蒙德,你可曾尝过连续几天挨饿的滋味?你有没有经历过因为付不起公共设施费而不得不受冻的日子?有没有经历过因为买不起肥皂而不得不浑身脏兮兮地过日子?"

他伸出手去想拉她,但她甩开了他的手臂:"不,不要可怜我。有时候我倒觉得很庆幸,因为正是这种经历让我变得坚强起来,让我成为现在的我,使我能够更好地帮助他人。因为无论他们跟我说什么,我都不会感到震惊,我能够完全接受他们,完全理解他们的心理问题。只有真正体验过与他们相同的经历,才有权去评判他们的行为。

"只有挨过饿,受过辱,只有对自己做过的事深恶痛绝……只有感到自己有多么丑陋,感到自己不配得到别人的爱,不配得到一个男人的爱……"

说到这里,她停住了。她很快深深地吸了口气,胸口起伏着。她随即吸了吸鼻子,把头往上一扬,任由泪水从脸颊上流淌下来:"祝你看得开心,哈蒙德。"

她推开他,迈开大步走了。一眨眼,她就拐过了个弯,走出了小巷。哈蒙德眼看着她离他而去,心里明白,现在无论说什么都无法平息她的怒气。他的手肘抵着车顶,低下头靠在手臂上,一边懊丧地诅咒骂自己。但是,这种样子只持续了几秒钟时间。

传来一声压抑的叫喊,他立即抬起头朝身后望去。

阿丽克丝正向小巷跑回来。她身后有个男人在追她。

"他有刀!"她喊着。

追赶的人拽住了她的头发,猛地一下把她拽得停住了脚步。他举起了手,哈蒙德看到一道金属的寒光。哈蒙德想都没想,就立即向那人冲去。他的肩膀正好撞到那人的胸口,使那人失去了平衡。

为了不至于摔倒，那人不得不松开阿丽克丝。阿丽克丝赶紧跑开了。阿丽克丝暂时没有危险了，哈蒙德刚刚想到这里，只见寒光一闪，有一个东西直向他腰腹部刺来。出于条件反射，哈蒙德用手臂护住了腹部。弹簧刀将他的手臂从肘部到手腕处划开了一道口子。

在手中没有武器的情况下，哈蒙德在刀战中一定是输家。他知道的防卫手段只有一种，那是在踢橄榄球时学到的。当初，为了让父亲高兴，他踢球时总是非常凶猛。

现在，他本能地使用了当初踢球时学到的一招阻拦战术。这种战术如果运用恰当，同时也不致受到裁判的惩罚，那是十分有效的。他一头冲向对手，似乎就要撞击到对手的咽喉部，但恰在快要撞到对手的刹那间停了下来。那人的反应正如预料的那样，头往后一缩，喉咙刚好受到哈蒙德前臂的狠狠一击。哈蒙德知道这一击疼得要命，会让这个抢劫者几秒钟都无力反击。那几秒钟非常宝贵。

"快上车！"他对阿丽克丝大声喊道。

哈蒙德猛地用脚踢向那人的小腹部，没有踢中，却踢到了大腿。这一脚并没有给对方造成实质性的伤害，但为哈蒙德又赢得了半秒钟的时间，在这半秒钟里他一边躲避不断向他砍刺过来的弹簧刀，一边后退着跑向小轿车。阿丽克丝这时已从驾驶室一侧开着的车门上了车，并且爬到了驾驶座边的客座上。哈蒙德几乎是跌进了驾驶座，紧接着，他背靠着仪表板，用脚后跟去踢那家伙的肚子。那家伙被踢得后退了一步，但同时还是挥刀向哈蒙德猛刺过来，只听见哈蒙德的裤子"嘶"的一声被刀割破了。

他赶紧抓住车门把手，把门关紧锁上。那人迅速恢复平衡，站稳了脚跟，一边使劲击打车门车窗，一边嘴里还不干不净地咒骂着。

哈蒙德右手满是鲜血，滑腻腻的，但他还是把钥匙插进了点火器。他把变速杆推到启动位置，然后猛踩油门。车子箭一般冲了出去，车胎在地上磨出了黑印。接着，车尾一摆，车子开上了大街。

"哈蒙德，你受伤了！"

"你怎么样？"他的目光离开路面朝阿丽克丝看了一眼。她正双腿跪在座位上，探过身来查看他的手臂。

"我没事，可你受伤了。"

他右臂上的衣袖被鲜血浸透了，血不断地从手上往下滴。方向盘上也血淋淋、滑溜溜的，几乎把握不住，使他不得不用左手开车，不过车速一点儿都没慢下来，还闯了一回红灯："他可能还有同伙。他们会先抢劫，随后偷车。我们得赶紧离开这儿。"

"他并不想偷东西。"阿丽克丝说话时十分沉着镇静，"他是冲我来的，还喊了我的名字。"

哈蒙德惊得说不出话来，汽车一下偏离了马路，几乎撞上了电话线杆。

"哈蒙德！"她惊叫着。等他重新控制住车子，她又说，"去急诊中心，你需要缝针。"

他松开方向盘，费劲地用左手衣袖抹了一把额头。他浑身冒汗。他感到脸上和头发里都在冒汗，前胸和后背也在淌汗，汗水然后都流到小肚子上。刚才的那阵紧张已经过去，现在，他感受到了刚才发生的一切以及刚才有可能发生的一切所带来的影响。他和阿丽克丝还活着，真是幸运。老天啊，她刚才差点儿就没命了。一想到她刚才离死亡只差那么一点点，他就感到四肢无力，浑身战栗。

车子开到第一个大十字路口，遇上了红灯。他停下来，深深地吸了几口气，试图摆脱脑袋里的"嗡嗡"声，这声音就好像有上千只蜜蜂在耳边乱转。

"你的腿上也在流血，不过我真正担心的是你的手臂。"阿丽克丝说，"你觉得有没有伤到肌肉？"

绿灯亮了。哈蒙德一踩油门，车子如一匹野马向前冲去。过了几秒钟，车速就已超过了路边牌子上标出的车速极限。他能看到不远处的医院大楼。

"哈蒙德，你怎么样？"

阿丽克丝的声音似乎是从远处飘来："我很好。"

"你能继续开车吗？"

"嗯。"

"我看你不能开车了。停车，让我来开。"

他想告诉她他没事，可他的舌头不听使唤，说出来的话含混模糊，口齿不清。

"哈蒙德？哈蒙德？你得在这儿拐弯。去急诊中心。"

"不。"

"你失血太多。"

"你就是医生。"上帝，他的舌头都大了。

"我不是你此刻需要的那种医生。"她大声喊道，"你必须去医院，得打破伤风针，也许还得输血。"

他一边摇头，一边含糊不清地说："去我那儿。"

"你要听话。"

"我们俩……"他转头看着她，摇摇头，"会被媒体报道。"

她心里犹豫了几秒钟，但显然最终也得出了同样的结论。她探过身子，控制了方向盘。方向盘上沾满了鲜血。

"好吧，不过得让我来开车。"

她把车开到路边停下。在她温柔而有力的劝说下，哈蒙德才同意与她交换了位置。她下车绕到另一边，打开车门，扶他出来。他站起身来，身子晃悠悠的。她扶他进了客座，为他系上安全带。刚刚安顿好他，他的头就往后一靠，闭上了双眼。

她不能让他昏睡过去。"哈蒙德，你的地址？"她拿起车上的移动电话，开始拨号，"哈蒙德！"

他咕哝着说出了一条街的名字。"船坞对面。就在……"

他用下巴朝那个方向一指。谢天谢地，阿丽克丝知道那条街。离这儿不算远，她可以在几分钟之内赶到那儿。

现在的问题是怎么说服道格拉斯·曼大夫上门出诊。

令人惊奇的是，她居然记得大夫家的电话号码。铃刚响了第二声，对方就拿起了话筒："道格，我是阿丽克丝。感谢上帝，我跟你联系上了。"她一边驾车一边把情况说了一下，但她没告诉他这不是一次偶然的袭击事件。

"听起来好像他该上医院。"

"道格，求你了。我给你打电话就是为了不去医院。"

他不很情愿地问了住址。她告诉他地址时，车子刚好开上了那条街。"我们已经到了，你赶快来。"哈蒙德车库的遥控开关就装在挡风玻璃上方的遮阳板上。她打开车库门，将车开进去，关掉了发动机，随后就把车库门关上了。

她下了车，从车前绕到哈蒙德那边。他的眼睛还是闭着，脸色苍白。她试着想弄醒他，他呻吟了一下。"这不大好办，但我必须把你架到屋里去。你能把腿伸出来吗？"

他动了一下，感到自己的身子好像有千斤重似的，但他的腿还是伸出来了。她把手伸到他的腋下："站起来，亲爱的，靠着我。"

他站了起来，但右臂一动就疼。他痛得大叫起来。"对不起。"她真诚地说。

这就像是要搬动一个一百八十五磅重的布娃娃。他的协调功能遭到了破坏，但他还能照她的指示去做。她终于把他从车里架了下来，站到了地上。她扶着他,慢慢向后门移动:"门锁着吗?要不要关闭警报器?"

他摇摇头。

她扶着他进了厨房:"靠这儿最近的卫生间在哪里?"

他用左手指了一下。卫生间在厨房和起居室之间的短过道里。她轻轻扶他坐在抽水马桶上,又"啪"地摁下了电灯开关。她第一次清清楚楚地看到了他的伤口。

"哦,上帝!"

"我没事。"

"不,你伤得不轻。"

他手臂上的皮肤被割开了一道大口子。由于整个伤口都在不断地滴血,看不出刀口有多深。她马上行动起来,先把他的外衣脱去,再将衬衫袖子撕开,一直撕到肩头,然后从毛巾架上扯下毛巾和浴巾包扎住他的前臂。她把毛巾扎得紧紧的,希望伤口能止血。

她跪在地上,想把裤腿也撕开,但裤子的布料质地太坚韧了,她心里一急,就将裤腿捋到了膝盖上头。胫部的伤口不像手臂上的那么深,但也同样血肉模糊,袜子上浸透了血。她把空的废纸篓翻了个身,把他的脚搁在上面,然后用毛巾把小腿也扎了起来。

她站起身,用沾满血的手将头发朝后捋了捋,又抬起手腕看看表。"他到哪儿了?他应该到了。"

哈蒙德抓住她的手:"阿丽克丝?"

她不再烦躁不安,低下头看着他。

"他差点儿杀了你。"他的嗓门有点儿粗哑。

"可他没杀成,我在这儿。"她紧紧握着他的手。

"你为什么没告诉他们?"

"没告诉他们你跟佩蒂约翰在一起?"

他点了点头。

"因为他们开始问我话时,我以为是你杀了他。"

他的脸色显得更加苍白:"你以为……"

"这件事我现在无法解释,哈蒙德,太复杂了。而且你现在这种状态,告诉了你,以后恐怕也记不起来。我只想对你说,一开始撒谎是为了保护我自己,但是得知佩蒂约翰是被子弹打死的之后,我还继续撒谎,那是为了保护……"

他眨了眨眼睛,探询地看着她。

"你。"

门铃响了。她抽出手:"医生来了。"

他惊醒过来,嘴里念叨着她的名字。有件事他必须告诉她,这件事太急了,必须现在就说。"阿丽克丝。"他的嗓音低沉沙哑,连他自己都吓了一跳。他想翻身坐起来,可手臂僵硬不听使唤。他想起了先前发生的事。

他睁开了眼睛。他躺在自己的床上,房间里只开了一盏小小的夜灯。灯是从过道里移过来的,现在插在卧室墙上的电源插座上。

"我在这儿。"

阿丽克丝出现在床边,弯下腰来,把手放在他肩头。趁他睡着的那会儿,她冲了个澡,头发也洗干净了。她不再满身是血,衣服也换了,身上现在穿的是他最旧最柔软的T恤衫,就像在小木屋一样。

"如果需要,可以再服一粒止痛片。"

"不用。"

"要喝水吗?"

他说不喝。

"那就继续睡觉。"

她把被单往他裸露的胸口上盖好。她刚要离开,他将手覆盖在她的手上。她的手停在他的胸口:"几点钟?"

"两点刚过。你刚睡了几个小时。"

"那医生是谁?"

"一个朋友,好朋友。一个可以信赖的朋友。"

"你能肯定?"

"这样说吧,我们在专业范围内一直互相提供帮助。他力劝我送你去急诊中心,但我说服了他。"

"你是怎么说的?"

"说你嫌警方的犯罪报告手续太繁琐费时。"

"他相信吗?"

"不相信。他今天上午看到斯米洛和他的手下在我家门口。他知道一定是出什么问题了,但我没有给他争论的余地。如果你的伤口需要,不管会发生什么事,我自己也会坚持送你上医院的。但是伤口一经清洗,我就肯定他能处理好。事实上,你在这里得到的治疗也许比医院的更好,而且也快多了。"

"我对他的印象很模糊。"

"他给你打了针麻醉剂,这一针让你差不多失去了知觉,所以我一点都不奇怪,你记不太清刚才的事儿了。你伤得不轻,精疲力竭、失血过多,使你感到虚弱无力。"她微笑着轻轻抚摩他的额头。"我们花了好大一会儿才把你弄上楼来。要是把它录制下来,可以寄往'美国趣事'栏目。"

"我的手臂保得住吗?"

她顺着他的玩笑,一本正经地回答:"他本来是要锯掉的,但我不让锯。我用整个身子护住了你的手臂。"

"多谢。"

"不客气。说真的,其实只是皮外伤。伤了几层皮,不过,感谢上帝,神经没有受损。腿伤不必缝针,他说腿伤过几天自己会愈合的。他给你打了破伤风针,还注射了大量的抗菌素。你臀部会感到酸痛。他还留了些口服抗菌素和达尔丰止痛片,这些药每隔四个小时服一次。"

他那只扎着绷带的右手臂搁在枕头上:"手臂感觉像铅一样沉,但不疼。"

"是局部麻醉剂的作用,药性过后手臂会很痛。明天你会庆幸手头有止痛药的。下周可以拆线,但拆线之前,必须用吊带吊着,尽可能抬高手臂,不要弄湿。"

"我记得满身都是血。"

"我给你洗干净了。"

"真遗憾我错过了这一段。"他咧开嘴笑了,但要睁开眼皮感觉很难。

"我也清洗了汽车和卫生间,那儿现在一尘不染。"

"你真是个善良的天使。"

"不完全是。现在我本该在楼下清洗那些毛巾的。"

"别洗了,扔掉。"

"我就知道你会这么说,所以我已经这么做了。而且我更愿意在这儿看着你。"她温柔地用手指梳理他的头发。

他稍微动了下身子,想找个比较舒适的姿势,不过,就这么动一下就痛得他皱起了眉头。

"你再吃片止痛片吧。"

这回,他没反对。她把一片药塞进他嘴里,将他的头枕在自己的臂弯里,轻轻地把他往上抬了点,再拿起一杯水凑到他嘴边。他吞下了药片。

她要把他的脑袋放回枕头，可他不让她离开。他轻轻抚摸她的乳房，隔着柔软的T恤，它们是那么丰满诱人。

"你需要休息。"她轻声细语道，一边轻柔缓慢地把他的头放回到枕头上睡好。

他叹息一声以示抗议，但眼睛不知不觉合上了。他感觉到她在他额头上轻轻地吻了一下。还有点什么。他睁开眼，看到她在流泪。这时，又一滴泪水溅落到他脸上。

他悔恨自责道："你怎么哭了？是不是因为那份该死的报告？是不是因为我的态度？对不起，阿丽克丝，我好后悔。"他真的很后悔，后悔做了那么多不该做的事，后悔去调查她青少年时代那些可怕的往事，更后悔自己对此表现得那么道貌岸然。"我真该死！"

她摇摇头："你救了我的命。你为我受了伤。要是我不去那儿……"

"嘘……"他的左手从身体的另一边伸过来抚摸她的脸蛋。她紧握住他的手放在自己的胸口，低下头来一遍又一遍地亲吻他的手指关节。

"我好害怕，哈蒙德。"她的嘴唇吻着他的手，把他的手背贴在自己泪水涟涟的脸颊上，"因为我，你受了这么大的伤害，而且你还要继续受到伤害。"

他挣扎着不让自己沉入梦乡，因为这件事太重要了："阿丽克丝……我爱你。"

她好像被烙铁烫了似的，立刻松开了他的手："什么？"

"我爱……"

"不，不要，哈蒙德。"她轻声而坚决地说，"别这么说，你根本不了解我。"

"我了解你。"他闭上眼睛，休息了几秒钟，然后集中全身的精力希望说出他心里想说的话。"我爱你,自从……"……自从那天晚上我遇到了你。当我从舞池的另一边看到你的时候,我立刻就了解了你。

他心里想着这些话,但不能肯定是不是真的说了出来。他又睁开眼,目不转睛地看着她的脸,脸上露出凄楚的微笑:"为什么会是这样?"

她舔去了嘴角的一颗泪珠,嘴巴张了张想说什么,但一个字也说不出来。生平第一回,他真正爱上了一个人,可这种爱却大错特错。他的脑子里一片混乱。怎么会是这样?同样,她的心里一定也是一团乱麻。

他用手拍了拍床的左边。

她摇摇头拒绝了:"你会疼的。"

"躺下来。"

她稍稍犹豫了一会,然后绕到床的左边,轻轻地钻进被单,躺在他身边。她没有碰到他,只是把手放在他的胸口:"我不能再靠近了,否则会碰痛你的腿。"

他还有好多话要说,他们还有好多事需要谈,但是药性开始起作用了。她就在身边,给了他安慰。他要享受这种安慰。但是不知不觉中,他已经什么都感觉不到了。

过了一阵,他又醒了。不是全醒而是半梦半醒。他也不想完全清醒。他并不疼,倒有一种飘飘然的超脱感。那些止痛片真是好东西。

在他身边,阿丽克丝动了。他感到她坐起来了:"哈蒙德,你醒了?"

"嗯。"

"需要什么吗?"

他嘴里嘟哝了一下,她一定以为他不要什么,因此又躺了下去。不过,过了一会儿,他又喃喃地说了句什么,这回连他自己都不知道说的是什么。

"你说什么?"她抬起头来。至少他是以为她抬起了头。他还是没睁开眼。"哈蒙德?"她关切地把手放到他胸口,"是不是疼痛?要不要喝水?"

他抓住她的手,抓着它往下移。

接着,他又飘飘然进入了半梦半醒之间,进入了比最美的美梦还要奇妙的状态。

这种奇妙的梦境,这种一切都不复存在的感觉,真是太甜美了。他希望时间不再流逝,希望这一刻变成永恒。

在意识的边缘潜藏着某种危险,是一种卑劣的东西,但他不愿去理会它。不是此刻,不是今夜。明天。

哈蒙德的明天开始了,是三个钟头之后伴随着一声震耳欲聋的惊呼开始的:"我的天哪!"

星期四

27

斯蒂菲一边往楼上奔,一边惊呼不止。她一头闯进哈蒙德的卧室,只见他笔直地坐在床上,两只手抱着头,看上去好像再过一秒钟心脏就要停止跳动了。

"我还以为你被人谋杀了。我看到那些毛巾上全是血……"

"见鬼,斯蒂菲。我差点儿被你吓出心脏病来。"

"你?我才是!你没事吗?"

他焦急地环视了一下房间,好像在寻找什么。"几点钟了?你在这儿干什么?你怎么进来的?"

"我还有把钥匙。别管这个了。你这是怎么回事?"

"呃……"他看了看扎着绷带的手臂,那样子就像是第一次才看见似的,"我,唔,昨天夜里遭人抢劫了。"说着朝衣柜示意了一下,"给我拿条内裤行吗?"

"抢劫?在哪儿?"他的短裤放在上面的第二层抽屉里。她给他拿了一条。他的腿挂在床沿上。

"你的腿也受伤了?"

"是的,不过没手臂严重。"他弯下腰去把脚伸进短裤,然后把裤子拉到大腿上。站起来之前,他朝她看了一眼。

"哎哟,我的老天!我已经看到了,哈蒙德。"

他掀开被单,站起身来,拉上了短裤,然后端起床头柜上的一杯水,一饮而尽。

"你是否准备告诉我到底发生了什么事?"

"我已经告诉你我被……"

"抢劫了。这我知道了。你的手臂怎么回事?"

"刀砍的,腿也是。"

"上帝,你会送命的。你去哪儿了?"他告诉她之后,她说,"难怪。你去那个地方干什么?"

"还记得洛雷塔·布思吗?"

"那个酒鬼?"

他皱了皱眉头,又点点头。"她现在不喝酒了,又想做点儿侦查工作。她叫我去她常去的一个地方碰头。可我回头想上车的时候,有个家伙扑过来拦住我。我一抵抗,他就用刀乱刺乱砍。我最终摆脱了他,上了车。我开车回家,叫了医生,他为我的手臂缝了针。"

"你报警了吗?"

"我不想听警方的讯问。不过现在还是听到了,是你的。"

"你怎么没去医院?"

"同样的原因。"他一瘸一拐地向卫生间走去,身体的重心落在左腿上,"没那么严重。"

"没那么严重!哈蒙德,楼下可是有一垃圾袋的毛巾都浸透了血。"

"看上去比实际严重得多,一整夜我只需服两片止痛药,对不起。"她已经跟着他进了卫生间。

她一出去,他就关上了门。她在门外冲着卫生间大声嚷嚷:"我以前还见过你撒尿呢。"

她回到床边,在他刚刚坐着的那块地方坐了下来。床头柜上,除了一个矿泉水空瓶和一个玻璃杯之外,还有一根普通的医用吊带和一个塑料药瓶,是个药品样瓶,上面没有医生的名字。

哈蒙德从卫生间出来,一瘸一拐走到她身边,用臂肘把她挤开,然后把鸭绒垫子铺在床单上。

"你什么时候变得这样爱讲究啦?"她问。

"你什么时候变得这样爱管闲事啦?"

"你不觉得我今天应该管点闲事吗?哈蒙德,我一进来首先看到满满一袋子被血浸透的毛巾。你说我是多愁善感也可以,但我不能不担心我的同事——更不用说是我以前的男朋友,而且我对他还有那么点爱——是不是被杀人犯拿斧头给砍了。"

他扬起眉,带着怀疑的神情说:"哪有杀人犯会先杀了人又把东西收拾得这么整齐?"

"有些家伙就是这样,不过你在回避我的问题。"

"不,我没有,斯蒂菲。我知道你是关心我。如果你我换一个位置,我也会像你一样。不过你也看到了,我不是好好的吗?我是被打了,受伤了,还浑身疼痛,但我还活着。等我冲个热水澡,再喝上几杯热乎乎的咖啡,我的感觉会更好。"

"你是提醒我可以走了?"

"这回你总算明白了。"

她看着他右臂上的绷带:"是哪个医生?"

"你不认识他,大学时代的老朋友。他欠着我的情。"

"他叫什么名字?"

"告诉你也没用,你反正不认识。"

"嗯哼。"

"什么?"

"没什么。"

"你问吧。"

"你为什么不想报案?"

"不值得如此大惊小怪,反正他也没抢到什么。"

"他用致命的武器袭击你。"

他看上去非常不耐烦,跟她说话的样子就好像她是个十足的傻子:"报警没用的。我也不能提供罪犯的相貌特征。说实话,我都不知道他是白人、黑人、还是西班牙裔的,是高是矮,是胖是瘦,头上有没有头发。那时天色已黑,而且事情发生得太突然,一眨眼就过去了。我当时只看到刀子向我砍来。其他什么印象都没有,这样我才算活着离开了那个地方。

"对警察说这样的话,一定是浪费时间,他们要的是备案,就这么回事。他们有更重要的事要做,我也一样。"他做了个鬼脸,用左臂托着右臂,"这下你可以离开,让我冲个澡换件衣服了吧?"

"要我帮忙吗?"

"谢谢,我能行。"

"你干吗不休息一天?我中午可以过来,给你弄点午饭,然后告诉你我们从那家伙那儿得到了什么信息。"

哈蒙德打开放T恤的抽屉。斯蒂菲总是取笑他收集一大堆破得快没法穿的T恤,可他在家里就爱穿这样的衣服。他拿起最上面的一件。她心想这一定是他最喜爱的一件,因为他微笑着把它凑到脸上,呼吸着上面的气息:"哪个家伙?"

"我都忘记告诉你了!"她拍了一下自己的额头,"看到你这种样子,我都忘了为什么来找你。刚才开车上班的路上,斯米洛打我的手机,说市监狱里有个人。"

364

他还在抚弄着那件衣服,他对那件 T 恤表现出的心醉神迷让她难以理解。他心不在焉地说:"市监狱里人多得是。"

"但只有这个家伙自称是阿丽克丝·拉德的兄弟。"

哈蒙德一下子转过身来,脸色变得刷白。斯蒂菲以为他突然变得这么苍白一定是因为疼痛。转身这么猛,他受伤的右臂肘部正巧撞在打开的抽屉角上。他伸开左臂才没让自己倒下去。

"哈蒙德,你今天根本不能去上班。看你,站都站不稳,面无血色。你的手臂……"

"别提那该死的手臂。"

"别对我大吼大叫。"

"你也别对我婆婆妈妈。"

"你受伤了。"

"我没事。那家伙怎么回事?"

"他名叫博比·布尔。不对,不是这名。差不多有点像。"

"他怎么会在监狱?"

"斯米洛还没讲完我就打断了他,直奔你这儿来了。"

"那他……"

"哎呀,哈蒙德。我只知道这个特林布尔,对了,是博比·特林布尔。他是昨晚被逮住的。他打电话跟阿丽克丝·拉德联系,她当时不在家。刚好那边拘留处有个警员记得阿丽克丝·拉德的名字,知道她跟佩蒂约翰谋杀案有牵连,就通知了斯米洛。"

哈蒙德把 T 恤放回去,"砰"地关上了抽屉:"我想,你还是别走。我一个手臂吊着,开车不方便,我还是搭你的车去。等我五分钟。"

趁他准备的时候,斯蒂菲到楼下给斯米洛打了个电话,告诉他为什么她要迟到一会儿。

"抢劫?"

"那是他说的。"

停了一会儿,斯米洛问道:"你对此有怀疑吗?"

"没什么,只不过……"她若有所思地盯着卫生间门口,那儿放着一个塞满了血毛巾的垃圾袋。"只不过我们这位一向主张有罪必罚的先生对这么一起持刀袭击事件的处理方式好像不太正常。他对自己受的伤尽量轻描淡写,但他看起来就像跟人打了十五个回合那么严重。"

"也许他只是为自己的粗心感到尴尬。"

"也许吧。不管怎么说,我们十五分钟后到。"

她没有提起哈蒙德不去医院医治的那个蹩脚借口。那个"大学时代的老朋友"医生显然是个谎言。哈蒙德从来都不善于说谎。他应该好好向阿丽克丝·拉德学学该如何撒谎。他好像挺欣赏那个女人的……

斯蒂菲的思路到这儿戛然而止。

她的眼光漫无目标地停留在眼前的空中,一些不可思议的想法飞快地飘过她的意识,撞击着她的大脑,要抓住这些飘忽不定的想法就如同要抓住彗星一样。

楼梯上传来哈蒙德沉重的脚步声。

她赶紧从垃圾袋里抓起一条沾血的手巾,塞进自己的小背包,然后在前门与哈蒙德会合。

博比·特林布尔心里怕极了,但他死都不会让别人看出他其实有多害怕。该死的警察。

造成他目前这种处境的是那个教师,那个邋遢肥胖的女人。栽在这么个女人手里真有损于他的自尊。他没费吹灰之力就得手了,她的那点功夫太平淡乏味，令人厌烦。他自始至终都竭力忍着才没让自己睡着，他唯一费心的就是不让自己打瞌睡。

谁会想到恰恰就是这么个老古董竟让他阴沟里翻了船？

昨晚他正忙得起劲，跟一个来自丹佛的寡妇调情。那寡妇两只耳朵和双手上的宝石像车灯那么大，这些硕大的宝石可以让他花天酒地地过上好长一段日子。刚见面她就表现出一种粗俗的幽默感，看得出，她喜欢在生活中冒点儿险，而这正是他最感兴趣的。他把手伸进她的裙子，一点不漏地向她描述她是如何让他激动起来的，正在这时，两个警察抓住他的手臂，把他拖出了夜总会。

一到外面，他们就把他四肢张开摁在警车头上搜身，接着给他上了手铐，就好像他是个臭名昭著的罪犯，还向他陈述了他的权利。他从眼角瞥见不远处站着那个印第安纳女教师，一只手里抓着一双漆革皮鞋。

"该死的臭婊子。"他低声骂道，这时车门正好打开了。

"博比，怎么回事？你说了些什么？"

这个家伙看上去有点儿面熟，但博比想不起在哪儿见过他。他的个头并不高，不过他大步走进屋里的时候让人觉得他还挺高。他穿着三件套，博比知道那可是名牌货，而且他身上散发出的那种香水也是价格不菲。

他跟博比的免费律师握了下手。那家伙叫什么海因茨，听着倒像是"番茄酱"，一看就是个差劲角色。迄今为止，他给博比的唯一忠告是让他闭上嘴巴别吭声，之后他就一直坐在小桌子的另一边，还不时文雅地用手挡住嘴巴，免得让人看到他呵欠不断。但是，刚进来的这个人使他一下挺直了腰板，看上去挺紧张。

这人在博比对面的椅子上坐下，自我介绍说他是罗里·斯米洛探长。博比根本不相信他脸上的微笑，恨不得把这个貌似文雅的杂种律师扔出去才好:"博比,我到这儿来是想让你的日子过得舒坦些。"

博比也不信他的许诺:"是吗?真是这样的话,你可以先听听我是怎么说的,那个婊子在说谎。"

"你没有强奸她?"

博比的脸部肌肉放松了,但是,他下边的括约肌却绷紧了:"强奸?"

"斯米洛先生,我和我的当事人都以为这是一桩钱财抢夺案。罗杰斯小姐的控告没有提到强奸。"海因茨紧张不安地指出。

"她正跟一个女警员在谈这件事。"斯米洛解释说,"她觉得跟负责逮捕的男警察谈论强奸罪的细节问题不好意思。"

"她如果要告强奸,那我必须跟我的当事人进一步交换意见。"

这会儿,博比已经从最初的震惊中恢复了镇静,他带着不屑的神情看了看他的律师。"没什么意见可交换的。我没强奸她,我们做的一切都是双方自愿的。"

斯米洛翻开文件夹,浏览了一下书面案情报告:"你是在夜总会结识她的。罗杰斯小姐说,你不断给她灌酒,故意把她灌醉。"

"我们是喝了几杯。是的,她是有点儿醉,但我从来没强迫她喝酒。"

"你陪她回到她住的饭店房间,与她发生了性关系。"他抬起头看了博比一眼,"是真的吗?"

博比忍不住要迎接那个男人目光发出的无声挑战:"是的,是真的。而且她当时每一分钟都很乐意。"

海因茨不安地清了清嗓子:"特林布尔先生,我劝你什么都不要再说了。你说的每一句话都可以用作对你不利的证据。记住这点。"

"你以为我会随随便便让那个丑娘们来告我强奸而一声不吭吗?"

"到审讯时再吭声。"

"去他妈的审讯,你也见鬼去吧。"博比转过身来面对斯米洛,"她的三寸烂舌头在胡说八道。"

"你是说并没有在她醉酒的情况下与她发生性关系?"

"我当然有啦,而且是她怂恿我这么做的。"

斯米洛苦恼地叹口气,揉着眉头说:"我相信你,特林布尔先生。我确实相信你。不过从法律角度来看,你无疑是在走钢丝。有关法律条文已经修订,制订得更加严厉了。由于公众很清楚强奸对受害者会造成怎样的伤害,因此检察官和法官在量刑时也尽量从严,他们不愿意被公众指责放了强奸犯……"

"我从来都不用去强奸女人。"博比叫起来,"事实上,恰恰相反。"

"我明白。"斯米洛平静地回答,"但是如果罗杰斯小姐指控说是你让她喝了酒,她当时神志不清的话,那么,从技术上和法律上来说,如果再有个出色的地方检察官,这案子可以定为强奸。"

博比双臂交叉抱在胸前,因为这种姿势可以让人觉得他对此无动于衷,但更重要的是他已快惊慌失措了。他18岁时,曾被判坐了几年牢。他不喜欢坐牢,一点儿都不喜欢。他曾发誓这辈子决不再进监狱。他生怕自己一开口,他的声音会让人听出来他是多么害怕,因此,他一言不发。

斯米洛继续说:"你被捕的时候,手里还有毒品。"

"几个大麻烟卷而已。我可没让那个叫什么名来着的女人抽这种烟。"

斯米洛盯着他:"没有吗?"

"这么好的烟我可不愿意浪费在她的身上。她这种人太容易上钩了。"

"还有一个问题。你以为陪审团会信谁呢?是相信像她这样一个长相单纯、面容姣好的女士？还是相信像你这么一个玩世不恭的男人？"

博比正在思考怎样回答比较合适，这时，门开了，一个女人走进屋来。她个子娇小，黑头发剪得短短的，两只黑眼睛明亮有神，两腿修长漂亮，双乳突起。是让博比吃尽苦头的那种女人。

她说："这个滑头一定还没招供吧。"

斯米洛介绍她是县法务官办公室的斯蒂芬尼·芒戴尔。海因茨脸色铁青，紧张得直咽唾沫。他自己的律师一见到这个娘们就这么哆嗦，看上去像是气都要喘不过来了，这可不是什么好兆头。

斯米洛给她端来椅子，可她却说宁愿站着："我一会儿就离开。我只想告诉特林布尔先生，审理强奸案是我的专长，我主张把那些初犯都给阉了，而且不是用化学方法。"她把手掌撑在桌上，探过身子，鼻尖快碰到了他的鼻尖。"为了你对可怜的爱伦·罗杰斯所做的一切，我恨不得立刻剁掉你的睾丸。"

"我没强奸她。"

他发自内心的否认丝毫没有打动她。她面带嘲笑地看着他说："博比，咱们法庭上见。"她高跟鞋一转就出去了，门在她身后"砰"地关上。

斯米洛摩搓着下巴，伤心地摇摇头："博比，我同情你。如果由斯蒂菲·芒戴尔提起公诉，恐怕你是吃不了兜着走喽。"

"也许特林布尔先生会考虑承认犯罪，如果指控的罪名较轻的话。"

海因茨试探性地提出了这个建议，但博比怒冲冲地瞪着眼对他说："谁叫你说的？我什么都不会承认。明白吗？"

"但是偷……"

"先生们，"斯米洛打断了他的话，"我倒想到了一个主意，既然芒戴尔女士参与这件事,事情可能会有转机。"

博比假装平静地问:"你有什么主意?"

"她在负责佩蒂约翰谋杀案的公诉。"

紧急戒备!

突然他想起来以前在什么地方见过斯米洛,是在佩蒂约翰被谋杀那晚的电视上。他就是负责调查这桩谋杀案的那个侦探。博比身体往椅背上一靠,装出一副茫然的样子:"佩蒂约翰谋杀案?"

斯米洛久久地、严厉地、咄咄逼人地盯着他,然后叹息一声,合上了文件夹。"我原本以为我们可以互相帮助,博比。但是,如果你继续装聋作哑,我就别无选择,只能让芒戴尔女士来对付你了。"

他把椅子往后一推,椅子在地上刮出刺耳的响声。他一言不发离开了房间,门在他身后重重地关上了。

博比朝海因茨看去,耸了耸肩:"我做了什么啦?"

"你想跟罗里·斯米洛玩心眼儿,这可不是个好主意。"

28

斯米洛和斯蒂菲配合默契,巧妙地操纵了博比·特林布尔,为此他俩互相吹捧了足足半个小时。他们自鸣得意的样子让哈蒙德几乎受不了。

"我给了他一个小时,让他考虑这个问题。"斯米洛起码已经是第十次跟他说这句话了。

"你早说过了。"

"等我们回到屋里,"斯蒂菲插进来说,"他立即就开口了。"

"你一定很出色地充当了一回坏警察。"

"我自己也确实这么认为。"她自豪地说,"博比一点都不怀疑他将被控犯有强奸罪。"

爱伦·罗杰斯从来不曾声称受到强奸。相反,她承认信用卡和钱财被偷自己也有一定的责任,她只是希望看到博比·特林布尔被抓起来,让他不再去犯罪,免得其他的女性再蒙受同样的耻辱。

她已经做好安排,要马上回印第安纳波利斯去,但她明确表示,审理这个案子时,她愿意出庭作证。

她离开了这个城市，根本不知道自己还给查尔斯顿警察局留下了这么一份厚礼。

"我真想立刻看到阿丽克丝·拉德听到磁带录音时脸上会出现什么表情。哈蒙德，你都无法相信。"斯蒂菲兴致勃勃地说，"你曾问我动机是什么，老兄，动机已经有了，毫无疑问。"

他张开嘴巴呼吸，极力想驱除恶心的感觉。他自从得知阿丽克丝同母异父的兄弟被警方拘禁之后，一直感到危机重重。斯蒂菲和斯米洛对他们手上那盘该死的录音那么得意，他们如此迫切地要让他亲耳去听一听。其实他早就知道其中大概的内容，昨天晚上他已经听洛雷塔·布思讲过有关的情况了。

原始材料本身对阿丽克丝的形象已经相当不利，如果让博比·特林布尔为了达到自己的目的再添油加醋一番的话，那一定是一种对人格的诋毁。正如斯蒂菲刚才说的，录音为我们提供了作案动机，毫无疑问。

哈蒙德曾经希望斯米洛派出的调查人员办事不一定像洛雷塔那样得力，不一定像她那样聪明能干，他希望整个案子能继续含糊地敷衍拖延下去，直到他弄清楚阿丽克丝与佩蒂约翰的关系，然后再向她解释自己跟卢特见面又是怎么回事。

他起先想建议他们俩都向斯米洛吐露实情。他本来应该一开始就告诉探长他跟佩蒂约翰的约会，但这事太微妙了，他原本不想让任何人知道。他也想劝阿丽克丝把自己过去的情况告诉斯米洛，不要等他调查出来，然后断定她过去的经历与佩蒂约翰的这桩案子有联系。

不幸的是，他现在已经没有机会了。斯蒂菲闯进来的时候，阿丽克丝已经离开。他还庆幸她早早离开了，觉得没让人发现他俩双双躺在床上有多么幸运，否则，他俩分别向斯米洛坦白的时候，人家就不容易相信他们了。

可是现在变成了这个样子。

在最糟糕的时刻,不知从哪儿又冒出个博比·特林布尔。阿丽克丝根本不知道已经为她设置好了这么个陷阱,哈蒙德没办法提醒她。

谁的传呼机响了,他们三个都查看一下是不是自己的。"是我的。"哈蒙德说。

斯米洛把桌上的电话往哈蒙德那边推了推。

哈蒙德看了液晶显示屏上的号码,便说:"谢谢,我用手机。"

他说了声"对不起",就走出办公室,来到过道,那里稍微清静一点:"什么事,洛雷塔?"

"昨天晚上我们分手时情况好像不很妙。"

"什么意思?"

"你走的时候,样子那么失望。"

"别为这操心。"

"可我就是操心。我真的想为你做点什么,所以今天一早就去了县档案局,正好逮住哈维在自动售货机上买甜面包。"

"洛雷塔,我现在只有一分钟。"

"我这就讲正事。我问他有没有其他人也要他提供与佩蒂约翰案子有关的情况。"

"是指阿丽克丝·拉德?"

"不,我只是把饵放出去,看他会不会上钩。"

"结果?"

"他直冒冷汗,我几乎听到他膝盖都打颤了。"

"是谁要他提供信息的?"

"这蠢货不肯说。"

"洛雷塔……"

"相信我,哈蒙德,我什么手段都使上了,真的。我威胁要公开揭发他,拷打他,让他吃苦头,我也用甜言蜜语哄骗他,跟他好好商议,好话都说尽了。我还许诺无论他要多少酒、多少毒品,我都给他提供,无论他要什么样的女人,我都给他找。说什么都不管用。他一定很怕找他的那个人。他一个字都不肯说,他不会说的。"

"好吧,谢谢。"他听到身后有动静,回头一看,只见弗兰克·帕金斯陪着阿丽克丝从过道的拐角那边过来。

"还有什么要我去做?"洛雷塔问。

"眼下没有,谢谢。我得走了。"

他关上手机,转过身来。帕金斯和阿丽克丝这时刚好走到斯米洛办公室门口。律师一见到哈蒙德惊得瞪大了眼睛:"你怎么啦?"

"遭抢劫了。"

"哎哟,看上去不像是一般的抢劫。"

"我没什么。"他的目光移到阿丽克丝身上,"有人悉心照料我。"

他俩的目光最多只交汇了万分之一秒。哈蒙德希望能给她传递一点信息来提醒她,但她的律师已推着她进了办公室:"好啦,探长先生,又有什么事啦?"

"我们手头有份录音想让你的当事人来听一下。"

"什么录音?"

"是今天一早给监狱里的一位男子录的口供。请注意,他说的情况跟佩蒂约翰一案有关。"

帕金斯把房间里唯一的那把椅子拿给阿丽克丝,其余的人都站着。斯米洛提出去别处给哈蒙德拿张椅子来,可他谢绝了。阿丽克丝坐下去的时候,探询地悄悄瞧了他一眼,可他根本无法让她知道接下来会发生什么。

斯米洛给阿丽克丝和她的律师简单讲述了一下爱伦·罗杰斯的经

历:"令我们感到幸运的是,罗杰斯女士不是个怕羞腼腆的人,她自己追踪,找到了他,并向警方报了案。"

"我不明白……"

"他名叫博比·特林布尔。"

哈蒙德两眼一直紧盯着阿丽克丝的脸。斯米洛一开始讲话,她就意识到接下去会发生什么。她的眼睛稍稍闭了一会儿,然后深深吸了口气,让自己有足够的勇气去面对将要发生的事。当探长说出特林布尔的名字时,她的脸上没有一丁点儿的反应。

斯米洛说:"拉德医生,你认识特林布尔先生,是吧?"

弗兰克·帕金斯说:"我想和我的当事人谈谈。"

"没关系,弗兰克。"她平静地说,"不幸的是,我不能否认自己认识博比·特林布尔。"

帕金斯还想说什么,但斯米洛已经接下去了:"弗兰克,这盘带子足以说明问题。"他揿下机子上的放音键。

机子里传出斯米洛的声音,他介绍了录口供时现场都有哪些人,说了时间、地点和日期,还提到了特林布尔是在什么情况下做以下陈述的。他已经承认自己为了劫财而引诱爱伦·罗杰斯小姐。没有人向他保证会对他从轻发落,但是斯蒂芬尼·芒戴尔已经明确告诉他,无论是谁,只要能主动提供与卢特·佩蒂约翰谋杀案有关的情况,就可以受到县法务官办公室的从宽处理。

上述那段话之后,斯米洛问了第一个问题:"博比——我可以叫你博比吗?"

"我并不为我的名字感到羞愧。"

"博比,你认识拉德医生吗?"

"阿丽克丝是我妹妹,同母异父的妹妹,不过我们谁都不知道父亲是谁。"

"特林布尔是你母亲的姓?"

"对。"

"你和你同母异父的妹妹是一起长大的,在一个家庭里长大的?"

"你说那是个家,其实不能称其为家。我们的母亲可不是耶稣时代的马大,不过她也经常招待人家。"

"招待什么人?"

"男人,斯米洛探长。家里总是有各种各样的男人。有男人在家时,她就让我和阿丽克丝到外面去。大热天去外面,热得难受,冬天冻得难受,没东西吃的时候,饿得难受。有时,我们还好说歹说,让那个在女神乳品店工作的上了年纪的黑人女店员给我们拿个汉堡来吃。她不怎么喜欢我,不过她对阿丽克丝很怜惜。可要是老板在场,那就什么都别指望了,我们只有挨饿。"

"你们的母亲现在还在吗?"

"谁知道?管她呢!她离开时我大概……嗯,十四岁,阿丽克丝当时有十二岁吧。她发疯似地迷上了一个男人。他去了里诺,她也就追着他去了那里。不知道她有没有追上他,从那以后,我们没有再见过她,也没再听到过她的任何消息。"

"这事发生后,儿童保护服务机构没有过问你们?"

"我宁愿去蹲监狱,也不愿意让一帮子爱管闲事的人老是跟在后面盯着我,所以我告诉阿丽克丝别跟任何人说母亲已经离家出走。我们假装什么都没发生。我们继续上学,装得什么事都没有。而且"——他轻轻地笑了一声——"确实什么事都没有。我记得母亲从来没有去过学校。对她而言,PTA(家长教师联谊会)就代表着屁股、乳房、鬼混。"

"不许这样。"斯米洛严厉地说。

"对不起,小姐。我不是有意对你无礼。"

哈蒙德估计博比是向斯蒂菲道歉，他道歉的口气听上去没有一丝诚意。阿丽克丝一定也有同感，她非常厌恶地盯着录音机。

斯米洛又问："邻居们没有发现你们的母亲不在家？"

"我和阿丽克丝一直自己照料自己，所以他们看到阿丽克丝把衣服送到自助洗衣店或者看到我去找份零工干干，邻居们也不感到奇怪。"

"你去打零工养活你自己和你妹妹？"

他清了清嗓子。"有一阵子。"磁带上停顿了片刻。"一会儿我再继续……这样我们彼此之间可以有所了解……我是做了点错事有负于社会，可我早就还过债了。这一切不会再发生吧？那些事都发生在很久以前，发生在田纳西。这儿是南卡罗来纳，在这个州我是自由的，清白的。"

"告诉我们你知道的有关卢特·佩蒂约翰谋杀案的情况，博比，之后你可以离开这儿。"

"听起来不错。"

直到现在，阿丽克丝一动都没动。现在她转向帕金斯："我们有必要听这些吗？"

律师请斯米洛关掉放音机，这样他就可以跟阿丽克丝商谈一下。斯米洛礼貌地关上了机子。帕金斯悄声问她一个问题，她轻声回答了，两人低声商量了大约六十秒钟。

然后，帕金斯说道："这个人的陈述并不真正具有法律效力。他是希望以此做交易来撤销对他的控告，显然他会说一些你们想听的话。"

斯米洛说："如果他说的是谎话，那他说什么对拉德大夫根本就无所谓了，对吗？"

"如果这些话令她难堪，那就有所谓。"

"如果有什么难堪，我很抱歉。不过我倒认为拉德医生或许也想听听别人对她的指控。她随时可以对他说的任何话进行辩驳。"

帕金斯转向她："由你决定。"

她对着律师干脆果断地点了下头。

"那好吧，斯米洛，"他说道，"但那不过是拙劣的表演，这一点你很清楚。"

斯米洛根本不理睬帕金斯的指责，又开始放磁带，从他向特林布尔提问如何养活他自己和他妹妹那个地方开始。

"我一会儿干这个，一会儿又干那个，这样勉强过了一阵。"他回答，"我拼命地干活，这样我们俩才有饭吃，阿丽克丝才有衣服穿。她在长身体，你知道，十几岁的女孩子开始发育了。"

这时特林布尔的口气中带有一种神秘的腔调："就是因为看到她逐渐丰满长大了，我才开始有了这种想法。"

"什么想法？"

"我这就说了，"斯米洛这么迫不及待令他不太高兴。"我开始注意到我的那帮小兄弟看着我的小妹妹时的那种样子。用一种全新的眼光，你们也许会这么说。我偶然听到他们私下的几句议论，那时我开始有了这种想法。"

哈蒙德的左手肘支在吊着绷带的那只手上，手挡着嘴巴。他真希望塞住自己的耳朵。他恨不得把录音机砸到墙上，恨不得打烂斯蒂菲的脸。这会儿，她正幸灾乐祸、洋洋得意地微笑着看着阿丽克丝。可是他毫无办法，只有听下去。阿丽克丝一样，也不得不听着。

特林布尔用词和文法的变化是显而易见的。谈起过去，他不知不觉就使用起他年轻时用的那种语言，听起来让人觉得他更加粗俗，更加下流，更加邪恶。

"第一次是偶然发生的。我是说，我预先没有计划。我和阿丽克

379

丝跟我的这个朋友在一起,他刚偷了一箱六瓶装的啤酒。我们躲在一个没人的车库里喝酒。他开始逗阿丽克丝,然后……"他挪动身子时椅子发出了刺耳的响声。"他最后问她敢不敢撩起衬衣,让他看看她的上身。"

"阿丽克丝嘴里说没门,约瑟。不过她并不是当真这个意思。你知道,她咯咯地笑着,撩起了衬衫。她要没这么做我就不是人。我跟他说他看了我小妹妹的乳房,他得再给我一瓶啤酒。可他说见鬼,别做梦,他真正看到的只是她的奶罩。不过第二次……"

哈蒙德伸出左手,关上了录音机。"我们都偏离主题了,斯米洛。拉德大夫同母异父的哥哥在利用她。她是不是愿意这么做还有疑问。而且不管怎么说,这些都是很久以前的往事了。"

"没那么久。"

"二十,二十五年了!这究竟跟卢特·佩蒂约翰的案子有什么关系?"

"我们马上就涉及这个问题,"斯蒂菲说,"这一切都有联系。"

"你们可以坐在这里听这种废话,"弗兰克·帕金斯也站出来说,"但我不会让我的当事人继续听这种东西。"

"恐怕我不能允许拉德大夫离开。"斯米洛说。

"你们准备正式指控她犯了罪?"帕金斯带着嘲讽的口气又加上一句,"据说是多少年前犯的什么罪?"

斯米洛没有正面回答他的问题。"如果你们不想听余下的录音,我必须请你们去隔壁房间等着,等克罗斯先生听完整个录音。"

"很好。"

"不。"阿丽克丝轻声但坚定地说。所有的眼睛都集中到了她的身上,"博比·特林布尔是社会渣滓。二十年来,他虽然表面上学了些附庸风雅的东西,但骨子里还是个恶棍。他说的每一句话,我都要听。我有权知道他说了我什么。弗兰克，对我来说，仅仅听到他的声音就令我不寒而栗。尽管如此，我还是必需听听他说了些什么。"

斯蒂菲说："就他刚才说的，你有什么需要否认的吗？"

"你不必回答这个问题，阿丽克丝。"

她没有听从律师的劝告，毫不回避地迎视着斯蒂菲急切的目光。"这一切都发生在很久以前，芒戴尔小姐。那时的我还是个孩子。"

"你当时已到了能为自己的行为负责的年龄。"

"我做出了一些较为糟糕的选择，但别的选择更为糟糕。每当想起那段日子，都会令我非常难受。很多年以前，我就把它们从我的记忆中抹去，继续生活下去。我开始了一种新的生活。"

"回答得太好了，拉德大夫，"斯蒂菲说，"不过，你并没有否认他前面说的任何内容。"

要不是弗兰克·帕金斯及时介入，提醒阿丽克丝不要再说什么，哈蒙德也会提醒她的。她听从了律师的建议。看起来帕金斯对整个过程厌恶透顶，他说："让我们尽快把这事处理了吧。"

斯米洛又打开机子。哈蒙德把身体的重心从一条腿换到另一条腿上，看起来好像是想让又酸又痛的左腿休息片刻，实际上是努力克制着不让自己做出一些愚蠢冲动的事，比方说抓起阿丽克丝的手臂，拉着她离开这个地方。昨晚的事表明她需要保护，他要亲自保护她。他差一点就要把一切都说出来，让一切都公诸于众，让刺客见鬼去吧。

差一点儿。这儿的这个副词"差一点儿"可是个非常重要的修饰词。

最难听的部分马上就要听到了，正是这一部分跟现在的事情有着令人不安的联系。根据洛雷塔提供的情报，博比·特林布尔由于犯了偷窃罪，加上身后还有高利贷商紧紧追踪，自从离开佛罗里达之后就消失得无影无踪了。这次他在查尔斯顿重新露面，而且是在一桩与他同母异父的妹妹有牵连的谋杀案刚刚发生没几天这个关键时刻露面，这种巧合真他妈的令人头疼。

这当然足以使斯蒂菲和斯米洛更加怀疑阿丽克丝。即便是哈蒙德，他虽然非常清楚，阿丽克丝实际上不可能先杀了佩蒂约翰，然后又去逛游艺会，但他心里仍存有疑惑与矛盾，还存有一些未解之谜。这一切仍然困扰着他，尤其是考虑到她烦人的过去。

不容置疑的是，有人觉得她构成了威胁，所以想杀人灭口。可是她构成了怎样的威胁？目击者？还是临阵退缩的同谋？在他百分之百地肯定阿丽克丝确实有罪——或者无罪——之前，他将不得不扮演既是公诉人又是保护者的双重角色。

磁带上，斯米洛正在问特林布尔他的生财之道，他是怎样想办法从朋友身上骗钱的。

"是这样的。我先找准目标，开始跟他说阿丽克丝怎样发育了、成熟了。我会说她特别想尝尝新的滋味，说她发情了，就这类话。我会给他讲点儿小趣事，让他开始想着她，想想有没有可能。有时候，过上几天，有时候只要几个小时他就按捺不住了。

"我有这种本能，这种第六感觉，知道什么时候买卖就成交了。我出个价，知道吗？那些笨蛋甭想砍价。"他哈哈笑起来，"我说好时间、地点，他们付钱，接下来就是阿丽克丝的事了。"

"什么样的事？"

"不管什么事，反正……你们知道，就是引他们上钩呗。"

"激发起他们的性欲？"

"这么说听起来倒不错。是的，正当他们的性欲被激起的时候，我就冲进去，叫他们交出钱来，否则就等着瞧。"

"否则怎样？"

"我就跟他们胡吹一通，说他们调戏未成年人。要是有人不肯就范，威胁要告我们，我就说我还要告他们呢。谁会怀疑一个只有十二岁的小女孩？当然啦，他们就保持沉默了。所以，这事能干这么长时间。没人愿意在朋友面前显得像个傻瓜，因此没人承认自己受过骗。"

"你妹妹心甘情愿与你合作吗？"

"你什么意思？我强迫她的？女人嘛，都喜欢卖弄自己。我可不是对你不敬哦，芒戴尔女士。不过我敢肯定，斯米洛先生一定会同意我的说法。当然他可能不会坦白地说出来。女人内心里都爱出风头，她们知道自己有什么资本。女人知道男人一心想的是什么，她们喜欢勾引我们。"

"谢谢你的心理分析。"

斯蒂菲·芒戴尔的讽刺倒使他更加起劲了："这可不是我发明的，芒戴尔女士，我只是这么说了出来。你心里最清楚。"

斯米洛继续问："这种笨蛋，你们一直都不缺货吗？"

"后来，我们把手伸向了其他邻居。阿丽克丝看起来幼稚单纯，每个傻瓜都以为自己是第一个，所以我知道那些有点年纪的人也会上钩的。"

"详细谈谈。"

"阿丽克丝是个出色的诱饵，她知道怎样吊起他们的胃口。那是她的拿手戏。她会装得非常单纯紧张。通常，女人越是羞答答的，我们男人越是难以抗拒。在这方面，阿丽克丝远远超过我遇到过的任何女人。"

哈蒙德用衬衣袖子抹了抹汗水直冒的前额，头往墙上一靠，闭上了眼睛。

他听到"叭"的一声，有人一揿按钮关上了录音机："你没事吧？"

意识到斯米洛问的是自己，他睁开了眼睛。除了阿丽克丝，其他人都看着他。她两眼低垂看着自己的双手,十指交错地握着放在腿上:"当然没事。怎么啦?"

"你脸色苍白得吓人,哈蒙德。你干吗不让我们给你拿张椅子来?"

"你坐我的椅子,克罗斯先生。"阿丽克丝站起来朝他走了一步。

"不用,"他生硬地说,"我很好。"

"要不要喝点儿什么?"

"谢谢,斯蒂菲。我没事。"

阿丽克丝还站在那里,看着他。他心里清楚阿丽克丝知道他根本不是没事。事实上,他一生中从来没有比现在更痛苦的了。

"还有多少?"他问。

"不多了。"斯米洛回答,"拉德大夫?"

阿丽克丝重新坐回椅子上,斯米洛又打开了录音机。房间里只有录音机发出的轻轻的"嗡嗡"声和博比讨好的声音,他在描述他怎样从旅馆休息厅和酒吧去诱骗年龄较大的比较富裕的男人。博比主要是为阿丽克丝物色男人,生意不错。

"一旦我逮住他们跟她在一起,我就让他们把钱包留下,他们的腰包可比那些当地年轻人的要鼓。钱多得多了。"

"看来你们俩合作得倒很不错。"

"是的,好极了。"博比的声音流露出对那段日子的怀念,"后来有个家伙毁了我们的生意。"

"你想杀了他,博比。"

"是自卫!那狗娘养的拿着刀追我。"

"你偷了他的东西,他是在保护自己的财物。"

"我是在保护自己的生命。在扭打中那刀反而刺伤了他的肚子,那不是我的责任。"

"法官认为是你的责任。"

"那杂种把我送到了那个讨厌的地方。"

"那个人没死掉,算你走运。他要是死了,你的结局可要惨多了。"

接下来的事哈蒙德已经听洛雷塔说过了,特林布尔进了监狱,阿丽克丝接受了法定心理咨询并被判由他人照管。

她被安排与拉德夫妇一起生活。夫妇俩很爱她,她生平第一次有人爱她,有人待她这么好。他们言传身教,让她明白了人与人之间什么样的关系才是健康的关系。在拉德夫妇的关心和影响下,她茁壮成长了。他们正式领养了她,她跟了他们姓。不知是因为已故的拉德先生和拉德太太,还是因为阿丽克丝自己,反正,她的生活有了一百八十度的大改变。

博比·特林布尔自己也承认,他嫉恨她的好运气。

"我进了监狱,而阿丽克丝却毫发无损,安然无恙。这不公平。你们知道,引诱那些男人的又不是我。"

"她其他的什么都没干吗?就是引诱了他们?"

"那个?你说呢?"特林布尔带着嘲弄的口吻说。"一开始,是的。但后来?见鬼,她实实在在就是卖淫,她喜欢这样。有的女人天生就是这块料,阿丽克丝就是这样的女人。这就是为什么她现在虽然干着那份心理医生的工作,可还是忘不了要做这种事。"

"你什么意思,博比?"

"佩蒂约翰。如果她不是喜欢卖淫,那她干吗又去勾引佩蒂约翰呢?"

阿丽克丝呼地站起来,大叫:"他撒谎!"

29

弗兰克·帕金斯说道:"这是我听过的最荒谬可笑的事情。"他示意阿丽克丝站着别吭声,"博比·特林布尔是个惯于说谎、道德败坏的小偷。他同母异父的妹妹小的时候,他不知羞耻地利用了她。如今,他为了让自己不致受到强奸罪的指控又在利用她。说不准这强奸指控也根本就是假的,是你们设计捏造出来的。这样做有失你的身份,斯米洛。我要带我的当事人回去了。"

斯米洛说:"请别离开大楼。"

帕金斯勃然大怒道:"你准备现在就指控拉德医生吗?"

斯米洛探询地看看斯蒂菲和哈蒙德,但他们俩谁都不说话,于是就说:"还有一些事我们要讨论一下,请你们出去稍等一会。"

哈蒙德的行为像个懦夫。直到律师陪着阿丽克丝走出房间,他都没敢朝她那边看一眼。他的表情说明了她目前的境况是多么危险,所有的一切都对她不利。

她和特林布尔的过去不是个好兆头,他们以前曾经共同犯过罪,而且那可不是微不足道的轻罪。那个被刀刺伤的人最终没有死,可以说是创造了医学奇迹。

她和特林布尔这么多年都没见过面,可在卢特·佩蒂约翰被杀之前的几个星期,他们又见面了。阿丽克丝小时候曾经充当过特林布尔诈取他人钱财的诱饵。阿丽克丝家里的保险柜里装满了现金。这其中隐含的意思十分不妙。

哈蒙德的止痛片几个小时前就失去药性了。为了保持比较清醒的头脑,他没有再服药。他的不适一定非常明显,因为帕金斯和阿丽克丝刚一出门,斯蒂菲就转过身来对他说:"你看上去都快虚脱了,是不是疼得厉害?"

"我能忍受。"

"我很乐意为你做点儿什么。"

"我很好。"

其实他根本不好。他害怕听到斯米洛就博比·特林布尔这段话说出什么对阿丽克丝不利的话,但他无能为力,只能由着探长高谈阔论他的想法。

"事情是这样的。去年春天,博比·特林布尔在一个乡村小酒吧里跟人大闹一场,谁都不是他的对手。佩蒂约翰手下的一位所谓猎头正好看到了这一场景,就把特林布尔介绍给了他。佩蒂约翰让他去处理斯佩克岛上的事,那儿正需要这么个恶棍。"

"去给那些不肯出售土地的岛民施加压力?"

"说得对,斯蒂菲。佩蒂约翰打算把整个岛买下来,可他万万没料到会碰到阻力。岛上的居民从他们的祖先那儿继承了土地和房屋。他们的祖先是奴隶,祖先的主人把财产转让给了他们的祖先。他们世世代代在这块土地上劳作,这个岛便是他们的一切,是他们祖先留下来的唯一遗产，比金银财宝更重要。这是佩蒂约翰无法理解的。他们无论如何都不允许别人开发'他们的小岛'。"

"佩蒂约翰也许并不是去开发小岛，"斯蒂菲推测道，"他可能只是想把它弄到手，过几年，等它增值了再转手卖出去，自己狠赚一笔。"她转向哈蒙德，"你有什么想法？"

"你们说得很有道理，我没有任何异议。像特林布尔这样的小丑在那些一辈子都辛勤劳作、身强力壮的岛民面前，根本不算什么东西。岛上的居民只是希望没人去打扰他们平静的生活。他使的手段也许比他自己说的要可恶得多。"

"确实如此，"斯米洛说，"我派出的调查人员汇报说，他们在那儿放火，打人，还使用三K党的那一套手段。特林布尔组织了那批打手。"

"可恶！"哈蒙德愤慨地说。

怎能想象他自己的父亲居然跟这样的暴行有牵连？普雷斯顿声称自己原先对佩蒂约翰的恐怖手段一无所知，还说一听说有这种事，他就把手中的股权卖掉了。哈蒙德向上帝祷告，希望他父亲说的是真话。

哈蒙德又提到博比·特林布尔，嗤笑着说："而这个人就是我们可靠的品德信誉见证人？"

斯蒂菲对哈蒙德的这句评论不置可否，继续说："特林布尔自称意识到这种做法是错误的，所以拒绝再帮着佩蒂约翰干这种卑鄙肮脏的事。可能性更大的是，他厌倦了这一切。那个小岛上毕竟没有太多舒适的去处，而他的所作所为也不可能像在脱衣舞夜总会当主持那么刺激有趣。"

"卢特是个小气鬼，"斯米洛说，"他不肯支付特林布尔太多的酬金。再说斯佩克岛上也没有那么多地方可以让博比穿他那些花哨的高档服装。"

斯蒂菲举起她手里的那张手写字条说:"他不是还提到岛上的人吗,说他们很难对付吗?也许他的那些高压手段不怎么奏效,佩蒂约翰对他的表现不太满意,威胁要解雇他。"

"不管怎么说,特林布尔是个心怀不满的雇员,而他的老板正干着法律所不允许的事,恰好又很有钱。"

"换句话说,敲诈勒索的一幕就要开场了。"

"完全正确。敲诈计划似乎有点经济意义。"斯米洛歪着嘴笑了笑,又说,"特林布尔认为,既然只要威胁一下佩蒂约翰,说要向外界透露斯佩克岛上发生的那些事就能敲诈他一大笔钱,那他平时干的就实在太辛苦了。"

"你认为是佩蒂约翰叫博比去伤害那些人、去打人、去放火的,还是博比在夸大其词?"

"我敢肯定有些地方确实是言过其实的。"斯米洛说,"不过你要是问我,是不是认为佩蒂约翰会想出那样恶毒的手段,我的回答是肯定的。为了达到他的目的,他会不择手段。"

"不管他干了什么,一定是干了坏事。因为为了堵住博比的嘴,他同意支付他十万美元。"

斯米洛继续说下去:"但是,用博比自己的话来讲,他'可不是三岁半的小孩子。'卢特对他提出的要求答应得有点太快了,博比对卢特这么爽快很感疑惑。去取这十万美金现钞很危险,博比精明得很,知道他可能会中卢特的圈套。"

"于是,他妹妹上场了。"

"是同母异父的妹妹。"哈蒙德纠正她,"她不是'上场'。"

"好吧,是他找到了她,请她帮忙。"

"他是偶然找到她的,他在邮政信使报上看到了她的照片。"

阿丽克丝一定非常后悔，后悔那天签名志愿参与组织一年一度的"国际节"。所谓"国际节"，就是查尔斯顿市每年十一月份举办的为期十天的电影节。一则看似无关紧要的新闻报道，一张登在报上的集体照，如今给她带来了多大的灾难。

特林布尔的录音中有这么一段话："当我在报纸上看到阿丽克丝的照片时，我简直不敢相信自己的眼睛。我看着她的名字，后来才意识到她一定改名了。我在电话簿上查到了她的住址，到她的住处去观察。一点没错，拉德医生正是我失散多年的妹妹。"

哈蒙德说："在看到那篇报道之前，他甚至不知道她就住在查尔斯顿。这么多年来，她一直躲着他，一直以新的身份生活着。他的出现令她很不高兴。"

"也许她是这么说的。"斯蒂菲说。

"假如他是你的哥哥，他要是在你的生活中重新出现，你会高兴吗？"

"也许会的，如果我们曾经是很不错的合伙人。"

"什么他妈的合伙人。是他以最可恨的方式利用了她，斯蒂菲。"

"你认为她是无辜的？"

"是的。"

"哈蒙德，她是个妓女。"

"她才十二岁！"

"那她是个小妓女。"

"她不是。"

"她为了钱提供性服务，妓女的定义不就是这样？"

"伙计们，"斯米洛平静的语气使他们停止了争论，不再大喊大叫。他拿了一堆书面材料塞进卷宗袋，递给了哈蒙德，"这里有你带给大陪审团所需的一切材料。陪审团下周四开会。"

"我知道他们什么时候开会。"哈蒙德没好气地说,"我手上还有其他案子等着处理。这事就不能等个把月,等他们下次开会时再说?干吗这么着急?"

"你还用问吗?"斯米洛嘲讽道,"我还有必要跟你说这桩案子的重要性吗?"

"在提交给大陪审团之前,我们必须确保成功。"他抓住了另一个理由,"你倒是让特林布尔做了一笔划算的交易。这么一个卑鄙无耻的小偷,在监狱至多只待一个晚上。他也许开心得都笑掉大牙了。"

"你的意思是?"

"也许是特林布尔杀了佩蒂约翰,现在又让他妹妹充当他的替罪羊。"

斯米洛考虑了有一秒钟,随即摇了摇头:"没有证据证明他在犯罪现场出现过,但是有确凿的证据证明阿丽克丝·拉德跟佩蒂约翰曾经待在同一个房间。而且丹尼尔斯也证明她在那儿的时间正在他死亡的时间范围之内。"

"弗兰克·帕金斯能够轻而易举地应付那个时间范围问题。而你却没有没有找到凶器。"

"我们要是找到了凶器,今天我就会指控她。"斯米洛说,"现在这种情况,就必须提请大陪审团注意,查尔斯顿四周环水,她可能在星期六晚上的什么时候已经把枪扔到水里去了。"

"我同意,"斯蒂菲说,"这把枪我们一直找到世界末日也未必找得到。我们确实不需要找到凶器,哈蒙德。"她显得信心十足。

他用手摸了一下脸,这才意识到早上太匆忙,没有时间刮胡子。"要让大陪审团接受她的杀人动机,我看很难。"

"这还不简单,"斯蒂菲争辩道,"你有特林布尔关于她过去的证言。"

"你在做梦，斯蒂菲。"他说，"那件事发生在二十多年前。即使就发生在昨天，弗兰克也决不会让它在审判中起任何作用。他会辩护说她少年时代的经历与现在无关，而且任何公正的法官都会判定这种证言无效。陪审团决不会相信这样的胡扯。退一步说，即使我这边能通过某种合法的方式让法官判定它是有效的，我也不能肯定我就会用它。这样的证言可能会产生适得其反的效果，对我们不利。"

斯米洛眯起眼睛看着哈蒙德："检察官先生，也许你站错了立场。你是准备给这个案子制造障碍还是怎么的？"

"我清楚法庭上会发生什么，斯米洛。我只是实事求是。"

"也许是胆小。也许斯蒂菲应该让梅森知道你已经临阵退缩了。"

哈蒙德克制住自己没有用脏话来回击他。斯米洛是在故意激他，如果他大发雷霆就正中他的下怀。因此，他反而心平气和地说："我倒有个主意。为了给人定罪，你干吗不能免去所有的合法途径呢？让我们来想想看，你可以采用哪些见不得人的方法？有了。"他"叭"地打了一个响指，"证明无罪的证据你可以扣住不用。对，你可以这样做。而且这也不会是第一次，是吗？"

斯米洛刮得干干净净的下巴因为生气而皱了起来。

"你们在说什么呀？"斯蒂菲问道。

"你问他，"哈蒙德的眼睛一直盯着斯米洛，"你问问他巴洛的案子怎么回事。"

"要不是你已经受了伤……"

"别管我受没受伤，斯米洛。"

"二位，别说废话了，"斯蒂菲不耐烦地说，"你们两个还要互相攻击，难道我们要操心的还不够多吗？"她转过身对着哈蒙德，"你刚才说的什么？什么拉德少年时代的经历会对我们不利？"

过了好几秒钟，哈蒙德才把目光从斯米洛身上移开。他看着斯蒂菲说:"拉德医生听特林布尔的录音时,你只要看看她脸上的表情就知道她有多讨厌他。陪审团也会观察她。"

"不过也许不会看得像你那么仔细。"

即使用烧红的烙铁戳他一下,他的反应也不可能更为强烈:"你他妈什么意思?"

"没什么意思。"

"到底什么意思?"他生气地非让她说个明白。

"只不过是我的观察,哈蒙德。"她回答时语气平静得让人受不了。"今天,你的两只眼睛都没从我们的嫌疑人身上移开过。"

"是忌妒吗,斯蒂菲?"

"忌妒她?恐怕不会吧。"

"那就把你的刻薄话收起来吧。"他提醒自己千万不要反应过火,免得弄巧成拙。他重新拣起了刚才的话题:"特林布尔是个混蛋,他甚至还冒犯了你,而你不是个轻易可以冒犯的人。他的证词只会引起女陪审员的反感。"

"我们会指点他什么该说,怎样说。"

"你没见过弗兰克·帕金斯在反诘方面有多厉害吗?他会吹捧特林布尔,请他解释他的那些男性至上的理论。特林布尔那么虚荣,根本不会知道那是个圈套。他会夸夸其谈,一直让自己走进那个圈套。到那时,我们就完了。我根本别想让陪审团相信拉德医生——而且可以肯定弗兰克一定会请来一大批道德信誉见证人——会跟像他这么个恶棍串通一气。"

斯蒂菲考虑了一会儿:"好吧,为了让我们的论据更加有力,不妨就算她是一个玉洁冰清的人吧。那么当她同母异父的罪犯哥哥向她说出他的敲诈计划时,她为什么没有立即向当局告发?"

"你想想,"哈蒙德回答,"她要保护自己的工作和名誉,她不想让人再去翻她过去那些无聊的陈年旧账。"

"也许，她完全可以向他摊牌，威胁他让警方来抓他。她也可以不理睬他，最终他没办法不就走了。"

"不过，我倒觉得要不睬他可不是件容易的事。他会不断地去找她、骚扰她、威胁要把她过去的事告诉她的病人、朋友和邻居。这些可不是说说而已的。人们总是愿意相信关于他人的丑闻。病人信任她，让她帮助他们解决问题。如果他们听了博比的话，他们还会继续信任她吗？不会的，斯蒂菲。他会让她遭受严重的伤害，她知道他会的。

"她在专业上取得了成就，在治疗严重焦虑性心理紊乱方面成了一位专家。她受到人们的赞赏和尊敬，只有上帝知道，为了摆脱儿童时代带给她的困苦，创造新的人生，这么多年来她付出了多少努力，她无论如何都要保护这种生活。"

"这就是了。这个案子我们能赢！"斯蒂菲兴奋得叫了起来，"你说得对极了，哈蒙德。博比威胁她，如果不跟他合作就把过去的事抖出来。为了摆脱他，她答应去取他敲诈的那笔钱。但是饭店套房里出了点岔子，她别无选择，只好杀了佩蒂约翰。"

太晚了，哈蒙德这才意识到自己刚才说的话是多么不恰当。斯蒂菲说得对，他能赢得这个案子。"可能行吧。"他含糊地低声说。

"除了这，还有什么理由可以解释她跟卢特·佩蒂约翰一起出现在那个套房里呢？她当然还没有解释过。"

这就是问题的症结所在。在他心里，他其实竭力想绕开这一点，但他的潜意识又让他不知不觉总是回到这个地方。如果阿丽克丝百分之百地没做任何不好的事，她那天下午去见佩蒂约翰究竟是为了什么？

斯米洛向门口走去："我去告诉帕金斯下周四我们将案子提交给

大陪审团。"

"为什么不干脆逮捕她?"斯蒂菲问道。

一想到阿丽克丝要待在监狱,哈蒙德心里就一阵难受,但他知道,他现在最好不要提出任何异议。

感谢上帝,斯米洛说出了他本想说的话:"因为帕金斯会指责我们犯了规,我们必须先指控她,然后再监禁她。否则,他用不了几个小时就会把她保释出去。"

"他说得没错,斯蒂菲。"哈蒙德说,他感到自己好像被判了死刑缓期执行一样松了口气,"她受到起诉时,我希望大陪审团也站在我们这一边。"

斯米洛出去了,房间里只留下他们两个。

斯蒂菲同情地看着哈蒙德:"你能肯定这个案子你吃得消吗?不管你承认不承认,这场抢劫给你的身体造成了伤害,也许过了这一二天真正痛起来时会更加难受的。我很乐意帮你接手下面的工作。"

表面上听起来,她主动提出要帮他的忙,是出于同事间的关心,但是哈蒙德怀疑她的这种姿态不是完全出于无私。她本来就想得到这个案子。也许,他最终接了这个案子,使她很不痛快。

除此之外,她主动提出要接手也可能是一个精心设置的陷阱。她含沙射影地说什么他的眼睛都离不开阿丽克丝,他必须小心提防着。即使斯蒂菲仅仅感觉到阿丽克丝对他有吸引力,她也一定会像老鹰一样盯住他不放的。他说的每一句话,做的每一件事都会在她的头脑中过滤一遍。如果她发现这种吸引已经远远超出了她的猜测,那么,不管是对他还是对阿丽克丝都将是极为不幸的。可不能让人明显地看出他是在袒护他们的嫌疑人。

另一方面,斯蒂菲的动机也可能是完全无私的,她的关心也可能是真诚的。她完全可以因为分手之事对他生气恼怒,但她并没让这事影响两人工作上的合作。倒是他的内心才隐藏着其他的动机。

他感谢她为他想得这么周到，口气懊恼地说："非常感谢，不过这一个星期我一定会恢复的。我相信到下星期四，我一定会恢复正常，精神抖擞地投入工作。"

"要是你改变主意的话……"

30

"外面有记者？"弗兰克·帕金斯生气地问。他觉得这简直难以置信。

"我也刚刚才知道，"斯米洛无动于衷地回答，"我觉得应该告诉你一声。"

"是谁透露出去的？"

"不知道。"

律师鼻子里"哼"了一声道："你当然不知道。"他转身拉着阿丽克丝·拉德的手臂，跟她一起走向电梯。

斯蒂菲侧身走到斯米洛身边说："我巴不得马上就到下周四。"

"这是个棘手的案子。"

她看着探长，对他流露出的沮丧口气很是惊讶："你总不会说你也染上了哈蒙德的悲观情绪了？我还以为你要给你的手下抽烟庆贺了呢！"

"哈蒙德提出的那些观点是有道理的。"他若有所思地说，"首先，他必须让大陪审团相信有必要起诉阿丽克丝·拉德。如果他们真的宣布可以起诉她,他还得向陪审团证明,她毫无疑问、确确实实是有罪的。我们的证据只是间接证据,斯蒂菲。特林布尔这个人本身就让人无法相信,特林布尔提供的证言中没多少是检察官可以派上用场的。"

"审判之前还会出现更多的证据。"

"要真的还有更多的证据,那才会出现。"

"肯定还有。"

"如果她没有杀人,那就不会有。"她看着他的目光变得十分尖锐,但他假装没看见,身子转向另一边,"还有许多事等着我去做呢。"

他的语气令她垂头丧气。她在过道里磨蹭着,一直等到哈蒙德从洗手间出来。他们一起进了电梯:"外面有记者。"

"我听说了。"

"你能对付吗?"她一边问,一边在他伤臂的肩头关切地轻轻碰了一下。

到了一楼,他们透过玻璃大门看到有一大群记者在门前的台阶上等着。"能不能对付都不要紧。我必须对付。"

过后,斯蒂菲不得不承认他对付得非常出色。尽管他对自己受伤一事说得轻描淡写,这恰恰让他显得闯劲十足,勇往直前,就像是一个准备投入战斗的受伤士兵。

驱车返回司法大楼的路上,两人几乎都没说话。一进楼,哈蒙德说了声"对不起"就钻进了自己的个人办公室,并随手关上了门。陷于沉思的斯蒂菲差点儿与门罗·梅森撞了个满怀。梅森正匆匆忙忙从一个拐角处绕过来,手臂上搭着一件夜礼服。

"头儿这么早就走啦,"她跟他开玩笑。

梅森皱着眉头说:"我妻子答应今晚要去参加一次无聊乏味的慈善活动,每个参加宴会的人都将得到奖赏。再说啦,这儿又有谁需要我？没有我，你们干得都很好嘛。拉德医生那位同母异父的哥哥给哈蒙德提供了重要的信息，是吗？现在他得到了她的作案动机。听起来蛮有把握的。"

"特林布尔的证词非常关键。"

"我把赌注都押在我们这边呢。"

"谢谢。"

"好了，不说这些了。"他和蔼地笑着说，"你是怎么想的，斯蒂菲？你们的案子怎么样？"

她想起斯米洛的担心，就说："我们还需要更有力的证据。"

"哪个检察官都需要更有力的证据。哪有可能抓住被告的时候他的手里还拿着冒烟的枪呢？有时候——或者应该说大多数时候——虽然手里只掌握那么一点点，甚至什么都不掌握，但我们就得在那一点点上大做文章。哈蒙德一定能起诉，而且案子审理时，他会让陪审团做出有罪的裁决。我对他的能力毫不怀疑。"

尽管这时候她根本笑不出来，斯蒂菲还是勉强微笑了一下，说："我也不怀疑。只要他不一头栽下去，摔一大跤。"

这时，梅森低头看着手表说："我必须走了。我得先去见教练，运动一下，做个按摩，然后就得穿上这件礼服。鸡尾酒会五点开始，太太要我绝对不能迟到。"

"祝你玩得开心。"

他皱皱眉说："你这是嘲笑我，对不对？"

"对，先生，是嘲笑。"她哈哈笑着，祝愿他度过一个愉快的夜晚。

梅森已经快走到过道的尽头了，又停住脚转过身来："斯蒂菲？"

她的背朝着他，所以他看不到此刻她脸上得意的微笑。她转过身时，脸上的笑容已经消失了："什么事？"

"你那句话是什么意思?"

"哪句话?"

"哈蒙德一头栽下去,摔一大跤那句话。"

"哦,"她笑了,"我是开玩笑,没什么。"

他重新走回她身边:"这已经是你第二次向我暗示哈蒙德迷恋上了拉德医生。我认为这可不是无关紧要的事,当然也不会认为这是可以开玩笑的。"

斯蒂菲咬着脸颊内侧。"如果我不是那么了解他……"她吞吞吐吐地说,接着坚决地摇摇头,"可是我了解他,我们都了解他。哈蒙德绝对不会丧失客观原则。"

"绝对不会。"

"肯定不会。"

"那好……再见。"

县法务官转过身沿着走道朝外走去。等他走得看不见了,斯蒂菲几乎是蹦跳着进了自己的办公室。这个星期早些时候,她就播下了这颗种子,今天她又浇灌了它。"看看他的头脑有多丰富。"她在办公桌后面坐下来自言自语道。她又翻了翻那一摞来电单,她希望接到的那个电话不在其中。她恼怒地拨了个号码。

"化验室。我是安德森。"

"我是斯蒂菲·芒戴尔。"

"什么事?"

吉姆·安德森在医院化验室工作。他动不动就冲人大发雷霆,斯蒂菲对此很清楚,因为她以前跟他吵过架,领教过他的态度。她的要求是既快又好,而他似乎缺乏这个能力:"化验做了吗?"

"我跟你说过,做好了就打电话给你。"

"你还没做吗?"

"我打电话了吗？"

他甚至不知道该道个歉或解释一下。她说："我需要那个化验结果是因为它牵涉到一桩重要案子，这很关键，也许这一点今天早晨我没讲清楚。"

"你讲清楚了，我也跟你讲得很清楚。我是为医院工作的，不是为警察局工作，也不是为法务官办公室工作的。你的事情之前还有许多其他的事等着我，那些事跟你的那件事同样重要。"

"没什么比这事更紧急。"

"请排队，芒戴尔女士。这是规矩。"

"你想，我并不是要检查DNA或HIV。目前不需要特殊复杂的检测，只是做一下血型测定。"

"我知道。"

"我需要知道的是那块毛巾上的血与斯米洛几天前拿给你的床单上的血是不是一致。"

"你第一次跟我说的时候我就知道了。"

"那么，这有多难呢？"她说着提高了嗓门，"你不是只要用显微镜或是什么东西看一下就行了？"

"做好了我会告诉你的。"

安德森挂上了电话。"狗娘养的。"她一边把电话听筒重重地放下，一边咬牙切齿地骂道。没什么比无能更让她生气了，不过让她最恼火的是既无能又无端傲慢。

见鬼，她需要那份血检结果！她内心有一种强烈的预感，她的预感难得有错。自从今天一早她开始有了这种想法，就一直无法摆脱。现在这种想法搞得她心神不宁。

尽管想起来似乎根本不可能，但她有一种奇怪的感觉，觉得在阿丽克丝·拉德和哈蒙德之间存在着某种关系，而这"某种关系"是与

401

性有关的。或者起码是浪漫的。

她没敢跟斯米洛讲起她的猜疑。也许他会认为这荒谬透顶，根本不予考虑。那样的话，往好处想，别人会当她是个傻瓜；往坏处想，别人会说她是个吃醋的旧日情人。他还会把她的想法告诉他的那帮手下，他们就会看她的笑话。迈克·柯林斯警探以及那帮无法接受让女性当权的人就再也不会把她当回事了。无论她说什么，做什么，都会被他们当作笑话看待。那是叫人无法忍受的。她是一个出色的精明强干的检察官，这样的名声是那么来之不易，她怎么会因为凭空想象人家有风流韵事这种只有女人才会有的可笑事情让自己名誉扫地呢？

如果斯米洛相信她的预感，情况几乎同样糟糕。他会立即行动起来。他与她不同，他有能力、有办法进行一些真正的侦查工作。如果他让吉姆·安德森这样的笨蛋跳起来，那个化验员就会问要跳多高。斯米洛马上就会知道血液化验的结果。如果两个血液样品的化验结果一致，人们就会认为是斯米洛发现了哈蒙德与嫌疑人之间的关系。

如果她的猜测是对的，她不愿意让斯米洛或任何人与她分享这份功劳。她要完全一个人独享。如果哈蒙德会因为妨碍谋杀案的调查而被解职——她敢有这样的期望吗？——那么她就要成为揭露他的那个人。就她一个人，不要有人来充当副手。十分感谢，斯蒂菲·芒戴尔不需要什么团体项目。

能够眼看着哈蒙德从他的位子上跌下来一定十分有趣，成为那个令他跌下来的人更是令人心满意足。

今天他在听特林布尔录音时的态度更加重了她的怀疑。他的反应就如同一个吃醋的情人。很显然，他把阿丽克丝·拉德当作被她同母异父哥哥利用的牺牲品，只要一有可能，他就急着为她辩护，寻找机会来表明她的清白无辜。这可不是一个检察官应该有的状态，他现在该做的应是尽量让别人相信被告是有罪的。

也许他仅仅是对一个女孩子丧失了清白之身感到惋惜，也许只是对一个专业人士将要失去人们对她的信任和尊敬而感到同情。无论那是一种什么东西，总是有名堂的。毫无疑问一定有。

"我就知道一定有。"斯蒂菲斩钉截铁地低声说道。

她天生感觉敏锐。在法务官办公室的其他人谁都还没有感觉的时候，她就能嗅出哪些是谎话，就能够看出其动机是什么。这些能力今天对她十分有用，她的直觉非常活跃。每当哈蒙德和阿丽克丝·拉德在一起的时候，她的直觉就一直嗡嗡地向她发出信号。

她那么肯定不仅仅是出于检察官的直觉。她还用女人的直觉感觉到了。当她看到他俩对视时，迹象显得一目了然。他们的眼睛虽然尽量避免直接对视，但是一旦接触上，几乎都能听到目光接触的碰撞声。

当特林布尔讲到她过去比较淫秽的那些经历时，阿丽克丝·拉德看上去都快支撑不住了，她大部分的口头否认是对哈蒙德说的。虽然大家都知道他具有非凡的能力，能专心致志处理手头的事情，可他却不能保持镇静。他烦躁不安，双手不住地在动，就好像他哪儿痒痒，可又抓不到。

斯蒂菲懂得这些症状，他们刚开始同居时他也是这种样子。跟一个同事睡觉令他不安，他担心这样做是不是不成体统。她笑话他，还告诉他，如果他们两人一同出现在大家面前时，他不能放松一点的话，他的紧张不安会让大家都知道他们之间的关系。

不过，我不是忌妒，斯蒂菲对自己说。我不忌妒他，当然我更不会忌妒她。我没有。

表面上看起来，她就像是遭人抛弃的传统女性，但绝不是忌妒促使她要把这件事搞个水落石出。远不止忌妒，比忌妒重要多了。她的前程取决于此。

即使她的预感最终证明是错的,她也会不断地调查,直到找到答案。等到将来拉德医生被关进监狱苦度日子的时候,哪一天有机会,她也许会跟哈蒙德提起她曾经有过的这种荒唐想法。他们一定会捧腹大笑一场的。

当然,她也可能会发现一个骇人听闻的秘密,这个秘密会彻底毁掉哈蒙德·克罗斯的名声,毁掉他当上县法务官的机会。

如果真是这样,猜猜看谁会受到推荐,成为办公室的头儿?

县警察局负责调查谋杀罪最资深的侦探已经准备提议起诉阿丽克丝·拉德谋杀了卢特·佩蒂约翰。现在应该由哈蒙德上法庭去辩论,去证明公诉人的指控,但是公诉人起诉的恰恰是他爱上的女人。而且,在这个案子中,他本人也是对定案有决定性影响的证人。对他来说,这是两个非常重要的动机和理由,这两个动机和理由促使他要去证明公诉人的指控是不能成立的。

但是另一个理由更加重要,更加迫切,更加紧急:阿丽克丝的生命处于危险之中。媒体已经得知警方昨天搜查了她的房屋,昨天夜里有人试图要她的命,那不可能是偶然事件。小巷里的那个家伙可能是受雇于他人来杀人灭口的。这次计划失败之后,必然还会有第二次。

斯米洛和他的手下把所有的注意力都集中到了阿丽克丝身上,只能由他一个人来寻找另一个或另外几个可能的疑犯。

为此,哈蒙德把自己关在办公室里,仔细审阅斯米洛给他的卷宗。他从内心让自己置身于案子之外,使自己跟这桩案子没有任何利害关系。这样,他就可以把全部精力集中在法律方面,完全从法律的立场着手对待这个案子。

谁会要卢特·佩蒂约翰去死呢?

生意场上的对手?肯定有。但是从斯米洛给他的卷宗来看,所有经过司法调查的那些人都有不在犯罪现场的确凿证据,甚至包括他自己的父亲。哈蒙德已经亲自查明,普雷斯顿有不在现场的证据。

达维?她当然最希望他死了。但他相信,如果是她杀了他,她不但不会隐瞒,反而会大张旗鼓地告诉别人。那才是她的风格。

他根据自己的能力和实际经验,把卷宗中所有的数据材料都整理了一遍并记在心里。他又在其中加上了他知道而斯米洛并不知晓的一些事实:

1. 哈蒙德自己在谋杀案发生前不久曾与卢特·佩蒂约翰见过面。
2. 达维给他的那张手写字条表明:除了哈蒙德,上周六下午,卢特还安排了与其他人见面。
3. 卢特·佩蒂约翰受到首席检察官办公室的秘密调查。

分开来看,这些事实似乎互不相关,然而把它们放到一起,倒激起了他作为检察官的好奇心,促使他提出问题……而且不仅仅是为了证明阿丽克丝的清白。即使他跟她没有任何感情上的牵涉,他也从来不希望错判任何无辜之人。不管疑犯是谁,这些问题都说明此案需要进一步调查。

他使用了这些还不为他人所知的事实,在他的头脑里回忆了一遍有关这个案子的每一次谈话。跟斯米洛、斯蒂菲、他的父亲、门罗·梅森和洛雷塔的谈话。他把阿丽克丝排除出去,假设她根本不存在,假设疑犯问题还是个未知数。这样,他就能够用一种全新的感觉去倾听每一个问题,每一句表白,甚至每一句随口说出的话。

奇怪的是,正是他自己说的一句话惊醒了他,把他从缓缓而过的意识流中拉了回来:"那可是普普通通的手枪射出的普普通通的子弹呵。单单这座城市里就有数以百计的0.38英寸口径的手枪。就连你们自己的罪证仓库里都有这么多的手枪,斯米洛。"

突然,他又充满了新的活力,下定决心要证明自己前几天失去理性的行为是正当的。他的事业,他的生活,他自己心境的平静——这一切都取决于他能否证明阿丽克丝无罪,能否证明自己是正确的。

他看一眼办公桌上的钟。要是他抓紧时间,也许今天下午就可以开始进行自己的调查。他赶紧收拾起卷宗,塞进公文包,走出了办公室。他刚要离开办公楼大门,举步跨到骄阳似火的楼外,正在这时,有人叫他了。

"哈蒙德。"

仅仅从这一喊声就能知道他非停下来不可。哈蒙德一边转过身来,一边暗中叫苦:"你好,爸爸。"

"我们回你办公室谈一下,行吗?"

"你看,我正要出去。我要赶在下班之前去一趟市中心。下星期四佩蒂约翰案子就要提交给大陪审团了。"

"我正想跟你谈谈这件事。"

普雷斯顿·克罗斯从来不会听取别人的反对意见。他带着哈蒙德来到办公楼门口的一小片阴凉处:"你的手臂怎么回事?"

"一言难尽。"他不耐烦地答道,"什么事这么急,不能等一等吗?"

"今天下午,门罗·梅森去健身房的路上用手机跟我通了话。他非常担心。"

"担心什么?"

"如果门罗的猜测是真的,我连想都不敢想会发生什么后果。"

"什么猜测?"

"就是你对那个拉德医生产生了不该有的关心。"

那个拉德医生。只要他父亲带着轻蔑的口吻谈起哪个人，总要在人名前冠上这么个代词。这个词微妙地表达出他对某个人的蔑视。

哈蒙德顾左右而言他地说："你瞧，每次梅森对我有看法，都跟你打电话，这真让我有点窝火。他干吗不直接跟我说？"

"因为他是位老朋友。眼看着我的儿子要拿自己的前途开玩笑，他敬重我，所以要来提醒我。我相信他一定希望我会出面干涉。"

"这正是你最爱做的。"

"见你的鬼，没错！"

他父亲的脸气得通红，连白发的根部都红了，嘴角上出现了唾沫。他难得发脾气，认为任何形式的感情冲动都只是女人和孩子才会有的弱点。他从裤子后口袋里掏出一块手帕，用这块精致的白色爱尔兰亚麻方帕擦拭自己汗珠直冒的前额。他尽量平静地说："让我放心门罗的猜测是毫无根据的。"

"他怎么会有这种想法的？"

"首先，是因为你对这个案子一直表现得没精打采。"

"我可不会这么说。我一直都在忙个不停。当然，我也很谨慎——"

"过分了。"

"那是你的看法。"

"很显然也是梅森的。"

"那么该由他来训斥我，而不是你。"

"你从一开始就在消极怠工。我和你的头儿都想知道这是为什么。是因为嫌疑人的缘故，你才这么缩手缩脚的？你真的迷上了这个女人？"

哈蒙德的眼睛直愣愣地盯着他父亲的眼睛，但他一直固执地不吭声。

407

普雷斯顿·克罗斯脸部的肌肉因发怒而变得僵硬:"上帝啊,我不能相信。哈蒙德,你疯了吗?"

"没有。"

"一个女人?你会毁了你所有的希望——"

"你是说你所有的希望吧?"

"为一个女人?好不容易混到这个分上,你怎么可以有这种行为——"

"行为?"哈蒙德爆发出一声轻蔑的大笑,"你还有资格来跟我谈什么行为问题?你的行为又怎样,父亲?你在衡量道德的标准方面又为我树立了什么样的榜样?也许我只是为了适应你的标准而对自己的标准稍稍做了一点调整而已,不过我绝对不会赞成让人去纵火。"

他父亲的眼睛飞快地眨巴着。哈蒙德知道他点中了要害。

"你是三K党吗?"

"不是!见鬼,不是。"

"但是那一切你都知道,是不是?斯佩克岛上发生的一切你都一清二楚。不仅知道,你还为此提供了赞助。"

"我早退出了。"

"没有完全退出。卢特才完全退出了。他被人谋杀了,因此他是真的脱身了。但你没有,别人还可以攻击你。爸爸,你真不小心。那些文件上还留有你的名字。"

"我早就为斯佩克岛上发生的事做了赔偿。"

啊哈,这是他最拿手的,把刺拳快速地变成了上勾拳。跟往常一样,哈蒙德根本没料到他会来这一手。

"昨天我去了斯佩克岛,"普雷斯顿平静地对他说,"我见到了卢特骇人的恐怖主义行为的受害人,跟他们解释说,当我得知他的所作所为之后感到非常惭愧,因此立即中止了跟他的合作。为了弥补他们的财产损失,除了向他们表示诚挚的歉意外,我还给每个家族一千美元的经济补偿。同时还为他们的社区教堂捐献了一笔相当数额的捐款,又为他们的学校设立了一笔奖学基金。"他停顿一下,脸上带着同情的微笑看了看哈蒙德,"现在,有了这样的慈善之举,你当真认为还能指控我犯罪?儿子,不信你可以试试,你会输得很惨的。"

哈蒙德感到一阵头晕恶心。不是因为天热,也不是因为他受了伤:"你收买了他们。"

他父亲的脸上又有了那种平安快乐的微笑:"只动用了小额现金。"

哈蒙德记不得自己还有什么时候比此刻更想揍人了。他真想一拳揍在他父亲的嘴巴上,揍得他嘴唇乌青淌血,揍得他的嘴唇再也不能挂上那种得意的居高临下的微笑。他克制住自己,脸凑近他父亲的脸,压低了声音。

"不要得意忘形,父亲。就这么点儿小额现金,你别想溜之大吉,你别想就这么脱身。你这狗娘养的,你是个腐败堕落分子,你这个人就是腐败、就是堕落。别来教训我什么才是正确的行为。到此为止。"说着,他转身向停车场走去。

普雷斯顿拽住他的左胳膊,粗暴地把他拉了回来。"你懂吗?我真希望让人人都知道你的那档子事,你和那个娘们的事。我希望有人拍到了你和她在一起的照片,希望他们把照片登在报纸上,放到电视上去播。你陷入这样的境地,我太高兴了。你活该,你这个他妈的小伪君子。你和你的那种自以为是、不切实际的态度已经让我恶心好几年了。"他嘲讽地说。

他用食指狠狠地戳着哈蒙德的胸口:"你跟别人一样的腐败堕落。只不过你还没有受到过真正的考验而已。正确的道路本身就难走,难道是贪婪让你昏头昏脑偏离了正道?不是。是权力的欲望?也不是。"

他嗤笑道。

"不过是个女人。在我看来,这才是真正让人羞愧之处。你要腐败堕落起码也要为一些不那么容易到手的东西吧。"

两个男人怒视着对方,他们之间的敌意强压多年之后终于爆发了出来。哈蒙德知道,无论他说什么,都不可能对他父亲钢铁般的意志有一丝一毫的影响。他猛然意识到他根本不在乎他父亲的想法。面对一个他并不尊敬的人,他为什么还要为自己和阿丽克丝辩护?他终于认识到普雷斯顿本质上原来是个什么样的人,明白自己并不喜欢他,因此,他父亲如何看待他以及如何看待某件事情对他来说就无足轻重了,因为这种看法跟正直与荣誉毫不相干。

哈蒙德转身走开了。

斯米洛在城市广场饭店的休息大厅里等了有半个小时,才等到了一个擦鞋的空座位:"这阵儿生意还不错,斯米洛先生。"

"擦亮就行,斯米迪。"

擦鞋老人开始谈起亚特兰大的伯拉维公司股票最近行情大跌。斯米洛打断了他的话:"斯米迪,佩蒂约翰先生被杀的那天下午,你有没有看见这个女人在饭店出现过?"他给老人看了登在下午版报纸上阿丽克丝·拉德的照片。照片放大了,脸部轮廓特征更加清楚。

"见过,先生,我见过,斯米洛先生。今天下午在电视上还见过她。你们都认为是她杀了他。"

"下个星期陪审团是不是会起诉她,主要就看我们能不能提供足够的证据。你见到她时,她有没有跟其他人在一起?"

"没有,先生。"

"你见过这个人吗?"

他把博比·特林布尔的脸部照片拿给他看。

"就在电视上见过。跟这张照片一模一样。"

"在这儿的饭店没见过吗？"

"没有，先生。"

"你能肯定吗？"

"你知道的，斯米洛先生，凡是见过的人我一般不会忘掉。"

探长一边把照片放回上衣胸袋，一边心不在焉地点点头："你见拉德医生的时候她看起来是不是很生气或者很苦恼？"

"没什么特别的，不过我没盯着她细看。她进来时我注意到她，是因为她的头发很漂亮。虽然我上了年纪，我还是喜欢长得漂漂亮亮的姑娘。"

"你看到许多漂亮的姑娘从这里进进出出。"

"也有许多丑的，"他咯咯轻笑着说，"不管怎么说，这个姑娘当时就一个人。她也没管旁的事，径直穿过大厅上了电梯。过了不一会，她又下来了，进了那边的酒吧。又过了一小会儿，我看到她又穿过大厅到了电梯那边。"

"等等。"斯米洛的身子往下更凑近那位给他擦鞋的老人，"你是说她两次上楼？"

"我估计是的。"

"第一次上去有多长时间？"

"大概五分钟吧。"

"第二次呢？"

"不知道。我没见她什么时候下来。"

他在斯米洛的皮鞋上飞快地擦了最后一下。斯米洛走下台阶，伸出手臂，让斯米迪用绒布刷子把上衣也掸了一遍。"斯米迪，你有没有跟别人提起过那天我在你这儿擦过鞋？"

"从没提过，斯米洛先生。"

411

"我希望这事你不要跟别人提起,好吗?"他转过身来,塞给斯米迪一笔数目不小的小费。

"当然,斯米洛先生,这当然。那件事很抱歉。"

"哪件事?"

"那位女士。我很抱歉,她下来时我没看到。"

"我知道,你手上很忙。"擦鞋人笑了:"是的,先生。上星期六这儿就像中央火车站一样,一整天都是人来人往。"他抓了抓头皮,"真有趣,不是吗?那天你们大家都来了这儿。"

"我们大家?"

"你,那位女医生,还有个律师。"

斯米洛的心猛地绷紧了,就像是被绊了一下的钢制鼠夹:"律师?"

"检察官办公室的那位,电视上那位。"

31

哈蒙德在过道里等着,一直等到五点整,看到哈维·努克尔离开办公室!这位电脑专家一出来就谨慎地关好了门。等他转过身来时,便看到哈蒙德就紧贴着他站在面前:"嗨,哈维。"

"克罗斯先生!"他尖叫起来,后退一步靠在办公室门上,"你在这儿干什么?"

"你应该知道。"

努克尔凸起的大喉结向上移动,随即又顺着细瘦的脖子滑下去。看得出,他很费劲地吞咽了一下:"对不起,我一点都不知道。"

"你对洛雷塔·布思撒谎,"哈蒙德凭着直觉说,"是不是?"

哈维竭力想表现得粗莽一点,以掩饰内心的紧张不安:"我不知道你在说什么。"

"我说的是窃取电脑资料可以被判五到十年。"

"啊?"

"哈维,我可以毫不费劲地控告你已犯了好几种罪。当然，你如果现在跟我合作，那又是另外一回事。是谁叫你去调查阿丽克丝·拉德医生的？"

"你说什么？"

哈蒙德的目光逼得他靠在办公室门上不能动弹："行，很好。给你自己找个好一点儿的辩护律师。"说罢，便转身欲走。

哈维脱口道："是洛雷塔。"

哈蒙德回过身来："还有谁？"

"没有别人。"

"哈——维——？"

"真的没别人！"

"那好。"

哈维放松了一点儿，飞快地用舌头舔了一下嘴唇。但他一听到哈蒙德的下一句问话，脸上刚出现的一丝微笑就僵住了："那佩蒂约翰的事情呢？"

"我不知道——"

"把我想知道的都告诉我，哈维。"

"我随时乐意为你效劳，克罗斯先生。这点你是知道的。可这回我真的不知道你说的是什么。"

"他的档案，哈维，"他明显失去了耐心，"是谁让你去查佩蒂约翰的档案的？他干的事、地图、合伙文件，诸如此类的东西。"

"是你呀。"哈维尖声叫道。

"我是通过合法渠道进行调查的。我现在想弄清楚的是，还有谁对他的生意也感兴趣。谁让你偷偷地查他的档案的？"

"你怎么会认为——"

哈蒙德走近一步，压低嗓门说："不管是谁要你提供信息，你都得说出来。别想敷衍搪塞我，也别想用那种装出来的无辜困惑的表情来蒙骗我，否则我可就要不客气了。你知道，监狱对你这样的人来说恐怕不是个舒服的地方。"他停顿了一会儿，让他好好领会他话里隐含的威胁，"你说，是谁？"

"有……有两个人。但是，时间不同。"

"最近？"

哈维的头点得那么快，都能听到他上下牙齿碰得"嘚嘚"直响："就在这两个月左右。"

"那两个人是谁？"

"斯……斯米洛探长。"

哈蒙德不动声色："还有？"

"你该知道，克罗斯先生。她说她是为你打听的。"

按洛雷塔·布思的习惯，每天的新闻她必看无疑。眼下她正看着傍晚的新闻报道，在几个频道上换来换去，比较着各家电视台有关阿丽克丝·拉德的报道。

她看到哈蒙德面对电视摄像机，受了伤的手臂吊着绷带，感到惊愕万分。他是什么时候受的伤？怎么受的伤？她昨晚才见过他。

就在新闻节目即将结束，"幸运之轮"栏目快要开始的时候，她的女儿贝弗穿着准备上班的衣服经过起居室："妈妈，我的饭准备好了，是通心粉砂锅。冰箱里还有不少，晚饭够你吃的了，色拉也做好了。"

"谢谢，亲爱的。我现在还不饿，再过一会儿可能就想吃了。"

贝弗在前门口犹豫了一下："你没事吧？"

洛雷塔明白女儿眼里的担忧和谨慎。母女之间的和谐还不是十分确定，但两人都拼命地希望这回能一切顺利。两人都担心她们之间又会出现什么差错。多少次的许诺，多少次的食言，使她们俩都不相信洛雷塔最近发出的誓言。一切都取决于她是否能保持清醒。她现在最要紧的就是保持清醒，那可不是一件容易做到的事。

"我很好。"她对贝弗笑了笑，让她放心，"你知道我帮忙调查的那桩案子吗？他们下个星期就要提交给大陪审团了。"

"根据你提供的信息？"

"有一部分。"

"哇，太好了，妈妈。你还有这种本领呢。"

贝弗的赞扬令她心里感到热乎乎的："谢谢。但是，我想这也意味着我又没事可干了。"

"这次成功之后，我相信会有更多的事要你去干。"贝弗拉开了门，"晚安，明天见。"

贝弗走了之后，洛雷塔继续看下面的娱乐节目，不过这只是因为没有更合适的事可做。这套公寓房并不比昨天或前天小一些，但是今晚待在这房子里却感到气闷难受。这种焦躁不安的感觉不是外界造成的，而是来自内心。

她打算出去走走，但那样做很危险。她的朋友都是酒鬼，她知道的那些常去的地方充满了诱惑，你会忍不住喝上一杯。只要一小杯酒就意味着她的清醒到此结束，她就又会回到哈蒙德请她帮助调查佩蒂约翰谋杀案之前的状态。

她真希望工作永远不要结束，这不仅仅是为了钱。尽管贝弗的薪水足够她俩的生活，洛雷塔还是希望自己也能挣点钱贴补家用，这对她的自尊心也有好处。再说，她也需要挣得一笔自己的收入，那样才会有一种独立感。

而且，只要她有工作可干，她就不会注意到自己对其他事物的渴望。她必须防止无事可干，无所事事对她是一种危险。手头没什么有意义的事会让她渴望那些她不能拥有的东西。有了空闲时间，她就会胡思乱想：她的生命其实那么微不足道，其实，她把自己喝死了也没什么，也许那样对她和与她有关的人来说倒是一件好事。这是一种危险的想法。

她想起哈蒙德并没有明确告诉她不再需要她的帮助。她给他讲了阿丽克丝·拉德医生的详细情况后，他就心急火燎地跑出了酒吧。虽然他当时显得有点垂头丧气，但他还是急不可待地根据她提供的情况行动起来，而且他的行动一定初见成效了，因为他快要把案子提交给大陪审团了。

今天去找哈维·努克尔也许是多此一举。她跟哈蒙德提起她直觉地感到哈维今天早上对她撒谎的时候，他好像正忙着，也不是很感兴趣。不过那又怎样？额外那么忙一下对她并没有什么害处。

哈蒙德尽管受了伤，也不知受的什么伤，但他在警察局总部大楼台阶上对记者讲话时声音洪亮有力，充满信心。他说博比·特林布尔的出现是这个案子的转折点。

"由于他的证词十分有力，我相信拉德医生一定会被起诉。"

另一方面，拉德医生的律师——洛雷塔只知道他口碑极好、名气很响——也告诉媒体，查尔斯顿警察局和检察官特别助理克罗斯犯了个最愚蠢的错误。他相信，真相大白之后，拉德医生将被证明是无罪的，那些实权人物必须向她公开道歉。他已经在考虑以诽谤罪提起诉讼。

弗兰克·帕金斯的讲话特别慷慨激昂。洛雷塔听了他的讲话就明白了他是个什么样的律师。他要么特别擅长雄辩，要么真正相信他的当事人是无辜的。也许哈蒙德手里的疑犯真的弄错了。

如果真是这样，那么在这件他从事这个职业以来最重要的案子中，哈蒙德就会让人觉得像个傻瓜了。

他曾经隐隐提到阿丽克丝·拉德不在犯罪现场缺乏事实根据，但他没细说。有点儿……是什么来着?

她心不在焉地看着"幸运之轮"中的字谜游戏节目。

博福特市郊的一个游艺会。对,就是它。

她猛地站了起来,走进厨房。那些看过的旧报纸在捆扎回收之前,贝弗都会堆放在厨房。很幸运,明天才是收废旧报纸的日子,所以这个星期的报纸都在那儿。洛雷塔费力地查找到了上周六的报纸。

她抽出娱乐版,匆匆浏览了一遍,找到了她想找的内容。游艺会的广告占了四分之一的版面,上面有时间、地点、车辆行驶路线、入场费、旅游景点,还有——等等!

"开放时间:八月份每周四、五、六晚上,"她大声念了出来。

几分钟之后她就上了车,驶上了往城外博福特去的公路。她根本不知道到了那儿她会做些什么。凭直觉吧,她心想。不过如果她能够——要是运气特别好或者有奇迹发生——在阿丽克丝·拉德不在犯罪现场的证据中找出个漏洞,哈蒙德一辈子都会感激她。反过来,如果那位心理医生不在犯罪现场的证据很有力,起码可以预先让他知道,那他就不至于在法庭上被搞得不知所措。不管结果如何,他都会感激她的。好事一桩。

严格地讲,在他还没有正式通知她之前,她还是受雇于他。要是她能在这件事上助他一臂之力,他一定会永远感激她,没准还会想:没了她还真不成。也许他还会在地方检察官办公室为她介绍一份固定的工作。

即使没什么发现,他也会欣赏她,因为她主动出击,凭着犀利的直觉采取行动。大量的烈酒也不曾使她的直觉变得迟钝。他会为她感到骄傲!

"巴塞警官?"

穿着制服的警官正看着报纸。听到喊声,他把报纸的一角往下移了移,看到哈蒙德站在桌子的对面,便立即跳了起来:"嗨,检察官。你要的那份打印文件就在这儿。"

县警察局的罪证仓库是格伦·巴塞警官的领地。他长得矮矮胖胖,待人谦逊。似乎是为了弥补光秃秃的头顶,他嘴唇上长着浓密的胡子。他不够积极进取,做巡警时干得不怎么出色,不过倒是很适合干现在这份案头工作。他是个好人,从不抱怨,对自己的职衔心满意足,待人谦恭有礼,对谁都和和气气,对谁都没意见。

哈蒙德事先给他打了个电话,请他帮助打印一点资料。这个忙他很乐意帮。"你说得不很具体,不过我所做的只不过是调出这一个月内的记录并打印出来。以前的,我也可以——"

"暂时不需要。"哈蒙德粗略地看了一遍打印纸,希望有个名字能跳入他的眼帘,但是没有,"能跟你讲几句话吗,警官?"

他意识到哈蒙德希望跟他单独谈谈,便对正在房间里另一张桌边工作的职员说:"黛安妮,这边的事请你帮助照看一下,行吗?"

那位职员的眼睛根本就没离开电脑屏幕,回答说:"行,你忙你的。"

这位胖胖的警官领着哈蒙德来到一个小房间,那是工作人员休息室。他准备从混浊的咖啡瓶里给哈蒙德倒一杯浓稠的咖啡。

哈蒙德谢绝了,说:"这事很微妙,我觉得很难开口。"

他探询地看着哈蒙德:"你问吧,什么事?"

"有没有这种可能——只是可能——某位警官在你不知道的情况下……从库里……借出一件武器?"

"不可能,先生。"

"没有这种可能?"

"我有严格的记录,克罗斯先生。"

419

"我知道。"他说，又飞快地扫视了一遍电脑打印件。

巴塞有点紧张。"怎么回事？"

"只是我的一个想法，"哈蒙德懊恼地说，"让卢特·佩蒂约翰丧命的武器，我还没有找到任何线索。"

"从背后射进的两粒0.38的子弹。"

"对。"

"我们这儿能发射0.38子弹的枪有成百上千。"

"你知道我碰到的是什么问题。"

"克罗斯先生，我这边管理很严，这一点我很自豪。警察使用枪支的记录是——"

"是无懈可击的。这一点我知道，警官。我的意思绝不是说你这方面有什么问题。我说过，这件事说起来很微妙，我都不想开口问你。我只是在想一个警官有没有可能编一个理由然后把枪拿出去。"

他若有所思地摸着自己的耳垂："我想这种可能是有的，不过他还是得先登记才行。"

毫无收获。"对不起，打扰你了。谢谢。"

哈蒙德带走了打印记录，不过他并不指望能从中获得他希望得到的线索。他离开哈维·努克尔时情绪很好，那个电脑专家最后承认斯米洛和斯蒂菲都曾强迫他给他们提供佩蒂约翰的情况。

不过，现在回过头来再想一想，那又能证明什么呢？证明他们跟他一样也希望卢特遭到报应？几乎没什么突破。甚至没什么可大惊小怪的。

他拼命地想证明阿丽克丝没有犯罪，不惜怀疑每一个人，甚至怀疑起这些天来比他自己更努力地维护法律和秩序的同事来了。

他心灰意懒地进了自己的屋子，径直来到起居室，打开电视。电视上，戴着翠绿色隐形眼镜的女主持人正巧在播当天的头条新闻。他带着自虐的心理看起了电视。

　　除了手臂的吊带，他身上其他的绷带包扎都被衣服遮住了，但他的脸色在电视摄像机镁光灯炫目的强光下看起来蜡黄，毫无血色，一天没刮的胡子显得更为明显。当记者问到他是怎么受伤的，他只说是抢劫，跟案子没有关系，随即马上又把话题转回到谋杀案上来了。

　　讲话中，他还注意到了工作策略，对县警察局出色的侦查工作表示赞赏。他巧妙地回避了有关阿丽克丝·拉德的具体问题，只是说特林布尔的供词在调查中是个转折点，还说他们的案子已获得充分的证据，实际上已经可以保证起诉成功。

　　斯蒂菲就站在他左肩后边。她不时地点头微笑以示赞同。他注意到她很上镜。灯光的照射使得她的黑眼睛看起来熠熠生辉，在摄像机镜头中她显得活泼生动。

　　斯米洛也受到媒体的追踪，他在电视上出现的时间跟他一样长。跟斯蒂菲不同，他在镜头中一点都不张扬。他讲话婉转，不露锋芒，多多少少重复了哈蒙德的意思。提到阿丽克丝与博比·特林布尔的关系，他只是泛泛而谈，说监狱里的这个人对案子提供了关键性的证据。他拒绝透露她跟卢特·佩蒂约翰之间是什么关系。

　　他对她少年时代的经历只字未提。哈蒙德猜想，他这么做是经过深思熟虑的。斯米洛不想扰乱陪审团成员的思想，不想给弗兰克·帕金斯提供机会，不想让他提出易地审判或审判无效的要求。

　　电视镜头拍摄了弗兰克·帕金斯，他脸色严峻地陪着阿丽克丝走出大楼。这一幕是哈蒙德最不忍心看的，因为他知道，对她来说，作为查尔斯顿市近年来最重要的杀人案中的重要疑犯出现在公众面前，会有多么丢脸。

　　电视上说她三十五岁，是一位在社会上享有盛誉、受人尊敬的心理医生。除了在专业上颇有建树外，她还因热心公益事业而受人称颂，是多项慈善活动的热心捐助人。记者采访了她的邻居和同事，他们表示震惊，有的十分义愤，认为怀疑她参与谋杀是"荒谬的"、"可笑的"。

戴着翠绿色隐形眼镜的女主持人开始播报下一则新闻。哈蒙德关掉电视，上了楼，放了一浴缸热水。他把整个身子浸泡在热水里，只有右臂挂在浴缸外边。热水澡让伤口的酸痛有所缓解，但是使他感到头脑昏沉，手脚无力。

他饿了，就下楼开始做炒鸡蛋。

用左手干活，他感到笨手笨脚的。此外，一种不祥的预感使他手脚更是不听使唤。他不希望被以后的人当作笑料谈起，不希望别人说这样的话："嗨，还记得哈蒙德·克罗斯吗？那个原本很有前途的年轻检察官，栽在一个小女人的手里，一切都完了。"

他们会这么说，或者说一些意思差不多的话。

他的同事和熟人会在更衣室里一边拿着湿毛巾，穿着臭袜子，或者在常去的聚会场所一边喝着波旁威士忌酒，一边假惺惺地摇头叹息，实际上心里对他的多情之举暗自好笑。他会被他们看成傻瓜，而阿丽克丝则是让他栽跟头的那个女人。

他真想对那些想象中的不公正的流言蜚语进行猛烈的抨击。他们把她和他之间的关系说得那么粗俗卑鄙，他真想狠狠地揍他们一顿。实际情况根本不是他们想象的那样，他是在恋爱。

昨晚服了达尔丰止痛片之后他并没有完全糊涂。他还记得他并没有告诉她自己内心真正的感受，从开始见到她以来自己内心的真实感觉。他们第一次见面至今不过一个星期——不到一星期——但他从来没有像现在这样对那件事情这么有把握。从生理上讲，从来没有一个女性能如此吸引他，他也从来没有感到跟哪一个人会有这样一种心智上、精神上和感情上的联系。

在游艺会的那几个小时，后来在小别墅他的床上，他们都一直在交谈。谈音乐、饮食、书本、旅游以及时间允许的话他们希望去游览的地方；也谈电影、运动和体能训练，还谈以前的南方和如今的新南方；谈那三个滑稽喜剧演员，为什么男人喜欢他们而女人讨厌他们；谈有意思的事，也谈毫无意义的事，什么都谈，谈起来没个完。只是没谈他们自己。

他没有告诉她自己的具体情况；她当然也没有透露有关她的生活的任何情况，无论是现在的或是过去的，都没有。

她曾经是个妓女吗？她现在还是吗？如果她是，他能不能像爱上她那样很快地不再爱她呢？恐怕做不到。

也许他真的是个傻瓜。

但是不能借口自己是个傻瓜就可以去犯罪。他跟他心中的内疚作斗争，他越来越感到自己见不得人。虽然他不愿承认他父亲说的话有任何道理，但是普雷斯顿让他看清了事情的本质，迫使他面对他一直不愿面对的事实：哈蒙德·克罗斯跟其他人一样腐败，一样堕落，跟他父亲一样不诚实。

他无法忍受这种想法，也吃不下炒蛋，就把蛋一股脑儿全倒进了污物碾碎器。

他想喝酒，但酒只会使他的头脑更加昏昏沉沉，让他感觉更加糟糕。

他希望他的手臂别他妈的阵阵抽痛。

他希望他能有办法摆脱目前这种困境，因为这种困境会毁掉他的光明前程。

最主要的是，他希望阿丽克丝能平安。

平安。保险。

保险柜。阿丽克丝家里放满现金的保险柜。

佩蒂约翰宾馆房间里空空的保险柜。

壁橱里面的保险柜。

壁橱。保险柜。衣架。浴袍。拖鞋。依然包装得好好的。

哈蒙德跳起来，就好像被一股电流猛击了一下，随即又令人难以置信地静静地坐了下来。他强迫自己要冷静下来，好好地想清楚，好好地推断一下。

慢慢来，别着急。

但是等他花了几分钟，从每个可能的角度进行分析之后，他没有发现其中有任何漏洞。所有的环节都没问题。

这结论令他很不舒服，但现在他不能老想着这个，他必须采取行动。

他赶紧站起来，抓起离他最近的无线话机。他先拨了查号台，又拨了个号码。

"城市广场饭店。请问要哪里？"

"请接温泉浴场。"

"对不起，先生，浴场今晚已关门了。如果你想预约——"

他打断了总机接线员，向她说明了身份，告诉她他要跟谁通话。"而且我必须立即跟他谈话。趁你找他的空儿，把我的电话接到客房部经理那儿。"

洛雷塔过了不一会儿就发现，来游艺会这个主意不怎么样。

把车停放在一个尘土飞扬的棒球场之后，余下的路她就开始步行。走了约莫十五分钟之后，她浑身都被汗湿透了。到处都是孩子——喧嚷吵闹、浑身黏糊糊的孩子们好像就跟她一个人过不去似的。流动服务点的售货人员牢骚满腹。她倒不怪他们脾气不好。这么热的天，谁还能有好情绪？

现在要能让她去一个灯光黯淡、凉快舒适的小酒吧，让她怎么都行。棉花糖和游艺会场地上黏着的牛粪发出的混合气味，比起发霉的烟草和走味的啤酒发出的怪味，更令人难受。

她留在那儿的唯一原因是，她不时地想到，也许她能帮上哈蒙德的忙。这是她该做的。不仅仅为了补偿曾经被她搞砸的那个案子，也是因为在其他的人连理都不愿理她的时候，哈蒙德又给了她这一次机会。

头脑清醒的时间也许不会长久，但就目前而言，她绝对不能喝酒。她在工作，而且她女儿也不再瞧不起她。为了这一切，她要好好感谢哈蒙德·克罗斯。

她坚持不懈，拖着越来越沉的脚步从一个景点再到另一个景点。

"也许你还记得——"

"你疯了吗，女士？这来来往往的人成千上万，我怎么会记得某个女人？"服务员嘴里吐出一口浓稠的烟草色唾液，差一点吐到她的肩上。

"谢谢你了，见鬼去吧。"

"行了行了，快走吧，你把后边排队的人都挡住了。"

每次她向参展人员、游艺会工作人员或卖饮食的小贩出示阿丽克丝·拉德的照片，得到的结果都大同小异。他们要不跟刚才那位一样无礼透顶，要不就疲惫不堪，懒得答理她。给她的回答往往是摇摇头或是简短的一声"对不起"。

太阳早就下山了，蚊子也成群地出来了，她还在那儿转悠。几个小时之后，她的两只脚可遭了殃，汗水把她的脚泡得有小枕头那么大了。她仔细地看着被凉鞋带子勒得紧紧的浮肿的脚，脚背上的肉从带子中鼓了出来。她心想，可惜这个博览会没有举行畸形物品展览，"否则这两只宝贝脚就可以去参加展览了。"她低声自语道。

她最终承认自己干了件傻事。也许拉德医生说她去过游艺会根本是个谎言,要想在这儿碰到上周六也来过这儿而且还记得曾经见过她的人,几乎是不可能的。

手臂上有个蚊子。她一巴掌打下去,蚊子像气球一样被打破了肚皮,在她胳膊上留下一摊血。"这下我可惨透喽。"于是,她决定还是早点撒手,回到查尔斯顿去。

她心里想着,要是把两只脚浸泡在一盆冰水中该有多舒服,这时,她刚巧经过那个凉棚。凉棚的锥形顶篷上挂着亮闪闪的圣诞彩灯,乱糟糟的乐队成员正在调音。小提琴手的胡子编成了辫子,使他能够大喊大叫。跳舞的人用小册子扇着风,一边等乐队继续演奏,一边嘻嘻哈哈地笑着。

没有舞伴的人在舞池四周悄悄地走动,看看自己能不能找到机会,估计着自己的竞争实力。他们看起来既不明显地与哪个人有什么关系,也不过于迫切地想与哪个人答腔。

洛雷塔注意到人群中有不少军人。年轻的军人胡子刮得干干净净,理着时髦的发式,汗水冲淡了他们搽在身上的香水。他们一边向年轻姑娘挤眉弄眼,一边大口地喝着啤酒。

要能喝上杯啤酒一定很美。就一杯?会有什么害处呢?又不会喝得醉醺醺,飘飘然的,只不过是现在口渴得嗓子冒烟,含糖饮料又不解渴。何况,她在这儿还可以把拉德医生的照片拿出来给人看,说不准这些人中就有人还记得上个周末在这儿见过她呢。军人对漂亮的女人总是特别欣赏,说不准其中还有人很喜欢阿丽克丝·拉德呢。

她对自己说,她可不是给自己找借口要接近这批喝啤酒的人。因为脚肿,凉鞋的带子勒进了肉里,她难受得一边皱眉蹙额,一边一瘸一拐地走上了通往凉棚的台阶。

32

弗兰克·帕金斯一打开他家的大门，脸上的微笑立即消失得无影无踪，就好像听来很不错的笑话中最关键的那一句出现了败笔："哈蒙德。"

"我能进来吗？"

弗兰克字斟句酌地说："那样的话，我会很不自在。"

"我们必须谈谈。"

"我有正常的上班时间。"

"这事不能等，弗兰克。等到明天都不行。你必须现在就看看这个。"哈蒙德从上衣胸袋里掏出一个信封，递给律师。弗兰克接过信封，往里面看了一眼。信封里有一张一美元的钞票。"哦，天——"

"我聘请你当我的律师，弗兰克，那是定钱。"

"你到底在耍什么花招？"

"卢特·佩蒂约翰被杀那晚，我跟阿丽克丝在一起，我们在同一张床上过的夜。现在我能进来了吗？"

正如预料的那样，弗兰克·帕金斯听到这话，一时说不出话来。趁着他这一瞬间的目瞪口呆,哈蒙德侧着身子从他身边挤进门去。

弗兰克关上了前门。他的家在郊区,非常舒适。他很快反应过来,以最快的速度冲到哈蒙德身边:"你有没有意识到你自己已经违犯了多少职业规范?又骗我违犯了多少职业规范?"

"你说得对,"哈蒙德拿回了那一美元,"你不能做我的律师。有利益冲突。但是就刚才你受聘的那一小会儿,我向你吐露了一点情况。按照你的职业特点,你有义务对此保密。"

"你这狗娘养的,"弗兰克气极了,"我不明白你要干什么,我也根本不想知道。我请你离开我的家。立刻就走。"

"你没听到我说的话?我说了我跟——"

他看到开着的拱门里挤满了人,立即就住了口。他们都很好奇,想看看外面怎么吵起来了。哈蒙德只注意到了阿丽克丝的脸。

弗兰克顺着哈蒙德的视线看去,嘴里轻声地说道:"麦琪,你记得吧,他是哈蒙德·克罗斯。"

"当然记得。"弗兰克的妻子说,"你好,哈蒙德。"

"麦琪,很抱歉,我就这样闯了进来。希望没有打扰你们。"

"其实,我们正在吃晚饭,"弗兰克说。

他们有一对九岁的双胞胎儿子,其中的一个嘴边有一块东西,像是意大利实心面的调味汁。麦琪是位亲切有礼的南方女性,她的太祖母辈是勇敢的南部联邦军人的妻子和寡妇。出现在门口的尴尬场面并没有惹她生气:"我们刚刚才坐下来,哈蒙德。跟我们一块吃吧。"

他先看了一眼弗兰克,又看了看阿丽克丝:"不了,谢谢,谢谢你的好意。我只需跟弗兰克谈几分钟话。"

"再次见到你我很高兴。"

"孩子们,"麦琪·帕金斯一手抓住一个双胞胎儿子的肩膀,让他们转过身,回到原来的地方。估计他们刚才正在厨房里吃便饭。

哈蒙德对阿丽克丝说:"我不知道你在这儿。"

"弗兰克请我跟他的家人共进晚餐。"

"他真不错。从今天开始,你也许不希望一个人待着。"

"是的。"

"而且,你在这儿很好,你也有必要听听这个。"

最后是弗兰克打断了他们的对话:"我现在特别需要喝上一杯。既然我有可能会因此而被取消律师资格,我想还是让我喝一杯吧。你们两位也来一杯如何?"

他示意他们跟着他来到屋子的后部,进了他的书房。嵌着镶板的墙壁上引人注目地陈列着各种匾额和裱好的各类证书及名人名言,这些都表明,弗兰克·帕金斯无论是平时的为人处世,还是在自己的专业领域,都是受人尊敬的。

哈蒙德和阿丽克丝都表示不喝酒,于是,弗兰克给自己倒了一杯纯苏格兰威士忌。他在一张结实的大书桌后面坐了下来,阿丽克丝坐在双人皮沙发上,哈蒙德坐在一张扶手椅上。律师看看这位又看看那位,最后他的目光在他的当事人身上停了下来。"是真的吗?你跟我们尊敬的助理法务官睡过觉?"

"没有必要——"

"哈蒙德,"弗兰克生硬地打断了他,"你没有资格纠正我。在这件事上,你甚至没有资格反驳我。我应该把你这个混蛋一脚踢出去,然后跟门罗·梅森一起听你如何坦白供认,除非他已经知道了。"

"他不知道。"

"我还让你待在我的家里,唯一的原因是我尊重我当事人的隐私。在我还不知道所有事实之前,我不想鲁莽行事,免得让她难堪。她已经被最近的荒唐事弄得够难堪的了。"

"别对哈蒙德发脾气了,弗兰克,"阿丽克丝说。她的声音里有一种哈蒙德从未听到过的疲惫,或许还有无奈,甚或是如释重负。他们的秘密终于不再是秘密了,"他有错,我也一样有错。我应该一开始就告诉你我认识他。"

"关系亲密?"

"是的。"

"你想让事情发展到哪一步?让他起诉你,拘留你,让他们来审判你,判你有罪,把你关进监狱的死囚区?"

"我不知道!"阿丽克丝猛地站起来背对着他们,胳膊肘紧紧地抱着贴在身上。过了一会儿,她平静下来,转身面对他们:"事实上,该受责备的是我而不是哈蒙德。他当时并不知道我是谁,而我知道他是谁。是我跟在他后面追着他,而且是有预谋的。我让我们的相遇显得很偶然,但其实并非偶然。我们之间发生的事没有一样是偶然发生的。"

"那么这次有计划的见面是怎样发生的?"

"是上周六晚上,天刚暗下来。初步接触之后,我就使出了我知道的女人惯用的每一种花招来引诱哈蒙德跟我一起过夜。我的每一招,"说到这儿,她的嗓音有点干哑,"都成功了。"她朝他看去,"因为他真这么做了。"

弗兰克一口喝完了杯子里的酒。这一口喝得他眼泪都出来了,他用拳头捂住嘴咳起来。嗓子眼里的东西咳出来之后,他问这一切都发生在哪里。阿丽克丝把事情的经过原原本本地告诉了他,从在大凉棚的第一眼一直到来到他的林中小别墅。"第二天早晨天还没亮,我就悄悄地离开了他,准备这辈子再也不与他见面。"

弗兰克摇摇头,不知是酒喝得太猛,还是这些截然不同的事实让他无所适从。他的脑子有点糊涂:"我不明白。你跟他睡觉,但是,这不是……你没有……"

"我是她的安全保险。"哈蒙德说。听到她亲口承认是她设计利用他,说他们的相遇并不像他所期望的那样是上帝的安排或是浪漫的巧遇,他还是感到难以接受。但他必须克服这种感觉,在现在的情况下,他必须集中精力处理更重要的事情。"如果阿丽克丝发现她需要不在犯罪现场的证据,我就可以为她作证。事实上,我是她最佳的证据,因为我要揭发她就必然牵扯到自己。"

弗兰克困惑不解地瞪眼看着他:"能解释一下吗?"

"阿丽克丝跟踪着我从城市广场饭店一直来到游艺会。在城市广场饭店,我与卢特·佩蒂约翰见过面。"

弗兰克目瞪口呆地看着他,好几秒钟之后才转向阿丽克丝,请她证实是不是这样。她微微点了点头。弗兰克站起来又去为自己倒了一杯酒。

趁着他倒酒的机会,哈蒙德看了看阿丽克丝。她的眼里噙着泪水,但她没有哭。他想抱住她,他也想抓住她摇晃,把所有的真相都晃出来。

不,也许不是这样。也许他并不想知道,不想知道他原来跟那些为了得到她的青睐而付钱给她的哥哥博比的那些欲火中烧的小伙子和好色的老头儿一样容易上当受骗。

如果他真的爱她,像他自称的那样,他也得摆脱这种想法。

弗兰克坐回到自己的座位。他把重新斟满酒的杯子放在桌子上的皮制隔热垫上,一边转动着杯子,一边问:"谁先说?"

"星期六下午,我跟卢特·佩蒂约翰有个约会。"哈蒙德说,"是受他之邀。我本来不想去,可他坚持我们一定要见面,还向我保证这次见面对我会非常有利。"

"他有什么目的?"

"首席检察官指定由我负责对他进行调查。佩蒂约翰听到了风声。"

"怎么会的?"

"这事以后再详细说。就目前,只需知道,我很快就要把我的调查结果提交给大陪审团了。"

"我猜想佩蒂约翰是想跟你做笔交易。"

"没错。"

"他的条件是什么?"

"如果我向首席检察官发回报告说找不到什么证据,让卢特跟往常一样继续做他的生意,他许诺要支持我成为门罗·梅森的接班人,还要资助我一笔数目可观的款子用于竞选。他还建议一旦我成了办公室的头儿,我们可以继续互利合作。这样的亲密合作可以让他继续干违法勾当,而我则佯作不知。"

"估计你拒绝了。"

"断然拒绝了。这时他扔出了重磅炮弹,说我的亲生父亲是他的斯佩克岛工程计划的合伙人。卢特拿出文件证明了这一点。"

"这些文件现在在哪?"

"我离开时带走了。"

"这些文件有法律效力吗?"

"恐怕有。"

弗兰克可不笨,他明白了:"如果你继续对卢特进行调查,你将被迫指控你的父亲也犯了罪。"

"是的,那是卢特威胁的要点。"

阿丽克丝脸色柔和,对哈蒙德充满了同情。弗兰克轻声说道:"对不起,哈蒙德。"

他知道他的同情出于真心,但他对此置之不理:"我告诉卢特让他见鬼去吧，告诉他我打算坚持原则。我掉头离去的时候，听到他在后面破口大骂，还对我进行威胁。这一阵的大发雷霆可能导致了中风，我不清楚。我再也没回头。我在那里的时间不超过五分钟，最多五分钟。"

"那时候几点钟？"

"我们的约会定在五点。"

"你当时有没有看到阿丽克丝？"

两人不约而同地摇了摇头："我到了游艺会场才见到她。佩蒂约翰的事让我非常恼火，我离开饭店时情绪很不好，因此对周围的一切都没留意。"

他停顿一下，深深地吸了一口气："我准备回小别墅过夜。当时我并没有仔细考虑就决定去游艺会逗留一会儿。我在大凉棚看到了阿丽克丝，然后……"他把目光从弗兰克身上移到她那儿。她坐在双人沙发上，专注地听着。"这事就是从那儿开始的。"

书房里很静，弗兰克书桌上那只钟发出的"嘀嗒"声听起来缓慢而沉重。过了一会，律师开口了："你到这儿来跟我说这些有什么目的吗？"

"这件事一直沉重地压在我的心上，我很内疚。"

"可我不是牧师。"弗兰克不耐烦地说。

"是的，你不是牧师。"

"而且我们在谋杀案的审判中代表的是对立的双方。"

"这一点，我也清楚。"

"那么回到我刚才的问题：你为什么来这里？"

哈蒙德回答："因为我知道是谁杀了卢特。"

33

达维无精打采地拿起电话听筒。

"达维,你知道我是谁。"这不是问题。

由于没什么更有意思的事可做,她刚才斜躺在卧室的躺椅上,一边喝着加了冰块的伏特加酒,一边看着经典电影频道正在播放的由琼·克劳馥主演的一部黑白片。电话那头的人声音那么急促,她不由得一下坐了起来,脑子一阵眩晕。她调低了电视机的音量。

"什么——"

"什么都别说。你能来见我吗?"

她看了看躺椅边上古色古香的茶桌上摆放着的那只钟:"现在?"

在她任性疯狂的青少年时代,深夜的一个电话往往意味着冒险。她会偷偷地溜出去会她的男友或者与一群姑娘会合去寻欢作乐,做一些大人禁止她们做的事,如去海滩裸泳、狂喝啤酒、吸食大麻,一直疯到天亮。那些越轨的行为每次都让她的父母亲暴跳如雷。被大人逮住,勇敢地面对大人的惩罚,也是其中的乐趣之一。

即使在嫁给卢特之后,在电话上喋喋不休地向人倾诉,然后半夜三更出去与人幽会也是常有的事。不过从来没有因为这些事引起夫妻间的争吵。卢特对她的来来往往要么根本不放在心上,要么他自己也在外边嬉戏作乐。因此,这些事完全不像小时候那么有意思。

尽管这个电话并不一定意味着会很有意思,但却引起了她的好奇心:"发生什么事了?"

"我不能在电话里谈,但这事很重要。你知道里弗斯大街上的麦当劳在哪里吗?"

"能找到。"

"在跟道切斯特街相交的十字路口附近,越快越好。"

"可是——"

对方已挂断了电话。达维呆呆地盯着手里的无绳电话看了好一会儿,然后把它扔到躺椅上,站起身来。她身子稍稍晃了一下,为了保持平衡,赶紧把手撑在桌上。她逐渐平静下来,开始考虑这件事情。

不行,她喝了不少酒,不能开车。再说,见他的鬼!他以为他是谁啊,就这样半夜三更叫她去一家麦当劳?没有解释,没有说声"请",也没有说声"谢谢",根本没考虑到她可能会不同意。既然有这么重要的什么破事,为什么他不能到她这儿来找她?不管是什么事,这一定跟卢特谋杀案的调查有关。她难道没讲清楚,不到万不得已她不愿意介入这件事吗?

不过,她还是走进卫生间,用冷水冲冲脸,用一大口漱口液漱了漱嘴。她迅速脱下睡衣,然后,也顾不得穿内衣,就套上一条白色短裤,上身穿上一件与短裤配套的紧身的合成纤维网眼T恤。这T恤不会给人留下任何想象的余地——他是活该。她也不在乎穿什么鞋子。头上的卷发没梳,如一团乱麻。要是有人看到他们在一起,就她的邋遢随便这一点就会让人瞠目皱眉。当然喽,她才不管呢!可是,他向来都不是这样莽撞的。

萨拉·伯奇的房间在厨房边上,她正在房间里看电视。"我出去一下。"达维跟她说。

"这么晚了?"

"我想吃冰淇淋。"

"有一冰箱呢。"

"可没我想吃的那种口味。"

她什么时候说谎,忠心耿耿的管家都知道,但她从来不戳穿她。这也是达维喜爱她的原因之一:"我会小心的,一会儿就回来。"

"要是以后有人问起……?"

"九点钟我在床上已经呼呼大睡了。"

她知道,她的一切秘密在萨拉这儿都是最保险的。她走进车库,钻进宝马车。住宅区的街道一片黑暗,寂静无声。快车道上没什么车辆来往,商业街上也一样。虽然这么做有悖于她的天性,也不符合车子的特性,但她还是把宝马的速度控制在速度极限以内。两次酒后驾驶都因为法官欠着卢特的人情而放过了她,如果来个第三次,那她也太贪心不足了。

那家麦当劳就像拉斯维加斯赌城的夜总会那样灯火通明。这么晚了,停车场上居然还停放着十几辆车,这些车都是聚集在店内那几张桌边的年轻人的。

达维把车子开到停车场最里边灯光照不到的那个地方,把驾驶座边上的车窗摇下来,然后关上发动机。她的前面是一排高低不齐的灌木,正好隔开了麦当劳的停车场和另一家倒闭了的快餐店的停车场。那家店的门窗都用木板钉上了。她的身后是一条空空的供免下车服务用的巷子,她的左右两边什么都没有,只有一片黑暗。

他还没到，这使她很恼火。听他口气那么急，她扔下了手头的一切——包括味道好极了的高杯伏特加酒——一路匆匆赶来了。她把遮阳板翻下来，又利索地把带灯镜子的盖移开，看看镜中的自己。

他打开前面客座的门，上了车："你很好看，达维。你总是很好看。"

罗里·斯米洛一上车就关上车门，熄了穹顶灯，又伸手到方向盘上方，把镜盖关上，镜子上的灯也灭了。

听了他的赞美，达维心里就像喝了一口热乎乎的十分昂贵的甜露酒那么舒畅，但她竭力不把自己陶醉的感觉表露出来。相反，她说出话来，口气很不高兴："罗里，那件离奇的谋杀案办得怎样了？这些天没发现什么线索吧？"

"恰恰相反。线索太多，但它们都解释不通。"

她说这话本意是开个玩笑，不过他当然是当真了。真扫兴，他就这样直接切入正题了，就像那天晚上他来通知她，说她丈夫死了时一样。公事公办，谦恭有礼，超然冷淡。

斯蒂菲·芒戴尔就是猜一千年也猜不到他俩曾是热恋情人。他们曾在做爱时把他淋浴间的玻璃门给撞倒了；他们曾去公园野餐，野餐之后他靠坐在树边，而她则骑坐到他的脖子上；他们也曾整整一个周末，从星期五下午下课后一直到星期一上课，除了吃点花生酱就是做爱。

卢特被杀那天，他的表现让人根本看不出他俩之间曾经有过那么浪漫那么疯狂的过去。达维每看他一眼，都恨不得攫住他的心，而他竟他妈的能表现得那么冷漠，这让达维难过得心都碎了。他的自制力令人钦佩，或者说叫人可怜。缺乏激情一定会让他的一生都孤单乏味，了无生气。

她对他竭力硬起心肠，说："不明白你有什么事，不过我还是来了。说吧，你要干什么？"

"问你几个有关卢特被谋杀的问题。"

"我还以为这案子你已经解决了,我看到新闻——"

"没错,没错。哈蒙德下星期将把案子提交给大陪审团。"

"那还有什么问题?"

"在今天之前,你看到新闻之前,有没有听说过阿丽克丝·拉德医生?"

"没有。卢特有许多女朋友,她们中的不少人我都认识,不过,肯定还有不认识的。"

"我猜她不是他的女朋友。"

"真的?"

她转身面对他,抬起脚放到座位上,脚后跟靠着屁股,下巴搁在膝盖上。这种姿势十分撩人,与她的贵妇人身份不相符合。他的目光不由自主往下移,在那儿停留了几秒钟,然后又回到她脸上。

"你来找我的话,罗里,你一定真的毫无办法了。"

"我是万不得已才来找你的。"

"那真是太糟了。凡是我知道的,都已告诉你了。"

"我对此很怀疑,达维。"

"有关这个叫拉德的女人,我真的没对你撒谎。我从没——"

"不是那个。"他不耐烦地摇摇头说,"是有点儿……是另外的事情。"

"你认为不是这个人干的?"

他没回答,但他的脸色紧张起来了。

"嗬,我猜对了,是吗?对你来说,事情拿不准可比叫你死还难受,对吧?你这个铁石心肠、刻板无情的人。"她微微笑了起来,"好了,我并不想让你失望,亲爱的,不过这次小小的密谈对你我来说都是浪费时间。我不知道是谁杀了卢特。我发誓。"

"你那天跟他说话了吗?"

"那天早晨他离家的时候告诉我他去打高尔夫球了,我再次想起他时就是你和那个叫芒戴尔的臭娘们来告诉我他死了。他对我说的最后那句话显然是谎话,这或多或少概括了我们的婚姻状况。作为丈夫,他令人讨厌;作为情人,他不过如此;作为一个人,他卑鄙无耻。说实话,我根本不在乎是谁杀了他。"

"我们发现你的管家在撒谎。"

"为了保护我。"

"如果你是无辜的,为什么需要保护?"

"问得好。不过即使我说那个星期六的下午,我光着身子在伯劳街上骑马,萨拉也会跟着我这么说的。这一点你知道。"

"你没有因为头疼而一整天都在卧室休息?"

她笑出声来,用手指梳理了一下乱糟糟的卷发:"不妨这么说吧。我一整天都在床上,跟我的男按摩师在一起。现在看来他不仅是个叫人头疼的人,还是个令人厌倦、叫人讨厌的家伙。萨拉不想跟你们说实话,免得糟蹋了我的好名声。"

她的嘲讽挖苦对他起了作用。他把脸转到另一边,透过挡风玻璃朝那一排杂乱的灌木望去,下巴紧绷起来。达维不知道那是好兆还是凶兆。

"我成了你们的怀疑对象了,罗里?"

"不,你不会去杀卢特。"

"你认为我不会,为什么?"

他的目光又回到她的身上:"因为你嫁给他,就是为了让我痛苦。你喜欢让我痛苦。"

那么,他原来知道她是为什么嫁给卢特的。他知道,而且,他也在乎。虽然他看上去似乎漠不关心,毕竟他血管里流淌着的还是血,

439

而且至少有一部分的血被忌妒给烧热了。

她兴奋得心都快要跳出来了，但她努力克制住自己，竭力不让兴奋在脸上和语调中流露出来。"还有……？"

"还有，你怕麻烦，不会自己去杀人的。而且你知道，自己即使杀了人，也能轻易逃脱。既然如此，那又何必呢？"

"换句话说，"她说，"我太有钱了，人家不会判我有罪。"

"完全正确。"

"而且，离婚并不比因谋杀而受审要麻烦多少。"

"你的情况是，离婚也许更加麻烦。"

她很开心地说："而且，我也跟哈蒙德说起过，监狱的那种囚衣——"

"你什么时候跟哈蒙德说过？"他打断了她问道。

"我经常跟他说话。我们是老朋友。"

"我当然知道你们是老朋友。你知道不知道卢特被杀那天哈蒙德跟他在一起？就在他被杀的那段时间？"

达维一听，立即警觉起来，她的心里也轻松不起来了。她不知道罗里会如何偿还她给他带来的痛苦与折磨。他会不会指控她知情不报，阻挠执法？她把卢特星期六与人约会的手写记录交给了哈蒙德，上面的信息也许完全无关紧要，也许是可以为罗里解开谋杀案之谜的关键所在。

不管纸上写的是什么，跟案子究竟又有什么关系，那都不应是死者的遗孀而应是案子的调查者去弄明白的。即使哈蒙德与卢特的见面跟谋杀本身没有关联，这事也会妨碍他成为本案的检察官。如果那张纸条上的第二个时间真是后面的另一个约会，那么这第二个约会就根本不存在了。纸上并没有约会人的姓名，但是从时间来看，那个时候，卢特已经死了。

是让人发现她犯了知情不报的罪呢,还是该对老朋友忠心不二?达维左右为难。"是哈蒙德告诉你的吗?"

"有人看到他在饭店。"

她笑出声来,但她的笑声不是十分自信:"是吗?就因为有人看见他与卢特在同一个楼里,你就假定他跟卢特在一起了?也许你该休息几天了,罗里。你脑子糊涂了。"

"你在侮辱我吗,达维?"

"你刚才得出的结论,才是对你我智力的一种侮辱。两个男人差不多同一个时间待在同一个大型的公共场所,是什么使你认为其中必有联系?"

"是因为我们多次谈到上星期六下午和那个饭店,可哈蒙德提都没提他当时就在那儿。"

"他为什么应该提?干吗对一次巧合那么大惊小怪?"

"如果是巧合,他没有理由只字不提。"

"或许他星期六下午有个约会,或许他喜欢那儿餐厅的蟹肉蛋糕,或许他为了躲避外面的大太阳抄近路穿过饭店的休息大厅。他在那儿的原因可以有一百个。"

他从操纵台上面欠过身子。多年来他从没与她凑这么近过:"如果哈蒙德与卢特见了面,我必须知道。"

"我不知道他们是不是见了面。"她怒气冲冲地说。她没骗人,她只是把卢特的纸条给了哈蒙德。她没问过,他也没说是不是有过这次约会。

"那会是一次怎样的见面?"

"我怎么知道?"

"卢特没撞见过你和哈蒙德在一起?"

"什么?"她笑着叫起来,"老天!罗里,今天晚上你的想象力过于丰富了吧？你怎么想得出来的？"他狠狠地看了她一眼，其中的意思明白无误。这一眼毁掉了再次见到他所带来的那一点点微小而脆弱的幸福。

"哦，"她说，脸上的微笑变成了悲伤，"对，没错，当然。我当然会干出与人通奸这种事。不过你难道真的认为，哈蒙德·克罗斯会跟别人的老婆睡觉吗？"

一阵短暂而紧张的沉默过后，他开口问道："他们见面还有什么其他的原因？"

"我们并不知道他们见面没有。"

"哈蒙德提没提起过在饭店见到其他人？"

"如果他是去了那儿，我敢肯定他一定看见了每天在那里进进出出的一群又一群汗流浃背的人。"

"有没有特别提到哪一个？"

"没有，罗里！"她十分恼怒地说，"我跟你说过了，他什么都没说。"

"他有点儿不对劲。"

"哈蒙德吗？他怎么啦？"

"我不知道，不过我很担心。这些天他不像往常那样富有朝气。"

"他在恋爱。"

他的反应就好像他的下巴被人猛地捅了一拳："在恋爱？跟斯蒂菲吗？"

"绝对不可能，"她回答的时候感到有点厌恶，"我几乎都不敢问他，他们之间的关系到底有多亲密。不过当我问他的时候，他说那已经结束了。这我相信。他的情人不是那个毫无魅力的芒戴尔女士。"

"那是谁？"

"他不愿说。看上去他并不快乐，他还说这场恋爱非但复杂，而且根本不可能。不，那位女士并非有夫之妇，我问他的。"

罗里稍稍低下头，眼睛似乎注视着她没穿鞋袜的脚趾头。他在思考她刚刚跟他说的话。趁着这一刻，她悄悄打量着他——光洁的前额、浓密的眉毛、刚毅的下颌，还有那张不肯妥协的嘴巴。不过她知道，这张嘴是可以妥协的，她的嘴唇和身体曾经感受过它，那么饥渴，那么温柔。

"那是一种强大的动力。"她轻轻说道。

他抬起头来："什么？"

"爱。"他们久久地、深深地注视着对方的眼睛，"爱会让你去做你本来想都想不到的事，比如嫁给一个你憎恶的男人。"

"或者，杀了他。"

她急速地吸了一口气，乳房在薄薄的贴身衣服底下颤抖了一下："我多么希望你会因为爱我而杀了他。"她用双手抱住他的脸，大拇指抚摸着他的嘴唇，"你有没有，罗里？"她急切地轻声问道，"你有没有那么爱我？告诉我你有。"

她的头从变速杆上方伸过来，似乎是跨越了这么多年的心痛、怀念和渴望。她吻了他。一碰到她的嘴唇，就如同火柴碰到了燧石，他的反应是爆炸性的。他用力地吻着她，热切而贪婪，那么狂野，那么激情澎湃。

但是，他的吻突然停止了。他伸手把她的双手强行从脸上掰开，推开了她。

"罗里？"她一边叫一边伸手去抓他，可他推开了车门。

"再见，达维。"

"罗里？"

可是，他快步穿过那排灌木，消失在黑夜中。麦当劳已经关门，一个人都没有了，灯也灭了。四周一片黑暗，只剩下达维一人。谁也听不到她伤心的啜泣。

443

34

"我知道是谁杀了卢特。"

听了哈蒙德的话,阿丽克丝和弗兰克·帕金斯惊得一时说不出话来。不过,只过了几秒钟,两人就连珠炮似的向他提出了一连串问题。弗兰克的第一个问题是,哈蒙德为什么没去警察局而来了他家。

"先等一下,"哈蒙德说,"我得先听阿丽克丝说一说所发生的事。"他转身面对她,凑近她,"说实话,阿丽克丝。所有的情况,每一件事。今晚就说,现在就说。"

"我——"

她还没开口,弗兰克就抬手制止了她:"哈蒙德,你一定以为我是白痴。我不会让我的当事人告诉你一个字。你强行开始的这次秘密会面我也一点儿都不欣赏。你的行为应该受到严厉谴责,是不负责任的,违反职业规矩的——"

"行了,弗兰克,你说过你不是牧师,还记得吧?"哈蒙德说道,"你既不是主日学校的教师,也不是我的老爸。阿丽克丝和我都承认这事我们处理得不太妥当。"

"你倒是够轻描淡写的,"弗兰克说话时表情很古怪,"你们的亲密关系,其后果可能是灾难性的。对我们三个都是。"

"对你怎么会是灾难性的呢?"阿丽克丝问道。

"阿丽克丝,不到五分钟之前,你承认你使出浑身的解数要让哈蒙德跟你上床。要说有什么对你有利的辩护,那天晚上你跟哈蒙德在一起就是最有利的辩护。不过,考虑到博比·特林布尔提供的你的背景资料,那个证词还能起什么作用?"

"那怎么可能用来对付我呢?这一切都已经过去了。我不再是那个小女孩,我是现在的我。"她的目光从弗兰克身上移到哈蒙德那儿,"是的,博比说的每一个可恶的细节都是事实,但有一个例外,我从来只限于让他们看看。"

她用劲地摇摇头:"从来如此。我维护了自己一个小小的隐秘的部分,以免将来永远不能实现自己对美好生活的梦想。有一个界限我从来不会跨越。感谢上帝,那是我自我保护的关键所在。

"博比用最卑鄙无耻的方式利用了我。我曾经一直认为自己本质上就很坏,不知过了多少年,我才不再因为参与其中而谴责自己。通过咨询和自己的研究,我意识到我是个典型的病例:一个受到摧残伤害的孩子,感到自己应该为所受到的虐待承担责任。"

这多么具有讽刺意味,她微微笑了笑:"我就是自己最早的病例之一。我必须治愈自己,我必须学会爱自己,学会认为自己值得别人来爱。多亏拉德夫妇的无私帮助,他们留给了我一大笔遗产,那就是无条件的爱。我逐渐明白,他们那么好,那么体面,如果他们都能爱我,那我也能够埋葬过去,起码要接受自己。

"但是这种治疗一直都没有间断。有时我会失去信心。直到今天,我还在问我自己,是不是我本来可以做点什么,以避免这些事情的发生？是不是那时我其实可以勇敢地面对博比，反抗他？可那个时候，我害怕他也会像我母亲那样抛弃我。那样，我就孤单一人了。他是给我提供生活必需品的人，我一切都得依赖他。"

"你那时还是个孩子。"弗兰克温和地提醒她。

她点点头："是的，弗兰克。但是，我自己来到哈蒙德面前，希望他对我有所反应的那一晚，我已经不是孩子了。"她转向哈蒙德，恳切地说，"请你宽恕我给你造成的伤害。我只是害怕，害怕可能会发生的那一切。我没有杀害卢特·佩蒂约翰，但是我害怕受到指控，害怕因为我少年时代的经历而被认为有罪。我去了佩蒂约翰的饭店套房——"

"阿丽克丝，我必须再次提醒你，什么都别再说了。"

"不，弗兰克。哈蒙德说得对，你需要听我说，他也需要听我说。"律师还在皱眉表示反对，但她不管他要求沉默的警告继续说了下去。

"时间回到几个星期前。"她告诉他们，博比怎样突然不受欢迎地重新出现在她的生活中，他是如何告诉她他计划要敲诈卢特·佩蒂约翰，"我提醒博比，那是不可能的，告诉他最好还是离开查尔斯顿，忘了这个可笑的计划。

"可他铁了心要做成这件事，而且他也同样铁了心要让我帮助他。他威胁我，如果我不答应，他就把我的过去给抖出来。我很惭愧，我承认，我当时很怕他。如果他还是二十五年前那个叽里呱啦爱吹牛皮、傲慢自大、头脑简单的博比，我会嘲笑他的威胁，并且立即报警。

"但是，他学会了一些礼节，或者至少装出一副举止端庄、文雅礼貌的样子。这个新的博比更容易闯入我的生活，最后从根本上毁了我的生活。事实上，他有一次真的出现在一个讲座上，冒充是一位来访的心理学家,而我的同事根本就没有怀疑他是假冒的。

"不管怎么说,我跟他摊了牌,叫他以后别再来打扰我。我猜他一定是孤注一掷了。反正,他真的跟佩蒂约翰联系上了。不知道博比究竟对他说了什么,反正是起到了作用,因为他同意付给博比十万美金,条件是博比必须保持沉默。"

"凡是了解卢特·佩蒂约翰的人没有一个会相信的,阿丽克丝。"哈蒙德静静地说。

"这一点我也同意。"弗兰克接了一句。

"我自己也不相信。"阿丽克丝说,"博比显然也不完全相信,因为他又来找我。这次,他坚持要我去跟佩蒂约翰见面,帮他取现金。我同意了。"

"天哪,为什么?"弗兰克问道。

"因为我认为这是摆脱博比的一个机会。我的想法是去见佩蒂约翰,但不是去拿钱,而是向他解释清楚这种情况,然后劝他把博比的敲诈勒索行为向警察报告。"

"你干吗不自己报警?"

"事后想起来,这应该是更好的选择。"她吸了口气,"可是,我当时很担心跟博比之间的关系。他吹嘘说他从佛罗里达的一个高利贷商那儿逃了出来,我有无数的理由希望与他保持一定的距离。"

"所以你在约定的时间去了广场饭店。"

"是的。"

"你不能跟佩蒂约翰打电话吗?"

"我要打电话就好了,弗兰克。可当时我想,当面去讲印象会更深一点儿。"

"你到那儿之后发生了什么事?"

"他彬彬有礼,我跟他说明情况时他很礼貌地听着。"她坐在双人沙发的边上，摸着自己的额头。

"然后呢？"

"然后，他笑话我，"她的声音微微颤抖，"他一开门我就应该明白有点儿不太正常。他等着出现的人应该是博比，可他看到是我却一点儿都不惊讶。可惜我是后来才意识到这一点。"

"他事先就知道来的是你，不是博比。所以他对你讲的话一笑置之。"

"是的，"她愁眉苦脸地说，"博比在这之前已经打过电话，告诉佩蒂约翰我来取钱。还告诉他我是他的同伙，可我会对他们两个进行双重欺骗，还提醒他我也许会编个感伤故事。听了这个故事，他保管会同情我，然后我还会诱他上床，接着再伺机敲诈他，让他拿出比博比要求的更多的钱。"

"我还没想到这狗杂种这么缺德，"哈蒙德咬牙切齿地低声说道，"特林布尔看上去没那么聪明。"

"他不是聪明，"阿丽克丝说，"而是诡计多端。博比比谁都厚颜无耻，那就是他的危险之处。只要有机会，他就会铤而走险。没有一个聪明理智的人会这样去做。他也知道要先下手为强。

"不论我说什么，佩蒂约翰都不肯相信我跟那个利用女色进行敲诈的大阴谋毫无关系。他说他建议我别浪费了这次机会，既然我们见了面，而我也有心要跟他上床……你们明白我的意思。"

"他向你扑过来？"弗兰克猜测说。

"我当然反抗了，把他的手臂甩掉。一定是那个时候把苦丁香碰到他的袖子上去的。那天上午我曾把苦丁香掺进橘子汁里，我手上肯定还沾有一点儿苦丁香。反正我断然拒绝了他。他气极了，开始威胁我，还特别提到他约好了要跟县法务官办公室的检察官见面。哈蒙德·克罗斯。"她瞥了他一眼，"他说，你对博比和我的阴谋一定会很感兴趣。"

过了一会儿,她又继续说:"我惊慌极了。我感到我好不容易重建起来的生活又要被彻底毁掉了。拉德夫妇,他们是多么信任我,可我又要让他们蒙受耻辱。人们将怀疑我的信誉,我的研究将变得一文不值,那些信任我的患者会感到我背叛了他们。

"因此,我跑了出去。在电梯里我开始不由自主地浑身颤抖。我来到底层大厅,走进酒吧想找个座位坐下来,因为我的膝盖快支撑不住了。

"但是,等那一阵惊慌过去之后,我开始意识到我的反应有多荒唐。就在几秒钟之内,我又退回到了从前博比控制我的生活的那个时候。在那个酒吧,我逐渐清醒过来。我少年时代的经历已经过去几十年了,现在的我在当地是受人尊敬的,在自己的研究领域是为人称道的,我有什么好怕的?我没做任何坏事。如果我能让哪个合适的人相信我同母异父的哥哥试图再一次利用我,也许我就能够永远地摆脱他。哪一个人最合适呢?那就是——"

"哈蒙德·克罗斯,县法务官助理。"

"对。"她对着弗兰克点点头。"于是我又回到五楼。我到了那儿,发现套房的门半开着。我把耳朵贴到门边,但听不到里面有人讲话。我推开门,朝里一看,佩蒂约翰脸朝下躺在咖啡桌边上。"

"你知道他死了吗?"

"他没死。"她的话让两个男人都大吃一惊,"我本不想去碰他,但我还是碰了,他的脉搏在跳,但没有知觉。我不想让人看到在这种情况下我跟他在一起,何况我以前的同伙正在敲诈他。所以我又一次从套房跑了出去。这次我是从楼梯下去的。我们俩准是走岔了没碰见。"她对哈蒙德说,"我来到底层休息大厅时,刚好看到你从饭店的大门出去。"

"你怎么认识我的?"

"你在媒体公开露过面,所以我认出了你。你看上去很恼火,我还以为——"

"以为我袭击了佩蒂约翰。"

"不是。我以为你狠揍了他一顿,我还想,如果你跟他见面的情况也和我差不多,那他也许活该如此。所以我就一直跟踪你。要是以后佩蒂约翰要控告我和博比,要是我被牵连进去,那么,能为我提供不在现场证明的人,除了跟佩蒂约翰有过争吵的地方检察官之外,还有谁更合适呢?"她低头看着自己的双手,"那个星期六晚上,我曾经好几次都为自己正在做的事情感到内疚,想要离你而去。"

她朝哈蒙德看了一眼。哈蒙德正带着惭愧的表情抬头看着弗兰克,而弗兰克就像地狱的看门人一样紧绷着脸,皱着眉对着他。

"到了星期天早晨,我为自己所做的一切感到羞愧,在哈蒙德醒来之前就离开了。"她对她的律师说,"当天晚上,博比来取钱了——当然,我其实并没有看到那笔钱。但是令我震惊的是,他祝贺我杀死了我们唯一的'目击者'。"

"你那时候才得知佩蒂约翰死了?"

"是的。开车回家的路上,我听的是 CD 唱片,没听收音机。我也没看电视。我一直……一直心烦意乱。"一阵短暂、紧张的沉默之后,她说,"反正,我一听说佩蒂约翰被人杀了,就知道大事不好了。"

"你以为是我杀了他,"哈蒙德说,"以为他最后是死于我的袭击。"

"对。我一直是这么认为的,直到——"

"直到你听到他是被子弹打死的。"他说,"所以你听到他的死因时那么震惊。"

她点点头:"你们俩没有打斗?"

"没有，我只是怒气冲冲地走了。"

"那么他一定是中风了才跌倒的。"

"我也是这么想的。"哈蒙德说道，"脑血栓使他失去了知觉，他倒下去时撞到了桌子，所以额头上有伤口。"

"额头的伤口我没看到。我当时并不知道他的状况有这么严重，我一辈子都会后悔我没有采取行动。"她说话时带着真诚的悔恨，"要是我当初向人求助，也许可以救他的命。"

"可是，在你走后，有人进来了，看到他躺在那儿，便向他开了枪。"

"非常遗憾，弗兰克，是这样的。"她说，"因此，这就是为什么我至今还没有使用我不在现场的证据。"

"因此，我今晚来到了这儿。"哈蒙德接着说。

律师困惑不解地看看她又看看他："我有点不明白。"

阿丽克丝开始解释："由于斯米洛办事仔细周到，也由于新闻媒体的介入，每个人都知道上星期六下午我去过佩蒂约翰的套房，可是只有一个人最清楚，我根本没有向他开枪。那个人就是真正开枪的人。"

"就是那个人昨天晚上要行刺阿丽克丝。"

哈蒙德讲起了他们在小巷的遭遇，弗兰克惊疑得张大了嘴巴。

"他的目标是阿丽克丝。他可不是一般的抢劫犯。"

"但是你怎么知道他就是杀了佩蒂约翰的那个人？"

哈蒙德摇摇头："他只是一个受雇的杀手，而且手段并不高明，而谋杀卢特的人手段非常高明。"

"你真的认为你已经解开了这个谜？"弗兰克问道。

哈蒙德说："你听我说。"

他不停顿地讲了十五分钟。弗兰克的表情十分震惊，而阿丽克丝并不显得特别惊讶。

等他讲完后,弗兰克长长地吐了一口气:"你跟饭店的工作人员谈过了?"

"来这儿之前谈过。他们的话证实了我的猜测。"

"这听上去似乎有点道理,哈蒙德。可是,老天,这太难办了,不是吗?"

"是的,非常难办。"哈蒙德承认。

"你现在的处境非常危险,很容易受到伤害。"

"我知道。"

"接下来你准备怎么办?"

"呃,第一步,我必须百分之百地肯定我没弄错。"哈蒙德转向阿丽克丝,"除了我,佩蒂约翰有没有提到其他的约会?据我所知,他六点钟还安排了一个约会,只是不知道是跟谁约会。"

"没有,他只告诉我要跟你见面。"

"去套房的路上,有没有在电梯里或过道里见到谁?"

"只有那个后来认出我的梅肯县的男人。"

"从楼梯下去时,在楼道里没见到人吗?"

"没有。"他紧盯着她,因此她又加了一句,"哈蒙德,因为我,你的前途都快毁了。我现在不会跟你说谎。"

"我相信你,可是我们的凶手不会相信你。如果有人相信你看到了什么,那么你看到不看到都一样。"

"对杀人犯来说,她依然是个威胁。"

"这是那个人无法接受的。还记得吗?杀人现场几乎没有留下任何线索。未了结的事不了结,那个人是不会罢休的。"

"那你想怎么办?"弗兰克问,"给阿丽克丝安排每天二十四小时的贴身保护?"

"不。"她坚决地说。

"我倒是想这么做,"哈蒙德说,"不过我还是勉强同意阿丽克丝的观点。首先,我了解她,知道她不会接受这种安排,也知道跟她争是徒劳的。其次,无论是保镖,还是其他任何特殊的东西,都会像举着红旗一样惹人注目。"

"哈蒙德,你需要多长时间?"

"我要知道就好了。"

"唔,时间范围毫无限制,这倒让我很紧张。"弗兰克说,"你在搜集证据的时候,阿丽克丝却处于危险之中。这事你应该跟……"

"是啊,"哈蒙德知道弗兰克想说什么,"我跟谁一块儿去办?此时此刻,我能相信谁?谁会相信我?那些说法听上去就有点酸葡萄的味道,尤其是如果他们知道阿丽克丝和我现在是恋人。"

"现在?你是说星期六晚上之后你们还在一起?"他们的表情肯定泄露了他们秘密。"没关系,"弗兰克哼哼着说,"我不想知道。"

"我刚才是说,"哈蒙德继续说,"我必须独自一人去办,而且得快。"他向他们说出了他的计划。

说完之后,他首先问弗兰克:"你赞成吗?"

律师沉思了好一会儿才回答:"我相信,人们把我的名字与正直诚实联系在一起,而且,那正是我努力的目标。这次是我第一次违背了职业道德原则。如果这件事以失败告终,如果你弄错了,我得到的也许只会是人们的谴责,还会在我原本毫无瑕疵的履历中留下一个污点。但是对你来说,哈蒙德,这是最紧要的关头。我相信你明白这一点。"

"我明白。"

"而且,我认为,你的计划绝对行不通。"

"为什么?"

453

"因为,你要办成此事,就必须信任斯蒂菲·芒戴尔。"

"我想这是个不得不过的鬼门关。"

"我也这么认为。"

正在这时,哈蒙德的传呼机响了。他看了一下来电号码。"不知道是谁打来的。"他不予理睬,继续问弗兰克还有什么问题。

"你是当真的?"律师开玩笑地问道。

哈蒙德咧嘴笑了笑:"开心一点。你想想,上绞架的时候,圣人和罪人还有什么区别?"

"我以为不上绞架更好。"

哈蒙德微笑一下,随即转过身去问阿丽克丝:"你有什么想法?"

"我能帮什么忙?"

"帮忙?"

"我想帮点儿忙。"

"绝对不要。"他坚决反对。

"这一切因我而起。"

"不管你上星期六有没有去见佩蒂约翰,他都会被人谋杀。我说过,这事跟你毫无关系。"

"即使是这样,我也不能袖手旁观。"

"你现在就得袖手旁观,绝不能让人看出我们之间有联系。"

"他说得对,阿丽克丝,"弗兰克说,"他必须从内部着手。"

她的眼睛里充满了焦虑和担心:"哈蒙德,没有其他办法吗?你会丢掉前程的。"

"你会丢掉性命的,你的性命比我的前程可重要多了。"

他向她伸过手去,她抓住他的手,用力握了一下。他们互相看着对方的眼睛,什么话都不说,到后来这种安静让人感到越来越沉重,叫人感到不自在。

弗兰克小心翼翼地清了清嗓子:"阿丽克丝,你今晚住在这儿。就这么定了。"

"我同意。"哈蒙德说。

"你回家。"这一声是对哈蒙德说的。

"这一点,我也勉强同意。"

"客房随时可以住,阿丽克丝。是楼梯平台往左第二间卧室。"

"谢谢你,弗兰克。"

"不早了,我还有许多问题需要好好考虑。"弗兰克向书房门口走去,在门口他停住脚步,回头望着他们。他刚想说点什么,但又克制住自己。最后他说:"我刚才是想问,你们觉得上星期六晚上的事值不值得,不过你们的回答显而易见。晚安。"

等到只剩下他们两个,房间里又安静得让人不自在,弗兰克书桌上那只钟发出的"嘀嗒"声显得更加缓慢而沉重。他们俩都很紧张,而这种紧张并不完全是因为明天可能会发生的事。

哈蒙德首先打破了沉默:"没关系,阿丽克丝。"

她甚至不必问就知道他指的是什么:"当然有关系,哈蒙德。"他想伸手拥抱她,可她躲开了,站起身来,走到书房的另一边,站在装满法律书籍的书橱前。"我们在欺骗自己。"

"怎么说?"

"结局不会幸福,不可能幸福。"

"为什么不会?"

"别太天真了。"

"特林布尔是个无赖,一切都早就过去了。昨天夜里,当我告诉你我爱你的时候,我已经什么都知道了。"他微笑着说,"我没有改变主意。"

"我们之间的恋爱关系起因于我对你耍的伎俩。"

"伎俩？我记得上星期六并没有什么伎俩。"

"我从一开始就对你撒谎，这将永远留在你的内心深处，哈蒙德。你永远不会完全信任我。无论我做什么，你都会不断地品头论足；无论我说什么，你都会揣测它是真是假。"

"我不会的。"

她笑了，但笑得那么凄凉："那你就不是凡人了。我是专门研究人类情感和行为的。我知道，生活中发生的事件，别人有意或者无意造成的伤害会对我们产生多么持久的影响。每天给病人治疗，我都看到这种伤害造成的后果。哈蒙德，我自己也曾深受其害，多少年之后我才使自己有了健康的感情。为了摆脱博比对我的影响，我发奋地工作。我终于摆脱了，是借着上帝的帮助，我才做到的。所以我才能那样去爱你——"

"那么你爱我？你爱我？"

她下意识地抬起手，摸着自己的心口："爱有多深，心有多痛。"

他的传呼机又响了。他轻轻地咒骂一声，就关掉了机子。他们之间的距离显得很遥远，他知道今晚要跨过这个距离是不妥当的："让我吻一下。"

她点点头。

"我吻了你，就会要跟你做爱。"

她又点点头。他们久久地，意味深长地凝视着对方。

"我喜欢跟你做爱。"他说。

她的胸口微微起伏："你该走了。"

"是的，"他说话时嗓音粗哑，"你知道，我明天得一大早起床。"他眉头紧锁起来，"我还不知道会有什么结果，阿丽克丝，我会跟你保持联系。你会没事吧？"

"我会没事的。"她温和地朝他微微一笑。

他开始后退着离开书房:"睡个好觉。"

"晚安,哈蒙德。"

"该死!"洛雷塔·布思怒目瞪着自动投币电话,似乎想用意念让它响起来。她先打哈蒙德的手机,又给他家里打电话,可都没人接听。后来,她又两次用传呼机跟他联系,可还是没有回电,电话机固执地一声不响。她看了看手表:都快凌晨两点了。他究竟会去哪里?

她又等了六十秒钟,然后再往投币口投入了一枚硬币,又一次拨响了他家里的电话。

"听着,混蛋。我不知道自己为什么半夜三更了,还要到处乱跑来为你开脱。不知道有多少回了,我从他妈的游艺会带来一个重要的证人。请尽快联系。他坐立不安的,我已经快没招了。"

"布思女士?"

她挂上电话,朝她车里那个紧张不安的人喊了声:"来啦!"

起初,他急不可待地要谈那桩案子和阿丽克丝·拉德被捕的消息。后来,她说他可以成为很重要的证人,他又赶紧打退堂鼓。他说他不想把自己牵连进去,他希望做个好公民,可是……

她花了好几个小时,说好话哄骗他,千方百计说服他,才终于使他同意跟她合作。可她不能相信他的承诺,他随时都可能改变主意,一走了之,或者也可以毫不费劲地声称自己突然患了记忆阻隔症,把原先记得的有关上星期六的事一概都忘掉了。

"布思女士?"

她用中指在投币电话上弹了一下,就回到了车上:"我不是跟你说过就叫我洛雷塔好了?再来杯啤酒?"

"我又考虑了一下……"他的脸上又露出了犹豫不决的神情,"我还是不清楚我是不是想去作证。我可能弄错了,你知道。我当时并没仔细看她。"

洛雷塔再次让他消除疑虑,心里却一直在想,哈蒙德到底去了哪里?

星期五

35

斯蒂菲打开办公室的门,看到哈蒙德就站在门口,举着一个拳头正要敲门。她一下子愣住了。

"有时间吗?"

"说实话,没有时间。我正要——"

"不管什么事都得等一等,我这事很重要。"他迫使她退回办公室,关上了门。

"怎么啦?"

"你坐下。"

她满腹狐疑,不过还是照他说的坐了下来。就在她往下坐的时候,他已经开始不停地在她的办公室里从这头走到那头。他的精神并不比昨天好多少,手臂还吊着绷带,头发就像刚用鼓风机吹干似的,刮胡子时把下巴给刮破了,上面快要结痂的血点使她想起她几分钟之前刚刚拿到的那份血液检验报告。

"你看上去累坏了。今天早上喝了多少咖啡?"她问道。

"一点儿没喝。"

"真的？看上去好像静脉注射了咖啡因。"

他突然停住脚步，隔着办公桌面对她站着："斯蒂菲，我们之间的关系跟别人不同，是不是？"

"什么？"

"这种关系超越了同事关系。我们在一起的时候，我把所有的秘密都告诉了你，过去的亲密无间把我们的关系提升到了另一个层面，对吗？"他眼睛紧盯着她看了一会儿，然后诅咒了一声，又用手抹了下头发，可是并没有把头发抹平，"上帝，这太尴尬了。"

"哈蒙德，发生什么事了？"

"在告诉你之前，还有一件事我必须先说清楚。"

"我已无所谓了，哈蒙德。真的，我不希望身边的男人是——"

"不是那个，不是说我们。是哈维·努克尔。"

听到这个名字，就像有一块石头砸在她的桌上。她努力不让自己的震惊流露出来，不过她知道自己的表情一定已泄露无遗。面对哈蒙德锐利的目光，要想否认是不可能的。

"好吧，你都知道了。我让他帮我偷偷地搞一些佩蒂约翰的私人资料。"

"为什么？"

她手里摆弄着一只回形针，一边权衡着把详情告诉哈蒙德是否明智。最后她说："几个月之前，佩蒂约翰找到我。起初好像根本没什么不正常的，过了一阵子，他的目的暴露出来了。他说他有个主意：要是我能掌管县法务官办公室的工作，那对我们俩来说该有多美。他还许诺一定促成这件事。"

"条件是？"

"条件是我要眼观六路，耳听八方，并且把一切对他有利的信息透露给他。譬如，对他生意行为进行的秘密调查。"

"对此你作何回答?"

"说得恐怕不太好听,不像个女人说出来的话。我拒绝了他的提议,但我很想知道他在干什么,想隐瞒些什么。要是斯蒂菲·芒戴尔能揭穿查尔斯顿最大的骗子,这不是她的荣誉吗?于是我就去找了哈维。"她把回形针弯成了 S 形,"我得到了我想知道的信息——"

"在合伙人文件上发现了我父亲的名字。"

"没错,哈蒙德。"她认真严肃地回答。

"你对此闭口不谈。"

"是他犯了罪,不是你。可是普雷斯顿如果得到惩罚,你也必然受到伤害。我不希望发生那样的事。你知道我是很想获得那个职位,对此,我从不隐瞒。"

"但是,如果这意味着要跟佩蒂约翰上床,那就不行。"

她战栗了一下:"我希望你只是比喻。"

"是的。谢谢你把一切都说清楚了。"

"其实,我很高兴把它说了出来。这一切就像长了个脓包,挑破了我才舒服。"她丢掉了回形针,"现在告诉我,发生什么事了?"

他在她对面坐下来,坐在椅子边缘,身子前倾。他说:"我将要告诉你的事必须绝对保密。"他用低沉、急促的声音说。"我能信任你吗?"

"绝无疑问。"

"好。"他深吸了一口气,"阿丽克丝·拉德没有谋杀卢特·佩蒂约翰。"

那就是他的重大宣言?那一大段开场白之后,她本以为他会痛苦地承认他们之间的关系,也许还会恳求她的原谅。可是,恰恰相反,他说了那么一大通,只不过是为开脱他的秘密情人鸣锣开道而已,真是可怜可悲。

她怒火中烧,但她强迫自己靠在椅子里,故意装出一副轻松的样子:"昨天你还那么起劲地要把案子提交给大陪审团,怎么突然之间一百八十度大转弯了?"

"并不是突然之间。我从来不那么起劲,我自始至终都觉得我们找错了目标,有太多的地方都说不通。"

"特林布尔——"

"特林布尔是个恶棍。"

"而她就是他手里的妓女。"她激动地说,"看来她现在还是。"

"咱们别再谈这个了,行吗?"

"行。这是个陈旧的话题,我希望你有更好的谈话内容。"

"是斯米洛杀了他。"

她的嘴不由自主地张大了。这次,她真的不能确信她是不是听错了:"是开玩笑吗?"

"不是。"

"哈蒙德,究竟是什么——"

"你先听我说,"他摆了摆手,"你先听,听完之后如果有异议,欢迎你提出你的观点。"

"别白费口舌了,我几乎可以肯定地告诉你,我跟你的观点不会一致。"

"请听我说。"

上星期六晚上,她曾开玩笑地问过斯米洛是不是谋杀了他的前妹夫。虽然这个玩笑开得并不好,可她只是说着玩的。她当时这么问纯粹是为了逗他生气,可是,哈蒙德绝对是认真的。很显然他真把斯米洛看成是个潜在的疑犯:"好吧,"她说着夸张地耸耸肩表示认输。"说来听听。"

"你想,犯罪现场简直像消过毒一样,什么也找不到。斯米洛自己也多次提到过那儿有多干净。他是专门负责凶杀案的侦探,平常的工作就是追捕杀人犯。如何不留痕迹地作案,谁能比他更清楚?"

"这一点很好,哈蒙德。不过你有点牵强附会了。"

他那么胡乱猜测,就是为了保护他的新情人。为了阿丽克丝·拉德,他居然这么不顾一切,真叫人为他脸红。他刚才结结巴巴像个大男孩,说什么他们的关系亲密,说什么要把自己的秘密都告诉她,还说什么要消除误会,什么他们之间特殊的、跟一般人不同的关系。原来这一切都是胡扯!只是想利用她来让他的情人脱身。

她真想告诉他,她对他们之间不正当的风流韵事了如指掌,不过她知道那样做是鲁莽愚蠢的。现在羞辱他当然十分快意,但也意味着她放弃了长远利益。她知道他们的秘密关系,这可是张王牌。这张王牌出得太早,会影响它的威力。

况且,他讲得越多,她的手里就能掌握越多的对付他的武器。他正不知不觉地把县法务官的位置拱手相让。她竭力克制着,好不容易才让自己表现得不动声色。

"我希望你的怀疑有具体的证据。"

"斯米洛恨佩蒂约翰。"

"可以肯定,有许多人恨他。"

"可是没有谁比斯米洛更恨他。因为卢特给玛格丽特带来的痛苦,他曾多次发誓要杀了他。我有足够的根据。他有一次扑向卢特,要不是有人及时制止了他,他早就当场杀了他。"

"你倒是很清楚内情嘛,那是谁告诉你的?"

他根本不欣赏她的打趣,口气生硬地说:"可以说,是很清楚。不过,我暂时还不想让更多的人知道。"

"哈蒙德,你和斯米洛性格不合,你能肯定这没有影响到你的理性?"

"的确,我是不喜欢他,不过我从来没有威胁要杀了他,不像他威胁要杀了卢特·佩蒂约翰。"

"一时激动说的话,气头上说的话能当真吗?行了,哈蒙德,谁都不会把那样的死亡威胁当真的。"

"斯米洛常常光顾广场饭店休息大厅边上的酒吧。"

"到那儿去的人有成百上千。再说,我们也常去。"

"他在那儿擦的皮鞋。"

"嗬,他在那儿擦的皮鞋!"她站了起来,还拍了一下桌子边缘,"见鬼,那就是确凿证据了,就像看到他手里的枪还冒着烟一样!"

"你这么说,我并不生气。斯蒂菲,我马上就会提到枪。"

"杀人的凶器?"

"斯米洛有机会接触手枪。也许起码一半的枪都没有登记,也无法查证。"

这是斯蒂菲真正予以认真考虑的第一个问题,她脸上的嬉笑慢慢消失了,腰板挺得更直了:"你是说手枪——"

"罪证库里有的是枪,有搜捕毒贩时没收的,逮捕犯人时查封的。这些枪就存放在库里,一直放到审判的那一天,有的就等着卖掉或当垃圾扔掉。"

"他们那边有保管记录。"

"斯米洛知道怎样避开记录。他可以先用,再放回去;也许他用完之后把它扔了,永远不会有谁会发现少了一把枪。他也可以用还未入库保管的枪。总之,办法多的是。"

"我明白你的意思了,"她若有所思地说,随即又摇摇头,"不过,哈蒙德,这还是有点儿不着边际。我们没有找到凶器可以证明阿丽克丝·拉德杀了佩蒂约翰,同样,我们也没有找到凶器能证明是斯米洛杀的人。"

他叹口气，望了一眼地板，又抬头看着桌子对面的斯蒂菲。"还有其他原因。另一个动机也许比为他妹妹的自杀进行报复更有说服力。"

"是吗？"

"我不能说。"

"什么？为什么不能说？"

"因为这会侵犯另一个人的隐私。"

"五分钟之前你不是还在花言巧语地说什么我们相互信任，我们之间的关系超越一般？"

"不是我不信任你，斯蒂菲。而是另有一个人信任我，我不能辜负那个人的信任。我不会说出来，除非这一点成了案子的关键。在这之前，我不会说的。"

"案子？"她嘲笑地重复道。"这案子根本不成立。"

"我想是成立的。"

"你果真准备追查下去？"

"我知道这很棘手。斯米洛在县警察局的人缘虽然不是很好，但大家都怕他，敬重他。无疑我会遇到不少阻力。"

"'阻力'是很婉转的用词，哈蒙德。你要去调查他们中的一员，决不会有人肯跟你合作。"

"这些障碍，我都知道。我也知道我会为此付出多大的代价。但是，我决心查个水落石出。仅凭这一点，你也应该看得出我多么坚信我是对的。"

或者应该说，是你对你的新情人有多么迷恋，她心想。"那么，阿丽克丝·拉德怎么办？起诉她的案子怎么办？你不可能就这样随随便便否决了，不再管它了。"

"不会。这样做，斯米洛会起疑心的。我准备继续调查，但是即使大陪审团起诉了她,这个案子我们也赢不了。不可能赢。"他看到她想表示反对,又固执地继续说:"特林布尔是个花言巧语的骗子,陪审会透过他漂亮的外表看到他的本质,他们会认为他的证词有自己的目的,他们不会弄错。即使他偶尔也说几句实话,他们也不会信他,而且,拉德医生已经多少次认真严肃地否认这事是她干的?"

"她自然会否认,所有的人都会否认。"

"但是她不一样。"他低声地说。

尽管斯蒂菲已经知道他和那位心理医生的关系,可看到他如此坚决地保护她,为她辩护,她还是十分失落气馁。她盯着他看了一会儿,甚至不想隐藏她心里的沮丧:"就这样?你什么都告诉我了?"

"说实话,没有。昨晚我去查了一些情况,不过证据不很确凿。"

"什么情况?"

"现在我还不想说,斯蒂菲。在我还没有百分之百的把握之前,我不想说。现在的情况还说不清。"

"你他妈的说得没错。"她气坏了,"既然你不想把一切都告诉我,那又干吗告诉我这些?你想要我干什么?"

那天上午最让达维·佩蒂约翰意外的来访者就是被人怀疑让她成为寡妇的那个女人。

"谢谢你愿意见我。"

萨拉·伯奇已领着阿丽克丝·拉德医生走进了布置随意的起居室,达维正在那儿喝咖啡。即使管家没报出她的名字,达维也能认出她来。她的照片登在晨报的头版;昨晚,在跟斯米洛的那场令人不安的秘密约会之前,达维在电视新闻上也见过她。

"拉德医生,我接待你与其说是出于礼貌,不如说是因为好奇。"她直言不讳地说,"请坐。来点儿咖啡?"

"好的,谢谢。"

等着萨拉·伯奇再添一副杯碟的当儿,两个女人默默地坐着,静静地审视着对方。电视机上的形象和报纸上的照片都不如阿丽克丝·拉德本人,达维心想。

咖啡端来之后,阿丽克丝谢过管家,抿了一口,然后说:"上星期六下午我在你丈夫的饭店套房见过他。"她指了一下丢得到处都是的晨报,又说,"报纸上的报道暗指我和佩蒂约翰先生之间有隐私。"

达维带着嘲讽的微笑说:"是啊,他确有这种名声。"

"可我没有。那种暗示毫无根据。不过你也许会认为我说的不是实话,因为我同母异父哥哥的证词都对我不利。"

"报纸上也有他的介绍。看过之后,博比·特林布尔给我的印象是个十足的混蛋。"

"你这么说还抬举他了。"

达维大笑起来,不过,当她看到阿丽克丝的脸色时,就意识到这个话题对她并不轻松:"你小时候的日子很艰难?"

"那已经过去了。"

达维点点头:"我想,儿时给我们大家都留下了伤痕。"

"只是有些伤痕较之其他的伤痕更显而易见。"阿丽克丝对她的说法表示同意,"我的工作让我明白了人们能够把自己的伤痕隐藏得多深多好,有时藏得连他们自己都弄不清楚了。"

达维再次仔细端详了她一阵:"你跟我原先想象的不一样。看了报纸电视对你的描写,我还以为你……比较粗俗、不讨喜、狡诈,甚至有点邪恶。"她又笑起来,"我还以为你多少有点像我。"

"我有缺点,有许多缺点。但我发誓,我只见了你丈夫一次,就是上星期六那一次。结果,我见他的时间刚好是他被杀前不久,可是我没有杀他。我去他的套房也不是跟他睡觉,这一点我一定要告诉你。这对我很重要。"

"我愿意相信你。"达维说,"首先,你到这儿来告诉我这些对你并没有任何好处。其次,我这么说你可别生气,你不属于亡夫要找的那类女人。"

听到这话阿丽克丝笑了,但是她的好奇心被激发起来了,就问:"我为什么不会是他要找的那类人?"

"从长相来看,你合乎他的要求。你听了别生气——只要是没断气的女人,卢特都要的。谁知道呢?有时候,这方面根本就谈不上有什么条件。

"不过他喜欢女人敬畏他,对他俯首帖耳,蠢蠢的,基本上不怎么吭声,也许性高潮时除外。你对他不会有多大的吸引力,因为你太自信,太聪明了。"

她从银制饮料瓶里往自己的杯子里倒咖啡,倒满后又往里扔了两块方糖,杯子里溅起了几滴咖啡:"仅供参考,拉德医生,有些负责指控你谋杀卢特的人也不真的相信是你干的。"

阿丽克丝十分惊讶,不假思索地脱口而出:"你跟哈蒙德谈过?"

"不,不是……"达维猛然意识到了什么,话说到一半停住了,"哈蒙德?你对负责你这个凶杀案的人直呼其名?"

显然,阿丽克丝手足无措了,她把咖啡杯放到桌上:"希望我的来访没有打扰你,佩蒂约翰夫人。真没想到你会同意跟我见面,谢谢你能让——"

达维伸出手放在阿丽克丝的手臂上,让阿丽克丝不再往下说。过了一小会儿,阿丽克丝抬起头来,沉静、端庄地回望着达维。她们在另一种状态中交流着,两人之间的戒备解除了。两个女人互相看着,开始理解对方,接受对方。

达维凝望着阿丽克丝的眼睛,似乎一直看到她的内心深处,她轻轻地说:"你就是那个岂止复杂,简直不可能的人。"

阿丽克丝刚想张嘴说话,达维阻止了她:"不,别告诉我。那就像读一部精彩的小说预先翻到最后一页一样了,不过我真想弄明白你们两个怎么会弄成这样。我希望情况会有大的改观,变得有趣一些,哈蒙德应该得到这样的结果。"接着她苦笑着说,"可怜的哈蒙德,他现在一定难办极了。"

"一点儿不错。"

"我能做点儿什么?"

"也许他很快就会发现他非常需要朋友。请你做他的朋友吧。"

"我本来就是。"

"他也这么说。"阿丽克丝把手提包的背带放到肩上,"我该走了。"

达维没叫管家送客,而是亲自陪着阿丽克丝向前门走去。"你还没评价过我的房子。"她们走过前厅时她说,"大多数人第一次来,都会说上几句。你有何看法?"

阿丽克丝很快环视一周:"说实话?"

"当然。"

"你有不少可爱的摆设,不过要我说的话,房子的装饰有点过火。"

"真的?你没骗我?"达维高兴得咯咯直笑,"房子的装饰华丽俗气到了极点。既然卢特已经死了,我准备重新搞一下。"

两个女人面带微笑地看着对方,这对达维来说是少有的——对另一个女人产生一种亲切投契的感觉。她心直口快地说:"我不在乎你有没有跟卢特睡觉,阿丽克丝,我喜欢你。"

"我也喜欢你。"

阿丽克丝向前门走去,走到一半时,达维叫住了她:"卢特被杀之前不久,你跟他在一起,是吗?"

"没错。"

"嗯,杀手可能以为你有意隐瞒了什么,你看到或听到了什么。是吗?"她直截了当地问。

"这些问题我们不该留给警方来问吗?"

她继续往前走,出了大门。达维关上门后回过身来,萨拉·伯奇就站在她的身后。

"怎么啦,亲爱的?"她伸出手来,抚平了达维额上因忧虑而显露的皱纹。

"没什么,萨拉,"她心不在焉地喃喃说道,"没什么。"

36

那天一大早,去办公室和斯蒂菲谈话之前,哈蒙德查看了录音电话。他只回了一段留言:

洛雷塔,我是哈蒙德。今天早上我才听到你的电话留言,对不起,昨晚让你生气了。你打来的传呼电话,我以为是别人打错了。呃,听我说,我非常欣赏你所做的一切,可是,我不想让你把你在游艺会找到并谈过话的那个家伙带来。不管怎样,现在还不需要。相信我,我有我的理由,以后我会把一切都解释给你听。现在,只要知道他的行踪就成。什么时候需要用上他,我会通知你。否则,只要……我想你能……我的意思是说,你可以接手其他的工作。需要的时候,我会跟你联络。再次感谢你。你是最棒的。再见,哦,我会给你寄来支票,包括昨天白天和夜里的工作。不可能有人会比你干得更好,再见。

这个留言贝弗·布思连听了两遍。她眼睛盯着电话机,手指轻轻敲打着号码盘,同时在考虑这个留言怎么处理——是保留还是删除?

她想告诉克罗斯先生她将如何处理他的留言,可那是不可能的。

她又累又烦。夜里,她的车停放在医院的内部停车场,可有人把她的车胎给弄瘪了。上了十二小时的夜班之后,到了早晨,腰背下侧总是感到隐隐的酸痛。

最主要的是她担心她母亲。她母亲的卧室空着,夜里没人睡过。她一整夜跑哪儿去了,现在又在那儿?贝弗记得昨晚她离家去医院时,洛雷塔好像心事重重,情绪低落。

从这个留言来看,昨夜起码有一部分时间她是出门为那个检察官办事去了。那个混蛋对她妈妈付出的努力好像并不很欣赏。

贝弗满心不高兴地摁下了数字"3",删掉了留言。

五分钟之后,她刚从淋浴间出来,就听到妈妈冲着她的房间喊道:"贝弗,告诉你,我回家了。"

贝弗抓起毛巾,往身上一裹。她穿过走道来到她妈妈的卧室,走道里留下一串湿湿的脚印。洛雷塔坐在床沿上,正小心翼翼地把凉鞋从浮肿的脚上脱下来。凉鞋的带子深深地抠进肉里,脚背上有几道清晰的红印。

"妈妈,我好担心,"贝弗大声说,尽量不表现得过分惊讶。看到妈妈虽然头发凌乱,脸色憔悴,但很清醒,她松了一口气:"你去哪儿了?"

"这事说起来话长了,等咱俩都睡上几个小时之后再说吧。我太累了。你回来之后有没有看过留言机?有没有留言?"

贝弗稍稍犹豫了一下:"没有,妈妈。一个都没有。"

"真不能相信,"洛雷塔一边脱掉外衣,一边嘟哝道,"我累死累活的,可哈蒙德就这么消失得无影无踪了。"

她脱得只剩下内衣,然后拽下床罩,躺了下去。她的脑袋刚碰到枕头就睡着了。

贝弗回到自己房间。她套上睡衣,开好闹钟,又把空调的温度调低一点,然后上了床。

洛雷塔这次是头脑清醒地回家的,可下次会怎样?她如此努力地克制着自己,让自己保持清醒,可是这种克制又是多么脆弱。她需要不断的强化和鼓励,她需要觉得自己有所作为,觉得自己干得富有成效。

贝弗迷迷糊糊进入梦乡前的最后一个想法是,这份工作对她母亲目前和未来的幸福健康都太重要了。如果哈蒙德·克罗斯先生不想让她干迫切需要的这份工作,那他完全可以当面跟她说,而不是通过这个讨厌的电话录音。

"那是什么?"

罗里·斯米洛抬起头来。斯蒂菲已经把一个牛皮纸信封放在他堆满东西的办公桌上。哈蒙德一离开她的办公室,她就马不停蹄地赶到了警察总部,在刑侦科办公室里找到了探长。这个办公室很大,门开着。

她把她最新的发现告诉了斯米洛,心里并没有感到内疚。她根本就没想过要忠于自己的旧日情人,也没有因为自己曾发誓要保守秘密而产生丝毫犹豫。从现在开始,她决不再讲情面。

"这是化验室的报告。"她又拿回信封,一副很宝贝的样子把它平贴在胸口,"我们到你的办公室去谈吧?"

斯米洛站起身,朝他办公室的方向点了下头。他们迂回穿行在桌子之间往外走时,迈克·柯林斯警探用和尚念经似的单调声音跟斯蒂菲打招呼:"你好,芒戴尔小姐。"

"去你妈的,柯林斯。"

她好像没听到身后的笑声和嘘声,抢在斯米洛前面穿过短短的过道,走进了他的个人办公室。门一关,他就问她有什么事。

"还记得阿丽克丝·拉德家床单上的血迹吗?"

"她刮破了腿。"

"她没有,或者也许确实刮破了,不过床单上的血不是她的。我把床单上的血送去测定血型,并跟另一个血样进行了比较,两者是相匹配的。"

"另一个血样是……?"

"哈蒙德的。"

打她认识斯米洛以来,这是第一次看到他似乎对他听到的话毫无心理准备。他目瞪口呆,一句话都说不出来。

"他遭抢劫的那天晚上,"她解释说,"他淌血了,我想是淌了不少。第二天一早我去他那儿,想告诉他特林布尔在监狱里,可他的表现古怪极了。我当时把他的古怪反应归结于前晚发生的事以及他服用的药物。

"可我总觉得事情没那么简单。我有一种感觉,觉得他在说谎,想掩盖一个可耻的秘密。反正,离开之前,我本能地从他的卫生间悄悄拿了块沾血的毛巾。"

"是什么促使你这么做的?为什么要跟拉德家床单上的血迹进行比较?"

"是他对她的那种态度!"她压低声音叫道,双臂往两边张开,"好像他要竭尽全力保护她,免得别人把她一口吞了。你也感觉到了,斯米洛。我知道你一定感觉到了。"

他用手摸着脖子后面,说出了斯蒂菲怎么也意料不到的话:"天哪,我真惭愧。"

"惭愧?"

"我自己早该想到这一点,早就该想到了。你说得对,我确实感觉到他们之间有点特别,只是不能明确地说出那是什么。这太不可思议了,我甚至从来都没有想到他们之间会有男女之间的关系。"

"这你就别太自责了,斯米洛。这类事情,女人的直觉总要强得多。"

"何况,你还有个优势。"

"什么优势?"

"我从来没跟哈蒙德一起睡过觉。"

他歪着嘴笑,不过斯蒂菲并不觉得这句话有什么好笑:"到底是谁感觉到了什么,是谁首先发现他们之间有什么情况,这并不重要。重要的是,哈蒙德在担任这桩刑事案件的检察官以来,一直跟阿丽克丝·拉德有性关系,而她恰恰是本案的重要疑犯。"她举起信封,就像举起一件战利品或者其他的作战勋章,"我们有证据。"

"非法得来的证据?"

"这只是技术问题。"她耸耸肩说,"现在我们来看一下大概的情况。哈蒙德麻烦大了。你还记得吗?说到是谁弄坏了她家后门的锁时,她撒了个十分勉强的谎。我猜那个人就是哈蒙德,是他闯进她的屋子——"

"什么目的?去偷银子?"

见他满不在乎的样子,她皱了皱眉头,说:"他们以前见过面,在她成为嫌疑人之前见过面。两个人都假装互不认识,可他们必须见面交换信息。就在我们发现她撒了好几次谎之后。

"他不可能去她前门摁响门铃,所以就偷偷地溜进去。可在撬锁的时候,大拇指给弄破了。那就是她床单上的血,我记得第二天他手指上是缠了创可贴。"

"我猜他遭抢劫那晚,她也跟他在一起。我问他是哪个医生给他处理伤口的,可他含糊其辞。而且,他干吗不去急诊室?他编造的说法实在牵强。"

斯米洛还是满腹疑云地看着她。

"我了解他,斯米洛。"她语气坚决地说,"我确实跟他一起生活过。我知道他的习惯。他比较爱整洁,可他是个男人,不到万不得已他是不会收拾屋子的,要不就等每周来一次的钟点工为他打扫卫生。遭抢后的那天早上,他虽然那么不舒服,可你知道他还操心什么?整理床铺。现在我明白为什么了,他不想让我发现有人在他身边睡过觉。"

"我不明白,斯蒂菲。"他皱着眉,疑惑地说,"我尽管很希望狠狠煞一煞这位神童先生的威风,可我还是不能相信,哈蒙德·克罗斯会做出这么没有原则的事来。你有没有跟他当面摊牌?"

"没有,但我引他上钩了,慢慢地哄着他上钩。今天早上拿到这份报告之前,那还是一种直觉。"

"血型不足为信。"

"如果要证明他渎职,我们可以进行 DNA 检测。"

"要是你没弄错——我承认你说得有点道理——那就可以解释为什么昨天他对博比·特林布尔的讲话会作出那样的反应。"

"哈蒙德不愿意听人说阿丽克丝·拉德是个妓女。"

"曾经是。"

"时间问题有待讨论。不管怎么说,那就是为什么他那么反对我们使用特林布尔的证词。"看到斯米洛又锁紧了双眉,斯蒂菲问道,"怎么啦?"

"在那一点上,我基本同意他的观点。哈蒙德的话有一定的道理。特林布尔这么叫人讨厌,他倒会让人同情拉德医生。她呢,是位受人敬重的心理学家；而他呢，是个吸毒的男妓，还自以为是女人心目中的美男子。他不但不会有助于我们的案子，反而会毁了它，尤其是如果陪审团主要由女成员组成。要是他根本不出场，那样或许会好一点。"

"如果由着哈蒙德想怎样就怎样，那就无法起诉阿丽克丝·拉德，起码她永远不会受到审判。"

"也不是完全由他一人决定的。他是不是准备——"

"他准备做的是把谋杀佩蒂约翰的罪名加到另一个人身上。"

"什么？"

"你根本就没用心听，斯米洛。我告诉你他会千方百计保护这个女人。一会儿他不肯告诉我他手头的线索，一会儿又请求我与他合作，帮助他去指控另一个人。一个有动机、有机会的人。他巴不得看到这个人会因此身败名裂。"斯蒂菲停顿了一会儿又加上一句，"你猜他想指控的是谁？"

"哈蒙德，整个上午我都找不到你。"

"嗨，梅森。"他早就听说梅森正在找他，可他希望能避开他。无论见面的时间有多短，他都浪费不起，"今天上午我忙坏了。你瞧，我现在正要出门。"

"那我就不耽搁你了。"

"谢谢。"哈蒙德一边继续朝出口走去，一边说，"回头我找你。"

"下午五点钟你一定要留出时间。"

哈蒙德停住脚步，转身问："什么事？"

"有个记者招待会。所有的地方台都要进行现场直播。"

"今天？五点？"

"在市政大厅。我决定正式宣布退休并支持你成为我的继任。这件事我看不该再往后拖了,反正大家早就知道了。十一月份选举的时候,你会成为候选人的。"他笑容满面地看着他的门生,身子得意地往后一仰。

哈蒙德感到好像打篮球时被人当头扣了一球。"我……我不知道该说什么。"他结结巴巴地说。

"什么都不必说,"梅森说,"有话留着今天下午说吧。"

"可是——"

"我已经通知了你父亲,他和阿米莉亚都会到场。"

天哪!"你知道的,梅森,我现在正忙着佩蒂约翰的案子。"

"还有什么时机比这时候更好?公众已经认识了你,这正是让你在查尔斯顿市家喻户晓的大好时机。"

这句话让他回想起最近的一次谈话,哈蒙德闭上了眼睛。过了一会儿,他摇摇头:"是我爸让你这么做的,是不是?"

梅森咯咯笑道:"他昨晚在俱乐部请客,请大家喝酒。我不说你也知道,他的嘴巴多会说话。"

"是的,你不说我也知道。"哈蒙德小声咕哝道,心里十分恼火。

普雷斯顿从来不会静静地在一旁待着,随便别人出什么牌。他总会预先做出安排,使事情有利于他。他在斯佩克岛上的善行已经使哈蒙德无法惩罚他。几乎可以肯定地说,人们不会要他为在那个海岛上曾发生过的恶行负责,但是为了防止哈蒙德还惦记着要继续追查此事,普雷斯顿又提高了赌注,增加了筹码,加强了攻势。

"你瞧,梅森,我得跑步前进了。今天的事情太多了。"

"好,只是一定记得五点钟要来。"

"行,我不会忘记。"

37

洛雷塔用脚在冷水盆里搅得"哗哗"响。她的脚已经浸泡了快半个小时了。

贝弗从过道走过来,一边打呵欠,一边伸懒腰:"妈?你已经起来了?你睡的时间不长嘛。"

"我心里有很多事情,"她心不在焉地说。然后,她抬头看着贝弗问:"你今天早上进门时,查过电话留言了?我们的电话机没出问题吗?"

"电话机没问题,妈妈。"贝弗转身面对她,脸上有一种愧疚的表情,"是有一个留言,克罗斯先生的。只是我不想让你知道。"

"怎么回事?他说什么了?"

"他说别去管游艺会的那个家伙。"

洛雷塔看着女儿,她无法相信这话:"你能肯定?"

"我记得他说的好像是'游艺会'。"

"不是指这个。你能肯定他真的说别去管那个人?"

"这一点我能肯定。我很恼火。你干得那么辛苦——小心,妈妈,你把水溅到地板上了。"

洛雷塔已经站了起来,两只手用力往臀部一拍:"他疯了吗?"

博比·特林布尔可不想待在监狱里。监狱是个讨厌的地方,只有没用的人才会进去。也许以前的那个博比会去监狱,但现在这个全新的博比是不属于监狱的。

这一夜,他跟一个醉鬼合住一室。那醉鬼整个夜里鼾声如雷,还不停地大声放屁。人家已经保证,今天一早经过法律手续审查之后,第一件事就是放了他。那可是他跟斯米洛探长和地方检察官办公室的那个婊子所做交易的一部分——最多监禁一夜。

可是,到了今天早上,他们却只顾着自己舒服。有人送来了早餐。一闻到饭菜味,他同牢房的人一骨碌从上铺滚下来,直冲厕所,在里面呕吐了足足三分钟。等他终于吐完了,又爬回上铺,"呼呼"昏睡过去了。可上去之前,他还跌跌撞撞碰到了博比身上,把他的衣服也弄脏了。这样,他的身上也有了呕吐物的恶臭。

当然喽,博比受了这样的委屈是不会一声不吭就让它过去的。他高声地时不时提出抗议,还大叫大嚷,可没人睬他。他在牢房里来回走动。随着时间慢慢地过去,一个小时,又一个小时,他开始惊慌不安起来。他既感到悲观失望,同时又产生了报复的欲望。

似乎他碰上了坏运气。

自从佩蒂约翰被杀之后,情况就越来越不妙了。博比的行动计划中并没有杀人这一项。他虽不是什么善良之辈,可他不愿惹上杀人罪。要是把阿丽克丝说成是凶手——谁知道?说不准她就是——能让他脱了干系,又何乐而不为呢?不过,这样一来,他自己也就受到了严格的控制,没有了自由行动的余地。只要她的案子没有审结,他也甭想离开查尔斯顿一步。没了社交聚会、没了女人、没了毒品、没了乐趣。

而且,他也没有得到他原本指望得到的十万美金。这笔敲诈勒索的钱,他根本没去拿,也不知道阿丽克丝有没有从佩蒂约翰那儿拿到现金。这问题尚不明了,反正,他是没拿到手。

他的前景看来有点儿暗淡,难以预料。唯一可以预料的是,只要他还被关在这儿,他哪儿也别想去。

他下了铺,身子紧贴着囚室的铁门:"他妈的怎么这么长时间?"

没人答理他。监狱的看守对他的要求根本无动于衷。

"你不知道,我不是个普通的犯人。"他对着一个缓步从他牢房门前走过的看守说道,"我不该在这儿的。"

"但愿我每次听到这话就能得到五美元,博比。"

博比"呼"地一下回过头来。来人是一张新面孔,由另一个看守陪着向这边走来。他穿着薄型夏季套装,打着领带,脸上刮得干干净净,不过看上去还是略带疲倦,也许是由于右臂吊着绷带的缘故。这人自我介绍说,他是哈蒙德·克罗斯。

"我听人提起过你。地方检察官办公室的,对吗?"

"查尔斯顿县法务官特别助理。"

"非常荣幸。"博比这下又开始用改变了的假声说话了,"说实话,只要你是来送我离开这儿,我根本不在乎你到底是谁。"

"那是交易,是吗?"

克罗斯是个圆滑的主儿。博比立即对他身上自然而然体现出来的成熟老练产生了戒备之心。

哈蒙德示意看守打开博比牢房的门,但接着带他进了一间专供囚犯和律师见面交谈的房间:"我想这不叫释放,克罗斯先生。昨天我们做了笔交易。难道你们就这样轻易忘了?"

"我知道有这笔交易,博比。"

"那太好了!那就干你该干的,兑现这笔交易。"

"我们谈过之后再说。"

"要谈话,我需要有律师在场。"

"我就是律师。"

"可你是——"

"坐下,博比,闭嘴。"

他身体健康,但不算粗壮,这个哈蒙德·克罗斯。而且,他还有伤在身。博比傲慢地晃了晃肩膀:"这么难听的话,竟出于一个手臂吊着绷带的男人之口。"

克罗斯射出的目光几乎跟斯米洛的一样严厉无情。这眼神虽然没把他吓趴下,但足以威慑他乖乖坐下。他抬头瞪眼望着克罗斯:"好吧,我坐下了。什么事?"

"告诉你我想揍扁你,你听了恐怕不会高兴吧。"

博比目瞪口呆地看着他,一句话都说不出来。

克罗斯说话时嘴巴几乎没动。他的嗓音低低的,但他口气中流露出的仇恨让博比脖子后面的汗毛都竖了起来。这种敌意,加上看到克罗斯身上的每块肌肉都收缩起来了,让人感到他恨不得揭了他的皮。

"哎,我不知道你什么意思,我可是做了交易的。"

"我也做了一笔交易。"克罗斯无动于衷地说,"跟斯佩克岛开发项目的投资人之一——或者说是一位前投资者。"

他停顿一会,好让博比真正听明白他的意思。博比坐在椅子上,竭力不让别人看出他的局促不安。

"那个人为了能得到从轻发落,愿意提供对你不利的证明。我们已经有了一长串的控状,指控你在斯佩克的所作所为。这一切都跟你昨天的交易毫无瓜葛。如果我把这些指控全部列出来,恐怕你听了都嫌烦。不过以英文字母排列为序,纵火(arson)是第一项。"

博比的手掌心冒汗了,他在裤腿上擦着掌心:"听我说,我妹妹的情况,你想知道什么,我都会告诉你的。"

"没用了。"克罗斯一摆手,不予理会,"佩蒂约翰不是她杀的。"

"可你们自己——"

"她没有杀人。"他又说,接着他微微笑起来,但是这微笑并不友好,"你的筹码用光了,博比。你已经没什么资本讨价还价了。你将在我们的监狱里先住上一阵子,等到南卡罗来纳不再乐意为你提供食宿的时候,你再到南边的佛罗里达去。那儿的当局正等着让你尝尝他们的厉害。"

"滚蛋!"博比从椅子里跳了起来,大声叫着,"我要见我的律师。"

他向前冲了两步。克罗斯用左手挡住他的胸口,猛地一下就把他推回到椅子里。这一推的力气可真大,椅子都差点跟着人翻倒过去。紧接着,克罗斯的身子几乎靠到了博比的身上,逼得他的头只能尽量往后仰,仰得脖子都发酸了。

克罗斯压低嗓音说:"最后一件事,博比。只要你再靠近阿丽克丝——只要一次——我会先扭断你的脖子,再把你这张漂亮的脸蛋打个稀巴烂,叫谁都认不出你来。你那种大情人的日子就到头了,女人看你的时候就只剩下可怜、厌恶的目光了。"

博比愣在那儿。但他只愣了几秒钟,然后一切都联系起来了——这种威胁、检察官居然认定阿丽克丝是无辜的。他开始哈哈大笑:"我懂了,你对我的小妹妹动了春心了!"

他嬉皮笑脸地戳着哈蒙德的胸口:"我没说错吧?没关系,不用说,我知道我没错。我看得出来。告诉你,特别助理先生,或者你随便称自己是什么见鬼的先生吧,告诉你,你什么时候想搞她了,可以随时来见我。你喜欢什么姿势体位,无论从后面、前面、边上,我都可以安排。"

椅子离开了地面,博比跟着椅子一起朝后面飞去。有什么东西撞到了他的颧骨。一阵钻心的疼痛,脑袋就像炸裂了似的痛。紧接着,一个拳头以雷霆万钧之力猛击在他的肋骨上,肋骨发出"咯嚓嚓"的折断声。

"克罗斯先生?"

博比听到有人跑动的脚步声和看守的说话声。这些声音穿过一片无边空洞的黑暗向他飘来。

"这儿没事吧,克罗斯先生?"

"我没事,谢谢。不过这位犯人恐怕需要帮助。"

38

"这事太有趣了。"

斯蒂菲把办公桌的电话听筒夹在耳朵和肩膀之间："是哈蒙德吗？你在哪儿？"

"我刚去过监狱。博比·特林布尔还得在我们的监狱待上一阵。"

"我们跟他之间的交易怎么样了？"

"他在斯佩克岛上的犯罪行为比这更要紧。一会儿再跟你说。"

"那好。到底什么事这么有趣？"

"是巴塞，"他说，"记得格伦·巴塞吗？掌管罪证仓库的那个——"

"记得，不过印象比较模糊。长小胡子的？"

"就是他。他有个女儿，十六岁。去年因持有毒品被抓，是初犯。本质上不是个坏孩子，不过在学校跟一帮不三不四的人搅在一起。受同龄人的影响。孤僻的——"

"我明白了。可这跟我们的案子有什么关系？"

"巴塞去找过斯米洛,请他帮忙。斯米洛为了巴塞的女儿跟我们办公室交涉过。"

"他们互相照顾帮忙。"

"我猜是这样。"哈蒙德说。

"只是猜想?"

"到目前为止,还不过是私底下这么说说而已。我已经在悄悄查访了。要让警察谈论他们的同事,他们总是不太乐意。我还没找巴塞当面谈过。"

"你去找他的时候,哈蒙德,别忘了叫上我。还有呢?"

"我先去办一件事,然后就准备去城市广场。"

"去干什么?"

"还记得那些浴衣吗?"

"就是人们在浴场穿着走来走去的那种?谁穿着看上去都像北极熊的那种白色的松软的袍子?"

"佩蒂约翰穿过的那件到哪儿去了?"

"什么?我不——"

"那天中午刚过,他去做过按摩。他在浴场淋浴之后,没有穿自己的衣服。我问过按摩师,他进去的时候和走的时候穿的都是浴袍。那他房间里应该有他穿过的浴衣和拖鞋,可收集到的物证中并没有这些东西。那么,这些东西到哪儿去了?"

"问得好。"她慢悠悠地说。

"这儿还有个更好的问题呢。你知道吗?斯米洛一般都去浴场修指甲。懂了吗?如果有人看到他穿着那样的一件浴衣,谁也不会感到奇怪。我要去那个套房再检查一遍,看看有没有遗漏了什么。我打电话只是想把情况告诉你一声。顺便问一句,今天见过他吗?"

"斯米洛吗?"她犹豫片刻,然后答道,"没有。"

"见到他,可别让他闲下来,这样我就有时间去办事了。"

"没问题。有什么新情况一定要告诉我。"

"我会第一个告诉你。"

"谢谢你来见我,哈蒙德。"

他利索地在达维对面的座位上坐下:"什么事?你说的十分紧急。"

"要不要吃点饭?"

"不了,谢谢,我不能吃饭。今天太忙。我就来点苏打水。"服务员听到吩咐就退出去给他拿饮料。哈蒙德挥挥手把烟雾从面前赶走。"你什么时候又开始抽烟了?"

"一小时之前。"

"发生什么事了,达维?你看上去烦躁不安。"

她抿了一口杯子里的东西。哈蒙德猜想这不是第一杯了,他猜得没错。而且她喝的可不是苏打水。他回她的寻呼时很惊讶,因为她要请他去市中心的一家餐馆见面。他本来就要往那个方向去,所以,尽管他时间安排很紧,还是答应去赴这个临时约会。

"罗里昨天夜里给我打来电话,我们见了面。并不是什么浪漫约会。"

"那又是什么约会?"

"他问了各种各样的问题,都跟你和卢特谋杀案的调查有关。"她一直等到服务员送上苏打水离开之后才又继续说,"他知道你上星期六去见过卢特,哈蒙德。这不是我跟他说的。我发誓我没说过。"

"我相信你。"

"他说有人在饭店见到过你。他猜你是去跟卢特见面。我们都知道,他一猜一个准。"

489

"他就是猜对了也没关系。"

"也许有关系。还有点事应该让你知道。"她把香烟递到嘴边,拿烟的手微微颤抖。哈蒙德把烟从她手里拿走,并在烟灰缸里捻灭了。

"你说下去。"

"我知道你和阿丽克丝·拉德的事。"

他本想装糊涂,但他明白瞒得了谁也瞒不了达维:"你怎么知道的?"

她告诉他阿丽克丝那天上午去她家的情形,他静静地听着。"我并不知道详细情况。不知道你们是如何相识,也不知道是何时何地相识的。我没问她任何内幕情况,她也没主动提供。顺便说一声,她很可爱。"

"是的,"他嗓音沙哑,"她很可爱。"

"我相信,你也清楚,"她继续说,"这场爱情来得不是时候,很不是时候。"

"非常清楚。"

"查尔斯顿有这么多女人对你如此痴迷,为什么——"

"我今天的安排很紧张,达维,没时间跟你详谈。我也不是有意安排要在这个星期爱上阿丽克丝的,可事情就那样发生了。不过,你要对我的不明智举动唠唠叨叨地进行教训倒是挺合适的。"

"我只是提醒你,要小心。我甚至没有跟你们俩同时在一个屋子里待过,但是,我很清楚,就听她提起你名字的样子,我就知道她是爱你的。

"你们俩在一起的时候,任何在场的人都一定会感觉到你们之间的那种隐蔽的电波。即使是罗里这样没有情调的人也会感觉到。所以我要叫你来。"她的眼眶里泪水盈盈。哈蒙德十分吃惊,因为达维是从来不哭的:"我为你担心,哈蒙德。也为她担心。"

"为什么，达维？你担心什么？"

"我担心是罗里杀了卢特，担心他会为了掩盖真相再去杀其他的人。"

他久久地注视着她，然后温和地微笑着说："谢谢你，达维。"

"为什么谢我？"

"你这么关心我，因此，我爱你。我更因为你关心阿丽克丝而爱你。我希望你们会成为好朋友。"他站起来，弯下腰，在她的额头上吻了一下，"你什么都不用担心。"

"哈蒙德？"他急匆匆地离开了座位，她又在他身后喊道。

"情况我很清楚，"他回头应了一声，"我保证。"

他一路跑出了餐馆，钻进汽车，往饭店驶去。路上，他给阿丽克丝家里拨了个电话。

厨房门上的锁还是坏的。到现在还没请人来修，她真是不小心。他记得，他以前来过厨房，厨房收拾得整洁舒适，只是水池的水龙头有点漏水。

他正从电话机边上经过时，电话骤然响起，吓了他一跳。在第二次铃声响后，她在另一个房间作出了回音。她的声音穿过走道传了过来。

"哈蒙德，你还好吗？"

她在自己的办公室里，背对着门，这扇门通往过道。他能嗅到掺了苦丁香的橘子汁味，橘子汁放在墙边螺形托脚小桌上的钵子里面。她正坐在扶手椅里，身边的茶几上堆放着的像是病人的资料。她的腿上摊着一个翻开的资料夹，还搁着一只手掌大的录音机。阳光透过高高的窗户射进来，照在她的头发上，就像有一块磁铁，把金色的阳光吸在上面。

"别为我担心,我很好……巴塞警官怎么样了?……那么,你没弄错。我有点儿为他感到惋惜。别告诉我用了什么方法威胁他与你合作的……是的,我会。请尽快跟我联系。"

结束通话后,她把无绳话机放回桌上。这时她从眼角看到了动静,就猛然转过身来。他就站在她面前。翻开的资料夹从腿上滑落到地板上,里面的纸张掉到手织的东方地毯上,散落了一地。录音机"砰"的一声掉在她的脚边。显然,她一直以为家里就她一个人。

她几乎惊叫着说:"斯米洛探长,你可吓了我一跳。"

哈蒙德经过斯米迪身边,向电梯走去。这时,斯米迪面前的椅子上坐着个擦鞋的人,"嗨,斯米迪,今天见过斯米洛探长吗?"

"没见过,先生。克罗斯先生,肯定没有。"

平常,斯米迪总爱跟人聊上几句,可今天他连头都没抬一下,手里的鞋刷在顾客的鞋尖上一刻不停地来回刷着。哈蒙德丝毫没想过他为什么会这样,他满脑子想的是赶紧去五楼的豪华套间。

门上的黄色X形的封条还在。他昨天夜里从经理那儿拿到了钥匙。此刻他掀起封条走了进去,门就那样稍稍开着。

窗帘没拉起,房间光线昏暗。他对会客室进行例行检查,发现地毯上的血迹几乎已经变黑了。他听客房部的员工说,已经订购了替换的地毯。

他站在那儿看着这摊血迹,竭力想让自己对佩蒂约翰的死亡产生一些悲哀之情,可是,一丝一毫也没有。佩蒂约翰活着的时候是个混蛋,即使死了,还在扰乱破坏他人的生活。

哈蒙德走进卧室,径直向壁橱走去。他眼睛一动不动地看着挂在里面的浴袍,浴袍的腰上系着带子。这跟卢特穿着去下面浴场的那件是一样的。卢特把衣服留在房间,在浴场冲了澡,然后又回来脱下浴衣，换上了自己的衣服。

"那天下午我们在休息厅的酒吧里喝东西的时候，要是你没提到这一点，我也许一辈子都想不到。"他说。

他转过身来面对斯蒂菲。她还以为自己刚才悄悄地来到他的身后他还不知道呢。其实，他一直在等着她。

他继续说："那天你问我，能不能想象出卢特穿着一件浴场的浴袍走来走去会是什么模样。我想象不出，我当时也没去想。可昨晚我开始了想象。我一边想，一边问自己：你怎么会知道他那天穿着浴袍在那儿走来走去？然后，我又继续追问，他穿过的那件浴袍到哪儿去了？"他若有所思地凝视着她，"我推测的结论是，你在自己的衣服外面套上了那件浴袍，离开了他的房间。"

"起先想穿运动服的，我觉得那主意不错。谁会穿着运动服去杀人？不过穿着浴袍更妙。"

"你把浴袍扔在浴场了。"

"同时扔在那儿的还有一块毛巾，想必是佩蒂约翰从浴场拿来的。我用毛巾缠着脑袋，戴上墨镜，没人能认出我来。我把随身的物品都丢在浴场了——许多人都把浴袍、毛巾之类的从健身房和游泳池带到浴场，谁也没注意我。我先出去跑了几英里。等我回来的时候，尸体已经被人发现，调查也已经开始了。"

"非常聪明。"

"我也这么想。"她厚颜无耻地笑着说。

她手里的枪对着他。他冲手枪点了下头："用的就是这个？"

"当然不是。你以为我会这么傻，同一把枪会用两次？对付佩蒂约翰的那把枪还掉之后，我又偷偷拿了一把，以防万一。"

"此刻，巴塞正在彻底坦白他知道的一切，他很后悔，很内疚。"

"这就是他的不是了。他们查不到我头上。我没在登记本上签名，他也没签。巴塞有可能会编出一些我的坏话,因为他对我心怀不满。"

"斯米洛曾请你对巴塞的女儿网开一面。"

"第一回我是这样做了,可她又出事了——这可不能怪我。再过几个星期就要审讯她了。"

"你答应了巴塞什么?"

"答应我会建议法官对她从轻发落。"

"否则呢?"

"否则,他亲爱的女儿阿曼达就要被判重刑。一切取决于他。"

"你的条件很苛刻。"

"我迫不得已。"

"你杀了佩蒂约翰也是迫不得已?"

"他骗了我!"她尖声叫道。哈蒙德以前从没听到过她的声音这么尖利刺耳。斯蒂菲已经有点失态了。

"我为他刺探情况,"她说,"为他提供法律咨询,让他在法律上采取策略诱使对手进入圈套,干出违法的事,而他自己却不越雷池。只差一步,但还是没越过界限。他告诉我,他将抓住普雷斯顿的把柄把你们两个都拉下马,把你彻底搞垮,让我坐上第一把交椅。可是后来,他违背了诺言。"

她的眼睛变得恶狠狠的。"他发现可以更好地利用普雷斯顿跟他的牵连,那就是以此胁迫你。他以为他可以利用这件事给你施加压力,迫使你同意跟他合作。他说他感谢我付出了时间和努力,但又说既然他能把最好的律师拉到自己身边,又何必满足于一个二流的呢?"

"所以那天下午你就到这儿来杀了他。"

"我别无选择,哈蒙德。我一直遵守游戏规则,可那些规则对我没用。进办公室工作以来,我的工作一向最辛苦,最努力。可是上回成为检察官特别助理的是你,这次将要当上法务官的又是你。

"正在这时,佩蒂约翰找到了我,给我提供了一个机会。就这么一回,我眼看就要占据优势了,可是等事情稍稍有了点眉目,那狗娘养的竟把我背后的支撑一下给抽掉了。

"我以前也曾有过失望,但没有一次跟这回那么叫我受不了。每次看到他,我就会想起我曾经有多傻。一个容易上钩的女人,也许他就是这么看我的。我无法忍受被他那样轻易地玩弄于股掌之中。可以说,我的内心深处有什么东西一下子崩溃了。我就是不能这么便宜了他。

"他是在电话里通知我的,可我坚持要跟他当面谈一谈。我提前几分钟来赴约。当我一眼看到他趴在地上,第一个念头便是有人已捷足先登了。"

"也许以为是阿丽克丝。"

"阿丽克丝·拉德的情况我起先一点儿都不知道,直到丹尼尔斯给我们描述了她的特征后才知道——在医院病房里面对他时,我紧张得浑身冒汗,生怕他向斯米洛指认我。我在饭店没见过他,可我不能肯定他也没见过我。等他描述完拉德的样子,我真不敢相信我的运气会这么好。我们真的有了一位疑犯。后来,又出现了特林布尔,我开始相信真的有守护天使。"她哈哈笑着说。

"你还企图杀人灭口。"

"我犯了个错误,这事我不该让别人来干。"

"他是谁?"

"一位几个月前逃脱了法律制裁的人。他因暴力殴打他人落在我的手里,他的律师请求我放他出去。我寻思有一个像他这样的人可以随时供我差遣,说不定将来哪一天还真派得上用场——也许我已经预感到我和佩蒂约翰的合作不会有好结果。"她耸了耸肩。

"反正,我让那个家伙免受牢狱之苦,但我跟他保持着联系。我要他去割断她的喉管,我会给他一百美元酬金。数目很小,他也答应了,可他把这事给搞砸了,还拿着我预付给他的五十美元跑了。当天夜里他都没跟我说一声。"

她用手掌拍着自己的额头:"我真傻。一直到我发现阿丽克丝·拉德还毫发无损地好好活着,才把你说的那个抢劫犯跟我派出去的刺客联系起来。"

"你是担心她星期六下午在佩蒂约翰的套房里见过你。"

"我觉得确有那种可能。第一次问她话时,我就觉得她在有意隐瞒什么。我担心她已经认出了我,只是在等待最佳时机出人意料地揭开这个秘密。我得承认,当我发现她心里的秘密原来是你的时候,我确实大吃一惊。你是什么时候遇到她的?"

他不回答。

"噢,好吧。"她轻声叹道,"你是对的。我想这没什么关系,不过你能这么轻易就从我的床上转移到她的床上,还是大大地损伤了我的自尊。当然,我知道她对你很有吸引力。跟你睡觉并不是什么为难事。当初佩蒂约翰曾经跟我提过,要想获得信息,枕边的私房话倒不失为一种很好的来源。不过,即使他没说过这话,我也会跟你睡觉的。"

她手里的枪往上举了举。"哈蒙德,如果我说,我对你取得的成就,对你那么轻而易举就获得了这一切,一点都不忌妒,那是撒谎。但是,我并不恨你。只是,我现在已经走到了这一步,你是我最后的障碍。对不起。"

"斯蒂菲——"她对着他的胸口开了枪。

斯蒂菲急忙转过身,穿过客厅。她拉开门。门外站着迈克·柯林斯警探和两位穿着制服的警察,手里举着手枪。

"把枪交出来，芒戴尔女士。"柯林斯说。他的声音很严肃，没有任何开玩笑的意思。其中的一位警察上前一步，从她手里拿走了枪。她握枪的手松松的。"你没事吧？"柯林斯问道。

她回过头来，哈蒙德正盯着她的脸看。她不由惊讶得张大了嘴巴。凯夫拉尔合成纤维做成的防弹背心救了他的命，不过这个星期他已经受过伤了，这下他又添上了一块新的伤痕。

"你捉弄我？"

柯林斯正在向她陈述她的权力，但她的注意力全在哈蒙德这边。

"我是昨天夜里弄明白的。天亮之前，我和斯米洛长谈了一次。我把一切都跟他说了，所有的一切。今天的行动都是我们筹划好了的。我假装在收集对他不利的证据，但事实上，他和我今天一直在合作。是他提醒我，如果我跟你谈到破案线索，那些跟你有关的线索，你可能会心烦意乱。他还劝我随身带上发送装置，再穿上防弹背心。我很高兴，这两点，我都听从了他的劝告。"

她差不多被仇恨冲昏了头脑，一副气势汹汹的样子。他和她居然曾经是情人，现在他都无法相信这一点。不过他说话时语气中还带有一丝遗憾："斯蒂菲，我知道你视我为你的对手，不过我真想不到你会打算杀了我。"

"你一直低估我，哈蒙德。你从来没有对我做出过正确的估价。你从来都以为我没你聪明能干。"

"是的，显然你确实不如我。"

"我的聪明足以让我知道你跟阿丽克丝·拉德之间的风流韵事。"她叫道，"你别想否认，我已经弄到了证据，证明你这个星期上过她的床。"

哈蒙德冲柯林斯一抬下巴，柯林斯就把她拽过去，推着她走出门去。她又转过头来，冲着他大喊："那是我手里的一张王牌，哈蒙德，我要用它打败你。你跟这个女人之间的好事。听着,善恶终有报!"

阿丽克丝轻轻笑了,声音中带有一点儿自嘲自责。她说:"我知道你要来,探长。可我没听到你进来。"

"我们不知道斯蒂菲会向谁发起进攻,什么时候出手。我查看了房子的后边,是从后门进来的。那把锁还没修,你应该早就请人修好它了。"

"这个星期我心里一直想着其他更为紧迫的事。"

"这个星期糟透了。"

"这是最轻描淡写的说法。"他蹲下去帮她拣起撒落一地的文件,她把这些材料放回文件夹时对他说了声"谢谢"。

"我不是有意偷听你们的电话。"他说,"哈蒙德跟你提到了巴塞的事?"

"是的。"

"哈蒙德这小子真有两下子,居然把这事给弄清楚了。"

"跟你差不多。他跟我说,他今天一早把他的想法跟你谈了之后,你就表示你也曾经有过这种想法,想到过斯蒂菲可能与此事有关。"

"想到过,但没有继续追究下去。说实话,这是因为佩蒂约翰死了我很高兴。"他看着她的眼睛说,"拉德医生,我从来没有真正认为你就是那个凶手。对我曾向你提出的某些问题,我向你道歉。"

她轻轻点了下头,表示接受他的道歉:"我知道一旦我们表明了立场就不太容易打退堂鼓。我成了可能存在的疑犯,你也不希望自己找错了目标。"

"不仅如此,我还不希望哈蒙德的看法是对的。"

他们之间出现了一阵尴尬的沉默,这时,他的手机响了,打破了这种尴尬的宁静:"我是斯米洛。"

他听着,脸上毫无表情。"我马上来。"他关上手机,"斯蒂菲向哈蒙德开了枪。他没事。"他语速很快,"不过他让她承认了是她杀的佩蒂约翰,他还随身带上了发送装置。她被拘捕了。"

一直压在阿丽克丝心底的紧张消退了,她一下子跌坐在椅子上。这时她才意识到这段时间以来自己有多担忧:"哈蒙德没事吧?"

"一点儿事都没有。"

"终于结束了。"她轻轻地说。

"没完全结束。半小时后他要参加记者招待会。搭我的车去如何?"

39

　　由于查尔斯顿临时司法大楼的场地十分有限，门罗·梅森提出能否在坐落于市中心的市政大厅举行记者招待会，有关部门完全答应了他的要求。

　　他在当地已经出色地工作了这么多年，不少人都是出于对他的尊敬，在星期五下午五点钟周末刚刚开始的那一刻，匆匆忙忙从各处赶来，聚到一起来听他宣布自己即将正式退休。

　　大家来听的就是这个。

　　他们听到了他们原先根本就没料到的事情。看来这个周末如此开场并没什么损失。不到一星期之前，卢特·佩蒂约翰被人发现死在饭店的套房里；现在，会场上传出了这样的话，说是在同一个套房里，当天又发生了这么一件事：法务官办公室内部的一位成员因为谋杀卢特而被逮捕。

　　当哈蒙德跟在梅森和县法务官办公室其他成员后面走进房间时，里面早已挤满了人。就连梅森的副手沃利斯也出席了，他因接受化疗而显得十分虚弱苍白。

他们在讲台上就座之后，人们注意到唯独少了斯蒂菲·芒戴尔一人。

观众席的第一排座位上坐的全是媒体记者和摄影人员，他们后面的三排座位是留给市、县和州府官员、受邀前来的神职人员以及各界要人的。其余的折叠椅是为来宾准备的。

来宾中有哈蒙德的父母。他母亲看到儿子向她点头打招呼，就高兴地轻轻挥了挥手。哈蒙德也对他父亲点了下头，但普雷斯顿的脸板着，就像拉什莫尔山上的石雕头像那样毫无表情。

那天上午，哈蒙德给普雷斯顿打去电话，就博比·特林布尔的事与他谈了条件。主要内容是：他会向首席检察官提议，如果普雷斯顿愿意作证指控特林布尔，他将被免予起诉。

当然，那就等于要普雷斯顿承认，自己一直知道斯佩克岛上发生的恐怖活动。他尽管已经从这场投机活动中抽身出来，但并不说明他可以不必为此承担责任。

"这是一笔交易，我的父亲。成不成交，你看着办。"

"别给我发什么最后通牒。"

"你要么承认自己的错误行为，要么进监狱去否认。"哈蒙德不为所动，"还是成交吧。"

哈蒙德限他七十二小时之内把问题想清楚，让他跟律师好好商讨一下。他敢打赌，他父亲一定会接受他的条件。看到普雷斯顿锐利的目光飘忽了一下就赶紧移开了，他更相信自己的猜想不会错。

他希望父亲有愧疚之感。这是不是有点儿过分了？尽管他们之间永远都会存在不可弥合的分歧，他还是希望两个人能在某种程度上重归于好。他希望还能再次开口喊他爸爸。

达维也来了，她像影星一样光彩照人。她给他送了个飞吻，可是当记者把话筒伸过来对着她请她说几句时，她却用粗话让记者滚到一边去。不过，哈蒙德看到，说这话时，她的脸上笑得甜甜的。

他一直望着后门,忽然见到斯米洛领着阿丽克丝从后门进来了。两个人久久地对望着,目不转睛地互相凝视着。往这边赶的路上,他们用手机通过话,不过仅仅听到对方的声音,可不像亲眼看到对方本人那么令人放心。现在他亲眼看到她终于真正平安了。不会再有起诉了,斯蒂菲伤害不了她,博比也威胁不了她了。

斯米洛向她示意弗兰克·帕金斯身边有一张空位子。她走过去,弗兰克站起来,热烈地拥抱了她。斯米洛把她交给帕金斯之后,就沿着外侧过道朝讲台走去。他示意哈蒙德过来一下,哈蒙德一时不知如何是好。他对边上的人说了声"对不起",从临时搭起的讲台上走了下来。

"干得好。"斯米洛开口就说。

哈蒙德知道,要斯米洛开口说出这样的话来赞扬他是多么不容易,于是他说:"我只是出个场,照你说的去做而已。要是没有你预先协调好这一切,这事是成不了的。"他停顿了一会,又说,"我到现在都无法相信,她会跟踪我。我原以为她会先招供的。"

"可见你还是不太了解她。"

"现在我才明白这一点,差一点儿就永远来不及弄明白了。谢谢你所做的一切。"

"不用谢。"斯米洛朝达维那儿瞥了一眼,发现她正望着自己。哈蒙德看到探长的脸红了,还以为自己眼睛看花了。不过斯米洛立即把目光收回到哈蒙德身上。"这个给你。"他把一个牛皮纸信封递给哈蒙德。

"这是什么?"

"一份化验报告,今天上午斯蒂菲交给我的。这份报告显示你的血液与拉德医生家床单上发现的血液相匹配。"哈蒙德刚张开嘴,斯米洛就坚决地冲他摇了摇头:"什么都别说,拿去把它毁了。没有了这个,斯蒂菲指控你与嫌疑人之间有不正当关系就没有事实根据。当然,既然最终证明拉德医生并不是罪犯,其实这并没什么实质意义。"

哈蒙德盯着这个看上去无伤大雅的信封。一旦接受了,他就跟斯米洛在那桩文森特·安东尼·巴洛案子中所充当的角色没什么两样了。巴洛杀害了他十七岁的女友和她腹中的胎儿,而斯米洛隐瞒了一些可以为罪犯减轻罪责的证据。从法律角度来讲,这些证据是哈蒙德必须公布于众的。

直到给罪犯定了罪之后,他才知道斯米洛有可能对案子有过不恰当的处理。可他根本没办法证明斯米洛是故意避开那些可能使罪犯得到从轻判决的证据的,所以永远也不可能对他的违法行为进行调查。巴洛被判了终身监禁,他现在已提起上诉,其上诉请求已获批准。这个年轻人将重新受审。不管他的罪孽有多深,他都有权重新受审。

不过,哈蒙德一直不能原谅斯米洛。是他,让他不知不觉参与到这场误判之中。

"别当圣人了。"探长压低声音说,"你该做的不是都已经做了吗?"

"可那样是不对的。"

这回,斯米洛的声音压得更低了。"你不喜欢我,我也不喜欢你,我们也知道其中的缘故。我们工作的方式不同,但我们是同一条战壕里的人。我希望法务官办公室里有一位像你这样强硬能干的检察官出庭起诉,而不是一位像梅森这样的假装热情的政治家。如果你能成为本县首席司法官,那比起你去坦白自己的不正当性关系要有作为得多。何况有谁会来管这种事?哈蒙德,你要慎重考虑。"

"哈蒙德?"

有人在喊他回到讲台上去,仪式马上就要开始了。他头也没回地应道:"来啦。"

"有时候,为了更好地完成任务,我们不得不稍稍通融一下。"斯米洛目光炯炯地盯着他。

这话很有说服力。哈蒙德接过了信封。

梅森的讲话快告一个段落。记者们的眼睛不再神采飞扬。有些摄影记者肩膀上的摄影机也放下来了。刚才,斯蒂菲试图枪杀哈蒙德以及她随后被逮捕这一消息,他们都听得出了神。不过,梅森这一段讲话却让他们兴趣索然。

"自己办公室里目前正有人被警方拘押着,而且很快就要被指控犯罪,这件事令我十分痛心,但同时我也非常自豪。今天,我们的地方检察官特别助理哈蒙德·克罗斯在抓捕她时发挥了重要作用,表现得非常勇敢。这只是我支持他成为我的接班人的原因之一。"

这席话赢得了一阵雷鸣般的掌声。哈蒙德听着自己的上司吹捧他的出众才干、奉献精神和正直无私,一边看着梅森的侧面。那个信封就放在他的膝盖上,里面装着那份表明他并不完全清白的化验报告。他似乎觉得那里面正发出一道愤怒的光环,这光环证明梅森的一切赞美之词都是虚假的。

"行了,我不烦你们了。"梅森声音低沉,他以他惯有的温和坦率的语气继续说,他的这种语气一直以来都深受媒体的喜爱,"让我把今天的英雄介绍给大家。"他转过身,示意哈蒙德站到他身边来。

摄影师重新扛起了机子,各家报纸的记者立即振奋起来,几乎同时"咔嗒"一声摁下了手里的圆珠笔。

哈蒙德把信封放在面板倾斜的讲台上,清了下嗓子,先向梅森表示感谢,感谢他这么信任他,也感谢他给他的赞誉之词,然后说,"这一周是不同寻常的一周。从我得知卢特·佩蒂约翰被谋杀至今,时间好像过去了远不止一周。

"说实话,我不认为自己是英雄。知道我的同事斯蒂菲·芒戴尔将被控犯有谋杀罪,我也并不感到高兴。不过,我相信她的犯罪证据是确凿的。作为对本案十分熟悉的——"

这时,洛雷塔·布思冲了进来。

哈蒙德的心猛地一跳,嘴里的话停了下来。

起先,只有站在门边的几个人注意到了她。不过哈蒙德的话停下来之后,所有的人都回过头来,看看是谁打扰了会场。洛雷塔引起了这场骚动,可她根本不在乎,还在拼命向他招手让他过来呢。

今天发生的事情太多太快,他还没来得及打电话告诉她,阿丽克丝已排除了嫌疑,她上星期六晚上的行踪也与此案无关了。

可是,洛雷塔来了。她从游艺会带来了身强体壮的海军陆战队员,他根本没办法避开来。"对不起,请稍等。"

人群中传来一阵困惑的窃窃私语。他顾不了这些,走下讲台向房间的另一头走去。他一边走,一边还想着哪些人接下来免不了会感到难堪:门罗·梅森、斯米洛、弗兰克·帕金斯、他自己、阿丽克丝。走过阿丽克丝身边时,他默默看了她一眼,为即将发生的事感到万分内疚。

"你有话要跟我讲,洛雷塔?"

她毫不掩饰自己的气愤:"都快二十四个小时了。"

"我一直很忙。"

"我也很忙。"她退后一步出了房门,跟站在门外过道里的人说,"快进来。"

哈蒙德等着,心里在想,如果这位海军陆战队员呆呆地看着他,然后大声宣布"就是他!跟阿丽克丝·拉德跳舞的就是他",他该如何解释自己的行为?

但是,门口进来的不是年轻的军人,而是一位戴着金属架眼镜、个子瘦小的黑人。

哈蒙德惊讶极了。他轻轻地笑了一声，叫道："是斯米迪？"这时，他才意识到还不知道斯米迪姓什么。

"没关系吧，克罗斯先生？我跟她说了我们别来打扰您，可她根本不理我。"

哈蒙德把目光从擦鞋人身上移到洛雷塔脸上："我还以为你去了游艺会。"话一出口，他就知道自己的话很傻，"你的留言上是这么说的。"

"我是去了游艺会，我在那儿碰到了斯米迪，他一个人坐在凉棚里听音乐呢。我们开始聊天，后来就聊起了佩蒂约翰这件事。他转到城市广场擦鞋了。"

"对不起，我没告诉你，克罗斯先生。我想我是有点不好意思。"

"为什么？"

"因为他没告诉你上星期六斯蒂菲·芒戴尔的怪异行为。"洛雷塔抢着说，"他先是看到她穿着跑步运动衣裤，后来看到她穿着饭店的浴袍，过了一阵又换上了运动装。这一切挺奇怪。"

"克罗斯先生，我当时并没太在意，可昨天在电视上看到了她，我又想起来了。"

"他不想给人添麻烦，所以除了斯米洛，跟谁都没提过。"

"斯米洛？"

探长这时已走过来站在哈蒙德身边了。他对斯米迪说："你提到电视上见过的那位律师，我起先以为你说的是克罗斯先生。"

"不是他，先生，是那个女律师。"老人解释说，"对不起，我给你们添了这么多麻烦。"

哈蒙德把手放在斯米迪的肩上："谢谢你现在能说出来，以后我们还需要你作证。"哈蒙德又对洛雷塔说了声"谢谢"。

她皱着眉埋怨道:"你虽然没我帮忙就抓住了她,可你还是欠我的,我把脚底都磨穿了。你还得请我喝一杯。一杯双份的。"

随后,哈蒙德转过身去,照相机、摄像机响成一片。他走回讲台,一路上,闪光灯照得他几乎睁不开眼。他真想像孩子一样蹦起来,跳起来。心头的一块石头终于落了地,他终于可以轻松地呼吸了。

没有人知道他和阿丽克丝之间的事,不会再有出其不意的证人来指证上星期六曾见到阿丽克丝和他在一起。除了她、除了弗兰克·帕金斯、除了罗里·斯米洛、除了达维,没有人知道了。

还有……还有他自己。

他知道。

突然,他不想蹦,也不想跳了。

他又回到了讲桌前。门罗·梅森冲他眨了眨眼,向他竖起大拇指表示赞赏。他又朝父亲那儿看了一眼。普雷斯顿这会儿正点着头,表示对儿子完全真心的赞许。他会同意斯米洛的看法:别操心了,接受这项工作,只要好好干,行为稍有不妥也可原谅。

他是稳操胜券的。他会在选举中大获全胜,也许连对手都不会有。可是,难道这份工作,难道有任何工作值得他去牺牲自己的尊严?

他宁愿说出真相,让真相毁了自己的选举,还是愿意保守秘密?秘密藏得愈久,就会变得愈加肮脏。他不希望以后一想起跟阿丽克丝的第一次见面,就想起自己还有不光明磊落之处。

他凝视着她,她也凝视着他。看到她柔和的目光,他立即就明白了:她对他此刻的所思所想一清二楚。只有她知道他内心真实的想法,只有她才会理解他为什么会有这种想法。她对他发出会心的微笑,鼓励他,其中的内涵只有他才能会意。

这一刻，他比以往任何时刻都更爱她。他从不知道爱一个人可以爱得这么强烈。

"我说下去之前……我希望先对一个人说几句话。这个人的生活在刚刚过去的这个星期中被搅得一团糟。为了跟查尔斯顿警察局和我们办公室合作，阿丽克丝·拉德医生牺牲了她的工作和时间，最重要的是，她还牺牲了自己的尊严，承受了极大的难堪与屈辱。在此，我代表大家向她表示歉意。

"作为个人，我也要向她道歉。因为……因为我从一开始就知道她没有谋杀卢特·佩蒂约翰。她承认那天下午是见过他，但那远在他死亡之前。某些有关的情况表明她可能具有作案动机，但是，即使是在她忍着极大的羞辱接受警方讯问的时候，我也知道，她不可能杀卢特·佩蒂约翰。因为她有不在犯罪现场的证据。"

没人知道。其实并没有什么实际意义。干吗要充当圣人？……你会有作为得多……何况有谁会来管这种事呢？

哈蒙德停顿片刻，深吸一口气。不是出于焦虑担心，而是如释重负。

"我就是她不在犯罪现场的证人。"